WITHDRAWN

# Dean Koontz

## INTENSIDAD

*Traducción de Daniel Zadunaisky*

# Dean Koontz

# INTENSIDAD

Diseño de tapa: *Eduardo Ruiz*
Título original: *Intensity*
*Copyright © 1995 by Dean Koontz*
© *Emecé Editores S.A., 1996*
Alsina 2062 - Buenos Aires, Argentina
Primera edición: 10.000 ejemplares
Impreso en Verlap S.A.,
Comandante Spurr 653, Avellaneda, octubre de 1996

IMPRESO EN LA ARGENTINA / PRINTED IN ARGENTINA
Queda hecho el depósito que previene la ley 11.723
I.S.B.N.: 950-04-1650-6
8.969

Este libro es para Florence Koontz.
Mi madre. Largamente añorada. Mi guardiana.

La esperanza es la meta que buscamos.
El amor es el camino que lleva a la esperanza.
El coraje es el motor que nos impulsa.
Salimos de la noche hacia la fe.

*The Book of Counted Sorrows*

# 1

El Sol rojo se posa sobre las crestas más altas de las montañas, y las estribaciones parecen arder bajo su luz menguante. Una brisa fresca que viene del Sol barre los pastizales altos y resecos que ondean como llamas doradas en las laderas hacia el valle umbrío y feraz.

Hundido hasta las rodillas en el pastizal, las manos en los bolsillos de su chaqueta, contempla los viñedos a sus pies. En el invierno podaron las viñas. Acaba de empezar la estación de los cultivos. Han segado la vistosa mostaza silvestre que floreció entre las hileras durante los meses más fríos, y roturado los rastrojos con la tierra. La tierra es negra, fértil.

Los viñedos rodean un granero, varios cobertizos y la casa del administrador. Sólo el granero es más grande que la casa victoriana de los dueños, con tejados, buhardillas, rejas forjadas bajo los aleros, y el frontón de piedra tallada sobre los escalones del porche.

Paul y Laura Templeton viven en la casa todo el año; su hija Sarah suele venir de visita desde San Francisco, donde cursa estudios en la universidad. Se supone que pasará el fin de semana en casa de sus padres. Sumido en un ensueño, contempla la imagen mental del rostro de Laura, nítida como una fotografía. Curiosamente, los rasgos perfectos de la joven evocan suculentos racimos de pinot negra y garnacha con su traslúcido hollejo púrpura, saturados de azúcar. El sabor invade su boca al imaginar cómo sus dientes revientan las uvas quiméricas.

Al bajar lentamente detrás de las montañas, el Sol derrama una luz de colores tan cálidos, tan abrasadora, que donde roza la tierra ésta parece húmeda y teñida indeleblemente. El pastizal también se vuelve rojo, no como un ardor sin fuego sino como una marea roja que lame sus rodillas.

Vuelve la espalda a la casa y los viñedos. Mientras paladea el sabor cada vez más intenso de las uvas, se dirige hacia el poniente y se hunde en las sombras lanzadas por las altas crestas arboladas.

Le llega el olor de los animalitos de los prados, agazapados en sus madrigueras. Escucha el susurro de las plumas de un halcón cazador que navega las corrientes a decenas de metros de altura, y percibe el frío centelleo de estrellas aún invisibles.


En ese mar alucinante de trémula luz roja, las sombras negras de la bóveda vegetal se deslizaban sobre el parabrisas, veloces como tiburones.

Laura Templeton conducía el Mustang por el sinuoso asfalto de dos carriles con una destreza que despertaba la admiración de Chyna, pero a una velocidad excesiva.

—Eres patona —dijo Chyna.

—Mejor eso que culona —dijo Laura con una sonrisa maliciosa.

—¿Quieres que nos matemos?

—Mamá es exigente con el horario de la cena.

—Mejor llegar tarde a cenar que muertas.

—Lo dices porque no conoces a mi mamá. Es muy estricta con las normas.

—No más que la policía caminera.

—A veces hablas igual que ella —dijo Laura, riendo.

—¿Igual que quién?

—Que mi mamá.

—Bueno, una de las dos tiene que portarse como una

adulta seria —dijo Chyna, aferrándose mientras Laura tomaba una curva a gran velocidad.

—Quién diría que sólo tienes tres años más que yo —dijo Laura, afectuosa—. ¿Veintiséis años? ¿No serán *ciento* veintiséis?

—Soy una anciana —dijo Chyna.

Habían salido de San Francisco bajo un implacable cielo azul al comienzo de un feriado de cuatro días de la Universidad de California, en la cual en mayo ambas recibirían su licenciatura en psicología. Los estudios de Laura no se habían atrasado a causa de la necesidad de trabajar para pagarlos, mientras que Chyna, durante los diez años anteriores, había estudiado en sus ratos libres a la vez que trabajaba *full time* como camarera, primero en casas de comida rápida y últimamente en un lujoso restaurante de mesas tendidas con manteles blancos, servilletas de tela y flores naturales, y cuyos clientes —benditos fueran— dejaban propinas del diez al quince por ciento. Después de una década sin vacaciones, se había tomado unos días de descanso en casa de los Templeton.

Al salir de San Francisco, Laura había tomado la ruta 80, que atravesaba Berkeley y luego bordeaba el extremo oriental de la Bahía San Pablo. Garzas grises se pavoneaban en las aguas de la costa antes de elevarse en vuelo: enormes, misteriosamente prehistóricas, surcaban majestuosas el cielo sin nubes.

Ahora, en el crepúsculo dorado y escarlata, las escasas nubes ardían en el cielo, y el Valle de Napa se desplegaba a sus pies como un tapiz deslumbrante. Laura había salido de la autopista para tomar una ruta panorámica; sin embargo, conducía a tal velocidad, que Chyna rara vez despegaba los ojos del camino para disfrutar del paisaje.

—Me fascina la velocidad —dijo Laura.

—Yo la detesto.

—Me gusta andar, correr, *volar.* ¿No habré sido una gacela en mi vida anterior? ¿Qué te parece?

Chyna hizo una mueca al mirar el velocímetro.

—Sí, una gacela... o una loca encerrada en un manicomio.

15

—O un leopardo. Ésos sí que son veloces.

—Eso, un leopardo, y una vez, persiguiendo a tu presa, caíste por un precipicio a toda velocidad. Como el Coyote cuando persigue al Correcaminos.

—Sé manejar, Chyna.

—Lo sé.

—Bueno, tranquilízate.

—No puedo.

—¿Nunca? —preguntó Laura con un suspiro de hastío fingido.

—Sólo cuando duermo —dijo Chyna, y sus pies casi atravesaron el piso del Mustang, que entró en una curva amplia a gran velocidad.

Más allá de la banquina de ripio, la ladera cubierta de mostazas silvestres y zarzas descendía hasta una hilera de arraclanes de los que asomaban los primeros brotes de la primavera. Más allá de los árboles, se extendían los viñedos, bañados en una ardiente luz roja, y Chyna estaba convencida de que el auto patinaría sobre el asfalto, rodaría cuesta abajo hasta estrellarse contra los árboles, y su sangre regaría las viñas más próximas.

Nada de eso sucedió: bajo el mando diestro de Laura, sin desviarse un centímetro, el Mustang salió de la curva para tomar un largo tramo ascendente.

—Ni siquiera cuando duermes. ¿No es cierto? —preguntó Laura.

—Bueno, siempre aparece el cuco, tarde o temprano. Hay que estar alerta.

—En mis sueños no aparece el cuco —dijo Laura—. Tengo sueños hermosos.

—¿De que eres la bala humana del circo?

—Me encantaría. No, pero a veces sueño que puedo volar. Siempre estoy desnuda y vuelo o planeo a veinte metros del suelo, sobre los cables de teléfono, sobre prados sembrados de flores hermosas o árboles. Totalmente libre. La gente me mira y sonríe y agita los brazos, feliz y encantada de verme volar. Y a veces estoy con un hombre esbelto, de hombros anchos, melena rubia y bellos ojos verdes que me atraviesan hasta el alma, y mientras flotamos en el aire hacemos el amor y tengo unos orgasmos alucinantes, uno tras otro, mientras flotamos al calor del Sol y arriba de nosotros revolotean pájaros de alas azules tornasoladas y unos gorjeos increíbles de tan dulces, y yo irradio una luz deslumbrante, soy pura luz y siento que voy a explotar de tanta energía, explotar y crear todo un cosmos, *ser* un cosmos y vivir para siempre. ¿Alguna vez soñaste algo así?

Por una vez, los ojos de Chyna se apartaron del pavimento vertiginoso para mirar a Laura, atónitos. Por fin pudo articular un débil "no".

Laura apartó la vista del camino estrecho.

—¿De veras? ¿Nunca soñaste algo así?

—Nunca.

—Yo sí. Muchas veces.

—Sí, bueno, pero hazme el favor de mirar la ruta.

Laura lo hizo y preguntó:

—¿Nunca sueñas con el sexo?

—A veces.

—¿Y?

—¿Y, qué?

—¿*Y*?

Chyna se encogió de hombros.

—No me gusta.

Laura frunció el entrecejo.

—¿Sueñas con malas experiencias? Pero Chyna, no hace falta soñar con eso. Para malas experiencias hay tipos de sobra.

—Ja, ja, ja, qué ocurrente. Hablo de pesadillas, me siento amenazada.

—¿Sientes el sexo como una amenaza?

—En el sueño soy una nenita de seis o siete años, o tal vez ocho, y me escondo del hombre, no sé bien qué quiere ni por qué me busca, pero sé que es algo malo, algo terrible, como la muerte.

—¿Quién es el hombre?

—Los hombres. No es siempre el mismo.

—¿Esos desgraciados que salían con tu mamá?

Chyna le había hablado mucho sobre su madre. Pero sólo a Laura, a nadie más.

—Esos mismos. En la vida real siempre me escapaba

de ellos. Nunca me hicieron nada. Y en el sueño nunca me encuentran. Pero la amenaza, la posibilidad...

—O sea que son algo más que sueños. Son recuerdos.

—Ojalá fueran sólo sueños.

—¿Y cuando estás despierta? —preguntó Laura.

—Cuando estoy despierta, ¿qué?

—¿No te pones toda tierna y calentita cuando un hombre te hace el amor? ¿O cuando estás por soltarte por completo aparecen los fantasmas del pasado?

—¿Psicoanálisis a ciento veinte por hora?

—¿Evasión?

—Chismosa.

—No. Soy tu amiga.

—Eres una chismosa.

—Y tú eludes la respuesta.

Chyna suspiró.

—Bueno, sí, me gusta estar con un hombre. No tengo inhibiciones. Confieso que nunca me sentí como una criatura de luz a punto de crear un cosmos, pero siempre me ha gustado y me he sentido satisfecha.

—¿Totalmente?

—Totalmente.

Chyna nunca había alcanzado la intimidad total con un hombre antes de los veintiún años; a estas alturas, sus parejas íntimas sumaban ni más ni menos que dos. Ambos habían sido hombres tiernos, afectuosos y decentes, y Chyna siempre había disfrutado muchísimo la relación sexual. Una pareja había durado once meses, la otra trece, y ninguna le había dejado el menor recuerdo perturbador. Con todo, ningún hombre la había ayudado a borrar esos sueños terribles que la acosaban periódicamente, y el vínculo afectivo jamás había alcanzado el mismo grado que la intimidad física. Era capaz de entregar su cuerpo al hombre amado, pero ni siquiera el amor le permitía entregar su mente y su alma. Temía la entrega total, la confianza sin reservas. Nadie en su vida, salvo quizá Laura Templeton —acróbata del volante, voladora onírica— había ganado su confianza total.

El viento silbaba al paso del auto. En medio de las sombras que parpadeaban y de la luz hiriente, la larga cuesta parecía una rampa que las lanzaría al espacio, las catapultaría sobre una decena de ómnibus envueltos en llamas ante la ovación de una platea ávida de emociones fuertes.

—¿Y si revienta una cámara? —preguntó Chyna.

—Estas cámaras no revientan —dijo Laura, confiada.

—¿Y si revientan?

Con su sonrisa más demoníaca, Laura respondió:

—Nos convertiremos en jalea de mujer enlatada. No podrán separar nuestros restos mortales. Una masa de carne amorfa. Ni siquiera nos colocarán en ataúdes. Volcarán nuestros restos en un frasco y lo enterrarán en una tumba con una lápida que dirá: *Laura Chyna Templeton Shepherd. Sólo un microondas lo hubiera hecho mejor.*

El cabello de Chyna era renegrido, mientras que Laura era una rubia de ojos celestes. Aparte de eso, podían pasar por hermanas. Ambas medían algo más de un metro sesenta y eran delgadas; podían intercambiar su ropa. Ambas tenían pómulos altos y rasgos delicados. Chyna siempre decía que su boca era demasiado ancha, pero Laura, cuya boca era similar, decía que no era ancha sino "generosa" y poseedora de una sonrisa de lo más seductora.

Pero la fascinación que la velocidad ejercía sobre Laura demostraba que eran profundamente distintas. Tal vez su atracción mutua se debía a las diferencias más que a las similitudes.

—¿Crees que les caeré bien a tus padres?

—Pensé que te preocupaba un posible reventón.

—Mis preocupaciones siempre van por varios carriles. ¿Y bien?

—Claro que les caerás bien. ¿Sabes cuál es *mi* preocupación? —preguntó Laura mientras el bólido se lanzaba hacia la cumbre.

—En todo caso no es la muerte.

—Tú. Tú me preocupas. —Miró a Chyna y por una vez su expresión era grave.

—Sé cuidarme.

—No lo dudo. Te conozco y no lo dudo. Pero la vida es

para algo más que saber cuidarse, agachar la cabeza y arreglárselas.

—Laura Templeton, joven filósofa.

—La vida es saber *vivirla*.

—Ay, qué profundo —dijo Chyna con sorna.

—Es más profundo de lo que crees.

El Mustang llegó a la cresta y no lo aguardaban ómnibus en llamas ni multitudes frenéticas sino un antiguo Buick que circulaba muy por debajo del límite de velocidad. Laura redujo su velocidad para acomodarla a la del otro. A pesar de la escasa luz, Chyna vio que el conductor era un hombre mayor, encorvado, canoso.

En ese tramo estaba prohibido pasar a otro vehículo. Ese camino sinuoso, lleno de curvas y lomas, impedía ver mucho más adelante.

Laura encendió los faros del Mustang para indicarle al del Buick que aumentara la velocidad o bien se corriera a la banquina para dejarla pasar.

—Oye, ¿por qué no sigues tu propio consejo y te tranquilizas? —dijo Chyna.

—No quiero llegar tarde a cenar.

—Si dijiste la verdad sobre tu mamá, no creo que nos azote con el cinturón.

—Mamá es un amor.

—Entonces, tranquilízate.

—Pero su mirada de reproche es peor que un latigazo. Te contaré un secreto: la Guerra Fría terminó gracias a ella. Hace unos años, el Pentágono la envió a Moscú para que enfrentara al Buró Político con *la mirada*. Los matones soviéticos se rindieron, abrumados por la culpa.

El viejo del Buick las miró en su espejo retrovisor.

Al ver el pelo canoso a la luz de los faros, la posición de la cabeza, los ojos insinuados en el espejo, bruscamente Chyna se sintió embargada por una fuerte sensación de *déjà vu*. Se estremeció de frío sin saber por qué, pero entonces afloró en su memoria un incidente que había tratado en vano de borrar: otro crepúsculo, diecinueve años atrás, en una carretera semidesierta de Florida.

—Ay, Dios —dijo.

Laura la miró de reojo.

—¿Qué pasa?

Chyna cerró los ojos.

—Chyna, estás lívida. ¿Qué te pasa?

—Fue hace mucho... yo era chica, tenía siete años... Cruzábamos los Everglades... o tal vez no, pero era una zona de ciénagas. Pocos árboles, todos cubiertos de musgo. Una tierra llana hasta donde alcanzaba la vista, y nada para ver aparte del cielo y la llanura y el Sol, que estaba rojo como este. Era un camino de tierra, lejos de todo, muy angosto y totalmente desierto...

Chyna viajaba con su madre y Jim Woltz, un traficante de drogas y armas de Cayo Hueso con quien su madre solía juntarse un par de meses al año. Después de un viaje de negocios, volvían a Cayo en el espectacular Cadillac rojo de Woltz, uno de esos modelos con aletas enormes y apliques de cromo por todas partes. Woltz conducía a gran velocidad por ese camino recto; a veces superaba los ciento cincuenta kilómetros por hora. Hacía más de un cuarto de hora que no se cruzaban con otro auto cuando el rugiente Cadillac alcanzó a la pareja de ancianos en el Mercedes beige. Conducía la mujer. Frágil como un pajarito. Cabellos plateados muy cortos. Setenta y cinco años, por lo menos. Conducía a sesenta por hora. Woltz hubiera podido pasar al Mercedes con facilidad; estaba permitido pasar, el camino era totalmente llano y no había otro auto a la vista.

—Pero estaba drogado... —dijo Chyna. Detrás de sus párpados cerrados, contemplaba la terrible escena que se desarrollaba como una película en una pantalla. —Casi siempre estaba drogado. Cocaína, qué sé yo. No me acuerdo. Y bebía. Mamá también. Tenían una heladera llena de cubos de hielo y botellas de jugo de pomelo y vodka. Woltz estaba furioso porque la viejecita del Mercedes manejaba tan lentamente. No era un tipo racional. ¿Qué le importaba? Podía pasarla fácilmente, pero lo enfurecía que alguien condujera a esa velocidad en un camino desierto. Drogas y alcohol, ¿entiendes? Irracional. Y cuando estaba furioso, el rostro se le ponía rojo, le latían las venas del cuello, crispaba los músculos de la cara. La furia de Jim Woltz era *total*. No he conocido otra igual. Y a mi madre la excitaba muchísimo. Siempre. Entonces lo azuzaba. Y yo, agarrada de cualquier cosa en el asiento trasero, le suplicaba que no lo hiciera, pero ella lo acicateaba.

Durante un rato, Woltz los persiguió, tocando la bocina para obligar a los viejecitos a aumentar la velocidad. A veces avanzaba hasta tocar el paragolpes trasero del Mercedes con la trompa del Cadillac, y el roce de metal contra metal producía un chillido espantoso. La mujer estaba aterrada y su auto se desviaba bruscamente hacia un lado y otro. Con Woltz tocándole el paragolpes, ella no sabía si aumentar la velocidad o parar en la banquina para dejarlo pasar.

—Claro que no hubiera seguido de largo para dejarla en paz —dijo Chyna—. Estaba en un estado psicótico. De todas maneras, la cosa hubiera terminado mal.

Cada tanto, Woltz avanzaba por la mano contraria para colocarse a la par del Mercedes, vociferaba y agitaba el puño, y los viejos, que al principio trataban de ignorarlo, lo miraban con los ojos abiertos de pavor. Pero en lugar de seguir de largo y desaparecer en una estela de polvo, él frenaba y volvía a jugar con los paragolpes. Para Woltz, ofuscado por la droga y el alcohol, la persecución era cosa seria, de vida o muerte, algo incomprensible para un ser racional y lúcido. Para Anne, la madre de Chyna, siempre ávida de emociones fuertes, era un juego, una aventura, y no dejaba de acicatearlo.

—*Hagamos una prueba, a ver si sabe manejar* —propuso.

—*¿Qué prueba?* —dijo Woltz—. *¿No te das cuenta de que esa vieja de mierda no sabe un carajo?*

Esta vez, cuando Woltz se puso a la par del Mercedes, Anne dijo:

—*A ver si es capaz de no salirse del camino. Empújala un poco.*

—Junto al camino corría un canal —dijo Chyna a Laura—. Una de esas acequias de drenaje que son comunes en ciertas partes de Florida. Era bastante profunda. Woltz obligó al Mercedes a salirse a la banquina. La mujer hubiera podido empujarlo a él, apretar el acelerador a fondo y desaparecer. Ese Cadillac no podía contra un Mercedes. Pero era vieja, tenía miedo y jamás se había topado con nadie igual. Creo que en el fondo no entendía lo que pasaba, no terminaba de comprender que había gente capaz de hacerles daño *aunque ni ella ni su esposo les habían hecho nada*. Woltz la sacó del camino y el Mercedes volcó y cayó a la acequia.

Woltz se detuvo, puso el Cadillac en marcha atrás y retrocedió hasta el lugar donde el Mercedes se hundía rápidamente. Él y Anne habían descendido para ver el espectáculo. La madre había arrastrado a Chyna con ellos.

—*Vamos, no tengas miedo. No te lo pierdas. Es algo que nunca olvidarás.*

El flanco derecho del Mercedes descansaba sobre el fondo fangoso del canal, el izquierdo asomaba sobre el agua. Parados sobre la banquina en el aire húmedo del crepúsculo, los atacaban hordas de mosquitos, pero ellos no les prestaban atención; contemplaban absortos el interior del vehículo sumergido a través de las ventanillas.

—Anochecía —dijo Chyna, tratando de expresar con palabras las imágenes detrás de sus párpados—. Los faros del Mercedes hundido estaban encendidos, lo mismo que las luces interiores. Tenían aire acondicionado, las ventanillas estaban cerradas y los parabrisas estaban intactos. Podíamos ver el interior porque las ventanillas estaban a centímetros de la superficie. No había señales del marido. Tal vez se había desmayado al volcar el auto. Pero la mujer... apretaba la cara contra la ventanilla. El auto estaba inundado, pero había una gran burbuja de aire contra la ventanilla, que le permitía respirar. Woltz hubiera podido ayudarla. Mi madre también. Pero no hacían más que mirar. La anciana trataba de bajar la ventanilla, pero estaba trabada, o tal vez no podía por el miedo y la debilidad.

Chyna había tratado de alejarse, pero su madre la había obligado a mirar mientras le susurraba al oído y la envolvía en un vaho agrio de jugo de pomelo y vodka.

—*Nosotros no somos gente del montón, mi amor. No seguimos sus reglas. Mira bien si quieres saber lo que es la libertad.*

Chyna había cerrado los ojos, pero no había manera de no oír los gritos de la mujer en la burbuja de aire dentro del auto sumergido. Gritos ahogados.

—Poco a poco, dejó de gritar —continuó Chyna—. Cuando abrí los ojos ya era de noche. La luz interior del Mercedes estaba encendida y la cara de la anciana seguía apretada contra la ventanilla, pero se había levantado una brisa que agitaba un poco el agua del canal y sus rasgos eran borrosos. Yo sabía que estaba muerta, y el marido también. Me puse a llorar. Woltz se enojó, dijo que me iba a meter en el Mercedes con los muertos. Mi madre me obligó a tomar jugo de pomelo con vodka. Yo tenía siete años. El resto del viaje hasta Cayo Hueso, lo pasé acostada en el asiento trasero, mareada, casi borracha a causa del vodka, llorando en silencio para no enfadar a Woltz, hasta que me dormí.

No había otro ruido en el Mustang que el suave ronroneo del motor y el zumbido de los neumáticos sobre el asfalto.

Chyna abrió los ojos y volvió de sus recuerdos en Florida, de ese crepúsculo húmedo y remoto, al Valle de Napa, donde la luz roja casi se había desvanecido y la noche se cernía sobre ellas.

El viejo del Buick había desaparecido. Laura había reducido la velocidad, y evidentemente el otro auto se había alejado.

—Por Dios... —susurró Laura.

Chyna se estremecía sin poder contenerse. Tomó unos pañuelos de papel de la caja entre los asientos, se sonó la nariz y se secó los ojos. A lo largo de dos años había relatado a Laura ciertos sucesos de su infancia, pero cada relato —y aún quedaba mucho por contar— había sido tan penoso como el anterior. Cuando hablaba del pasado sentía una vergüenza atroz, como si fuera tan culpable como su madre, como si cada acto criminal y ataque de locura pudiera achacársele a ella, una niña indefensa atrapada por la demencia ajena.

—¿Volverás a verla? —preguntó Laura.

—No lo sé —dijo Chyna, todavía obnubilada por el horror de los recuerdos.

24

—¿Querrías?

Chyna vaciló. Había crispado los puños, y en el derecho apretaba un pañuelo húmedo.

—Tal vez.

—¿Por qué, por amor de Dios?

—Para preguntarle por qué lo hacía. Tratar de comprenderla. Ajustar algunas cuentas. Pero... tal vez no.

—¿Sabes siquiera dónde está?

—No. Pero no me sorprendería que estuviera presa. O muerta. Nadie que lleva esa clase de vida muere de viejo.

Bajaron de las últimas estribaciones hacia el fondo del valle.

Después de un largo silencio, Chyna prosiguió:

—Todavía la veo en medio de los miasmas del canal, grasienta de sudor, desgreñada, picada por los mosquitos, los ojos turbios por el vodka. Y a pesar de todo, Laura, nunca se vio una mujer más hermosa. Era tan hermosa, perfecta por fuera, como un ángel en un sueño... pero nunca tan bella como en esos momentos cuando la excitaba la violencia. La veía a la luz verdosa de los faros del Mercedes que atravesaba el agua turbia, esplendorosa en medio del resplandor verde, la mujer más hermosa que se ha visto jamás, como una diosa de otro mundo.

Poco a poco cesaron sus temblores, y el rubor de la vergüenza se desvaneció lentamente.

Nunca sabía cómo agradecerle a Laura por su solicitud y apoyo. Era una amiga de verdad. Antes de conocerla, Chyna nunca hablaba con nadie de su pasado. Ahora que se había desahogado de otro recuerdo odioso, impuro, no tenía palabras para expresar su gratitud.

—Está bien —dijo Laura como si leyera sus pensamientos.

Siguieron en silencio.

Llegaron tarde a cenar.


A Chyna, la casa de los Templeton le pareció acogedora a primera vista: victoriana, amplia, con tejados y amplias galerías adelante y atrás. Estaba a unos setecientos metros de la carretera vecinal, al final de una entrada de ripio, rodeada por unas cincuenta hectáreas de viñedos.

Tres generaciones de Templeton habían cultivado la vid, pero no producían vino. Vendían su producción a una de las mejores bodegas del valle, y gracias a la fertilidad de la tierra y la calidad de sus vides, siempre obtenían un buen precio.

Al escuchar al Mustang que se acercaba, Sarah Templeton salió a la galería y bajó rápidamente los escalones para recibir a Laura y Chyna. Era una mujer bella, esbelta y juvenil, de unos cuarenta y cinco años, con una melena rubia con un corte moderno. Vestía jeans pardos y una blusa verde esmeralda de mangas largas y cuello bordado, a la vez elegante y maternal.

Besó a Laura y la abrazó con fuerza, en una muestra de amor maternal tan completo y posesivo, que Chyna sintió envidia y a la vez angustia por no haber conocido nada parecido.

Para su sorpresa, Sarah la abrazó y la besó:

—Laura dice que eres como una hermana para ella, así que quiero que te sientas cómoda aquí, querida. Mientras estés aquí, serás parte de la familia.

En su desconocimiento de los ritos afectivos familiares, Chyna no supo cómo responder. Finalmente la abrazó con torpeza y farfulló un "gracias" apenas inteligible. El nudo en la garganta era tan grande, que casi no podía decir palabra.

Sarah enlazó a ambas por la cintura y las condujo hacia la galería.

—Dejaremos el equipaje para después. La cena está preparada. Vamos. Laura me ha hablado muchísimo de ti, Chyna.

—Hay algo que no te dije, mamá. Chyna es una sacerdotisa vudú. Perdona que te lo ocultara, pero todos los días, a la medianoche, tiene que sacrificar una gallina.

—Acá sólo hay viñedos. No tenemos corral, querida —dijo Sarah—. Pero después de cenar podemos ir a alguna de las granjas de por aquí y comprarte unas cuantas gallinas.

26

Chyna rió y miró a Laura como para preguntar: *¿Qué hay de la célebre mirada?*

Laura comprendió.

—Ahora que viniste tú, ocultaron todos los látigos y demás artefactos.

—¿Se puede saber de qué estás hablando?

—No hagas caso a mis tonterías, mamá. A veces ni yo me entiendo.

En la gran cocina, Paul Templeton retiraba del horno una fuente de papas con queso. Era un hombre esbelto y musculoso, de uno setenta de estatura, cabello oscuro y cara rubicunda. Dejó la fuente, se quitó los guantes de cocina y abrazó a Laura con tanto afecto como lo había hecho Sarah. Después de las presentaciones, tomó una mano de Chyna entre las dos suyas, que eran rudas y callosas, y dijo con fingida solemnidad:

—Gracias a Dios que llegaron enteras. Mi nena conduce el Mustang como si fuera el Batimóvil.

—Ajá, ¿y quién me enseñó a conducir? —preguntó Laura.

—Yo te enseñé lo elemental —admitió Paul—. No pensé que te estaba inculcando mi estilo.

—Me niego a pensar en eso —dijo Sarah—. Si no, me moriría de un infarto.

—Tienes que aceptarlo, mamá. La familia de papá tiene un gen Fórmula Uno y me lo pasaron a mí.

—Maneja muy bien —afirmó Chyna—. Nunca tengo miedo cuando voy con Laura.

Laura sonrió con malicia y alzó el pulgar.

La cena fue larga y morosa porque los Templeton disfrutaban de la conversación. Con mucho tacto, incluyeron en ella a Chyna, la escucharon con verdadero interés, pero aun cuando la conversación derivó hacia asuntos familiares desconocidos para la joven, en ningún momento se sintió excluida, como si por un acto mágico de ósmosis la hubieran absorbido en el clan.

Jack, el hermano treintañero de Laura, y Nina, su esposa, vivían en otra parte de la propiedad, en la antigua casa del cuidador. Un compromiso previo los había alejado de la mesa familiar. Le dijeron a Chyna que los presentarían por la mañana, y ella no sintió el menor atisbo de la ansiedad que la había embargado antes de conocer a Sarah y Paul. Jamás en su vida azarosa había conocido un verdadero hogar; y si esa casa no lo era del todo, la bienvenida había sido de lo más cordial.

Después de la cena, Laura y Chyna fueron a pasear por los viñedos a la luz de la Luna, entre hileras de viñas podadas en las que aún no habían brotado los sarmientos ni los frutos. El aire fresco estaba impregnado del agradable aroma fecundo de la tierra roturada, y en los campos oscuros reinaba una sensación misteriosa que a Chyna le resultaba fascinante, seductora... y en ocasiones desconcertante, como si las rodearan presencias invisibles, espíritus antiguos y no siempre benévolos.

—Eres la mejor amiga que he tenido —dijo Chyna después de un lento paseo por las viñas, cuando volvían a la casa.

—Lo mismo digo.

—Es algo más... —su voz se desvaneció. Iba a agregar: *mi única amiga*, pero le pareció que la frase tan trillada no expresaba adecuadamente sus sentimientos. En verdad, eran hermanas.

—Lo sé —dijo Laura, y enlazó su brazo con el suyo.

—Cuando tengas hijos, quiero que me llamen tía Chyna.

—Oye, Shepherd, ¿no te parece que debería conocer a un tipo y casarme antes de darte sobrinitos?

—Quienquiera que sea, espero por su bien que sea un buen marido. Si no, le cortaré los cojones.

—Bueno, pero te pido un favor. No se lo digas hasta después de la boda. Más de un tipo se asustaría.

Desde algún lugar del viñedo llegó un ruido inquietante, y Chyna se detuvo. Un crujido prolongado.

—Es una puerta del granero, que se agita con el viento —dijo Laura—. Las bisagras están oxidadas.

Era como si alguien hubiera abierto una gran puerta en el muro de la noche para ingresar desde otro mundo.


Chyna Shepherd nunca dormía apaciblemente en casa ajena. Había pasado la infancia y la adolescencia saltando de casa en casa, arrastrada por su madre de una punta a otra del país, sin permanecer más de un mes o dos en ninguna parte. Había sufrido tantas experiencias terribles en tantos lugares distintos, que cada casa nueva no era un comienzo preñado de esperanzas de paz y felicidad sino una causa de nuevas aprensiones y mudo terror.

Libre por fin de su madre alienada, podía alojarse donde quisiera. En los últimos tiempos, su vida era casi tan estable como la de una monja recoleta, estaba planificada tan minuciosamente como las rutinas de una división policial para desarmar un artefacto explosivo, liberada del torbellino que era la vida misma de su madre.

No obstante, en esa primera noche en casa de los Templeton, no se decidía a desvestirse y acostarse. Sentada en un sillón de respaldo curvo frente a una de las dos ventanas del cuarto de huéspedes, contemplaba los viñedos, los campos y las laderas del Valle de Napa a la luz de la Luna.

Laura se encontraba en un cuarto en el otro extremo de la planta alta y sin duda dormía apaciblemente porque la casa no le era en absoluto extraña.

Las primeras vides de la primavera eran casi invisibles desde la ventana del cuarto de huéspedes. Vagas formas geométricas.

Más allá de las hileras de cultivos, se alzaban ondulaciones cubiertas de pastizales altos y resecos, plateados por la Luna. Una brisa intermitente barría el valle, y a veces los pastizales parecían olas que rodaban sobre las laderas bajo el ligero resplandor lunar.

Pasando las colinas se alzaba la cordillera de la costa, y sobre esos picos asomaban cascadas de estrellas y la Luna llena. Las nubes de tormenta que se aproximaban desde las montañas del noroeste no tardarían en oscurecer la noche, en transformar las colinas plateadas en peltre y luego en hierro negro.

Cuando oyó el primer grito, Chyna contemplaba las estrellas; desde la infancia la fascinaba su frío resplandor que sugería mundos remotos, estériles e inmaculados, libres de pestilencia. Al principio, le pareció que el grito ahogado era un recuerdo, el eco de alguna discusión airada en una de las casas de su pasado, que reverberaba a través del tiempo. Cuando era niña y quería ocultarse de su madre y sus amigos en medio de sus orgías de drogas y alcohol, trepaba al techo de la galería o al árbol del jardín, saltaba por la ventana a la salida de incendio y huía a lugares secretos, lejos de la refriega, donde podía contemplar las estrellas mientras las voces airadas de la discusión, los jadeos de la excitación sexual o los chillidos inducidos por la droga llegaban a sus oídos como si vinieran de una radio, de lugares remotos, de gente que no tenía el menor vínculo con su vida.

El segundo grito, breve y apenas un poco más fuerte que el primero, sin duda era actual, no un recuerdo, y Chyna se irguió en su asiento. Tensa. La cabeza inclinada. El oído aguzado.

Quería creer que el grito había venido de afuera, de manera que mantuvo los ojos clavados en la noche, las viñas y las colinas que se alzaban más allá. Las olas impulsadas por la brisa agitaban los pastizales secos sobre las laderas bañadas por la luz de la Luna: un espejismo de agua como las mareas espectrales de un mar antiguo.

De otra parte de la gran casa, le llegó un ruido sordo y suave, como el de un objeto pesado al caer sobre un piso alfombrado.

Chyna se paró al instante y permaneció totalmente inmóvil, a la espera.

Las voces airadas por algún tipo de pasión generalmente anunciaban problemas. Pero a veces, los actos más odiosos eran precedidos por los silencios deliberados y el sigilo.

Le era difícil vincular la idea de la violencia hogareña con Paul y Sarah Templeton, tan afectuosos entre sí y con su hija. No obstante, las apariencias rara vez coincidían con la realidad, y el ser humano era más diestro en disimular que el camaleón, el sinsonte o la mantis religiosa, que oculta su canibalismo feroz tras una pose serena y devota.

Después de los gritos ahogados y el ruido sordo, el silencio cayó lentamente, como la nieve. Era profundo y pavoroso, tan antinatural como el del mundo de los sordos. Era el silencio que precedía al zarpazo, la quietud de la víbora enroscada.

En otra parte de la casa, alguien aguzaba los oídos, inmóvil y tenso como ella. Alguien peligroso. Percibía la presencia del depredador, una presión sutil en el aire similar a la que precedía a una tormenta eléctrica.

Una parte de su ser, adiestrada por seis años de estudios universitarios de psicología, ponía en tela de juicio la interpretación temerosa de esos ruidos nocturnos que bien podían ser inofensivos. Cualquier psicoanalista diestro tenía a mano decenas de rótulos para calificar a quien llegaba ante todo a conclusiones negativas, a quien vivía a la espera de la violencia inesperada.

Pero debía confiar en sus instintos, afinados por años de vivencias rudas.

Cuando su intuición le indicó que la seguridad dependía del desplazamiento, se alejó sigilosamente del sillón frente a la ventana, hacia la puerta que daba al pasillo. A pesar del resplandor de luna, después de dos horas a oscuras en el cuarto, sus ojos se habían acostumbrado a la oscuridad, y podía desplazarse en las tinieblas sin temor de chocar con un mueble.

A mitad de camino hacia la puerta, escuchó ruido de pasos en el pasillo de la planta alta. Pasos presurosos, pesados, ajenos a la casa.

Libre de la propensión del estudiante de psicología de buscar justificaciones ociosas a todo, llevada por la intuición y las defensas de la infancia, Chyna retrocedió rápidamente hacia la cama. Se dejó caer de rodillas.

Los pasos se detuvieron en el pasillo. Se abrió una puerta.

Chyna sabía que era absurdo atribuir furia al ruido de una puerta que se abría. El chasquido del picaporte, el roce del pasador, el chillido agudo de una bisagra no aceitada no eran más que ruidos: ni timoratos ni furiosos, ni culpables ni inocentes, podían haber sido causados por un cura o un caco. Sin embargo, *sabía* que la violencia rondaba en la noche.

Se tendió boca abajo y se deslizó bajo la cama con los

pies hacia la cabecera. Era un mueble elegante de patas talladas, afortunadamente un poco más altas que las de la mayoría de las camas. Un par de centímetros menos le hubieran impedido ocultarse debajo de ella.

Los pasos sonaron en el pasillo.

Se abrió otra puerta. La del cuarto para huéspedes. Frente al pie de la cama.

Alguien encendió la luz.

Chyna volvió la cabeza a un costado y apoyó la oreja sobre la alfombra. Más allá del pie de la cama, alcanzó a ver un par de botas masculinas negras cubiertas hasta la mitad de la caña por jeans azules.

Alguien estaba en el umbral y evidentemente estudiaba el cuarto. Vería una cama perfectamente tendida a la una de la mañana, con cuatro almohadones de fundas bordadas apoyados contra la cabecera.

Ella no había puesto nada sobre las mesas de noche. No había ropa colgada sobre las sillas. La novela que había traído para leer en la cama estaba en un cajón de la cómoda.

Le gustaban los espacios limpios, austeros como las celdas de un claustro. Esa afición tal vez le salvaría la vida.

Nuevamente la estremeció una duda fugaz, fruto de la propensión al autoanálisis adquirida por todos los estudiantes de psicología. Si el hombre en la puerta tenía derecho a estar en la casa —si era Paul Templeton o Jack, el hermano de Laura, que vivía con su esposa en la casa del cuidador— y si se había suscitado una crisis que justificaba su irrupción en el cuarto sin llamar a la puerta, ella quedaría como una idiota o como una histérica al salir de su escondite bajo la cama.

Entonces, delante de las botas negras, una gota pesada y roja —seguida por otra y otra más— cayó sobre la alfombra de color trigo dorado. *Plop-plop-plop*. Las dos primeras se hundieron en el nailon grueso. La tercera, que conservó la tensión superficial, brillaba como un rubí.

Chyna supo que la sangre no era del intruso. Trató de no pensar en el instrumento filoso del cual tal vez goteaba.

El hombre entró en el cuarto, hacia la derecha, y ella lo siguió con los ojos.

El cubrecama estaba estirado y ajustado bajo los laterales de la cama. Por lo tanto, ninguna tela colgante obstruía la visión de las botas.

Al mismo tiempo, la falta de una tela que colgara hasta el piso le permitía al intruso ver el espacio bajo la cama. Desde ciertos ángulos, tal vez podría ver parte de *sus* jeans, la puntera de una zapatilla, la manga rojo frambuesa de su suéter de algodón estirada sobre su codo plegado.

Afortunadamente la cama de dos plazas y media le ofrecía buena protección.

Si él jadeaba, de excitación o de la furia que trasuntaba su presencia, Chyna no podía oírlo. Con una oreja aplastada contra la gruesa alfombra, estaba medio sorda. Los listones de madera y el colchón de resortes pesaban sobre su espalda, y su pecho apenas tenía lugar para expandirse y recibir el escaso aire que inhalaba cautelosamente por la boca abierta. El martilleo de su corazón redoblaba como un tambor contra su esternón y parecía llenar los confines claustrofóbicos de su escondite a un punto tal, que el intruso no dejaría de oírlo.

El hombre fue al baño, abrió la puerta y encendió la luz.

Ella había guardado sus artículos de tocador en el botiquín. Nada, ni siquiera su cepillo de dientes, había quedado a la vista para delatar su presencia.

¿Estaba seco el lavabo?

A las once, al retirarse a su habitación, había usado el inodoro y se había lavado las manos. Desde entonces habían pasado dos horas. Las gotas de agua que hubieran quedado en el lavabo seguramente se habían ido por el desagüe o evaporado.

El baño estaba provisto de un recipiente del cual se bombeaba jabón líquido con aroma de limón. Por consiguiente, no había una pastilla húmeda de jabón que delatara su presencia.

¿Y la toalla? Difícilmente estaría húmeda dos horas después de haberla usado para secarse las manos. Sin embargo, a pesar de su propensión al orden y el aseo, tal vez había quedado levemente torcida o conservaba una arruga delatora.

Le pareció que el hombre permanecía en el umbral del baño durante una eternidad. Por fin apagó la luz fluorescente y volvió al dormitorio.

De niña —y no tan niña—, Chyna solía ocultarse debajo de la cama. A veces la buscaban ahí; a veces la pasaban por alto aunque era el más evidente de los escondites. Entre aquellos que la habían descubierto, algunos habían buscado bajo la cama en primer término... pero la mayoría la había dejado para el final.

Cayó otra gota roja sobre la alfombra, como si la bestia vertiera lentas lágrimas de sangre.

Se acercó a la puerta del vestidor.

Chyna tuvo que girar la cabeza y estirar el cuello para seguir sus pasos.

El vestidor era profundo y tenía una luz que se encendía tirando de una cadenita que pendía del portalámpara. Escuchó el chasquido característico seguido del tintineo de las cuentas metálicas de la cadena contra la bombilla.

Los Templeton guardaban sus valijas en el fondo de ese vestidor. Entre ellas, el bolso y el maletín de Chyna no parecían los de un huésped de fin de semana.

Ella había traído varias mudas: dos vestidos, dos faldas, otro par de jeans, ropa interior, una chaqueta de cuero. Chyna y Laura tenían la misma talla; tal vez, el intruso pensaría que las escasas prendas colgadas de la barra, más que ser indicios de la presencia de un huésped, simplemente indicaban que no cabían en el armario de Laura.

Pero si él había estado en el dormitorio de Laura y había visto su armario... ¿qué le había pasado a la joven?

No debía pensar en eso. No era el momento. Todos sus pensamientos, toda su lucidez, debían concentrarse en la tarea de sobrevivir.

Dieciocho años antes, la noche que cumplió los ocho en una casa al borde de la playa en Cayo Hueso, Chyna se había ocultado debajo de la cama para escapar de Jim Woltz, el amigo de su madre. Cohibida por la tormenta que rugía sobre el Golfo de México y por los rayos que herían el cielo, no había buscado como en otras noches el santuario de la playa. Apenas buscó refugio en el espacio confinado debajo de la cama de hierro —más baja que aquella bajo la cual se encontraba ahora—, descubrió que lo compartía con un escarabajo de las palmeras. Estos bichos no eran bonitos ni exóticos como su nombre. En realidad, no eran sino gigantescas cucarachas tropicales. Ésta era grande como su manito de niña. En cualquier otra ocasión, la repugnante criatura hubiera huido de ella. Pero en ésta parecía menos asustada de ella que del frenético Woltz, quien presa de una borrachera furiosa chocaba incansable contra los muebles y las paredes como una fiera que se lanzara contra los barrotes de una jaula. Chyna estaba descalza, vestida con shorts azules y un pequeño top blanco, y la cucaracha había corrido frenética por toda su piel, entre sus dedos, subido por una pierna y bajado por la otra, había corrido por su espalda y su cuello, se había introducido en su cabellera, había corrido sobre su hombro y a lo largo de su brazo. Chyna había contenido sus chillidos de asco para no llamar la atención de Woltz. Esa noche estaba hecho un salvaje desenfrenado, como un monstruo de sus sueños, y ella estaba convencida de que, como todos los monstruos, estaba dotado de vista y oído sobrenaturales para cazar a los niños. Temía espantar a la cucaracha porque Woltz oiría el menor ruidito a pesar del rugido de la tempestad, el estampido incesante de los truenos y sus propios alaridos. Con tal de que Woltz no la hallara, había soportado las correrías de la cucaracha. Había apretado los dientes para no gritar, había rogado desesperadamente a Dios que la salvara y luego le había suplicado que se la llevara, que un rayo pusiera fin al martirio, que pusiera fin a todo, Dios mío, a todo.

Aunque no había cucarachas debajo de la elegante cama de madera tallada, Chyna sentía que un bicho caminaba entre sus dedos de nenita descalza, corría por sus piernas como si vistiera shorts de algodón en lugar de jeans. Jamás se había dejado crecer el pelo después de esa noche en que cumplió ocho años y la cucaracha hurgó entre sus bucles; pero ahora sentía al fantasma de la cucaracha en su pelo corto.

El hombre en el vestidor —tal vez un ser capaz de cometer actos infinitamente más atroces que los imaginados por Woltz en sus delirios más malignos— tiró de la cadenita del interruptor. La luz se apagó con un chasquido seguido por un tintineo de cuentas metálicas.

Los pies calzados con botas se acercaron a la cama. Una lágrima de sangre fresca brillaba en la puntera de cuero negro.

Estaba a punto de poner rodilla en tierra junto a la cama.

*Dios mío, me va a encontrar encogida como una nena, ahogándome con mis propios gritos, empapada de sudor frío, la dignidad perdida en el esfuerzo desesperado por seguir viva, viva e intacta, viva e intacta...*

Tuvo la absurda sensación de que cuando él atisbara debajo de la tabla lateral de la cama y se encontrara cara a cara con ella, no sería un hombre sino una gran cucaracha tropical de plurifacéticos ojos negros.

La había sumido en la impotencia de la niñez, en ese miedo visceral que jamás había querido volver a experimentar. La había despojado de la autoestima conquistada con años de rebeldías —*conquistada*, hijo de puta—, y sus ojos se llenaron de lágrimas de amargura al pensar en semejante injusticia.

Pero las botas borrosas se apartaron y se alejaron. Sin detenerse, fueron hacia la puerta abierta.

Aparentemente, la ropa colgada en el armario no le había sugerido que el cuarto de huéspedes estaba ocupado.

Chyna parpadeó con fuerza para expulsar las lágrimas que enturbiaban su vista.

El hombre se detuvo y giró: evidentemente, echaba una última mirada al dormitorio.

Chyna contuvo el aliento por miedo a que oyera sus exhalaciones, suaves como las de un bebé.

Afortunadamente no usaba perfume. Si no, él no dejaría de olerla.

El hombre apagó la luz, salió al pasillo y cerró la puerta.

La primera intención de Chyna fue permanecer en ese refugio estrecho entre la alfombra y el colchón de resortes hasta el amanecer o aún más, hasta que el silencio se prolongara más allá de la inmovilidad de una fiera agazapada.

Pero la asaltó una idea que hizo que cambiara de parecer: no sabía qué había sido de Laura, Paul y Sarah. Cualquiera de ellos —acaso los tres— podía estar vivo, malherido pero respirando. Tal vez la fiera los mantenía vivos para torturarlos a su antojo. Los diarios estaban repletos de relatos no menos crueles que las hipótesis que se presentaban vívidamente a su imaginación. Y si alguno de los Templeton aún estaba vivo, Chyna sería su única esperanza de sobrevivir.

Ni en su infancia había sentido jamás tanto miedo al abandonar un escondite como ahora al deslizarse vacilante de debajo de la cama. Claro que ahora tenía mucho más que perder que diez años antes, cuando abandonó a su madre: una vida digna conquistada tras una década de lucha incesante y una autoestima ganada con esfuerzo. Qué locura correr ese riesgo cuando la inmovilidad garantizaba su seguridad. Pero la seguridad propia a expensas de la vida ajena era cobardía, y ésta sólo se justificaba en los niños, desprovistos de la fuerza y la experiencia necesarias para defenderse.

No podía refugiarse en la indiferencia defensiva de la niñez. Semejante proceder sería el fin de la autoestima. El suicidio en cámara lenta. Uno no puede refugiarse en un pozo sin fondo: sólo puede precipitarse a él.

Una vez al descubierto, se agazapó junto a la cama. Durante un rato no pudo avanzar más. Inmóvil, esperaba que en cualquier momento se abriera violentamente la puerta y el intruso irrumpiera en la habitación.

La casa, como una luna sin atmósfera, no ofrecía la menor reverberación.

Chyna se paró y cruzó sigilosamente la penumbra de la habitación. Trató de evitar las tres gotas de sangre, ahora invisibles.

Aplicó la oreja izquierda a la grieta entre la puerta y

el marco. No escuchó el menor movimiento o ruido en el pasillo, pero eso en sí era sospechoso.

Tal vez el intruso estaba al otro lado de la puerta. Y sonreía. Le divertía pensar que ella trataba de escuchar. Esperaba el momento. Era paciente porque sabía que tarde o temprano ella abriría y caería directamente en sus brazos.

*Al diablo con eso.*

Puso la mano sobre el picaporte, lo movió lentamente, y se crispó ante el leve roce del resorte en la muesca. Suerte que las bisagras estaban aceitadas.

Aunque su vista aún no se había readaptado a la oscuridad, advirtió que nadie la esperaba. Salió de la habitación y cerró la puerta sin el menor ruido.

La suite para huéspedes daba al brazo corto del pasillo en forma de L de la planta alta. A su derecha, la escalera trasera descendía a la cocina. A su izquierda, estaba la esquina de unión con el brazo largo de la L.

Descartó el descenso por la escalera de la cocina. Ya la conocía: había bajado con Laura cuando fueron a pasear por los viñedos. Los peldaños de madera estaban gastados. Crujían con cada paso. El hueco actuaba como un amplificador, tan sonoro y eficiente como un tambor de acero. En el silencio absoluto que reinaba en la casa, sería imposible bajar por allí sin ser descubierta.

En cambio, el piso del pasillo y la escalera principal ostentaban gruesas alfombras.

Desde algún lugar del pasillo principal, a la vuelta de la esquina, llegaba un suave resplandor ambarino. En el papel que revestía las paredes, la delicada trama de rosas descoloridas parecía absorber la luz en lugar de reflejarla, y adquirir así un volumen misterioso que no había poseído antes.

Si el intruso se encontrara en algún lugar entre la unión de los pasillos y la fuente de luz, su cuerpo echaría una sombra deforme sobre el luminoso jardín de papel o la alfombra color de trigo dorado. No había sombras.

Con la espalda pegada a la pared, Chyna se deslizó hasta el rincón, titubeó y se inclinó para echar un vistazo. El pasillo estaba desierto.

Dos fuentes de pálida luz ambarina atenuaban las tinieblas. La primera se encontraba detrás de una puerta entornada sobre la derecha: la suite de Paul y Sarah. La segunda, mucho más alejada y sobre la izquierda, correspondía al cuarto de Laura.

Las demás puertas parecían estar cerradas. No sabía qué había detrás de ellas. Acaso otros dormitorios, un baño, un escritorio, placares. Aunque la atraían —a la vez que le causaban temor— los cuartos iluminados, cada puerta cerrada también representaba un peligro.

El silencio insondable la indujo a pensar que el intruso se había ido. No, era mejor rechazar esa tentación.

Adelante, pues, entre las rosas impresas en el papel, hacia la puerta entornada de la suite principal. Vacilar allí. En el filo.

Cuando descubriera la escena que esperaba ser descubierta, tal vez ése sería el fin de todas sus ilusiones sobre el orden y la estabilidad. Después de diez años de obstinada negación, se reafirmaría la verdad de la vida: el caos, como una corriente de mercurio de rumbo impredecible, precipitándose hacia un delta tenebroso, sin un propósito visible.

Tal vez el hombre de jeans y botas negras había vuelto a la suite principal después de inspeccionar el cuarto para huéspedes, pero no era lo más probable. Sin duda, había otras atracciones en la casa.

Temerosa de demorarse excesivamente en el pasillo, cruzó furtivamente el umbral sin abrir más la puerta.

El dormitorio de Paul y Sarah era espacioso. Había una chimenea flanqueada por sillones y escabeles. Los anaqueles que revestían las paredes estaban colmados de libros; en la penumbra era imposible distinguir los títulos.

Las lámparas eran especies de jarrones de colores alegres con pantallas de tela fruncida. Una de ellas estaba encendida; su pantalla estaba salpicada de manchas escarlatas.

Chyna se detuvo lejos del pie de la cama; ya había visto demasiado. Ni Paul ni Sarah estaban ahí, pero las sábanas y mantas estaban revueltas en el piso, a la derecha de la cama. El lado izquierdo estaba empapado de sangre y un brillante rocío escarlata formaba arcos en la cabecera y la pared detrás de ésta.

Cerró los ojos. Había escuchado algo. Giró, agazapada a la espera de un ataque. Estaba sola.

El ruido siempre había estado presente: el chapaleteo del agua de una ducha. Al principio no lo había escuchado porque estaba aturdida por las manchas de sangre, fuertes como el rugido de una turba furiosa.

*Sinestesia.* Esa palabra hallada en un texto de psicología se había grabado en su memoria porque le pareció hermosa, no porque hubiera pensado que alguna vez la experimentaría. Sinestesia: alteración momentánea de los sentidos por la cual un aroma se presenta como un destello de color, un sonido se registra como un olor, y la textura de un material al tacto aparece como una risita argentina o un alarido.

Al cerrar los ojos había cesado el rugido de las manchas, y entonces había oído el ruido del agua. Era la ducha del baño adyacente.

La puerta estaba apenas entreabierta. Por primera vez desde que entró en el dormitorio, Chyna advirtió la delgada franja de luz fluorescente en el marco de la puerta del baño.

Al apartar la vista de la puerta, temerosa de lo que habría detrás, vio el teléfono en la mesa de noche a la derecha de la cama. Allí no había sangre; por lo tanto, era más fácil acercarse.

Tomó el receptor. No había tono. Eso era de esperar. Las cosas nunca eran tan fáciles.

Abrió el cajón de la mesita con la esperanza de encontrar un arma. No tuvo suerte.

Convencida aún de que sólo estaría a salvo si permanecía en movimiento, de que el escondite sólo podía ser el último recurso, Chyna casi terminó de bordear la cama antes de darse cuenta de que había dado el primer paso. La alfombra frente a la puerta del baño estaba empapada.

Con una mueca, fue a la otra mesa de noche y abrió el cajón. Bajo el resplandor mortal, halló un par de anteojos con reflejos dorados en las medialunas de las lentes, una novela de aventuras encuadernada en rústica, una caja de pañuelos de papel, un tubo de pomada para los labios, ningún arma.

Al cerrar el cajón, llegó a su nariz el olor de la pólvora quemada detrás del hedor cobrizo de la sangre.

Conocía ese olor. Más de un amigo de su madre había utilizado un arma para conseguir lo que quería, o por simple diversión.

Chyna no había oído los disparos. Por consiguiente, el intruso tenía un arma con silenciador.

Detrás de la puerta, aún caía el agua. Ese repiqueteo susurrante, tan suave y sedante en otras circunstancias, irritaba los nervios como el silbido del torno dental.

Tenía la certeza de que el intruso no estaba en el baño. Completada su obra, se afanaba en otra parte de la casa.

En ese momento, temía menos al hombre que descubrir el verdadero fruto de su obra. Pero afrontaba un dilema que hacía a la esencia misma de la agonía humana: en última instancia, la ignorancia era peor que el conocimiento.

Por fin abrió la puerta, entrecerró los ojos ante el fuerte resplandor fluorescente y entró.

Era un baño amplio, de paredes revestida con azulejos blancos y amarillos. Una cenefa con un motivo de narcisos y hojas verdes decoraba las paredes a la altura del respaldo de una silla y en torno del tocador y el lavabo. Para su sorpresa, no había demasiada sangre.

Paul Templeton, de pijama azul, estaba sentado en el inodoro, sujeto con fajas de cinta engomada. Otras fajas rodeaban su pecho y la cisterna del inodoro para sostenerlo erguido.

En su pecho, entre las fajas de cinta semitransparente, se veían tres orificios de bala. Tal vez había más, pero no quería buscarlos y además no era necesario. Había muerto instantáneamente, quizá mientras dormía, y el intruso había arrastrado su cadáver al baño.

La embargó un dolor tenebroso y frío. Para sobrevivir, tenía que reprimirlo a toda costa, y la supervivencia era justamente su fuerte.

Una faja de cinta rodeaba el cuello de Paul y lo sujetaba al toallero en la pared, detrás del inodoro. El propósito era impedir que su cabeza se inclinara sobre su pecho... y dirigir su mirada hacia la ducha. Pequeños trozos de cinta mantenían abiertos sus párpados, y el ojo derecho estaba reventado.

Chyna se estremeció y apartó la vista.

Aunque el intruso había matado a Paul sin despertarlo a fin de asegurarse el control de la casa, luego había fantaseado con obligar al hombre a mirar mientras sometía a su esposa a sus aberraciones.

Era un cuadro típico, uno de los preferidos de los psicópatas que sienten placer al actuar para sus víctimas. Aparentemente creen que el muerto es capaz de ver y oír, y por lo tanto, pueden admirar el histrionismo audaz de un torturador que no teme ni al hombre ni a Dios. Es una forma de delirio que está descripta en los textos. En la universidad, en un curso de psicología sobre casos aberrantes, un profesor invitado de la División de Ciencias de la Conducta del FBI les había proporcionado descripciones más gráficas que las de cualquier texto.

Pero el impacto de presenciar tal brutalidad desafiaba cualquier descripción. Casi paralizada por el golpe, sentía las piernas pesadas y rígidas. El hormigueo en sus manos era el preludio del entumecimiento.

Sarah Templeton estaba en la ducha, separada de la bañera por un cerramiento de vidrio. Detrás del vidrio empañado se insinuaba una forma vaga, rosada, acurrucada en el piso. En el plafón sobre la puerta de vidrio, el asesino había escrito dos palabras. Las letras de imprenta negras parecían haber sido escritas con lápiz delineador: PUTA ASQUEROSA.

Nunca Chyna había deseado nada con tanta intensidad como eludir la obligación de correr esa puerta. Sarah no podía estar viva.

Pero si se alejaba sin cerciorarse de que no podía hacer nada por Sarah, la culpa se arraigaría en ella hasta transformar su propia supervivencia en una forma de muerte en vida.

Además, había consagrado su vida a tratar de comprender precisamente la crueldad humana, y la lectura de una historia clínica jamás la acercaría tanto al conocimiento como la visión de semejante escena. Esa noche, en esa casa, una mente psicópata había exteriorizado su tenebroso paisaje.

El repiqueteo del agua reverberaba en los azulejos de las paredes como el silbido de las serpientes y la risa quebradiza de niños ausentes.

El agua debía de ser fría; de lo contrario, el baño estaría lleno de vapor.

Chyna contuvo el aliento, tomó la manija de aluminio y corrió el cerramiento.

Sarah Templeton se había puesto un camisón verde pálido y bombacha al tono. La ropa estaba en un rincón, hecha una pelota empapada.

Después de matar al marido, el asesino sin duda había golpeado a la mujer, tal vez con la culata del arma. Luego la había amordazado; el material que le había introducido en la boca le abultaba las mejillas. Las fajas de cinta engomada que cubrían los labios empezaban a despegarse bajo la incesante lluvia helada.

En el caso de Sarah, el asesino había usado un cuchillo. No estaba viva.

Chyna corrió el cerramiento nuevamente.

Si había compasión en la vida, Sarah Templeton no había recuperado el sentido después de los golpes en la cabeza.

Recordó cómo la había abrazado al recibirla en la entrada. Contuvo las lágrimas y deseó ser ella la muerta en lugar de esa mujer amorosa acurrucada debajo de la ducha. En verdad, la vida se le escapaba con el correr de los minutos, porque al morir esas personas, una parte de su corazón había dejado de latir.

Chyna volvió al dormitorio. Se apartó de la cama, pero no fue directamente a la puerta sino al rincón más oscuro. No podía contener los temblores.

Su estómago se sublevó. Un ardor ácido invadió su pecho, su boca se llenó de un sabor amargo. Reprimió el impulso de vomitar. El ruido de las arcadas la delataría al asesino, que vendría a buscarla.

Aunque había conocido a los padres de Laura apenas la tarde anterior, su amiga le había contado muchas anécdotas e incidentes divertidos de su vida familiar. El dolor que sentía por ellos no podía ser mayor, pero en ese momento no podía darle rienda suelta. Más adelante se abatiría sobre ella con toda su fuerza. El dolor sólo podía florecer en un corazón sereno, y en ese momento, el suyo estaba trastornado de terror y de asco.

Se estremeció al pensar que el asesino había perpetrado semejantes estragos mientras ella, inconsciente de todo, contemplaba las estrellas por la ventana del cuarto de huéspedes y evocaba esas noches cuando las había mirado desde un tejado, un árbol o una playa. Por lo visto, el hombre se había demorado por lo menos diez o quince minutos con Paul y Sarah después de someterlos, antes de recorrer la casona para encontrar y reducir a los demás habitantes.

A hombres como este los excita la posibilidad de que los sorprendan e incluso los detengan. Tal vez la conmoción en el cuarto de los padres atraería a un niño obnubilado por el sueño, un niño al que habría que perseguir y atrapar antes de huir. Esa posibilidad acentuaba el placer que experimentaba el degenerado al perpetrar sus actos en el dormitorio y el baño.

Para él era un placer. Una compulsión, pero no motivo de angustia sino de regocijo. De esparcimiento. Sin culpa no había angustia. Se regodeaba con la ferocidad.

En algún lugar de la casa, disfrutaba de la diversión o del descanso antes de reanudar el juego.

Al apaciguarse sus temblores, Chyna empezó a sentir más miedo por Laura. Los dos gritos ahogados que había oído momentos antes sin duda no eran de Sarah, que ya debía de estar muerta; por consiguiente, Laura se habría sobresaltado en sueños ante la proximidad de un hombre que olía a sangre de su madre. Después de someterla, él se había apresurado a explorar el resto de la planta alta ante la posibilidad de que otro miembro de la familia oyera los gritos ahogados.

Tal vez no había regresado al dormitorio de Laura. Al hallar desiertas las demás habitaciones, convencido de haber sometido la casa a su imperio, probablemente se había dedicado a explorarla. Si los textos decían la verdad, deseaba violar todos los espacios íntimos. Revolver los armarios y escritorios de sus anfitriones. Comer lo que encontrara en el refrigerador. Leer su correspondencia. Tal vez acariciar y oler la ropa sucia en el canasto del lavadero. Si hallaba un álbum de fotografías familiares, tal vez lo hojearía durante una hora o más en la sala de estar.

Pero tarde o temprano, volvería a Laura.

Sarah Templeton había sido una mujer sumamente atractiva, pero los merodeadores nocturnos prefieren a las jóvenes; se nutren de la inocencia. Laura era el alimento preferido, tan irresistible como lo son los huevos de aves para ciertas víboras arborícolas.

Cuando pasó el ataque violento de náuseas y tuvo la certeza de que no la delataría un acceso repentino de vómito, Chyna salió del rincón y cruzó sigilosamente el cuarto.

La suite principal no era un buen refugio. El visitante volvería para echar una última mirada a la pobre Sarah, acurrucada en la ducha con sus bellos brazos cruzados en un patético e inútil gesto de defensa.

Chyna llegó a la puerta entornada y se detuvo a escuchar.

En la pared opuesta del pasillo, las rosas desteñidas del papel pintado se veían más misteriosas que nunca. Contemplando la profundidad enigmática del revestimiento, casi tuvo la certeza de que podría apartar las ramas espinosas para atravesar la pérgola de papel hacia un lugar soleado, y al mirar atrás, ya no vería la casa.

Con la luz de la lámpara a sus espaldas, no podía asomarse furtivamente para espiar a derecha e izquierda porque su cuerpo en el umbral echaría una sombra sobre las rosas desteñidas del pasillo. Sería peligroso demorarse en esa posición inevitablemente delatora.

Seducida por un silencio prolongado que parecía augurar seguridad, se deslizó entre la puerta entornada y el marco, hacia el pasillo... *y ahí estaba*. A tres metros. Cerca de la escalera principal, que estaba a su derecha. De espaldas a ella.

La joven se detuvo en seco. Una pierna en el pasillo, la otra en el umbral de la suite principal. Si el hombre se volviera, ella no podría desaparecer antes de que la vislumbrara con el rabillo del ojo... pero no podía moverse mientras tuviera una posibilidad de eludirlo. Temía que el menor ruido —incluso los susurros inaudibles de las fibras de la alfombra bajo su zapatilla— alertara al hombre, que se volvería hacia ella.

Lo que él hacía era tan grotesco, que fue eso tanto como el miedo lo que le impidió a Chyna dar un paso más. Con los brazos extendidos hacia lo alto, los dedos del hombre peinaban lánguidamente el aire. Parecía estar sumido en un trance, como si tratara de barrer el éter con una red.

Era un hombre alto. Más de un metro ochenta. Musculoso. Cintura estrecha, hombros muy anchos. Su chaqueta de denim estaba estirada sobre sus espaldas.

El pelo castaño y abundante estaba recortado con prolijidad sobre la nuca robusta, pero Chyna no pudo ver su cara. Imploró para sus adentros no verla jamás.

Los dedos manchados de sangre que barrían el aire eran muy fuertes; parecía capaz de estrangularla con los de una sola mano.

—Ven a mí —murmuró.

Aun en susurros, su voz áspera poseía un timbre y un poder magnéticos.

—Ven.

No parecía hablarle a una aparición visible sólo para él sino a Chyna, como si la agudeza sobrenatural de sus sentidos hubiera detectado el movimiento del aire desplazado por su cuerpo al asomarse por la puerta.

—Ven a mí.

Entonces, ella vio la araña. Pendía de un filamento sutil a unos treinta centímetros de las manos tendidas del asesino.

—Por favor...

Como si respondiera a la súplica del hombre, la araña tejió su tela para descender.

El asesino volvió la palma hacia arriba.

—Mi pequeña... —suspiró.

Gorda, negra, la sumisa araña se dejó caer sobre la gran palma abierta.

El asesino se llevó la mano a la boca y echó la cabeza atrás. Aplastó la araña y se la comió... o quizá se la comió viva.

Inmóvil, saboreó su presa.

Sin mirar atrás, fue a la escalera a su derecha, en el centro del pasillo, y descendió con la rapidez y el sigilo de una araña a la planta baja.

Chyna se estremeció, atónita de estar viva.

# 2

En la casa reinaba una quietud profunda, asfixiante, contenida por sus paredes así como una represa contiene la tremenda presión y el poder del agua.

Apenas reunió valor para moverse, Chyna se acercó con cautela a la cima de la escalera. Sospechaba que el visitante no había terminado de descender, que jugaba con ella y la aguardaba sonriente a la vuelta de un rincón. Extendería las manos palmas arriba y diría: *Ven a mí.*

Contuvo el aliento y, a pesar del riesgo de quedar expuesta, echó una mirada. La escalera descendía a través de tinieblas progresivamente más densas hasta el vestíbulo de la planta baja. La luz era suficiente para ver que el intruso no estaba allí.

Por lo que podía percibir, no había lámparas encendidas en la planta baja. Se preguntó qué hacía él en la oscuridad, orientado sólo por el resplandor de la luna, que entraba por las ventanas. Tal vez estaba agazapado en un rincón como una araña en su tela, atento a las menores alteraciones en la circulación del aire, soñando con una presa que se entregaba, aterrada.

Pasó rápidamente la cima de la escalera hacia el tramo más alejado del pasillo, donde la segunda fuente de luz ambarina se encontraba detrás de una puerta abierta. A pesar del miedo a lo que encontraría allá, podía afrontar tanto el miedo como el hallazgo. No saber, darle la espalda a la verdad: ésa era la causa de los sudores nocturnos y las pesadillas.

El cuarto era más pequeño que el de la suite principal, sin sillones. Un escritorio en el rincón. Una cama de dos plazas. Una mesa de noche con una lámpara de bronce, un armario, un tocador con taburete acolchado.

En la pared, detrás de la cabecera de la cama, había un retrato grande de Freud. Chyna detestaba a Freud. Pero Laura, tierna e idealista, creía con firmeza en muchos aspectos de la teoría freudiana; se aferraba al sueño de un mundo inocente en el que cada uno era víctima de los trastornos de su pasado y anhelaba la rehabilitación.

Laura estaba tendida boca abajo sobre las sábanas y las mantas. Tenía las manos esposadas a la espalda. Otro par de esposas sujetaba sus tobillos. Un grillete de hierro unía las esposas de acero reluciente.

Había sido violada. Con prolijidad digna de un sastre, el asesino había cortado las piernas amplias de su piyama azul; los trozos de tela estaban estirados sobre la cama a cada lado de sus piernas. Le había alzado la camisa del piyama, que estaba plegada sobre su nuca y sus hombros.

Chyna entró en la habitación; junto con el miedo la embargaba un dolor creciente que henchía su corazón a la vez que lo volvía frío y hueco. Al percibir el olor leve del semen derramado, la furia se sumó al miedo y el dolor. Se detuvo junto a la cama, las manos crispadas con tanta fuerza, que las uñas le lastimaron las palmas.

Empapado de sudor, el pelo rubio estaba adherido a la cara de Laura. Sus rasgos delicados estaban blancos como la sal y crispados por la angustia, y sus párpados estaban apretados.

No estaba muerta. Muerta, no. Parecía imposible.

La niña —el terror la había reducido a un estadio infantil— murmuraba tan suavemente, que las palabras eran inaudibles aunque uno colocara la oreja a centímetros de sus labios, pero el mensaje apremiante llegaba con desgarradora claridad. Era una oración, la misma que Chyna había repetido durante tantas noches, en tiempos y lugares remotos: un ruego de clemencia, de ser liberada del horror viva e intacta, Dios mío, viva e intacta.

En esas noches, Chyna no había conocido ni la violación ni la muerte. Una parte del ruego de Laura había caído en oídos sordos, pero aún imploraba fervorosamente la liberación.

La demostración de fe, tan desesperada como sincera, conmovió a Chyna. Con la garganta atenazada por la angustia, apenas pudo murmurar:

—Soy yo.

Los párpados de Laura se abrieron al instante, sus ojos azules estaban desorbitados como los de un caballo desbocado, su mirada era incrédula.

—Muertos...

—Ssshhh —susurró Chyna.

—Sangre... Sus manos...

—Ssshhh. Te sacaré de aquí.

—Olor a sangre... Jack, muerto. Nina. Todos.

Jack, el hermano de Laura, que Chyna no había alcanzado a conocer. Nina, su cuñada. Evidentemente, el asesino había visitado la casa del cuidador antes de invadir la casa principal. Cuatro muertos. No había nadie a quien pedir ayuda en toda la gran finca.

Chyna echó una mirada temerosa a la puerta antes de probar las esposas que sujetaban las muñecas de Laura. Trabadas.

Con esposas en las muñecas y los tobillos unidos por un grillete, Laura estaba totalmente aherrojada. No podría levantarse y menos aún caminar.

Chyna no tenía fuerza para alzarla.

Vio su imagen en el espejo del tocador y quedó anonadada al ver sus propias facciones, alteradas por el terror.

Trató de poner cara animada para alentar a Laura, se sentó junto a la cama y murmuró en voz tan baja como la de su amiga al rezar:

—¿Hay un arma?

—¿Cómo?

—¿Hay un arma en la casa?

—No.

—¿En ninguna parte?

—No, no.

—Mierda...

—Jack...

—¿Qué?

—Tiene un arma.

—¿En su casa? —preguntó Chyna.

—Jack tiene un arma.

Chyna no tenía tiempo para ir a la casa del cuidador y regresar antes de que el asesino volviera por Laura. Además, probablemente él ya la había encontrado y confiscado.

—¿Lo conoces?

—No. —Los ojos azules de Laura parecían volverse negros de desesperación. —Vete.

—Buscaré un arma.

—Vete —repitió Laura con angustia. Su frente estaba empapada de sudor frío.

—Un cuchillo.

—No mueras por mí. —Y en voz baja, temblorosa pero feroz, rabiosa, añadió: —Corre, Chyna. Corre, por Dios.

—Volveré.

—Corre.

Desde afuera de la casa les llegó un ruido. El motor de un camión. Que se acercaba.

Chyna, atónita, se paró de un salto.

—Se acerca alguien. Estamos salvadas.

El dormitorio de Laura daba al frente de la casa. Chyna fue hasta la más próxima de las dos ventanas, desde la cual podía ver el camino de setecientos metros que comunicaba la casa con la carretera.

A unos trescientos metros, un par de faros brillantes perforaban la noche. A juzgar por la distancia de los faros al suelo, debía tratarse de un camión de gran porte.

Qué milagro que alguien apareciera a esa hora y en ese lugar apartado.

Mientras vibraba de esperanza, Chyna se dio cuenta de que también el asesino oiría el ruido del motor. El hombre o los hombres del camión no tenían idea de lo que los aguardaba. Al detenerse frente a la casa, serían muertos ambulantes.

—Aguanta —dijo.

Acarició la frente húmeda de Laura para tranquilizarla y fue a la puerta, dejando a su amiga al cuidado de Sigmund Freud, con su mirada presumida y sombría.

El pasillo estaba desierto.

Chyna casi corrió hasta la cima de la escalera curva, titubeó antes de aventurarse a la tenebrosa guarida de la planta baja, pero no había alternativa. Bajó tan rápidamente como se atrevía, sin apoyarse en el pasamanos. Lejos de la balaustrada, donde estaba expuesta a las miradas. Era mejor permanecer cerca de la pared.

Pasó una serie de grandes cuadros de paisajes en marcos dorados, tan vívidos, que parecían ventanas abiertas a escenas pastoriles. Antes le habían parecido vivaces y alegres. Ahora resultaban siniestros: bosques con duendes, ríos de agua negra, campos de muerte.

El vestíbulo. Un tapete ovalado cubría el piso de roble lustrado. A la derecha, una puerta cerrada daba al escritorio de Paul Templeton. Por debajo del arco de la izquierda se pasaba al living, ahora sumido en tinieblas.

El asesino podía estar en cualquier lugar.

Afuera, el rugido del motor se volvía más fuerte. Ya se acercaba a la casa. Una bala atravesaría el parabrisas y mataría al conductor apenas se detuviera frente a la puerta. O lo abatiría al bajar de la cabina.

Chyna tenía que prevenirlo, por el bien de él y también de ella y Laura. Era su única esperanza.

Convencida de que el intruso devorador de arañas estaba cerca y se lanzaría ferozmente sobre ella, dejó de lado toda cautela y voló hacia la puerta principal. El tapete ovalado patinó bajo sus pies. Tropezó, extendió una mano para atenuar la caída y golpeó la puerta con las palmas de las manos.

Por más que el asesino estuviera concentrado en el camión, la reverberación del ruido infernal en toda la casa seguramente había atraído su atención.

Chyna tanteó en busca del picaporte, lo halló y lo giró. La llave no estaba echada. Entre jadeos, abrió la puerta de par en par.

Una brisa fresca del noroeste, levemente perfumada

por la tierra roturada de los viñedos y el fungicida, silbaba entre las ramas desnudas de los arces que flanqueaban el camino de entrada. Chyna salió a la galería, y el viento, que resoplaba como una jauría de galgos, penetró en el vestíbulo.

Después de pasar frente a la casa, el camión se alejaba de ella. Para llegar hasta la entrada y quedar de trompa hacia la ruta, debía recorrer toda la curva terminal del camino vecinal, que era suficientemente ancho para recibir a los camiones de transporte durante la vendimia. Pero resultó que no era un camión sino una casa rodante. Un modelo antiguo, de formas curvas, bien conservado, de unos quince metros de largo, color azul o verde. Los apliques de cromo centelleaban como el mercurio a la luz pálida de la Luna de fines de invierno.

Sorprendida de no ser apuñalada, baleada o atacada por la espalda, Chyna echó una rápida mirada a la puerta, donde el asesino aún no había aparecido, y se dirigió a los escalones de la galería.

La casa rodante recorría la curva y se volvía hacia ella. El doble haz de los faros barrió el granero y otras construcciones auxiliares de la propiedad.

Las sombras de los alerces, arces y pinos huían ante la luz de los faros en movimiento. Se deslizaban sobre el enrejado en el extremo de la galería, la balaustrada blanca, la hierba del prado y la senda de lajas, se estiraban hasta el infinito, se hundían en la noche como si trataran, frenéticas, de escapar de los árboles que las proyectaban.

El silencio denso de la casa, la ausencia de luz en la planta baja, el hecho de que el asesino no la hubiera atacado al escapar, el arribo tan oportuno de la casa rodante... Bruscamente todo cayó en su lugar. Era el asesino quien conducía la casa rodante.

—No.

La joven retrocedió rápidamente y entró en el vestíbulo, perseguida por los faros que terminaban de recorrer la curva de la entrada.

Al atravesar el enrejado, los haces proyectaron figuras geométricas sobre el piso de la galería y el frente de la casa.

Chyna cerró la puerta y sus dedos torpes buscaron el cerrojo arriba del picaporte. Hicieron girar la perilla. Corrieron la gruesa falleba.

Entonces comprendió su error. La puerta principal estaba sin llave porque el asesino había salido por allí. Si ahora la encontraba trabada, se daría cuenta de que Laura no era la única persona viva en el lugar, y reanudaría la cacería.

Sus dedos temblorosos resbalaron sobre la perilla de bronce, pero finalmente la falleba se corrió, con un fuerte chasquido.

Al llegar, el atacante seguramente había estacionado el vehículo cerca de la entrada de ese camino de más de medio kilómetro, sobre la ruta, y caminado hasta la casa.

Esta vez los neumáticos crujieron sobre el ripio. Los frenos de aire silbaron y luego gimieron suavemente, y la casa rodante se detuvo frente a la entrada.

Chyna recordó la alfombra ovalada sobre la cual había patinado, y cayó de rodillas. Con las manos alisó las arrugas del tapete de lana. Si el asesino llegara a tropezar con una arruga, se daría cuenta de que la alfombra no estaba tal como él la había dejado.

Ruido de pasos: taconeo de botas sobre el camino de lajas.

Chyna se paró y se volvió hacia la puerta del escritorio. No, allá no. No sabía con certeza hacia dónde iría él al entrar nuevamente en la casa, y si decidía explorar el escritorio, ella quedaría acorralada.

Sus pasos retumbaron sobre los escalones de madera de la galería.

Chyna se abalanzó hacia el arco sobre la entrada a la sombría sala de estar... y se paró en seco por miedo a chocar con un mueble y voltearlo. Avanzó tanteando con las dos manos, la visión alterada por las persistentes manchas rojas que los faros de la casa rodante habían impreso en sus retinas.

Se abrió la puerta de entrada.

En el centro de la sala de estar, Chyna se agazapó junto a un sillón. Si el asesino hubiera entrado y encendido la luz, la habría visto.

54

Sin cerrar la puerta, el hombre entró en el vestíbulo, más allá del arco. El débil resplandor del pasillo de la planta alta contorneaba su silueta. Pasó frente a la entrada de la sala y fue directamente a la escalera.

*Laura.*

Chyna aún no había conseguido un arma.

Recordó que había un atizador en la chimenea. No era suficiente. Si el primer golpe no le hundía el cráneo o le rompía el brazo, el asesino lo arrancaría de sus manos. No confiaba en las fuerzas que le daba el terror.

En lugar de pararse y tambalearse a ciegas por la sala, se arrastró porque era más seguro y más rápido. Llegó hasta el arco que separaba el living del comedor y se dirigió hacia donde calculaba que encontraría la puerta de la cocina.

Chocó con una silla que a su vez golpeó la pata de una mesita. Se produjo un tintineo, y recordó haber visto un adorno de frutas de cerámica en una fuente de cobre.

El ruido difícilmente se oiría en la planta alta, de manera que siguió arrastrándose. Además, la oyera o no el asesino, no le quedaba alternativa.

Llegó a la puerta vaivén antes de lo que esperaba y se paró.

El resplandor de la Luna ya era muy tenue, pero desapareció tan bruscamente, que los pelos de la nuca se le erizaron de terror. Giró y apoyó la espalda contra la puerta, segura de que vería al asesino perfilado frente a una ventana, tapando el resplandor lunar. Pero no estaba ahí. El resplandor plateado ya no entraba por la ventana. Sin duda, lo habían tapado las nubes de tormenta que venían desde el noroeste.

Empujó la puerta vaivén y entró en la cocina.

No era necesario encender la luz fluorescente del techo. El panel superior del horno doble incluía un reloj digital con números verdes de gran luminosidad, suficiente para distinguir los objetos en la cocina.

Recordó que más allá de las piletas de acero inoxidable había una mesada de madera. Las piletas se encontraban bajo la más ancha de las dos ventanas. Deslizó la mano sobre el mármol frío hasta palpar la superficie de madera, tal como la recordaba.

El silencio que reinaba en la casa parecía provenir de un orden superior.

*¿Qué hace el hijo de puta en medio de tanto silencio? ¿Qué está haciendo con Laura?*

Bajo la mesada de madera había un cajón que sin duda contenía las cuchillas. Las encontró. Prolijamente ordenadas en un soporte.

Tomó una. Demasiado corta. Otra. Era un cuchillo para pan, de punta roma. La tercera resultó ser una cuchilla de carnicero. Deslizó la yema del pulgar sobre el filo: perfecto.

En la planta alta, Laura gritó.

Chyna fue hacia el comedor, pero su intuición le dijo que no era el mejor camino. Corrió a la escalera trasera, aunque sabía que no podía pisar esos escalones sin hacer ruido.

Encendió la luz de la caja de la escalera. El asesino no podía verla.

En la planta alta, Laura gritó otra vez. Fue un alarido atroz de desesperación, dolor, terror, como los que resonaban en las cámaras de gas de Dachau o en las salas de interrogatorio de las cárceles siberianas durante la era del Gulag. No era un pedido de socorro, ni siquiera un ruego de compasión: imploraba alivio a toda costa, incluso a costa de la vida.

Chyna subió la escalera hacia el alarido, que ofrecía una verdadera resistencia física, como la que presenta el peso del agua a un nadador que trata desesperadamente de ganar la superficie del mar. Frío como una corriente polar, el grito la dejó aterida, entumecida hasta la médula de los huesos. La embargó la compulsión de gritar *con* Laura, así como un perro aúlla al escuchar a otro animal que sufre, sintió una necesidad primigenia de aullar de angustia ante la impotencia de la vida humana en un universo de estrellas muertas, y rechazó el impulso con esfuerzo.

El alarido de Laura se elevó hasta volverse clamor por su madre, aunque seguramente sabía que estaba muerta. *"Mami, mami, mamiiiiii..."* Reducida a un estado infantil, buscaba consuelo en el seno protector y en el latido del corazón que la memoria guardaba desde el útero.

Entonces, silencio.

Un silencio desolado.

En un descanso a mitad de camino hacia la planta alta, Chyna advirtió con sorpresa que se había detenido bajo el peso agobiante del alarido. Sus piernas flaqueaban; los músculos del muslo y la pantorrilla estaban acalambrados como si hubiera corrido un maratón. Se sentía al borde de un colapso.

El silencio, tal vez indicio del fin de la esperanza, era tan abrumador como el alarido. Agachó la cabeza bajo una quietud pesada como una corona de hierro, alzó los hombros, se acurrucó, angustiada.

Nada más fácil que apoyarse contra la pared, deslizarse hasta el piso, dejar la cuchilla, abrazarse. Esperar a que se fuera. Esperar a que llegara algún pariente, algún amigo de la familia, alguien que descubriera los cadáveres, llamara a la policía, se hiciera cargo de todo.

Nada de eso: después de unos segundos, Chyna se obligó a seguir adelante. Su corazón latía con tanta fuerza, que amenazaba derribarla a cada paso.

El temblor de sus brazos era incontrolable. La cuchilla que aferraba con todas sus fuerzas tallaba figuras temblorosas en el aire; se preguntó si en una confrontación tendría fuerzas para esgrimirla con eficacia.

Pensar así, era propio de perdedores, se dijo con amargura. Durante los últimos diez años, con mucho esfuerzo, se había convertido en una ganadora, y no estaba dispuesta a perder el terreno conquistado.

Subió rápidamente a pesar de los crujidos de los viejos escalones. Estuviera Laura viva o muerta, el asesino estaría absorto en su propio juego y era difícil que oyera otra cosa que el rugido atronador de la sangre en sus oídos y las voces interiores que le hablaban cuando tenía una vida en sus manos.

Llegó a la planta alta. La angustia por Laura y la rabia que siguió al asco provocado por el acceso de debilidad en el descanso la impulsaron a correr por el pasillo en forma de L, pasar la puerta cerrada del cuarto de huéspedes, el recodo, la puerta entornada de la suite principal y el resplandor ambarino que salía de allí. Al pasar la pérgola de rosas desteñidas, la rabia creció hasta volverse furia; sorprendida por su propia audacia, voló sobre la alfombra como si se deslizara cuesta abajo por una ladera nevada, derecho hacia la puerta abierta de Laura, sin titubear, la cuchilla en alto, el brazo firme y decidido; enloquecida de desesperación y furia vengativa, se precipitó al umbral y al interior de la habitación, donde la mirada imperturbable de Freud contemplaba la escena... y vio que la cama estaba tan revuelta como desierta.

Chyna giró, incrédula. Laura no estaba en el cuarto.

Sobre sus propios jadeos y el latido de su corazón, oyó el tintineo sordo de una cadena. No en el cuarto. En otra parte.

Sin pensar en el peligro, volvió al pasillo y se precipitó hasta la balaustrada desde la cual se dominaba el vestíbulo.

Allá abajo, apenas iluminado por la luz incierta del pasillo de la planta alta, el asesino salía a la galería. Llevaba a Laura en sus brazos. Estaba envuelta en una sábana de la cual asomaba un brazo pálido y laxo, su cabeza oscilaba de un lado a otro y el pelo dorado le ocultaba la cara: inconsciente, no ofrecía la menor resistencia.

Evidentemente, él bajaba la escalera tenebrosa cuando Chyna cruzó el pasillo. Con todos los sentidos puestos en llegar al cuarto de Laura, y todo su ser concentrado en el ataque, no lo había oído bajar, aunque el grillete y las esposas seguramente hacían bastante ruido.

Y ese mismo tintineo le había impedido a él oír los ruidos que hacía Chyna.

Si no, hubiera dejado caer a la chica que llevaba en brazos para ir en busca de ella.

Chyna había tenido el buen tino de hacerle caso a su instinto cuando le indicó que subiera por la escalera de atrás. Si hubiera subido por la escalera principal, se habría topado con el asesino que descendía. Él le habría arrojado el cuerpo de Laura, se habría precipitado sobre los cuerpos que rodaban escalera abajo hasta el vestíbulo, le habría arrancado la cuchilla de un puntapié —si es que ella no la había soltado durante la caída— y la habría asesinado allí mismo.

Ella no podía permitir que se llevara a Laura.

No podía detenerse a pensar porque el horror de la situación volvería a paralizarla. Se precipitó temerariamente a la escalera. Si pudiera atacarlo por sorpresa y hundirle la cuchilla en la espalda, tal vez salvaría a Laura.

Y lo haría, claro que sí. Sin compasión. Le clavaría la cuchilla hasta el mango, buscaría el corazón o un pulmón, después la sacaría y la clavaría una y otra vez y el hijo de puta chillaría como un cerdo al suplicar que no lo matara, pero ella lo ensartaría hasta hacerlo callar para siempre. Nunca había hecho nada parecido; jamás le había hecho mal a nadie. Pero ahora sí lo haría, mataría al tipo porque estaba muerta de terror por Laura, porque le daba asco la sola idea de fallarle a su amiga... y porque, como ser humano, se sentía impulsada a buscar la venganza.

Esta vez, al llegar al pie de la escalera, no patinó sobre el tapete ovalado, y se precipitó hacia la puerta abierta.

Ya no sostenía la cuchilla en lo alto sino a la altura de la cadera. Si él la oyera y se diera vuelta, le apuntaría al vientre por debajo del cuerpo de la chica que llevaba en sus brazos. Era mejor que atacarlo por la espalda, donde la punta podía chocar contra un omóplato o una costilla o patinar sobre la columna. Buscar las partes blandas. Así estarían cara a cara. Lo miraría derecho a los ojos. ¿La haría vacilar? Se lo merecía. Hijo de puta. Recordó a Sarah, desnuda, acurrucada bajo la ducha fría. Lo haría. Claro que sí.

La puerta, el umbral, la galería... estaba preparada no sólo para matar sino para morir en el intento. Pero no había sido lo suficientemente rápida para alcanzarlo, porque en ese momento él no bajaba los peldaños sino que ya se acercaba a la casa rodante. El peso de Laura no lo había demorado en absoluto. Su agilidad era inhumana.

Chyna saltó de la galería a la senda, y el golpe de sus suelas de goma sobre las lajas fue más fuerte que el gemido del viento. La Luna y la mitad de las estrellas ya habían desaparecido detrás de los inmensos nubarrones, pero si el asesino, alertado por el ruido, giraba hacia ella, la vería claramente.

Pero no la oyó, porque no se dio vuelta. Chyna bajó de la senda al césped, donde sus pasos no hacían ruido, y siguió adelante, resuelta a atacarlo.

Había dos puertas abiertas en la casa rodante: una en la cabina, del lado del volante, la otra en el mismo costado del vehículo pero más atrás. El asesino entró por la puerta trasera.

Para subir los dos escalones y pasar la puerta estrecha tuvo que colocarse de costado y apretar el cuerpo de Laura contra su pecho, pero era tan ágil como fuerte y desapareció en el interior antes de que Chyna pudiera alcanzarlo.

La joven estuvo a punto de precipitarse al interior del vehículo, detrás de él. Pero las cortinas que cubrían las ventanillas le impidieron ver sus movimientos. Además, si había dejado caer a Laura inmediatamente después de entrar, podría defenderse mejor del ataque. Más allá de esa puerta, estaba en su territorio, y ni aun el deseo de venganza la volvía tan temeraria como para enfrentarlo allí.

Apoyó la espalda contra el costado de la casa rodante, junto a la puerta abierta, a la espera. Si él volvía a salir, lo atacaría en el momento en que su pie tocara el suelo. Todavía tenía la sorpresa a su favor, tal vez más que nunca porque ahora que estaba a punto de escapar y sus instintos estaban satisfechos, el asesino se descuidaría.

Tal vez no volviera a salir, pero tendría que asomarse para cerrar la puerta. Con un pie en un escalón y el cuerpo inclinado, no tendría buen equilibrio y ella le clavaría la cuchilla sin darle tiempo a echarse para atrás.

Un movimiento en el interior. Un golpe sordo.

Chyna se crispó.

Él no volvió a aparecer.

Silencio nuevamente.

Del noroeste llegó bruscamente un fuerte olor a sangre, como si hubiera un matadero contra el viento. Pasó el hedor, y Chyna se dio cuenta de que no había sido real, sólo había recordado el olor de las sábanas empapadas en la suite de los Templeton.

La pared de aluminio era fría bajo su espalda, y se estremeció al pensar que era la frialdad del asesino la que se infiltraba en ella.

La espera la ponía nerviosa. El miedo empezaba a desplazar a la furia, y el deseo de supervivencia al de venganza. Pero lo haría. Claro que sí. Trató de aferrarse a la furia feroz y demencial que la había embargado hasta entonces.

Entonces el asesino salió de la casa rodante, pero no por la puerta más próxima a ella sino por la de la cabina, cerca de la trompa del vehículo.

Chyna contuvo el aliento, y el viento frío de la tormenta inminente le trajo el olor amargado de la derrota, aunque sabía que en realidad era el aroma del fungicida en los viñedos.

El asesino estaba demasiado lejos. Ya no lo distraerían ni el peso de Laura ni el tintineo de las cadenas, y advertiría el ataque de Chyna. Perdido el factor sorpresa, la lucha se volvía desigual.

Parado junto a la puerta de la cabina, a diez metros de ella, se desperezaba con languidez. Encogió sus anchos hombros para desentumecerlos y se masajeó la nuca.

Le bastaría volver apenas la cabeza a la izquierda para verla. Ella debía permanecer totalmente inmóvil porque aun de reojo él detectaría el menor movimiento suyo.

Situada contra el viento respecto de él, casi temía que la olfateara. La elegancia felina de sus movimientos lo hacía parecer más animal que humano, y no era difícil atribuirle destrezas salvajes y sentidos sobrenaturales.

Aunque no sostenía en su mano el revólver con silenciador usado para matar a Paul Templeton, tal vez lo llevaba bajo el cinturón. Si trataba de huir, él la mataría de un tiro.

Mejor dicho, *no* la mataría de un solo disparo. Era demasiado rápido. Le dispararía a una pierna para derribarla y apresarla. La cargaría en la casa rodante con Laura. Jugaría con ella más tarde.

Después de desperezarse fue rápidamente hacia la casa. Subió los escalones. Cruzó la galería. Entró.

Sin mirar atrás.

Su aliento largamente contenido escapó en un estertor de miedo, y Chyna se estremeció al inhalar.

Antes de que su coraje flaqueara del todo, corrió a la cabina y se sentó detrás del volante. Esperaba encontrar la llave en el encendido; en ese caso, pondría en marcha el motor, escaparía con Laura e iría a Napa en busca de la policía.

No había llave.

Miró hacia la casa. ¿Cuánto tardaría en volver? Tal vez, concluida la matanza, buscaba objetos de valor. O recuerdos. Tardaría cinco, diez minutos, tal vez más. Acaso el tiempo suficiente para sacar a Laura de la casa rodante y ocultarla en alguna parte. De alguna manera.

Aún conservaba la cuchilla. Y al introducirse en su propio terreno sin que el asesino lo supiera, había recuperado el valioso factor sorpresa.

Pero su corazón latía a mil por segundo y su boca reseca se llenaba del sabor levemente metálico de la angustia febril.

La butaca del conductor giró hasta quedar de espaldas al panel. De la cabina, Chyna pasó directamente a la salita con sillones empotrados, tapizados con tela escocesa.

El piso de acero, aunque alfombrado, crujía suavemente bajo los pies debido a los años de uso constante.

Había previsto un olor como el de un guiñol sádico en el que los títeres eran reemplazados por seres humanos, pero el aire estaba impregnado del aroma de café recién preparado y de bollos de canela. Qué extraño —y qué perturbador— que semejante hombre encontrara satisfacción en placeres tan inocentes.

—Laura... —susurró, temerosa de que el asesino pudiera escucharla desde la casa. Y con angustia, pero sin levantar la voz, repitió: —¡Laura!

Más allá de la salita y anexos a ésta había una pequeña cocina y un comedorcito acogedor; en realidad, un gabinete revestido de vinilo rojo. Una lámpara alimentada por la batería iluminaba la mesa del comedor.

Laura no estaba a la vista.

Atravesó rápidamente el comedor hacia la puerta trasera de la derecha, la misma por donde había entrado el asesino con la muchacha inconsciente en sus brazos y que aún estaba abierta.

—Laura...

Más allá de esa puerta del lado del volante, seguía un pasillo estrecho iluminado por una lámpara de seguridad. También tenía una claraboya, que en ese momento estaba oscura. Del lado izquierdo, había dos puertas cerradas y una tercera, entornada.

La primera daba acceso a un baño diminuto, una verdadera maravilla del arte del diseñador, con inodoro, lavabo, botiquín y una ducha en el rincón.

Detrás de la segunda puerta, había un armario con varias prendas colgadas de una varilla de acero cromado.

De la salita se pasaba a un pequeño dormitorio revestido con paneles de símil madera; había un armario con puerta plegable de vinilo. La escasa luz del salón no alcanzaba a iluminar el dormitorio, sobre todo porque Chyna estaba parada en la puerta, pero era más que suficiente para identificar a Laura; la muchacha yacía boca abajo sobre la litera. De la sábana que la envolvía sólo asomaban su cabellera dorada y sus delicados pies descalzos.

Chyna repitió el nombre de su amiga, se acercó a la cama y cayó de rodillas.

Laura no respondió. Seguía inconsciente.

Chyna no podía alzarla como lo había hecho el asesino; tenía que despertarla. Entonces levantó un borde de la sábana y se encontró con los ojos de su amiga.

Los ojos ya no eran celestes sino azul zafiro, acaso debido a la escasa luz o quizá porque estaban apagados por la muerte. Su boca estaba abierta, sus labios, húmedos de sangre.

El degenerado hijo de puta la había llevado consigo aunque estaba muerta, y sólo Dios sabía con qué fin; tal vez para manosearla, mirarla, hablarle, para saborear su triunfo por unos días. Un recuerdo.

Una punzada de dolor atravesó su estómago; era un espasmo, no de asco ni de odio sino de culpa, de frustración e impotencia y aciaga desesperación.

—Pequeña... —susurró al oído de la muchacha muerta—. Ay, querida, perdóname.

Claro que había hecho todo lo posible. ¿Qué más hubiera podido hacer? ¿Atacar al degenerado con las manos vacías en el pasillo de la planta alta cuando él llamaba a la araña? ¿Llegar antes a la cocina, encontrar antes la cuchilla, subir la escalera de servicio a la carrera? No, imposible.

—Perdóname.

Esa muchacha hermosa, ese corazón amoroso, no hallaría al esposo de sus fantasías, no tendría los hijos que hubieran sido una bendición para el mundo por el solo hecho de ser suyos. Veintitrés años de estudios, de preparación para servir a sus semejantes, de ideales y esperanzas: todo se había perdido y el mundo era más pobre por ello.

—Te quiero, Laura. Todos te queremos.

Qué insuficientes eran las palabras, los sentimientos, las expresiones de dolor; peor aún, eran absurdos. Laura se había ido para siempre, llevando consigo su ternura y su bondad, y las palabras más sentidas no eran sino eso: palabras.

La sensación de vacío le contrajo aún más el estómago, la arrastró implacablemente a un agujero negro interior.

Al mismo tiempo, sintió que su pecho se hinchaba con un sollozo que, de soltarse, sería una verdadera explosión. Una sola lágrima desataría un torrente. Un gemido se volvería un alarido incontrolable.

No podía correr el riesgo de dar rienda suelta al dolor dentro de la casa rodante. El asesino volvería en cualquier momento. Para llorar a Laura debía salir de ahí y esperar a que el asesino se fuera. No tenía motivos para permanecer ahí porque Laura estaba indudablemente muerta y no había nada que hacer.

Una puerta cercana se cerró con violencia, estremeciendo las delgadas paredes metálicas que la rodeaban.

El asesino había regresado.

Hubo un temblor. Un crujido.

Aferró con fuerza la cuchilla y se alejó rápidamente de Laura hacia la pared junto a la puerta abierta. El dolor contenido era un poderoso combustible para la furia, y al instante ardió en deseos de herirlo, derramar sus tripas, escuchar sus gritos, ver en sus ojos la alucinante conciencia de mortalidad que él había visto en los de Laura.

*Va a entrar. Se la voy a clavar. Va a entrar y se la voy a clavar.* No era un plan sino un ruego. *Va a entrar. Se la voy a clavar. Va a entrar. Se la voy a clavar.*

Las tinieblas se hicieron más densas. Su cuerpo en la puerta obstruía la escasa luz que venía de la salita.

La cuchilla silenciosa oscilaba vivamente en su mano como la aguja de una máquina de coser, dibujando en el aire la trama del pavor.

Estaba en el umbral. Ahí. *Ahí.* Entraría a echar una última mirada a la bella muchacha muerta, a acariciar una vez más su piel tersa, y cuando cruzara el umbral sería suyo, lo cortaría en pedazos.

Pero él cerró la puerta y se alejó.

Atónita, escuchó los pasos que se alejaban, el crujido del piso de acero alfombrado bajo sus botas, y se preguntó qué debía hacer.

La puerta de la cabina se cerró con estrépito. Se encendió el motor. Los frenos soltaron un chillido breve.

El vehículo se puso en marcha.

# 3

Las muchachas muertas se agitan en las tinieblas tanto como en la luz. Con los saltos de la casa rodante sobre el ripio del camino, los grilletes de Laura tintineaban constantemente, amortiguados apenas por la sábana que la envolvía.

Enceguecida, el cuerpo apretado contra la pared de fibra junto a la puerta del dormitorio, Chyna Shepherd estaba casi convencida de que aun en la muerte, Laura protestaba la injusticia de su asesinato. *Clinc-clinc.*

Los neumáticos alzaban nubes de grava que repiqueteaba contra el chasis. En poco tiempo, la casa rodante saldría al asfalto liso de la carretera estatal.

Si intentara saltar de la casa, el asesino oiría el estrépito de la puerta cuando la fuerza del viento la arrancara de sus manos, o la vería por el espejo retrovisor lateral. En los soñolientos viñedos invernales, donde las casas más próximas estaban pobladas por muertos, sin duda correría el riesgo de detenerse para perseguirla, y la alcanzaría en poco tiempo.

Convenía esperar. Dejar que anduviera unos cuantos kilómetros por la carretera o incluso que tomara una ruta más importante que atravesara una población, o donde hubiera un poco de tránsito. No estaría tan dispuesto a perseguirla en un lugar donde hubiera gente en las cercanías que oyeran sus gritos de auxilio.

Tanteó la pared en busca del interruptor. La puerta era hermética; la luz no llegaría a la salita. Pero el interruptor no encendió la luz; seguramente la bombilla estaba quemada.

Recordó haber visto una lámpara atornillada a la mesa de noche empotrada. Cruzó el dormitorio al tanteo, y entonces se redujo la velocidad.

Ya había tomado el interruptor de la lámpara entre el índice y el pulgar, pero bruscamente se le aceleró el corazón de miedo a que él detuviera la marcha y viniera al dormitorio. Ahora que no había manera de salvar a Laura y la furia candente se había vuelto rabia fría, sólo quería evadirlo, escapar, informar a las autoridades para que lo detuvieran.

Sin embargo, en lugar de detenerse, el vehículo sólo aminoró la marcha para describir una amplia curva hacia la izquierda y acelerar nuevamente. La carretera.

Si no recordaba mal, la primera intersección sería la de la Ruta Estadual 29, la misma que ella y Laura habían recorrido la tarde anterior. En ese tramo, las escasas salidas daban acceso a otros viñedos, granjas y casas. Seguramente el asesino no las visitaría ni masacraría a otras familias inocentes sumidas en el sueño. Se acercaba la madrugada; además, seguramente había saciado por el momento su sed de violencia.

Encendió la lámpara, y un círculo de luz turbia iluminó la cama.

Evitó mirar el cadáver pese a que estaba casi totalmente envuelto en ropa de cama. Si se ponía a pensar en Laura, se hundiría en una ciénaga de negra desazón. Necesitaba conservar la energía y la lucidez para sobrevivir.

Aunque difícilmente hallaría un arma más efectiva que la cuchilla, nada se perdía con buscarla. El asesino llevaba una pistola con silenciador; tal vez había otras armas de fuego en la casa rodante.

La única mesa de noche tenía dos cajones. En el primero encontró un paquete de vendas de gasa, un par de esponjas de caras amarilla y verde utilizadas para lavar la vajilla, un pequeño tubo de plástico lleno de un líquido de color claro, un rollo de cinta adhesiva, un peine, un cepillo para pelo con mango de carey, un tubo semivacío de jalea analgésica, un frasco lleno de crema epidérmica con áloe vera, una pinza para las cejas con mango de plástico amarillo y una tijera.

Podía imaginar para qué utilizaba algunas de esas cosas, y en cuanto a las demás, mejor no pensarlo. Sin duda, algunas de las mujeres que secuestraba llegaban vivas a esa cama.

Estudió la tijera, pero en caso de necesidad, la cuchilla sería más efectiva.

En el segundo cajón, más grande que el primero, había una caja de plástico rígido similar a las de los equipos de pesca deportiva. En su interior halló un equipo completo de costura con carretes de hilos de distintos colores, un alfiletero, sobres con agujas, un enhebrador de agujas, una variedad de botones y otros elementos; nada de utilidad para ella. La cerró.

Al pararse descubrió que la ventana sobre la cama estaba tapada por una plancha delgada de madera, atornillada a la pared. Había retazos de tela azul entre la madera y el marco de la ventana: eran los bordes de las cortinas.

Desde afuera sólo se verían las cortinas. Y si alguna cautiva tuviera la suficiente destreza y suerte para liberarse de sus grilletes, jamás podría abrir la ventanilla y pedir socorro a los conductores que pasaran.

A falta de otros muebles en el dormitorio diminuto, el único lugar donde podría encontrar un arma sería el armario. Bordeó la cama hacia la puerta plegadiza de vinilo que se deslizaba por una corredera.

La puerta se plegó hacia la izquierda. En el interior del armario había un hombre muerto.

El shock la hizo dar contra la cama. Sus piernas chocaron con el colchón y estuvo a punto de caer sobre Laura. Conservó el equilibrio, pero dejó caer la cuchilla.

La pared del fondo del armario parecía estar reforzada con planchas de acero sujetas a los parantes del vehículo. Había dos anillas soldadas al acero, separadas entre sí y lejos del suelo. Con las muñecas esposadas a las anillas, el hombre muerto pendía como un crucificado. Sus pies estaban juntos como los de Cristo en la cruz, pero no clavados sino engrillados a una anilla en el piso del armario.

Era un joven: diecisiete, dieciocho años, seguro menos de veinte. Vestía sólo calzoncillos blancos, y su cuerpo, delgado y pálido, estaba cubierto de moretones. Su cabeza no pendía hacia adelante, sobre el pecho, sino hacia un costado, y la sien izquierda descansaba contra el bíceps del brazo izquierdo alzado. Pelo oscuro y ensortijado. Los párpados estaban cosidos con hilo verde. Hilo amarillo sujetaba dos botones cosidos sobre el labio superior a otros dos botones idénticos cosidos bajo el labio inferior.

Su propia voz la sorprendió: era un balbuceo incoherente, un ruego a Dios. Chyna apretó los dientes y se contuvo aunque era improbable que su voz se oyera en la cabina de la gran casa rodante por encima del ruido del motor y el zumbido de los enormes neumáticos.

Cerró el panel plegable. A pesar de su aparente endeblez, era sólido como la puerta de una caja fuerte. La traba magnética se cerró con el chasquido de un hueso al quebrarse.

Ninguno de los textos, ninguna de las historias clínicas de violencia psicópata que había leído contenía una descripción de un crimen tan gráfica como para obligarla a buscar un rincón, sentarse en el piso, apretar las rodillas contra el pecho, abrazarse. Fue precisamente lo que hizo en ese momento... y eligió el rincón más alejado del armario.

Tenía que dominarse enseguida, empezando por su respiración frenética. Jadeaba, inspiraba profundamente, y sin embargo, le parecía que le faltaba el aire. Más y más rápido, más y más profundo, pero empezaba a marearse. La oscuridad invadió su visión periférica hasta crear la impresión de que miraba el sucio dormitorio de la casa rodante desde el extremo de un túnel largo y tenebroso.

Se dijo que el joven en el armario estaba muerto cuando el asesino empezó a coserlo. O por lo menos, estaba inconsciente. Pero no debía pensar en el joven porque el túnel se volvía más largo y estrecho, el dormitorio más remoto, las luces más turbias.

Se cubrió la cara con las manos, que estaban frías, pero no tanto como su cara. Por alguna razón que no pudo comprender, vino a su mente la cara de su madre, nítida como una fotografía. Entonces comprendió.

Para su madre, la violencia era algo romántico, incluso fascinante. Durante un tiempo, habían vivido en una comuna en Oakland, donde todos hablaban de hacer un mundo mejor, y los adultos pasaban la mayoría de las noches bebiendo vino y fumando marihuana mientras discutían cómo derribar el aborrecido sistema. Jugando a los naipes o al Teg, debatían las mejores estrategias para alcanzar la anhelada Utopía, aunque algunos estaban demasiado embelesados por la revolución para participar en juegos triviales. Había túneles y autopistas que podían ser volados con increíble facilidad para interrumpir el tránsito; podían destruir las instalaciones telefónicas para desbaratar las comunicaciones; había que incendiar los frigoríficos para poner fin a la explotación brutal de los animales. Elaboraban planes complejísimos para robar Bancos, y audaces asaltos a transportadores de caudales con el fin de conseguir fondos para sus operaciones. Su camino hacia la paz, la libertad y la justicia estaba lleno de cráteres abiertos por las explosiones, sembrado de innumerables cadáveres. Después de una temporada en Oakland, Chyna y su madre se habían lanzado nuevamente a recorrer las autopistas hasta arribar, al cabo de unas semanas, a la casa de su viejo amigo Jim Woltz, un nihilista acérrimo que estaba metido hasta los tuétanos en el narcotráfico y, de paso, en el contrabando de armas. Había convertido el sótano de su casa frente al mar en un búnker donde guardaba su colección de doscientas armas de fuego. Aun en sus peores momentos, cuando estaba sumida en la depresión, y una angustia inexplicable volvía grises sus ojos verdes, la madre de Chyna era una mujer hermosa. Pero en esa mesa de Oakland y en ese búnker climatizado de Cayo Hueso —en realidad, cada vez que se encontraba junto a un hombre como Woltz—, su tez de porcelana se volvía más tersa y casi traslúcida; sus finísimos rasgos se animaban; su cuerpo adquiría un mágico garbo, una elegancia desusada, y la sonrisa no abandonaba su rostro. Ante la perspectiva de la violencia, de jugar a ser Bonnie con cualquier hombre que quisiera ser Clyde, su rostro magnífico adquiría una luz interior tan espectacular como una puesta de Sol caribeña, y sus ojos verde esmeralda se volvían seductores y misteriosos como el Golfo de México en el ocaso.

Pero por romántica que fuera la visión, la realidad de la violencia era sangre derramada, huesos rotos, podredumbre, polvo. La realidad era Laura sobre la cama y el joven desconocido detrás de la puerta de vinilo con sus labios cosidos.

Con las manos frías cubriendo su cara aún más fría, Chyna comprendió que la extraña belleza de su madre jamás sería suya.

Poco a poco, dominó su respiración.

El movimiento de la casa rodante le traía recuerdos de infancia, cuando dormitaba en los trenes, los ómnibus, los asientos traseros de los autos, arrullada por el zumbido de las ruedas, sin saber adónde la llevaba su madre. Entonces soñaba con una familia como las de la televisión, con padres irritables pero cariñosos, un vecino gruñón pero nunca malintencionado y un perrito simpático. Pero los sueños lindos nunca duraban mucho, y al despertar de sus frecuentes pesadillas para contemplar el paisaje desconocido por la ventanilla, deseaba que el viaje no terminara jamás. El camino traía una promesa de paz, pero siempre conducía a algún infierno.

Esta vez no sería distinto. Dondequiera que fueran, Chyna no quería llegar hasta allá. Su intención era bajarse antes de llegar a destino y buscar el camino de regreso a esa vida mejor que había construido con tanto esfuerzo durante los últimos diez años.

Se apartó del rincón para tomar la cuchilla que había dejado caer en la conmoción sufrida al descubrir al muerto en el armario. Después bordeó la cama hasta la mesita de noche y apagó la lámpara.

No la asustaban los muertos en la oscuridad. Sólo los vivos eran peligrosos.

La casa rodante aminoró la velocidad y viró a la izquierda. Chyna se inclinó para conservar el equilibrio.

Seguramente había tomado la Ruta Estadual 29. Un giro a la derecha los hubiera conducido hacia el sur, hasta el pueblo de Napa, en el fondo del valle. Los únicos pueblos que conocía hacia el norte eran Saint Helena y Calistoga.

Pero entre un pueblo y otro sólo habría viñedos, granjas, casas, establecimientos rurales. No podía saltar del vehículo sin tener la razonable certeza de encontrar ayuda.

Se acercó furtivamente a la puerta, tomó el picaporte y esperó a que su instinto le indicara el próximo paso. Había pasado buena parte de su vida haciendo equilibrio sobre una cerca de rejas, y cierta noche terrible, cuando tenía doce años, llegó a la conclusión de que el instinto no era otra cosa que la voz discreta de Dios. Él respondía a las plegarias, pero una debía saber escuchar y creer en la respuesta. En esa época escribió en su diario íntimo: *"Dios no grita; habla en susurros y el susurro indica el camino".*

A la espera del susurro, pensó en el cuerpo mutilado en el armario (muerto aparentemente hacía menos de un día) y en el cuerpo aún tibio de Laura sobre la cama desvencijada. Sus padres, Sarah y Paul, su hermano Jack, su cuñada Nina: seis asesinatos en veinticuatro horas. El devorador de arañas no era un psicópata homicida común y corriente. En la jerga de los policías y criminólogos especializados en la persecución de hombres como él, "estaba *caliente,* tenía *calentura,* consumido por sus deseos y necesidades". Pero Chyna —que después de la licenciatura en psicología pensaba hacer el doctorado en criminología aunque tuviera que pasar seis años más en el restaurante— intuía que había algo más que "calentura" en este tipo. Era un caso único, respondía sólo en parte a las pautas aberrantes descriptas por la psicología; una especie de extraterrestre, una máquina de matar desenfrenada, tan implacable como irresistible. Sin el murmullo del instinto, ella no podría eludirlo.

Recordó el espejo retrovisor que había visto al sentarse por un momento en la cabina del conductor. Puesto que el vehículo no tenía ventanilla trasera, el objeto del espejo era observar el interior de la salita y el hueco del comedor a su espalda. Seguramente la visual alcanzaba hasta el pasillo de acceso al baño y el dormitorio, y si el demonio tenía suerte, echaría una mirada en el preciso instante en que Chyna estuviera a la vista al abrir la puerta y salir.

Cuando intuyó que había llegado el momento, Chyna abrió la puerta.

Qué suerte, un buen augurio: la luz del techo del pasillo estaba apagada.

En medio de las tinieblas, cerró la puerta del dormitorio.

La lámpara sobre la mesa del comedor seguía encendida. Miró hacia la cabina, vio el resplandor verde del panel de instrumentos, el parabrisas... y más allá, los haces plateados de los faros.

Pasó el baño, salió del refugio de las sombras y se agazapó junto al panel lateral del hueco del comedor. Desde el nicho en forma de media luna contempló la nuca del conductor, a unos seis metros de distancia.

Tan próximo... y, por primera vez, parecía vulnerable.

Desde luego, no iba a cometer la imprudencia de atacarlo mientras conducía. Si la oyera o la viera por el espejo retrovisor, podría girar bruscamente el volante o clavar los frenos para hacerle perder el equilibrio. Entonces podría detener el vehículo y llegar hasta ella sin darle tiempo para ganar la puerta trasera... o simplemente volverse en el asiento y dispararle.

La puerta por donde él había entrado con el cuerpo de Laura estaba a la izquierda. Chyna se sentó en el piso con los pies sobre el escalón, de cara a la puerta, oculta de las miradas del conductor por el hueco del comedor.

Dejó la cuchilla en el piso. Cuando saltara por la puerta, probablemente caería y rodaría por tierra, y podría clavarse la cuchilla, si la llevaba en la mano.

Saltaría cuando el conductor se detuviera en una intersección o cuando una curva cerrada le obligara a aminorar drásticamente la velocidad. No podía correr el riesgo de quebrarse una pierna o desmayarse de un golpe, porque entonces no podría alejarse del camino y ocultarse. Si quedaba fuera de combate, el asesino tal vez estacionaría en la banquina de la carretera y volvería por ella a pie.

No tenía la menor duda de que él advertiría la fuga desde el primer instante. Oiría el ruido de la puerta al abrirse o el silbido del viento, y la vería por el espejo de la cabina o por el lateral al iniciar ella la carrera hacia la libertad. Aun en el caso improbable de que no la viera, apenas saltara a tierra, el viento cerraría la puerta con violencia; el asesino sospecharía que había alguien más aparte de su colección de cadáveres; se detendría en la banquina y, presa del pánico, vendría a ver qué había sucedido.

No, presa del pánico no. Nada de eso. Era probable que la buscara minuciosamente, con la eficiencia implacable de una máquina. El control y el poder eran su esencia; los tipos como él rara vez sucumbían al pánico.

El corazón de Chyna se aceleró a medida que la casa rodante aminoraba la marcha. Se alzó a medias sobre el escalón y tomó el picaporte.

El vehículo se detuvo. Ella bajó el picaporte, pero la puerta estaba trabada. Lo probó una y otra vez, pero en vano.

No había un cerrojo manual. Sólo el ojo de una cerradura.

Recordó el chasquido que había escuchado desde el dormitorio cuando el devorador de arañas entró y cerró esa puerta. *Chac-chac.* El chasquido de una llave, quizá.

Tal vez el fabricante había puesto la cerradura como dispositivo de seguridad para impedir que un chico abriera la puerta en medio del tránsito. O tal vez el degenerado hijo de puta había modificado la cerradura para dificultarle el ingreso a un ladrón o un intruso que pudiera descubrir un cadáver engrillado o con los labios cosidos. La prudencia nunca está de más cuando uno tiene unos cuantos cadáveres en el dormitorio. Y la prudencia exige ciertas medidas de seguridad.

La casa rodante cruzó la intersección y aceleró.

Debió haber previsto que la fuga no sería tan fácil. Nada era fácil. Jamás.

Volvió a sentarse, se apoyó contra el panel del hueco y clavó los ojos en la puerta mientras pensaba.

Anteriormente, al atravesar el vehículo desde la cabina, había visto una puerta delantera al otro lado, detrás del asiento del acompañante. La mayoría de las casas rodantes tenía dos puertas, pero este modelo antiguo tenía tres. Con todo, no convenía intentarlo por ahí por la misma razón que no convenía atacarlo a él: podría verla, hacerle perder el equilibrio, dispararle sin darle tiempo a pararse.

En fin, aún conservaba una ventaja: él no sabía que la llevaba a bordo.

Si no podía abrir una puerta y saltar a tierra, si tenía que matarlo, esperaría allí, escondida detrás del hueco del comedor; sorprendería al desgraciado, lo destriparía, pasaría por encima de su cuerpo y saldría por la puerta delantera. Poco antes había estado dispuesta a matarlo; sólo era cuestión de hacerse a la idea otra vez.

El motor hacía vibrar el piso hasta entumecerle a medias el trasero. Lástima que no se lo entumecía del todo; la alfombra no era mullida, y empezó a dolerle el hueso dulce. Se hamacó hacia los costados, luego hacia adelante y atrás; el alivio duraba unos segundos. El dolor se extendió hacia la columna vertebral, y la leve incomodidad se intensificó. El asunto se volvía serio.

Veinte minutos, media hora, cuarenta minutos, una hora, más de una hora: para soportar la agonía, se puso a pensar en cómo escaparía cuando el asesino detuviera la marcha y se levantara de la butaca. Se concentró. Pensó en los detalles. Imaginó diversas variantes. Al final, el dolor desplazó al pensamiento.

El interior de la casa rodante era muy fresco y no llegaba calor al escalón de la puerta. Las vibraciones del motor y los neumáticos transmitidas a través de las suelas repiqueteaban implacables sobre sus talones. Estiró los dedos, temerosa de que los pies fríos y doloridos y los músculos entumecidos de las pantorrillas le provocaran calambres cuando llegara el momento de entrar en acción.

Una hilaridad desconcertante, casi desesperada, se apoderó de ella. *Qué me importa la pena*, pensó. *Qué me importa la justicia. Sólo quiero una silla acolchada donde apoyar el trasero, y calentarme los pies, aunque me cueste la vida.*

La prolongada inmovilidad no sólo la agotaba físicamente sino que empezaba a hundirla en la depresión. En la casa, a la primera señal de la presencia del intruso y antes de que él llegara al cuarto de huéspedes, Chyna comprendió que el movimiento era la clave de la seguridad. Ahora el movimiento era la clave de la seguridad psíquica al proporcionarle una distracción. Pero las circunstancias la obligaban a permanecer inmóvil y a la espera. Tenía demasiado tiempo para pensar... y sus pensamientos eran profundamente perturbadores.

Cayó en una angustia tal, que le brotaron lágrimas... y fue entonces cuando comprendió que la verdadera causa del sufrimiento no eran el trasero o la espalda doloridos ni los pies ateridos. El dolor verdadero era el del corazón, la angustia que se había visto obligada a reprimir desde que halló a Paul y Sarah, desde que detectó el olor vagamente amoniacal del semen en el dormitorio de Laura y vio los destellos de luz en los eslabones de los grilletes. El dolor físico era un débil pretexto para el llanto.

Si se atreviera a llorar por autocompasión, entonces desataría un torrente por Paul, por Sarah, por Laura, por el puto, jodido, infeliz género humano, lágrimas de impotencia porque la esperanza conquistada con tan duro esfuerzo acabara en una pesadilla. Se taparía la cara con las manos y entre sollozos inútiles elevaría a Dios la pregunta más frecuente de todas: *¿Por qué, por qué, por qué, por qué, por qué?*

Entregarse al llanto: qué fácil, y sobre todo, *qué satisfacción*. El llanto egoísta de la derrota no sólo le permitiría desahogar el corazón henchido de pena sino liberarse de la necesidad de pensar en nada o en nadie. El alivio anhelado estaba a su alcance con sólo confesar que el duro esfuerzo para comprender era una dolorosa vivencia que no valía la pena. Al oír sus sollozos, el asesino frenaría bruscamente y la encontraría acurrucada en el pozo del escalón. La atontaría de un golpe en la cabeza, la arrastraría al dormitorio, la violaría sobre el cadáver de su amiga; el terror superaría todo lo que había conocido hasta entonces, pero sería breve. Y definitivo. La liberaría de una vez y para siempre de los *porqués*, de la tortura de caer una y otra vez de la frágil esperanza al pozo conocido de la depresión.

Hacía mucho tiempo, acaso la noche en que cumplió ocho años y la cucaracha frenética corrió por todo su cuerpo, había comprendido que mucha gente *elegía* el papel de víctima. De niña había sido incapaz de expresar este concepto con palabras y de comprender por qué tanta gente optaba por el martirio; ya mayor, había aprendido a reconocer el odio a uno mismo, el masoquismo, la debilidad.

El martirio no siempre es algo que nos reserva el destino; a veces, incluso con cierta frecuencia, nos sucede por propia voluntad.

Ella siempre había rechazado el papel de víctima, había optado por resistir y contraatacar, por aferrarse a la esperanza, la dignidad y la fe en el futuro. Pero el papel de víctima era atractivo porque liberaba de la responsabilidad y la angustia. El miedo se volvía abatimiento y resignación; el fracaso no generaba culpa sino, por el contrario, una sensación reconfortante de autocompasión.

Parada precariamente sobre una cuerda afectiva floja, no sabía si sería capaz de conservar el equilibrio o si se dejaría caer.

El vehículo aminoró la marcha una vez más. Se desviaba hacia la derecha. Más despacio. Tal vez iba a detenerse en la banquina.

Probó el picaporte una vez más. Sabía que la puerta estaba trabada, pero repitió la operación porque, al fin y al cabo, era incapaz de rendirse sin pelear.

El conductor tomó una pendiente suave sin dejar de aminorar la velocidad.

A pesar del dolor en los muslos y las pantorrillas, pero con alivio para su trasero, Chyna se alzó apenas lo suficiente para asomarse del hueco.

La nuca del asesino, la cosa más detestable que había visto en su vida, le provocó un nuevo acceso de furia. Debajo de ese hueso cóncavo latía un cerebro pletórico de fantasías degeneradas. Qué exasperante que ese hombre estuviera vivo, y Laura, muerta. Que estuviera ahí tan complacido, tan feliz con el recuerdo de la sangre derramada, de los ruegos de clemencia que eran música en sus oídos. Que volviera a contemplar una puesta de Sol o saborear un durazno o aspirar el aroma de una flor. Para Chyna, el cráneo de ese hombre evocaba el terso caparazón quitinoso de un insecto; sería tan frío al tacto como una cucaracha bajo su mano.

Más allá del conductor y del parabrisas, en la cima ya cercana de la cuesta, apareció una estructura vaga, imposible de identificar. Los altos faroles de vapor de sodio echaban una turbia luz amarillenta.

Otra vez se agazapó detrás del hueco del comedor.

Tomó la cuchilla.

Habían llegado a la cima. Nuevamente en terreno llano, la casa rodante aún aminoraba su marcha.

Giró de espaldas a la puerta y se acomodó en el pozo. El pie izquierdo en el escalón inferior, el derecho en el superior. La espalda apretada contra la puerta, agazapada en la sombra donde no llegaba la luz de la lámpara sobre la mesa, se preparó para abalanzarse sobre él, si atravesaba la casa rodante y le daba la oportunidad.

Con un suspiro de sus frenos de aire, el vehículo por fin se detuvo.

Dondequiera que se hallaran, tal vez habría gente en las cercanías. Gente que pudiera socorrerla.

Pero, ¿estarían lo suficientemente próximas para oír sus gritos?

Y aunque los oyeran, no llegarían a tiempo. Antes llegaría el asesino, pistola en mano.

Tal vez no era más que un parador al costado de la ruta: un estacionamiento, unas cuantas mesas de madera, un cartel de advertencia sobre los peligros de no apagar bien una fogata, un par de retretes. Quizá se había detenido para hacer sus necesidades en el retrete público o en el de la casa rodante. En esa quietud total de las tres de la mañana, probablemente era el único vehículo en el lugar; en ese caso, aunque gritara hasta perder la voz, nadie acudiría en su ayuda.

Se apagó el motor.

Silencio. Ninguna vibración en el piso.

Ahora que el vehículo se había detenido, Chyna temblaba. La depresión se había desvanecido. Tenía espasmos en el estómago. Estaba asustada. Porque quería vivir.

Hubiera preferido que él bajara y le diera la oportunidad de escapar, pero lo más probable era que usara el retrete de su vehículo en lugar del público. Pasaría junto a ella. Ya que no había fuga posible, quería que sucediera de una buena vez.

Se preguntó absurdamente qué brotaría de él al clavarle el cuchillo: ¿sangre... o esa porquería que rezumaba una cucaracha aplastada?

Esperaba oír los movimientos del hijo de puta, sus pisadas fuertes que retumbarían al pisar una junta floja en el piso, pero el silencio era total. Tal vez sólo estiraba los brazos, alzaba los hombros entumecidos, se masajeaba la robusta nuca para aliviar el cansancio del viaje.

O quizá sí la había descubierto por el espejo retrovisor, había visto su cara a la luz del comedor, fría como la Luna. Se levantaría de su butaca, caminaría sigilosamente, evitando los crujidos del piso porque sabía dónde pisar. Entraría en el hueco del comedor. Se inclinaría sobre el panel. Dispararía a quemarropa a la figura agazapada en el pozo. Directamente a la cara.

Chyna miró hacia su izquierda, al panel del hueco. Desde esa posición no alcanzaba a ver la lámpara colgada sobre el centro de la mesa sino sólo su replandor. Se preguntó si el ángulo de aproximación le permitiría verlo o si una silueta surgiría de pronto del hueco para hacer fuego.

# 4

Intensidad.

Él cree que la vida hay que vivirla con intensidad.

Sentado detrás del volante, cierra los ojos y se masajea la nuca.

No quiere eliminar el dolor. Llegó por su propia cuenta y se irá solo con el tiempo. Nunca toma esos analgésicos de mierda.

Su intención es *disfrutar* plenamente del dolor. Las yemas de sus dedos tocan un punto sensible a la izquierda de la tercera vértebra cervical y lo oprimen hasta que el dolor le provoca destellos de luz grises y blancos en la oscuridad detrás de los párpados, como fuegos artificiales en un mundo incoloro.

Muy agradable.

El dolor no es sino parte de la vida. Si uno lo abraza, el sufrimiento le provocará una satisfacción difícil de comprender. Más importante aún, al conocer el dolor propio es más fácil disfrutar del dolor ajeno.

Dos vértebras más abajo encuentra un punto aún más sensible, un tendón o músculo inflamado, un bultito maravilloso justo debajo de la piel que, bajo la presión, provoca una punzada de dolor que se extiende al hombro y el trapecio. Lo masajea suavemente, con la ternura de un amante, entre gemidos, y luego lo oprime con fuerza hasta que el dolor se vuelve tan intenso y grato que debe chupar aire entre sus dientes apretados.

Intensidad.

Sabe que no vivirá para siempre. El tiempo que le es dado para habitar ese cuerpo es limitado y precioso; por consiguiente, no debe derrocharlo.

No cree en la reencarnación ni en ninguna de las promesas habituales de resurrección que ofrecen las grandes religiones del mundo, aunque a veces intuye que se aproxima una revelación de importancia colosal. Está dispuesto a aceptar la posible existencia del alma inmortal y la eventual exaltación de su espíritu. Pero esa apoteosis no será obra de la gracia divina sino de sus propias acciones audaces; si se vuelve un dios, será porque ha optado por *vivir* como tal: sin miedo, sin remordimientos, sin límites, con todos sus sentidos acentuados hasta la exasperación.

Cualquiera puede aspirar el perfume de una rosa y disfrutarlo. Pero durante mucho tiempo, él se ha preparado para *sentir* la destrucción de su belleza cuando la aplasta en un puño. Si en ese momento tuviera una rosa, si pudiera masticar los pétalos, sentiría el sabor no sólo de la flor sino también de su rojez, como el dorado de una ranúncula o el púrpura de un jacinto. Percibiría el sabor de la abeja que la hubiera penetrado en su tarea inacabable de polinización, el de la tierra que la nutrió, el del viento que la acarició durante el verano en que creció.

No ha conocido a nadie capaz de comprender la intensidad de su percepción del mundo ni su anhelo de una intensidad aún mayor. Con su ayuda, Ariel tal vez lo comprenderá algún día. Claro que por ahora carece de la madurez necesaria para alcanzar esa revelación.

Un último masaje en la nuca. El dolor. Suspira.

Toma un impermeable plegado sobre el asiento del acompañante. Todavía no llueve, pero antes de entrar debe ocultar su ropa manchada de sangre.

Hubiera podido mudarse de ropa antes de abandonar la casa de los Templeton, pero le encanta vestir estas prendas. La pátina lo excita.

Se levanta del asiento del conductor, se para detrás del respaldo y se pone el impermeable.

Se lavó las manos en el fregadero de la cocina de los Templeton, aunque hubiera preferido conservarlas manchadas. Puede ocultar su ropa debajo de un impermeable, pero esconder las manos no es tan fácil.

Jamás usa guantes. Hacerlo equivaldría a reconocer un miedo a la detención, que él no siente.

Pese a que sus huellas dactilares están registradas en los archivos de varias reparticiones federales y estaduales, las que deja en la escena del crimen jamás coincidirán con las de sus legajos. Todas las organizaciones del mundo están obsesionadas por la informatización, y la policía no es la excepción; últimamente todos los Bancos de huellas dactilares están digitalizados para acelerar la búsqueda y el procesamiento. Pero es más fácil manipular un archivo electrónico que uno convencional porque se puede operar desde grandes distancias. ¿Cuál es la necesidad de entrar como un ladrón en un archivo de alta seguridad, si se puede penetrar como un fantasma en sus computadoras desde el otro extremo del continente? Gracias a su inteligencia, destreza y conexiones ha podido modificar los datos.

Los guantes, aunque fueran los quirúrgicos de látex, constituirían una intolerable barrera a las sensaciones. Le gusta deslizar la mano sobre el vello dorado del muslo de una mujer, apreciar lentamente la textura de la piel erizada contra su palma, saborear el ardor de la piel y luego el desvanecimiento gradual del calor. Cuando mata, le es absolutamente esencial palpar la humedad.

Las huellas registradas bajo su nombre en diversos archivos son las de Bernard Petain, un joven infante de marina muerto trágicamente hace varios años en Camp Pendleton durante las maniobras militares. Las huellas que deja en la escena del crimen, con frecuencia pintadas con sangre, no coinciden con registro alguno, sea militar, de la Policía Federal o del Departamento de Tránsito.

Se abrocha el impermeable, alza las solapas y estudia

sus manos. Tres uñas están sucias. Será grasa o tierra; no despertarán sospechas.

A pesar del impermeable de nailon negro con forro para el frío él puede oler la sangre que mancha su ropa, pero los demás no poseen tanta sensibilidad.

Sin embargo, al contemplar los restos de suciedad bajo sus uñas evoca los gritos, la bella música en la noche, la casa de los Templeton, que reverbera como una sala de conciertos y nadie que la escuche aparte de él y los viñedos sordos.

Si alguna vez lo descubren en la escena del crimen, las autoridades tomarán sus huellas, descubrirán sus manipulaciones con las computadoras y finalmente lo vincularán con una larga lista de asesinatos no resueltos. Pero eso no le preocupa. Jamás lo apresarán con vida ni lo llevarán a juicio. Después de su muerte, todo lo que descubran sobre sus actividades sólo dará mayor lustre a su nombre.

Se llama Edgler Foreman Veiss. Con las letras de su nombre se puede hacer una larga lista de palabras que trasuntan poder: DIOS, DEMONIO, FIERA, IRA, DRAGÓN, SALVE, SEMEN, FRAGOR, MIEDO, FIRME, VERME, entre otras. También se pueden formar palabras con resonancias místicas: AVERNO, VENERO, GRANDIOSO, REGIO, MAGIA, SAVIA. A veces, lo último que escucha la víctima es una frase formada con palabras de su lista. Su preferida, que repite con frecuencia, es: DIOS ES MIEDO.

Sea como fuere, es ocioso detenerse en el problema de las huellas y otras pruebas porque nunca lo atraparán. Tiene treinta y tres años. Disfruta de esto desde hace mucho tiempo y nunca ha estado en peligro.

Saca la pistola de la consola abierta entre las butacas del conductor y el acompañante. Es una Heckler & Koch P7.

Antes había vuelto a llenar el cargador de trece proyectiles. Ahora le quita el silenciador porque no tiene planes de visitar otra casa esta noche. Además, los disparos probablemente dañaron los deflectores, lo cual reduce el efecto del silenciador y le quita precisión al tiro.

A veces fantasea sobre situaciones inverosímiles; por

ejemplo, que un grupo policial de choque lo rodeara e interrumpiera sus juegos. Con su experiencia y conocimientos, la confrontación decisiva sería *intensa* en grado sumo.

Si un solo secreto explica el éxito de Edgler Veiss, es su convicción de que los avatares del destino no son ni buenos ni malos, que ninguna vivencia es cualitativamente mejor que otra. Ganar veinte millones de dólares a la lotería no es más deseable que verse rodeado por un grupo de choque; una confrontación a tiros con la autoridad no es más de temer que ganar tanto dinero. El valor de una vivencia no depende de las consecuencias positivas o negativas que tendrá en su vida sino de su mero, glorioso poder, la virulencia, la ferocidad, la magnitud y el grado de las sensaciones que produce. Sí, la intensidad.

Veiss deja el silenciador en la consola entre las butacas.

Guarda la pistola en el bolsillo derecho del impermeable.

No prevé problemas. Sin embargo, jamás anda desarmado. La precaución nunca está de más, y por otra parte, uno nunca sabe cuándo se presentará una oportunidad imprevista.

Se sienta nuevamente, retira las llaves del encendido y verifica que el freno de mano esté colocado. Abre la puerta y sale de la casa rodante.

Los ocho surtidores son de autoservicio. Ha estacionado junto a la hilera exterior. Debe presentarse en la caja de la estación de servicio para pagar por adelantado e identificar el surtidor que utilizará para que el empleado lo encienda.

La noche respira. En las alturas, un viento fuerte empuja los nubarrones desde el noroeste hacia el sudeste. A nivel del suelo, una brisa fría sopla entre los surtidores, silba junto a la casa rodante y aprieta los faldones del impermeable contra las piernas de Veiss. El local —rojo ladrillo abajo, paneles de aluminio arriba, escaparates llenos de mercadería— está al pie de las laderas sembradas de pinos inmensos. El viento barre sus ramas con una voz hueca, antigua, desolada.

Hay poco tránsito en la ruta 101. Pasa un camión,

hendiendo el viento con un extraño alarido jurásico.

Un Pontiac con patente del estado de Washington está estacionado junto a la hilera interior de surtidores, bajo los faroles amarillos de vapor de sodio. No hay otro vehículo a la vista aparte de éste y la casa rodante. El auto lleva un autoadhesivo en el parachoques trasero: LOS ELECTRICISTAS SABEMOS ENCHUFARLA.

En el techo del edificio hay un cartel de neón rojo colocado de manera tal, que resulta perfectamente visible desde la carretera: ABIERTO LAS 24 HORAS. El rojo es la calidad del sonido que hacen los camiones al pasar por la ruta. Vistas bajo el resplandor, sus manos lucen como si no se las hubiera lavado.

Veiss se acerca a la puerta de vidrio, que se abre para dar paso a un hombre con una gran bolsa de papas fritas y un cartón con seis latas de Coca Cola. Un tipo gordito de patillas largas y bigote grueso.

Señala al cielo y farfulla un "se viene la tormenta" al pasar junto a Veiss.

—Me alegro —dice Veiss.

Le gustan las tormentas. Disfruta al conducir bajo la lluvia, y cuanto más torrencial, mejor. Con rayos que caen y árboles que crujen y el pavimento resbaladizo como el hielo.

El tipo de bigote se aleja hacia el Pontiac.

Al entrar en la tienda, Veiss se pregunta qué hace un electricista de Washington en una ruta del norte de California a estas horas de la noche.

Dos vidas se cruzan brevemente y generan la posibilidad de un desenlace dramático que a veces se realiza y a veces no; es algo que siempre despierta su curiosidad. Un hombre se detiene a cargar combustible, se demora para comprar papas fritas y gaseosas, hace un comentario sobre el clima a un extraño... y sigue viaje. El extraño podría seguir al hombre hasta su auto y levantarle la tapa de los sesos. Al hacerlo correría un riesgo, pero no sería excesivo; podría actuar con gran discreción. La supervivencia del hombre obedece a un mandato misterioso o carece por completo de significado; Veiss no se decide por una alternativa u otra.

Si el destino no existiera, habría que inventarlo.

El pequeño local es pulcro y cálido, está bien iluminado. A la izquierda de la puerta, hay tres góndolas que exhiben la mercadería habitual de la ruta: toda clase de golosinas, medicamentos de venta libre, revistas, novelas baratas, postales, chucherías para colgar del espejo retrovisor, y comidas enlatadas para los mochileros y la gente como Veiss, que viaja en casas rodantes. Contra la pared del fondo, están las heladeras repletas de latas de cerveza y gaseosas, así como toda clase de helados. A la derecha de la puerta, está el mostrador con dos cajas, y detrás de éste la administración, vedada al público.

Hay dos empleados de guardia; los dos son hombres. Últimamente nadie quiere trabajar solo de noche en un lugar así... y con razón.

El tipo que atiende la caja es un pelirrojo de unos treinta años, pecoso, con una marca de nacimiento de casi cinco centímetros de diámetro, rosada como el salmón crudo, en el centro de la frente pálida. La marca tiene la forma casi exacta de un feto en el útero materno, como si un gemelo muerto durante la gestación hubiera dejado su imagen fosilizada en la cara del hermano sobreviviente.

El cajero pelirrojo lee una novela. Mira a Veiss y sus ojos son grises como la ceniza, pero claros y penetrantes.

—¿Qué necesita, señor?

—Surtidor siete —dice Veiss.

La radio emite música *country*. Alan Jackson canta sobre la medianoche en Montgomery, el viento, un búho, el frío y la soledad, el fantasma de Hank Williams.

—¿Cómo quiere pagar? —pregunta el cajero.

—Si llego a pagar un centavo más con mi tarjeta de crédito, los del Banco me van a mandar los perros —dice Veiss, y pone un billete de cien sobre el mostrador—. Calculo unos sesenta dólares.

La canción, la marca de nacimiento, los misteriosos ojos grises del cajero despiertan en Veiss una alucinante sensación de que algo va a suceder. Algo excepcional.

—¿Pagando las deudas de Navidad como todo el mundo? —dice el cajero al marcar la cuenta en la registradora.

—Sí, y no voy a terminar de pagarlas antes de la próxima Navidad, qué joder.

El otro empleado está sentado en un taburete junto al mostrador. No atiende una caja sino que hace cuentas o el inventario... en fin, el papeleo.

Veiss no lo había mirado antes, y al hacerlo descubre el motivo de la sensación misteriosa.

—Se viene la tormenta —le dice al segundo hombre.

El hombre alza la vista de los papeles desplegados sobre el mostrador. Tiene poco más de veinte años, al menos uno de sus padres es asiático y es realmente atractivo. No. Más que atractivo. Pelo renegrido, tez dorada, ojos líquidos como el aceite y profundos como pozos. Sus bellas facciones transmiten una ternura que lo hacen parecer afeminado... pero no del todo.

Ariel lo hallaría fascinante. Es justamente su tipo.

—Tal vez nieve en las montañas —dice el asiático—. Si es que va en esa dirección.

Veiss se vuelve hacia el cajero, que está contando el vuelto:

—Espere, que necesito provisiones. Antes voy a llenar el tanque.

Sale rápidamente por temor a que adviertan su excitación y se asusten.

Aunque no ha pasado más de un minuto dentro del local, la noche parece mucho más fría que antes de entrar. Estimulante. Percibe la fragancia de los pinos y las píceas, incluso la de los lejanos abetos, inhala el verdor de las colinas densamente arboladas, a sus espaldas, detecta el olor penetrante de la lluvia que se avecina, el ozono de los relámpagos que aún no han caído, el miedo de los animalitos que tiemblan en sus madrigueras previendo la tormenta.


Una vez segura de que el asesino había salido de la casa rodante, Chyna atravesó el vehículo, agazapada, la cuchilla en la mano.

Las cortinas sobre las ventanas del comedor y la salita no permitían ver el exterior. Al mirar por el parabrisas, vio que se había detenido en una estación de servicio.

No tenía la menor idea de dónde estaba el asesino. Había salido apenas un minuto antes. Tal vez estaba afuera, a corta distancia de la puerta.

No lo había oído retirar la tapa del tanque de gasolina ni introducir la manguera del surtidor. Por la posición del vehículo, evidentemente cargaba combustible por el lado derecho del vehículo, de manera que allí estaría.

Chyna temía seguir adelante sin saber dónde estaba él, pero el miedo a seguir en la casa rodante era aún más fuerte. Se sentó en la butaca del conductor. Los faros estaban apagados y el panel de instrumentos estaba oscuro, pero el resplandor de la lámpara del hueco la volvía totalmente visible desde el exterior.

En la hilera contigua, un Pontiac se apartaba del surtidor. Sus luces traseras rojas se alejaron rápidamente.

Por lo visto, la casa rodante era el único vehículo en la estación de servicio.

Las llaves no estaban en el encendido. De todas maneras, no hubiera intentado ponerlo en marcha. Ésa era una alternativa a la cual recurrir en el viñedo, donde no había nadie en las cercanías. Aquí habría empleados... y clientes que salieran de la ruta.

Abrió la puerta, se crispó al oír el chasquido, saltó a tierra y tropezó. La cuchilla cayó de su mano como si estuviera engrasada y se deslizó estrepitosamente por el pavimento.

Segura de que el asesino la había oído y se abalanzaba sobre ella, Chyna se paró enseguida. Giró a izquierda y a derecha, las manos extendidas en un gesto fútil de defensa. Pero no había señales del devorador de arañas en la playa iluminada.

Cerró la puerta, buscó la cuchilla sobre el pavimento circundante, no la halló... y por un instante quedó paralizada al ver a un hombre que salía del local, a unos quince o veinte metros. Como vestía un impermeable largo, en un principio Chyna pensó que no podía ser el asesino, pero entonces recordó haber oído el inexplicable frufrú de una tela poco antes de que él saliera de la casa rodante. Entonces *lo supo*.

Sólo podía ocultarse detrás de uno de los surtidores en la hilera siguiente, pero estaba a diez metros, entre ella y el local, y debía cruzar un tramo ancho y bien iluminado de pavimento. Además, él se acercaba a la misma hilera desde el otro lado, llegaría antes que ella y la descubriría.

Si tratara de bordear la casa rodante, él la vería y se preguntaría de dónde había salido. En su psicosis seguramente había un elemento de paranoia, e irónicamente daría por sentado que ella había estado en el vehículo. La perseguiría. Implacablemente.

Apenas lo vio salir del local, Chyna se arrojó boca abajo. Segura de que la hilera de surtidores ocultaría cualquier movimiento al ras del suelo, reptó hasta ocultarse debajo de la casa rodante.

El asesino no gritó ni echó a correr. No la había visto.

Desde su escondite, lo vio cuando se acercaba. La luz amarillenta era tan brillante, que le permitió reconocer las botas de cuero negro, el mismo par que había contemplado desde abajo de la cama del cuarto de huéspedes unas horas antes.

Sentía el asfalto frío bajo sus muslos, vientre y senos. Chupaba el calor de su cuerpo a través de los jeans y el buzo de algodón, y empezó a temblar.

Oyó que el asesino retiraba el pico de la manguera de su receptáculo y quitaba la tapa del tanque de gasolina en un costado de la casa rodante. Calculando que tardaría unos cuantos minutos en alimentar a semejante monstruo, empezó a salir del escondite antes de oír que el pico entrara en la boca del tanque.

Tendida en el suelo, de pronto divisó la cuchilla. Sobre el asfalto. A tres metros del parachoques delantero. El filo relucía bajo la luz amarilla.

Ya salía a descubierto, pero antes de que pudiera enderezarse oyó un taconeo de botas sobre el pavimento. Echó una mirada atrás: el asesino evidentemente había sujetado el gatillo del surtidor con la grapa de regulación porque ya se alejaba.

Frenética y lo más furtivamente que pudo, retrocedió

hasta ocultarse debajo del vehículo. Oyó el chapoteo de la gasolina al entrar en el tanque.

El asesino bordeó el lado derecho y la trompa de la casa rodante hasta llegar a la puerta del conductor. Pero no la abrió. Se detuvo. Inmóvil. Luego se acercó a la cuchilla, se inclinó y la recogió.

Chyna contuvo el aliento aunque le parecía imposible que el asesino intuyera el significado de la cuchilla. Nunca la había visto. No podía saber que provenía de la casa de los Templeton. Por insólito que fuera encontrar una cuchilla en el camino de entrada a una estación de servicio, podía haber caído de cualquier vehículo que pasara.

Tomó la cuchilla, volvió a la casa rodante y entró, sin cerrar la puerta.

Sobre la cabeza de Chyna, los pasos sobre el piso de acero resonaban como tambores en la selva. Le pareció que se habían detenido en la zona del comedor.


Veiss no suele ver presagios o augurios donde pone la mirada. Un halcón solitario que cruza la faz de la Luna a medianoche no le hará pensar en el desastre inminente ni en la buena fortuna. Un gato negro que cruza su camino, un espejo que se rompe mientras su imagen está reflejada en él, la noticia del nacimiento de un ternero bicéfalo, nada de eso lo conmueve. Está convencido de que forja su propio destino y de que la trascendencia espiritual, si es que existe, resulta de actuar con audacia y vivir intensamente.

No obstante, está perplejo. La gran cuchilla posee una cualidad totémica, una aureola casi mágica. La coloca con cuidado sobre la mesada de la cocina, donde la luz echa una pátina húmeda sobre el filo del arma.

Al recogerla del pavimento, la hoja estaba fría, pero el mango estaba levemente tibio, como si anticipara el calor de su mano.

Llegado el momento utilizará esa hoja descartada por motivos incomprensibles para ver qué sensaciones experimenta al clavársela a alguien. Pero ahora no le es útil para el trabajo que está por emprender.

Aunque tiene la Heckler & Koch P7 bien guardada en el bolsillo derecho del impermeable, le parece que no está a la altura de la situación.

Los dos muchachos detrás del mostrador no se encuentran en el teatro de guerra de un mercado de la gran ciudad, pero son inteligentes y sin duda tomaron sus precauciones. Ni siquiera los barrios como Beverly Hills y Bel Air —poblados por actores ricos y astros retirados del fútbol americano— son lugares seguros para sus residentes ni están a salvo de éstos. Estos muchachos seguramente tienen un arma de fuego para protegerse y saben usarla. Para dominarlos deberá intimidarlos con un arma de grueso calibre.

Abre un armario a la izquierda del horno. Allí hay una escopeta Mossberg calibre 12 de caño recortado con mecanismo de corredera y cabo de pistola, montada sobre un par de grampas a resorte en un anaquel. Suelta las grampas y coloca el arma sobre la mesada.

El cargador tubular ya está lleno de proyectiles calibre 12. A pesar de que no es miembro del Automóvil Club, Edgler Veiss está preparado para casi cualquier contingencia cuando viaja.

En el armario hay una caja de cartuchos de escopeta que conserva abierta para alcanzarlos con facilidad. Toma unos cuantos y los coloca sobre el mostrador junto a la Mossberg, aunque es probable que no los necesite.

Se desabrocha rápidamente el impermeable, pero no se lo quita. Transfiere la pistola del bolsillo exterior derecho a un bolsillo interior derecho cosido al forro. Allí coloca también los cartuchos sueltos.

De un cajón de la cocina toma una pequeña cámara Polaroid. La guarda en el bolsillo de donde acaba de retirar la Heckler & Koch P7. De su billetera toma una instantánea de su íntima amiga Ariel y la guarda en el bolsillo junto con la cámara.

Con su navaja de quince centímetros —que está pegajosa debido al uso que le dio en la casa de los Templeton— rasga el forro del bolsillo izquierdo. Luego arranca los restos de la tela. Si pusiera monedas en ese bolsillo, caerían derecho al piso. Coloca la escopeta bajo el saco e introduce la mano izquierda en el bolsillo roto para sostenerla. El dispositivo es eficaz. Está convencido de que no despertará sospechas.

Se pasea por la casa rodante para ensayar sus pasos. Camina libremente, sin golpearse las piernas con la escopeta.

¿Acaso no ha hecho suyas la agilidad y la destreza de la araña en la casa de los Templeton?

No le importa herir al cajero de ojos cenicientos y marca de nacimiento, pero deberá tener cuidado para no dejar marcas en el rostro del joven caballero asiático. Necesita buenas fotografías para mostrárselas a Ariel.


Sobre su cabeza, el asesino aparentemente estaba ocupado en la zona del comedor. El piso crujía bajo sus desplazamientos.

Desde donde estaba no podía ver al exterior, salvo que hubiera recogido las cortinas. Con suerte, Chyna podría escapar a la libertad.

Estudió la alternativa de permanecer bajo el vehículo hasta que llenara el tanque y se alejara. Después llamaría a la policía.

Pero había encontrado la cuchilla; seguramente meditaba sobre el hallazgo. Aunque parecía imposible que comprendiera su significado o dedujera que ella estaba ahí, a esas alturas la embargaba un miedo casi sobrenatural y la convicción irracional de que si permanecía allí él acabaría por descubrirla.

Se arrastró hasta quedar al descubierto, se alzó a medias, echó una mirada a la puerta abierta y luego a las ventanillas laterales. Las cortinas estaban en su lugar.

Más animada, se irguió y cruzó hasta la hilera interior. Se detuvo entre dos surtidores a echar una mirada atrás: el asesino no había salido del vehículo.

Salió de las tinieblas a la brillante luz fluorescente y escuchó los acordes melancólicos de la música *country*. Vio a los dos empleados detrás del mostrador a la derecha y estuvo a punto de decir: "Llamen a la policía", pero al echar una mirada a través de la puerta de vidrio que se había cerrado a sus espaldas vio que el asesino salía de la casa rodante y se dirigía al local aunque no había terminado de llenar el tanque.

Tenía los ojos clavados en el suelo. No la había visto.

Chyna se alejó de la puerta.

Los dos hombres clavaron sus ojos en ella.

Si les pedía que llamaran a la policía, le preguntarían por qué, y no había tiempo para discusiones; tampoco para llamar.

—Por favor, no le digan que estoy aquí —dijo, y sin darles tiempo a responder, se alejó por un pasillo entre dos góndolas altas hacia el fondo del local.

Al salir del pasillo para ocultarse detrás del extremo de la góndola, Chyna oyó el ruido de la puerta y los pasos del asesino. Una ráfaga de viento entró con él y luego la puerta se cerró.


El cajero pelirrojo y el caballero asiático de húmedos ojos nocturnos lo miran extrañados, como si supieran algo que no deberían saber, y poco falta para que él alce la escopeta y los reviente sin más trámite apenas pasa la puerta. Pero piensa que los ha interpretado mal, que simplemente están fascinados porque, después de todo, presenta una figura imponente. La gente suele intuir su poder excepcional y que lleva una vida más rica que la suya. En las fiestas es el centro de atención y atrae a muchas mujeres. Su magnetismo ha atraído a estos hombres como a muchos otros. Además, si los liquida de entrada, sin decir palabra, se priva del placer de la estimulación previa.

La voz de la radio ya no es la de Alan Jackson. Veiss inclina la cabeza hacia la música:

—Me encanta Emmylou Harris. Nadie canta esto con tanto sentimiento como ella.

—Es buena —dice el pelirrojo. El tipo, antes tan extrovertido, se ha vuelto hosco.

El asiático no abre la boca. Insondable en su templo zen de pasteles, chocolates, maníes, palitos salados y galletitas.

—Me encantan las canciones que hablan del hogar y la familia —dice Veiss.

—¿Está de vacaciones? —pregunta el pelirrojo.

—Diablos, viejo, yo siempre estoy de vacaciones.

—¿Tan joven y ya jubilado?

—Lo que quiero decir —responde Veiss— es que la vida siempre es una fiesta si uno sabe vivirla. Estuve de cacería.

—¿Por esta zona? ¿Qué animal está de temporada?

El asiático, mudo pero atento, toma una salchicha de Viena de un estante y le quita el envoltorio plástico sin apartar la vista por un instante.

No tienen la menor sospecha de que les queda menos de un minuto de vida, y su estolidez bovina es un deleite para Veiss. En el fondo, es bastante gracioso. Cómo van a abrir los ojos en el momento del estampido.

Pasa por alto la pregunta del cajero y pregunta:

—¿A usted le gusta la caza?

—Lo mío es la pesca —dice el pelirrojo.

—Qué aburrido —dice Veiss.

—Es la mejor manera de entrar en contacto con la naturaleza. Un botecito en el lago, el agua serena.

Veiss menea la cabeza.

—Sus ojos no muestran nada.

El pelirrojo parpadea, desconcertado:

—¿Los ojos de quién?

—Son ojos de pescado, ¿no? Chatos, como si fueran de vidrio. Joder.

—Nadie dice que sean bonitos. Pero no hay nada más delicioso que un salmón fresco o una buena fritura de truchas.

Edgler Veiss escucha la música y deja que lo miren. Profundamente conmovido por la canción, piensa en la soledad del camino, en la nostalgia del amante lejos de su casa. Es un hombre sensible.

El asiático muerde una punta de la salchicha. Mastica con delicadeza; los músculos de sus mandíbulas casi no se contraen.

Veiss decide que llevará el resto de la salchicha a Ariel. Podrá posar su boca donde el asiático tuvo la suya. Ese momento íntimo con el joven tan bello será su obsequio a la joven.

—No veo la hora de volver a casa, donde me espera mi Ariel —dice—. Bonito nombre, ¿no?

—Muy bonito —dice el pelirrojo.

—Y le sienta bien.

—¿Su esposa? —pregunta el pelirrojo. Su cordialidad no es natural como lo fue cuando Veiss entró a pedirle que habilitara el surtidor número siete. Sí, está inquieto y trata de ocultarlo.

Es el momento de sobresaltarlos y ver su reacción. ¿Tiene alguno de ellos la menor intuición de la catástrofe que les espera?

—Nooo —dice Veiss—. Por ahora no quiero atarme. Más adelante, tal vez. Además, Ariel tiene dieciséis años. No está preparada.

Se quedan sin respuesta. Dieciséis años, la mitad que él. Dieciséis, una menor. El camino a la cárcel.

El riesgo es enorme, excitante. En cualquier momento puede aparecer otro cliente y elevar la apuesta.

—La cosa más bonita que verán antes de llegar al paraíso —dice Veiss, y se relame—. Me refiero a Ariel.

Saca la Polaroid del bolsillo y la pone sobre el mostrador. Los empleados la miran.

—Un ángel, nada menos —dice Veiss—. Cutis de porcelana. Te quita el aliento. Te hace vibrar el escroto como una cuerda de contrabajo.

Con mal disimulada repugnancia, el cajero mira el tablero de los surtidores a la izquierda de la caja:

—Sus sesenta dólares acaban de entrar en el tanque —dice.

—No me interprete mal —dice Veiss—. Nunca la toqué... de esa manera. La tengo encerrada en el sótano desde hace un año, donde puedo verla cuando se me da la gana. Espero que la muñequita madure, alcance el grado exacto de dulzura.

Lo miran con ojos vidriosos, de pescado. Él saborea sus expresiones.

Sonríe y suelta una carcajada antes de añadir:

—Oigan, los asusté, ¿no?

No le devuelven la sonrisa, y el pelirrojo dice, hosco:

—¿Le doy el vuelto o va a comprar algo más?

Veiss pone cara de consternación. Casi logra ruborizarse:

—Bueno, no se ofenda. Me gusta hacer chistes, sorprender a la gente.

—Yo tengo una hija de dieciséis y no le veo la gracia —dice el pelirrojo.

Veiss se vuelve hacia el asiático:

—Cuando voy de cacería, me llevo algún trofeo. Como el torero se lleva las orejas y el rabo, ¿entiendes? A veces, sólo una foto. Regalos para Ariel. Le gustarás muchísimo.

Alza la Mossberg envuelta con el impermeable como una bandera negra de luto, la aferra con las dos manos, derriba al pelirrojo del taburete e introduce otro proyectil en la recámara.

El asiático. Ay, esos ojazos. Ningún pescado tendría esa mirada.

Mientras el pelirrojo se derrumba, el joven caballero asiático de ojos divinos mete una mano bajo el mostrador en busca del arma.

—No lo hagas —dice Veiss—, o te meto los cartuchos en el culo.

Pero el asiático alza el revólver, un Smith & Wesson Chief's Special .38, de modo que Veiss le apunta y dispara a quemarropa, directo al pecho para no estropear esa cara perfecta. El joven vuela del taburete y el revólver se le cae sin darle tiempo a disparar.

El pelirrojo chilla.

Veiss abre la puerta del mostrador y pasa al sector del personal.

El cajero pelirrojo que tiene una hija de dieciséis años esperándolo en casa está replegado sobre sí mismo como si imitara la marca de nacimiento fetal sobre su frente, abrazándose para contener sus tripas. En la radio, Garth Brooks canta *Thunder Rolls*. El cajero chilla y llora al mismo tiempo. Los gritos reverberan en las ventanas de vidrio blindado, el disparo aún retumba en los oídos de

Veiss y en cualquier momento podría entrar un cliente. Es un momento dolorosamente intenso.

El siguiente disparo remata al cajero.

El asiático agoniza, inconsciente. Felizmente, su cara está intacta.

Como un peregrino genuflexo ante un santuario, Veiss pone rodilla en tierra para escuchar el último suspiro ronco del moribundo. Un susurro como el aleteo de alas de un insecto. Se inclina para inhalar el aliento del otro, respira profundamente. Ha hecho suyo algo de la belleza y la elegancia del asiático, transmitido por el olor de la salchicha.

A la canción de Brooks sigue *A Boy Named Sue*, ese viejo tema de Johnny Cash, que es tan tonto que podría echar a perder el clima. Veiss apaga la radio.

Al cargar el arma, estudia la zona detrás del mostrador y ve un panel de interruptores. Todos tienen rótulos para indicar las respectivas luces. Apaga todas las luces exteriores, incluso el cartel de neón rojo sobre el techo que dice: ABIERTO LAS 24 HORAS.

Pese a que apaga las luces fluorescentes del techo, la oscuridad no es total. Todavía queda el misterioso resplandor de las luces detrás de las puertas de vidrio blindado de los exhibidores refrigerados de bebidas. En una pared hay un reloj iluminado que promociona la cerveza Coors. Sobre el mostrador, una lámpara cuello de cisne ilumina los papeles del caballero asiático.

No obstante, las tinieblas son densas y el comercio parece desierto. Difícilmente entrará algún cliente desde la ruta.

Desde luego, algún ayudante del *sheriff* del distrito o un patrullero de la policía caminera podría acercarse a investigar por qué ese comercio que nunca cierra está cerrado. Por eso, Veiss no pierde un instante en acometer las últimas tareas.


Acurrucada de espaldas contra el panel de la góndola, lo más lejos posible del mostrador de los cajeros, Chyna se sintió delatada por la luz del exhibidor a su derecha y amenazada por las sombras a su izquierda. En el silencio que sobrevino después de los disparos y la cesación de la música, tuvo la certeza de que el asesino oiría su respiración anhelante, temblorosa. Pero era tan capaz de contener sus temblores como un conejo acechado por un lobo.

Tal vez la protegería el ronroneo de los compresores en las heladeras y los *freezers*. Quería asomarse a uno y otro lado de la góndola, pero le faltaba coraje. Tenía la convicción irracional de que al hacerlo se encontraría cara a cara con el devorador de arañas.

Había pensado que ningún golpe podría ser tan duro como el hallazgo de los cadáveres de Paul y Sarah —y luego el de Laura—, pero esto era peor. Esta vez había presenciado los asesinatos, tan de cerca, que los gritos, además de taladrarle los oídos, le habían golpeado el pecho como puñetazos.

Suponía que el asesino robaría la tienda, pero para eso no era necesario matar a los empleados. Claro que en su caso la necesidad no era un factor decisivo. Los había matado porque le proporcionaba placer. Porque estaba en un pico de excitación y tenía *calentura*.

Tenía la sensación de haber quedado atrapada en una noche sin fin. Una avería en la maquinaria cósmica, los engranajes trabados. Las estrellas clavadas a sus puestos. El amanecer no llegaría. Y del cielo gélido descendía un frío pavoroso.

Un destello repentino le hizo alzar las manos defensivamente frente a su cara. Luego se dio cuenta de que se había producido en el otro extremo del local. Se repitió.


Edgler Veiss no es un cazador, como le dijo al cajero pelirrojo, sino un exquisito coleccionista de bellas imágenes. La mayoría las registra con la cámara de su imaginación, pero algunas con la Polaroid. Los recuerdos de gran belleza alegran diariamente sus pensamientos y constituyen la base de sus sueños gratificantes.

Cada destello del flash parece demorarse en los ojazos

del empleado asiático, que resplandecen como si su espíritu atrapado detrás de las córneas buscara escapar de los despojos agonizantes.

Una vez, en Nevada, Veiss había matado a una morena increíble, con una carita comparada con la cual Claudia Schiffer y Kate Moss parecían un par de viejas brujas. Antes de hacerla pedazos, le había tomado seis fotografías. Con sus amenazas había logrado hacerla sonreír en tres de ellas; su sonrisa era deslumbrante. Durante los tres meses que siguieron a ese episodio, recortó y comió un retrato cada treinta días, y en cada ocasión, la destrucción de esa belleza le causó una excitación violenta. Había sentido la sonrisa de ella en su vientre, como un calor radiante, y se sabía más hermoso por el hecho de contenerla.

No recuerda el nombre de la morena. Los nombres no tienen la menor importancia.

Sin embargo, debe conocer el nombre del joven caballero asiático para describirle el episodio a Ariel. Deja la Polaroid, da vuelta el cadáver y retira la billetera del bolsillo del pantalón.

Alza su registro de conductor a la luz de la lámpara cuello de cisne para leer el nombre: Thomas Fujimoto.

Veiss decide llamarlo Fuji. Como el monte.

Guarda el registro en la billetera y ésta en el bolsillo. No toma el dinero del muerto. Tampoco se llevará el dinero de la caja registradora... salvo los cuarenta dólares del vuelto. No es un ladrón.

Tomadas las tres fotografías, debe cumplir su promesa a Fuji para demostrar que es hombre de palabra. Será un asunto molesto, pero también divertido.

Ahora debe ocuparse del sistema de seguridad, que ha filmado todo el incidente. Sobre el marco de la puerta está montada una cámara de vídeo que apunta al mostrador de los cajeros.

Edgler Foreman Veiss no tiene el menor deseo de aparecer en los noticiarios de televisión. La vida intensa es prácticamente incompatible con la vida en la cárcel.

Chyna había dominado su respiración, pero su corazón latía con tanta violencia, que le trastornaba la visión, y el pulsar de las carótidas le provocaba choques eléctricos en la garganta.

Convencida nuevamente de que debía buscar la salvación en el desplazamiento, se asomó a la luz para echar una mirada al pasillo frente a las heladeras. El asesino no estaba a la vista, pero un ruido delataba sus movimientos: un crujido como el de una rata entre las hojas muertas de otoño.

Con el estómago crispado en un espasmo de terror, gateó hacia la luz de las heladeras, buscando en los estantes a su derecha algún objeto que le sirviera como arma. Sin la cuchilla se sentía indefensa.

No había cuchillos en venta. Los objetos exhibidos eran llaveros de fantasía, alicates para las uñas, peines de bolsillo, lápices hemostáticos, paquetes de toallitas perfumadas, servilletas para limpiar anteojos, mazos de naipes y encendedores descartables.

Extendió el brazo para tomar un encendedor. No sabía si le serviría para defenderse, pero a falta de una lámina de acero afilada, el fuego era lo único que tenía al alcance de la mano.

Las luces fluorescentes del techo parpadearon y se encendieron. La luz repentina la paralizó.

Miró hacia el otro extremo del local. El asesino no estaba a la vista, pero su sombra agazapada, proyectada contra una pared, se agrandó hasta un tamaño colosal y después se redujo al alejarse como la de una mariposa nocturna al revolotear frente a un reflector.


Veiss enciende las luces un instante para echar una mirada a la cámara de vídeo montada sobre la puerta principal.

Por supuesto, la cinta delatora no está dentro de la cámara. Si fuera tan fácil, hasta esos ladrones tarados que se ganan la vida asaltando estaciones de servicio y quioscos serían lo suficientemente vivos como para treparse a un taburete, retirar la cinta y llevársela o destruirla. La cámara envía la imagen a una videograbadora oculta en otro lugar del edificio.

Como el sistema fue instalado después de la construcción, el cable de transmisión no está amurado. Es un toque de suerte para Veiss, porque si el cable estuviera oculto, la búsqueda llevaría demasiado tiempo. Ni siquiera corre por encima del cielo raso de ladrillos antiacústicos. Está a la vista, engrampado a la pared modular; conduce al compartimiento detrás del mostrador de los cajeros, y de allí, a través de un agujero de un centímetro de diámetro en la pared, a otro cuarto.

También hay una puerta de acceso a ese cuarto. Resulta ser una oficina con escritorio, archiveros de metal gris, una pequeña caja fuerte con combinación y armarios de fórmica símil madera.

Afortunadamente, la grabadora no está dentro de la caja fuerte. El cable de transmisión atraviesa la pared, recorre una distancia de unos dos metros sujeta por grampas y desciende hasta uno de los armarios. No han tratado de ocultarla.

Abre las puertas superiores del armario, no encuentra lo que busca; abre las de abajo. Hay tres aparatos, uno encima del otro.

La cinta zumba en la grabadora de más abajo y la luz del botón RECORD está encendida. Oprime el de STOP, luego el de EJECT y guarda el casete en el bolsillo del impermeable.

Tal vez se la exhiba a Ariel. No será de primera calidad porque el sistema es anticuado, la tecnología obsoleta. Pero la audacia de su actuación impresionará a la querida niña aunque haya quedado grabada en blanco y negro, con exceso de luz, en una cinta demasiado utilizada.

Hay un teléfono sobre el escritorio. Lo desconecta del cable que conduce a la caja en la pared y destroza el aparato con un par de culatazos.

Alrededor de las ocho o nueve habrá un cambio de turno. Cuando lleguen los empleados de la mañana, dentro de cuatro o cinco horas, Veiss ya estará lejos. Pero no conviene facilitarles el llamado a la policía. Si sus planes sufren algún trastorno, si algo lo demora aquí o en la ruta, le vendrá bien esa media hora adicional adquirida mediante la destrucción de los teléfonos.

Junto a la puerta hay un tablero del cual penden ocho llaves, cada una con su rótulo. Excepto por esta lamentable interrupción del servicio, el establecimiento atiende las veinticuatro horas del día... pero la puerta principal tiene llave. La toma de su gancho.

Nuevamente en el compartimiento detrás del mostrador de los cajeros, después de cerrar la puerta de la oficina, Veiss baja un interruptor; las luces fluorescentes del techo parpadean y se apagan.

De pie en la penumbra, respira por la boca, se lame los labios y las encías, saborea el olor agrio y persistente de la pólvora. Le agrada el roce de las tinieblas contra su cara y el dorso de sus manos; las sombras son tan eróticas como las manos pequeñas, temblorosas.

Bordea los cadáveres, va al mostrador y toma solamente sus cuarenta dólares de la caja registradora.

El Smith & Wesson Chief's Special .38 del joven asiático está sobre el mostrador, en el círculo de luz de la lámpara cuello de cisne donde Veiss lo puso cuidadosamente hace unos minutos. Es tan incapaz de robarlo como de llevarse dinero que no le pertenece.

La salchicha mordisqueada por el asiático también está sobre el mostrador. Desgraciadamente, le había quitado el envoltorio; por lo tanto, no le sirve.

Veiss toma otra salchicha del exhibidor, muerde el extremo del envoltorio de plástico y desliza la carne tubular de su interior. Introduce en el envoltorio la salchicha más corta (la que fue mordida por el asiático); cierra el plástico y lo guarda en el bolsillo junto con el videocasete... para Ariel.

Paga la salchicha que se lleva y toma el cambio de la caja registradora.

Sobre el mostrador hay un teléfono. Lo desconecta y destroza el aparato con la culata de su arma.

Ahora va de compras.

Chyna se tranquilizó al apagarse las luces, se asustó al escuchar los golpes y aguzó los sentidos en el silencio subsiguiente.

Había abandonado el pasillo iluminado por las heladeras para volver a su escondite en el extremo de la góndola, donde abrió sigilosamente el envoltorio de cartón y plástico del encendedor descartable. Cuando las luces fluorescentes del techo estaban encendidas y la llama no podía delatarla, había probado el encendedor, que funcionaba.

Aferró la patética arma e imploró que el asesino terminara lo que estaba haciendo (tal vez saqueando la caja registradora) y se fuera de una buena vez, por Dios. No quería tener que enfrentarlo con un Bic de butano. Si la descubría, tal vez podría aprovechar su momentáneo desconcierto para quemarle un poco la cara —acaso encender su pelo— sin darle tiempo a reaccionar. Pero no, lo más probable era que con sus reflejos tan sobrenaturales, tan rápidos, le arrancara el encendedor antes de que ella pudiera hacerle daño.

Aunque lo quemara, tendría escasos segundos para huir. Dolorido, la perseguiría y esas piernas largas serían muy ágiles. El desenlace de la carrera dependería de cuál era la fuerza motriz mayor: el terror de ella o la furia demencial de él.

Escuchó movimientos, el chirrido de la puerta del mostrador, pasos. Casi mareada por el miedo tan prolongado, se reanimó enormemente al escuchar que los pasos se alejaban.

Entonces advirtió que los pasos se dirigían hacia la puerta principal del local. Hacia ella.

Acuclillada con la espalda contra el panel del extremo de la góndola, no podía determinar la posición del asesino. ¿Estaba en el primero de los tres pasillos cerca del frente del local? ¿En el pasillo central a la izquierda de ella?

No.

En el tercer pasillo.

A su derecha.

Pasaba las heladeras. Lentamente. No como si hubiera advertido su presencia y se dispusiera a derribarla.

Aún en cuclillas, Chyna se alzó pero sin erguirse del todo y giró a su izquierda para entrar en el pasillo central. El resplandor de las heladeras en el pasillo contiguo se reflejaba en los ladrillos del cielo raso pero no iluminaba demasiado. La mercadería estaba sumida en las sombras.

Avanzaba hacia el mostrador de los cajeros —gracias a Dios por las suelas de goma— cuando recordó el envoltorio del encendedor Bic. Lo había dejado en el piso allí donde se había acuclillado detrás del extremo de la góndola.

Él no dejaría de verlo; acaso lo pisaría. Tal vez pensaría que algún ratero había descartado el envoltorio para ocultar mejor el encendedor en su bolsillo. O quizá *sí sabía*.

Acaso la intuición le era tan fiel como a Chyna. Si la intuición era el susurro de Dios, tal vez un dios distinto y menos benévolo que Dios guiaba sutilmente a un hombre como este.

Volvió, se asomó por la esquina y recogió el paquete vacío. El plástico rígido crujió entre sus dedos temblorosos, pero fue un ruido débil y, afortunadamente, fue disimulado por las pisadas de él.

El asesino ya iba por la mitad del tercer pasillo cuando ella empezó a recorrer el segundo. Pero él se tomaba su tiempo, mientras ella correteaba lo más rápido que podía; llegó al extremo de su pasillo antes que él al del suyo.

En este extremo no había un panel como en el otro sino una estantería metálica giratoria con libros de bolsillo, y Chyna casi chocó con ella al doblar la esquina. Se detuvo a tiempo, la bordeó y pasó al pasillo contiguo.

En el piso había una fotografía Polaroid: un retrato en primer plano de una joven muy bella de unos dieciséis años y larga cabellera rubia platinada. La expresión de la adolescente era impasible, pero no plácida; había en sus ragos una impavidez fingida, como si sus sentimientos reales fueran tan explosivos que la destruirían si les diera rienda suelta. Los ojos desmentían sutilmente esa pose serena; abiertos, atentos, penosamente expresivos, eran espejos de un alma atormentada, embargada por la furia, el miedo y la desesperación.

Debía de ser el retrato que había mostrado a los empleados. Ariel. La chica del sótano.

Ariel y ella no se parecían en nada, pero Chyna tenía la impresión de que no era una fotografía lo que miraba sino su propia imagen en un espejo. Reconoció en ella un pavor afín al miedo que había llenado su infancia, una desesperación conocida, una soledad profunda y fría como el océano polar.

Los pasos del asesino la devolvieron al presente. A juzgar por el ruido, ya no estaba en el tercer pasillo. Había doblado la esquina en el extremo del local y volvía por el pasillo central.

Se acercaba despreocupadamente por el mismo lugar que Chyna acababa de recorrer.

*¿Qué mierda está haciendo?*

Hubiera querido retener la fotografía, pero no se atrevió. La dejó en el piso, en el lugar donde la había encontrado.

Bordeó la estantería de libros para entrar en el tercer pasillo, que el asesino acababa de abandonar, y dirigirse nuevamente hacia el extremo de la góndola; allí se apoyó, lejos de las puertas de vidrio de las heladeras iluminadas a su izquierda por miedo a que el resplandor proyectara una sombra delatora sobre el cielo raso.

Cuando estaba en movimiento, aún escuchaba las fuertes pisadas del asesino, pero no podía determinar la dirección de sus desplazamientos. Sin embargo, si se detenía para orientarse, él la pescaría al descubierto si se le ocurría volver a ese pasillo. Al doblar la esquina en el extremo del pasillo, casi esperaba chocar con él y caer en sus manos.

No estaba ahí.

En cuclillas, Chyna apoyó la espalda contra el panel del extremo, precisamente su punto de partida. Con mucha cautela, puso el envoltorio del encendedor Bic en el piso, entre sus pies, el mismo lugar de donde lo había recogido menos de un minuto antes.

Aguzó el oído. No oyó pasos. No había otro ruido más que el ronroneo de los motores de las heladeras.

Tomó el encendedor y posó la yema del pulgar sobre el chispero, lista para lanzar la llama.

Veiss guarda dos paquetes de galletitas con queso y mantequilla de maní, una bolsita de maníes pelados y dos chocolates con almendras en los bolsillos del impermeable, los mismos donde lleva la pistola, la Polaroid y el videocasete.

Calcula mentalmente el gasto. Como no quiere perder más tiempo buscando el vuelto en la registradora, redondea la cifra y deja el monto correspondiente sobre el mostrador.

Después de recoger la fotografía caída de Ariel, se demora un instante mientras absorbe la atmósfera del epílogo. Una sala en la que acaba de morir gente posee un clima especial: como esos segundos de silencio en el teatro después de que cae el telón sobre una representación perfecta y antes de que estalle la ovación; una sensación de triunfo, pero también la conciencia solemne de la eternidad suspendida como la gota de agua fría en el extremo de una estalactita de hielo. Cuando cesan los gritos y los charcos de sangre empiezan a coagular, llega el momento en que Edgler Veiss puede apreciar mejor las consecuencias de sus acciones audaces y saborear la discreta intensidad de la muerte.

Finalmente abandona la tienda. Corre el cerrojo con la llave rotulada que había tomado del tablero.

Afuera, en una esquina del edificio, hay un teléfono público. El cable blindado es difícil de cortar, de manera que golpea el receptor contra la caja cinco, diez, veinte veces, hasta que el plástico se raja y aparece el micrófono. Lo arranca, lo arroja al suelo y lo aplasta minuciosamente con el taco de la bota. Luego cuelga el receptor inutilizado de la horquilla.

La tarea está cumplida. El interludio, aunque gratificante, fue inesperado y ha demorado sus planes.

Tiene una gran distancia que recorrer. No está cansado. Había dormido durante toda la tarde anterior y hasta avanzada la noche antes de visitar a los Templeton. Sin embargo, no quiere perder más tiempo. Anhela su hogar.

Hacia el norte, los relámpagos revolotean entre las densas capas de nubes; todavía no son rayos de verdad sino pulsaciones de luz. La inminencia de una gran tempestad le es grata. A nivel del suelo, donde se desarrolla la vida, el tumulto y el conflicto son elementos fundamentales del clima humano, y por razones que no puede comprender, la visión de la violencia en los planos superiores jamás deja de reconfortarlo. Aunque no teme a nada, a veces la visión de un cielo *sereno* —despejado o nublado— le provoca una conmoción inexplicable, y en las noches despejadas, cuando el cielo está tachonado de estrellas, prefiere no contemplar esa inmensidad.

Esta noche no hay estrellas a la vista sino cúmulos tenebrosos de nubes acosadas por un viento frío, surcadas por efímeros relámpagos, preñadas de diluvios.

Veiss cruza rápidamente la playa hacia la casa rodante, ansioso por continuar el viaje hacia el norte, ir al encuentro de la tormenta inminente, encontrar el mejor lugar de la noche donde caen los rayos destructores, el viento doblega los árboles y la lluvia barre la tierra.


Agazapada junto al panel del extremo de la góndola, Chyna había escuchado que la puerta se abría y cerraba, pero no se atrevía a creer que el asesino había partido y que su martirio había terminado. Había contenido el aliento a la espera de que la puerta se abriera otra vez y los pasos se acercaran.

Pero al oír el roce y el chasquido de la llave seguido por el del cerrojo, había avanzado por el pasillo central, agazapada y sigilosa como una gata, porque tenía la certeza irracional de que él, aun desde afuera, oiría el menor ruido.

Al llegar al extremo exterior del pasillo se había detenido bruscamente cuando una serie de mazazos violentos estremeció las paredes del local. No tenía la menor idea de qué era lo que golpeaba con tanta furia.

Cesaron los mazazos. Chyna titubeó, se irguió y se

asomó por el extremo de la góndola hacia la derecha, hacia la puerta de vidrio y las ventanas del frente del local.

Apagadas las luces exteriores, los surtidores estaban sumidos en tinieblas tan densas como el fondo de un río de aguas turbias.

Al principio no vio al asesino, que envuelto en su impermeable negro, era parte de la noche. Pero entonces él se puso en marcha, abriéndose paso en las tinieblas hacia la casa rodante.

Aun si mirara atrás, no podría verla en el tenue resplandor del local. Sin embargo, al salir Chyna al descubierto entre las entradas de los tres pasillos y el mostrador de los cajeros, su corazón latía fuertemente.

La fotografía de Ariel había desaparecido. Ojalá pudiera convencerse de que no existía.

En ese momento, los empleados que se habían negado a delatar su presencia eran más importantes que Ariel o el asesino. El rugido de la escopeta y el cese de los alaridos sobrecogedores la habían convencido de que estaban muertos. Pero debía asegurarse. Si por algún milagro uno de ellos todavía se aferraba a la vida, si ella pudiera convocar en su ayuda a la policía y los paramédicos, pagaría en parte su deuda.

No había podido hacer absolutamente nada para detener al sanguinario hijo de puta; en su pavor, se había limitado a ocultarse y a rogar con fervor que no la viera. Las náuseas se agitaron en su estómago como una sopa de ostras frías, a la vez que la embargaba una repugnante sensación de regocijo por estar viva entre tantos muertos. Aunque comprensible, su alborozo le causaba vergüenza, y por su propio bien como el de los empleados, rogó que aún pudiera salvarlos.

Abrió la puerta del mostrador, y el chillido de una bisagra penetró hasta la médula de sus huesos.

La lámpara cuello de cisne le proporcionó un poco de luz.

Los dos hombres yacían en el piso.

—Ah —dijo. Y añadió: —Dios.

Ya no podría ayudarlos, y al volverse, su vista se nubló.

108

Sobre el mostrador, en medio del círculo de luz, había un revólver. Lo miró, incrédula, parpadeando para contener las lágrimas.

Evidentemente pertenecía a uno de los empleados. Había escuchado la conversación entre el asesino y los dos hombres; recordó vagamente una advertencia perentoria, acaso de soltar un arma. Esta arma.

La tomó, la aferró con las dos manos... el peso le dio ánimos.

Si el asesino volviera, ya no estaría indefensa sino preparada para recibirlo porque sabía manejar armas. Algunos de los amigos más alienados de su madre eran tiradores expertos, gente llena de odio con una luz extraña en la mirada, que en algunos era señal de consumo de drogas, pero en otros sólo aparecía cuando hablaban de su consagración absoluta a la verdad y la justicia. En un páramo de Montana, cuando Chyna tenía doce años, una mujer llamada Doreen y un hombre llamado Kirk la habían instruido en el manejo de la pistola, aunque sus brazos delicados saltaban hacia cualquier lado con el retroceso. Con paciencia, le habían enseñado a dominarla y le habían asegurado que llegaría a ser un soldado de verdad, orgullo de la causa.

Chyna había aceptado las lecciones de tiro, no para militar en tal o cual causa noble sino para protegerse de la gente rara que rodeaba a su madre, los que caían en furias demenciales provocadas por las drogas... y los que querían saciar en ella sus deseos perversos. Era demasiado joven para buscar sus atenciones, demasiado decente para alentarlas... pero gracias a su madre, no era tan ingenua como para engañarse acerca de sus verdaderas intenciones.

Con el revólver del empleado muerto en la mano, se volvió hacia el teléfono y vio que estaba destruido.

—Mierda.

Volvió rápidamente por la puerta del mostrador a la parte pública del local, y de ahí, a la puerta principal.

La casa rodante aún estaba estacionada junto a la hilera exterior de surtidores. Sus faros estaban apagados.

Al principio no vio al asesino... pero entonces apareció bordeando la parte posterior de la casa rodante, y su impermeable desabrochado flameaba como una capa al viento.

Aunque estaba a unos veinte metros de ella, seguro que no podría verla en la puerta. Ni siquiera miraba hacia ella, pero Chyna retrocedió.

Aparentemente, había colocado el pico de la manguera en el dispositivo del surtidor, y cerrado el tanque de combustible. Iba hacia la puerta junto al volante.

La intención original de Chyna había sido llamar a la policía para informar que el asesino se dirigía hacia el norte por la ruta 101. Pero ahora, buscar un teléfono, comunicarse con la policía y hacerle comprender el problema, le daría a él por lo menos una hora de ventaja. Eso le permitiría elegir entre las diversas rutas que intersectaban la 101. Podría seguir hacia el norte en dirección a Oregon, hacia el este en dirección a Nevada... si no se desviaba hacia la costa, viraba al sur y bordeaba el Pacífico para perderse en el laberinto urbano de San Francisco. Cuanto más se alejara antes de que se emitiera un pedido de captura en todas las direcciones, más difícil sería encontrarlo. Cruzaría rápidamente el límite del condado y poco después acaso el del estado, y el paso a otra jurisdicción policial complicaría la búsqueda.

Y pensándolo bien, era muy poca la información que podía brindarle a la policía. No sabía con certeza si la casa rodante era azul o verde... o de otro color, porque sólo la había visto en la oscuridad y luego bajo el resplandor amarillo de las luces de vapor de sodio de la estación de servicio, que alteraban los colores. No conocía la marca ni había visto la matrícula.

El asesino escapaba.

Sin apuro, confiado en que no había peligro inminente, subió a la casa rodante y cerró la puerta.

*Va a escapar. Dios. No, esto no puede ser, no puedo permitirlo. No puede escapar, lo que les hizo a Laura y a los demás no debe quedar impune... sobre todo, no puedo permitir que se lo haga a otros. Dios mío, deja que le meta un tiro en la cabeza a ese hijo de puta degenerado de mierda.*

Se acercó otra vez a la puerta. Hacía falta una llave para correr el cerrojo. Ella no tenía la llave.

Si hacía estallar el vidrio de un tiro, él lo oiría. A pesar de la distancia y el rugido del motor, lo oiría.

Una vez que pasara la puerta, estaría demasiado lejos para dispararle. A quince o veinte metros, de noche, con un arma corta, los surtidores cortándole la visual... No, era imposible. Tenía que acercarse, ir derecho a la casa rodante, apoyar el caño en la ventanilla.

Pero si el asesino oía su disparo al reventar la puerta, y la veía salir de la tienda, no le daría la menor oportunidad de acercarse, y entonces *él* sería nuevamente el perseguidor, la seguiría por toda la estación de servicio y dondequiera que fuese, y su escopeta era un arma más eficaz que el revólver.

Se encendieron los faros de la casa rodante.

—No...

Corrió al mostrador, pasó la puerta, bordeó los cadáveres y fue a la puerta trasera.

No podía faltar una salida posterior. Lo exigían la conveniencia, además del código de seguridad para casos de incendio.

La puerta se abrió a las tinieblas. Por lo que podía determinar, no había ventanas. Tal vez era un depósito de provisiones o un baño. Cruzó el umbral, cerró la puerta a su espalda para evitar que la luz entrara en el local, tanteó la pared a su izquierda y al palpar un interruptor encendió la luz, a pesar del riesgo.

Se encontraba en una oficina estrecha. El teléfono sobre el escritorio estaba destrozado.

En la pared opuesta a la de la entrada había otra puerta. No tenía cerradura. Seguramente era un retrete.

A su izquierda, en la pared trasera del edificio, había una puerta metálica provista de dos cerrojos con pestillo manual. Corrió los cerrojos para abrir la puerta y una poderosa ráfaga de viento frío invadió la oficina.

Detrás del edificio, había una playa pavimentada de unos seis metros de ancho, y más allá se alzaba una ladera abrupta densamente poblada de árboles, sombras inquietas en la noche tormentosa. A la luz de una lámpara

111

de seguridad protegida por una jaula de alambre vio dos autos estacionados; probablemente pertenecían a los empleados.

Entre insultos al asesino, Chyna giró a la derecha, hacia la esquina más próxima a la puerta, la dobló a la carrera y pasó los retretes públicos. Nunca en su vida había atacado físicamente a nadie, pero ahora estaba dispuesta a matar y tenía la certeza de que lo haría sin titubear, sin piedad, con espíritu vengativo, porque *él* le había dado fuerzas para ello. Le había infundido esa furia animal ciega, y lo peor era que le hacía *bien*, le hacía tanto bien esa rabia después del miedo y la impotencia, era tan dulce ese zumbido de la sangre en las venas, tan estimulante esa sensación de fuerza bestial... Esa sed de sangre que se había apoderado de ella, lejos de causarle pavor, le *gustaba* y sabía que le gustaría aún más cuando llegara a la casa rodante y le disparara a través de la ventanilla, abriera la puerta y le disparara otra vez aunque ya sangrara profusamente, lo arrastrara de su asiento al suelo y vaciara el cargador en su cuerpo para que nunca más saliera de cacería.

Dobló la segunda esquina y llegó al frente del local.

La casa rodante se alejaba de los surtidores.

La persiguió, corrió como nunca en su vida contra un viento resistente que le arrancaba lágrimas de los ojos, y sus pasos retumbaban sobre el asfalto.

*Dios mío, déjame atraparlo*, repetía en lugar de *Dios mío, déjame escapar de él*, y *Dios mío, deja que lo mate*, en lugar de *Dios mío, no dejes que me mate*.

La casa rodante aceleró. Ya abandonaba la zona de los surtidores hacia la rampa de ciento cincuenta metros que conducía a la autopista.

No podría alcanzarla.

El asesino escapaba.

Se detuvo y se paró con los pies bien separados. Tenía el revólver en la diestra. Lo alzó, lo tomó con las dos manos, los brazos extendidos, los codos trabados. La posición del tirador. Todas las chicas buenas debían aprenderla para cuando llegara la revolución.

Los latidos de su corazón eran una sucesión de explosiones que le sacudían los brazos y le impedían apuntar. Además, la casa rodante ya estaba demasiado lejos. Erraría el tiro por muchos metros. Y aun si tuviera suerte, el proyectil haría impacto en la pared trasera, lejos del conductor. Estaba fuera de su alcance, a salvo, y se alejaba tan tranquilo.

No había nada que hacer. Buscaría ayuda, encontraría un teléfono, llamaría a la policía local lo antes posible para reducir en lo posible la ventaja del asesino... pero ahora y aquí no había nada que hacer.

Sólo que sí había algo que hacer, por más que ella quisiera lavarse las manos del asunto, porque dijo en voz alta:

—Ariel...

*Dieciséis años. La cosa más bonita que verán antes de llegar al paraíso. Un ángel. Cutis de porcelana. Te quita el aliento. Encerrada en el sótano desde hace un año. Nunca la toqué... de esa manera. Espero que la muñequita madure, alcance el grado exacto de dulzura.*

Vino a su mente el retrato de Ariel, tan claro y nítido como en la fotografía Polaroid que había tenido en la mano. La expresión de placidez asumida con tanto esfuerzo. Los ojos que expresaban angustia.

Un rato antes, al escuchar la conversación entre el asesino y los empleados, Chyna supo con certeza que no bromeaba, que decía la verdad. El degenerado revelaba sus secretos, confesaba sus peores crímenes y disfrutaba al hacerlo porque sabía que los hombres iban a morir, que no podrían denunciarlo. No hubiera necesitado ver la foto para saberlo.

Ariel. Esos ojazos. La angustia.

Concentrada en su propia supervivencia, Chyna había reprimido sus pensamientos sobre la niña cautiva. Y al hallar el revólver se había convencido de que sólo quería matar al hijo de puta, volarle la tapa de los sesos, porque no había sido del todo capaz de afrontar la verdad.

La verdad era que no se atrevía a matarlo porque después quizá sería imposible descubrir el paradero de Ariel, o tardarían tanto en llegar allá que la chica moriría de inanición encerrada en la celda del sótano. Si la tenía en su casa, seguramente encontrarían la dirección en su documento de identidad; pero tal vez la había encerrado en un lugar remoto al que él, sólo él, podía conducirlos. Chyna había perseguido al asesino para herirlo y entregarlo a la policía, que sabría arrancarle el paradero de Ariel. Si hubiera podido dar alcance a la casa rodante, hubiera tratado de abrir la puerta, herir al degenerado en las piernas, correr junto a la casa hasta herirlo apenas lo necesario para obligarlo a detener la marcha. Pero se había ocultado esa verdad a sí misma porque tratar de herirlo era mucho más peligroso que dispararle a la cabeza a través de la ventanilla, y si hubiera reconocido que eso era lo que debía hacer, acaso le hubiera faltado coraje para correr tan rápidamente y esforzarse hasta el límite.

La casa rodante cargada de cadáveres, conducida por un sujeto cuyo nombre bien pudiera ser Legión, se alejaba por la rampa de acceso a la ruta 101. El infierno sobre ruedas: nada menos.

En algún lugar del mundo, él tenía una casa y esa casa tenía sótano y en ese sótano estaba encerrada desde hacía un año una niña de dieciséis años, llamada Ariel, intacta pero próxima a ser violada, viva pero no por mucho tiempo.

—Ella existe —susurró Chyna al viento.

Las luces traseras desaparecían en la noche.

Frenética, echó una mirada a su alrededor. No había ayuda a la vista en ese páramo desierto. Ni una luz en la vecindad. Sólo los árboles y la noche. Hacia el norte, más allá de un par de colinas, había un punto luminoso, pero quién sabía qué era, y además estaba demasiado lejos para llegar a pie.

Desde el sur apareció un camión detrás de un par de faros deslumbrantes, pero no se detuvo en la estación de servicio a oscuras. Pasó con un alarido; el conductor no había visto a Chyna.

La pesada casa rodante ya llegaba al final de la rampa.

Entre sollozos de impotencia, de furia, de miedo por una chica desconocida, de desesperación por la culpa que

114

sentiría si la chica muriera, Chyna volvió la espalda a la casa rodante. Cruzó las hileras de surtidores. Bordeó el edificio por donde había venido.

Durante su infancia nadie le había tendido una mano solidaria. Nadie se conmovía al verla atrapada, aterrada, indefensa.

En su imaginación, la instantánea Polaroid se convertía en uno de esos hologramas que muestran imágenes distintas según el ángulo desde el que se lo mire. A veces mostraba la cara de Ariel, a veces la suya.

Mientras corría, rogaba que no fuera necesario volver a entrar. Registrar los cadáveres.

Parpadeaban los relámpagos remotos, acompañados por truenos que retumbaban como un taconeo de botas en el hueco de la escalera de un sótano. El viento azotaba con fuerza creciente los árboles negros en las laderas abruptas detrás del edificio.

El primer auto era un Chevrolet blanco. Un modelo de diez años atrás. La puerta sin traba.

Cuando se sentó detrás del volante, chillaron los resortes de la butaca gastada y un envoltorio de golosina o algo parecido crujió bajo sus pies. El olor a tabaco rancio era insoportable.

Las llaves no estaban en el encendido. Ni detrás de la pantalla para sol. Ni debajo del asiento del conductor. No estaban en el auto.

El otro auto era un Honda de modelo más reciente que el Chevy. Olía a desodorante de limón y las llaves estaban sobre un platillo en la consola.

Dejó el revólver sobre el asiento del acompañante, al alcance de la mano; no quería soltarlo. Desde que era adulta, siempre había confiado en la prudencia y la astucia para evitar el peligro. No había tomado un arma desde que abandonó a su madre, a los dieciséis años. Ahora no podía imaginar la vida sin un arma a su alcance; desalentada, pensó que siempre sería así en lo sucesivo.

El motor se encendió al instante. Los neumáticos chillaron y dejaron manchas de caucho al arrancar. Se alzó humo bajo las ruedas, el auto salió disparado detrás del edificio y cruzó la playa de los surtidores como una bala.

La rampa de acceso a la ruta estaba desierta. La casa rodante había desaparecido.

En ese tramo, la 101 era una autopista de cuatro carriles por mano, sin conexión entre ambas. La casa rodante no podía haber cruzado a la mano contraria. El asesino sólo podía dirigirse al norte, y su ventaja era escasa. No podía estar lejos.

Chyna inició la persecución.

# 5

A las cuatro de la mañana, el tránsito en la dirección contraria es escaso, pero cada par de faros murmura entre los finos vellos de los oídos de Edgler Veiss. Es un sonido agradable, distinto del rugido pasajero de los motores y el silbido oscilante de los neumáticos de otros vehículos sobre el pavimento.

Mientras conduce, come un chocolatín. La suavidad del chocolate al derretirse sobre su lengua le recuerda la música de Angelo Badalamenti, y la música de Badalamenti evoca en él la tersura de un pétalo escarlata, que a su vez despierta el recuerdo intensamente sensual del sabor fresco y seco de los hongos silvestres, que durante varios segundos anula por completo el sabor del chocolate.

Atento al murmullo de los faros que se acercan, sumido en la libre asociación de estímulos sensoriales con recuerdos, Veiss es feliz. Vive con mucha más intensidad que la mayoría de los mortales; es un caso aparte. Libre de tonterías y de falsas emociones, su mente percibe lo que otras ni siquiera sospechan. Comprende la naturaleza del mundo, el propósito de la existencia y la verdad detrás de la Gran Mentira; este conocimiento lo hace libre, y porque es libre es feliz.

La naturaleza del mundo es la sensación. Nadamos a la deriva en un océano de estímulos sensoriales: movi-

117

miento, color, textura, forma, calor, frío, sinfonías naturales de sonido, infinitos aromas, sabores que superan la capacidad humana de clasificación. Nada perdura sino lo sensorial. Los seres vivos mueren. Las grandes ciudades no perduran. El metal se corroe y la piedra se erosiona. A lo largo de las eras, cambia la forma de los continentes, las cordilleras desaparecen, los mares se secan. Algún día se autodestruirá el Sol y entonces el planeta entero desaparecerá. Pero aun en los abismos del espacio exterior, en ese vacío profundo que no transmite el sonido, hay luz y oscuridad, frío, movimiento, forma, y la perspectiva pavorosa de la eternidad.

El único fin de la existencia es acoger las sensaciones y gratificar los apetitos a medida que se presentan. Edgler Veiss sabe que las sensaciones no son buenas ni malas en sí mismas y que todas las vivencias sensoriales merecen ser experimentadas. Los valores positivos y negativos no son sino interpretaciones humanas de estímulos de valor neutro, y por consiguiente, son tan perdurables —es decir, tan deleznables— como los seres humanos mismos. Disfruta del sabor más amargo como de la dulzura de un durazno maduro; a veces mastica unas cuantas aspirinas, no para aliviar la jaqueca sino para disfrutar del incomporable sabor del remedio. Cuando se lastima nunca siente miedo porque el dolor es para él otra forma de placer; le fascina hasta el sabor de su propia sangre.

Edgler Veiss no sabe con certeza si existe el alma inmortal, pero tiene la convicción plena de que, de ser así, uno no nace provisto de ella como de ojos y oídos. Cree que el alma, si existe, *se acrecienta* a la manera de un arrecife de coral, que crece mediante la sedimentación de innumerables esqueletos calcáreos de pólipos marinos. Pero uno no construye el arrecife del alma con los cadáveres de pólipos sino mediante la acumulación incesante de sensaciones, a lo largo de la vida. Veiss lo ha meditado mucho: si uno quiere dotarse de un alma poderosa —de un alma a secas—, debe volverse receptivo a todas las sensaciones, sumergirse en ese océano sin fondo de los estímulos sensoriales que es nuestro mundo, y *vivenciarlo* todo, sin contemplaciones sobre el bien y el

118

mal, sin miedo y con gran fortaleza. Si tiene razón en sus convicciones, él mismo está construyendo lo que bien podría ser el alma más compleja, enrevesada —incluso barroca— e *importante* que jamás hubiera alcanzado ese nivel de existencia.

La Gran Mentira dice que conceptos tales como amor, culpa y odio son reales. Si encierras a Veiss en un cuarto con un sacerdote y les muestras un lápiz, ambos coincidirán sobre su color, dimensiones y forma. Si les vendas los ojos y colocas bajo sus narices una rama de canela, ambos la reconocerán. Pero si les muestras a una madre que mima a su bebé, el sacerdote sólo verá amor, mientras que Veiss verá a una mujer que disfruta de las sensaciones que le provoca el bebé: el aroma del jabón, la suavidad de su cutis rosado, las redondeces sin duda agradables de su rostro sin marcas, la musicalidad de su gorjeo; su aparente indefensión y su dependencia la gratifican profundamente. El gran intelecto humano trae consigo una maldición: la gran mayoría de los miembros de la especie anhelan ser más de lo que son. Veiss sabe que en el fondo los hombres y las mujeres no son sino animales; inteligentes, por cierto, pero animales al fin; reptiles que evolucionaron a partir del primer pez con patas que salió del mar primigenio. Sabe que los motivan y conforman solamente los estímulos sensoriales, pero son incapaces de reconocer la primacía de la sensación física sobre el intelecto y la emoción. Los asusta la conciencia "reptiliana" interior, sus necesidades y apetitos, y tratan de inhibir sus sensaciones mediante embustes tales como amor, culpa, odio, coraje, lealtad y honor.

Tal es la filosofía de vida del señor Edgler Veiss. Él ama su naturaleza de reptil. Su gloria es la acumulación inigualada de sensaciones. Es una filosofía funcional que obliga a quien la profesa a despojarse de los valores nítidos que inhiben al creyente, así como de las contradicciones vergonzantes de la ética circunstancial, que caracterizan tanto al ateo moderno como a aquel cuya religión es la política.

La vida *es*. Veiss vive. En eso se resume todo.

Mientras se dirige al norte por la ruta 101 y mordis-

119

quea otro chocolatín, Veiss piensa, no por primera vez, en la similitud de texturas entre el chocolate blando y la sangre al coagular.

Recuerda el silencio sedante del charco de sangre alrededor de la señora Templeton antes de que él lo perturbara al abrir la ducha.

Con el recuerdo del repiqueteo hueco de la ducha, viene la conciencia de la fría lluvia aún contenida por la tormenta inminente hacia la cual se dirige.

Ve el parpadeo de un relámpago entre las nubes y reconoce el sabor del ozono.

Por encima del ronroneo monótono del motor de la casa rodante oye un trueno, y el ruido también evoca una imagen cristalina: los ojos del joven asiático que se abren más, más y más tras el primer estampido de la escopeta.

Incluso en el abismo sin aire entre las galaxias: la luz y las tinieblas, color, textura, movimiento, forma y dolor.


La carretera empezó a ascender, bordeada por bosques densos. En una curva amplia, los faros del Honda barrieron las laderas pobladas de abetos y pinos. Tal vez más adelante habría secoyas.

Chyna apretó el acelerador. Si no recordaba mal, era la primera vez en su vida que violaba el límite de velocidad. Jamás la habían multado por una infracción de tránsito, pero en ese momento su mayor deseo era que un policía caminero la obligara a detenerse.

Su legajo inmaculado de conductora se debía a que siempre optaba por la moderación en todos los órdenes de la vida, incluso la velocidad al conducir. Al reflexionar sobre las catástrofes ajenas había llegado a la conclusión de que la supervivencia dependía en gran medida de la moderación, y ésta era la palabra que definía su vida, así como la palabra fe definía la de una monja o poder la de un político. Rara vez bebía más de un vaso de vino, jamás usaba drogas, no practicaba deportes peligrosos, consumía una dieta baja en grasas, sal y azúcar, evitaba los vecindarios considerados peligrosos, jamás expresaba opiniones polémicas, y en general, pasa-

120

ba inadvertida... siempre en aras de seguir adelante, de sobrevivir.

Contra todas las probabilidades había sobrevivido a los sucesos de las últimas horas. *El asesino ni siquiera estaba enterado de su existencia.* Lo había logrado. Era libre. Todo había terminado. Lo inteligente, lo prudente, lo cuerdo —lo propio de *Chyna*— era dejarlo escapar, dejar que se alejara, correrse a la banquina, detener el auto, entregarse a los temblores que reprimía con tanto esfuerzo y dar gracias a Dios porque estaba viva e intacta.

Mientras conducía, discutía consigo misma para convencerse de que la adolescente encerrada en el sótano, Ariel, la de la cara angelical, no era verdadera. La chica de la foto ya estaba muerta. El cuento de que la tenía encerrada en el sótano era la fantasía de un degenerado, una versión psicópata de un cuento de hadas, la princesita en un sótano, un juego para desconcertar a los dos empleados.

—Mentirosa... —se llamó a sí misma.

La chica de la foto estaba viva y encerrada en alguna parte. Ariel no era una fantasía. Ariel era Chyna; eran la misma persona, porque todas las chicas extraviadas son la misma chica, unidas en el martirio.

Apretó el acelerador con fuerza, el Honda llegó a la cresta de una loma y entonces apareció la vieja casa rodante bajando la larga pendiente, a unos ciento cincuenta metros de ella. Contuvo el aliento un instante y lo soltó con un: *"Oh, Jesús"*.

Se acercaba a velocidad excesiva. Levantó el pie del acelerador.

Cuando llegó a unos setenta metros de la casa rodante pudo igualar su velocidad. Dejó que se alejara un poco, y rogó que él no lo hubiera advertido.

El asesino conducía a unos setenta y cinco u ochenta kilómetros por hora, una velocidad prudente en ese tramo en que la calzada se volvía más estrecha y no había separación medianera. Él no tendría motivos para pensar que Chyna debía pasarlo ni para sospechar de ella si no lo hacía; a esa hora soñolienta, no todos los californianos estaban devorados por la prisa o eran presas de temeridad suicida.

A esa velocidad moderada, sin necesidad de concentrarse exclusivamente en la ruta, Chyna registró el interior del auto en busca de un teléfono celular. Le parecía difícil encontrar uno en el auto de un empleado nocturno de estación de servicio, pero últimamente la mitad del género humano parecía tener teléfono portátil; no hacía falta ser vendedor o agente inmobiliario o abogado. Tanteó en la consola. Luego en la guantera. Luego bajo el asiento. Desgraciadamente, su pesimismo estaba justificado.

Por la mano contraria pasaba el tránsito en dirección al sur: un camión inmenso con un conductor con pie de plomo seguido de muy cerca por un Mercedes y, de bastante lejos, por un Ford. Chyna se concentró en los autos con la esperanza de cruzarse con un patrullero.

Si eso sucedía, llamaría la atención de los policías con la bocina y luego movería el coche de un lado a otro del camino para que la vieran en su espejo retrovisor. Si no alcanzaba a tocar bocina ni lograba atraer su atención con el *slalom*, giraría en U y perseguiría al patrullero, aunque así perdería de vista la casa rodante.

Por el momento, no tenía esperanzas de cruzarse con la policía.

El asesino tenía toda la suerte del mundo. Su confianza era desconcertante. Tal vez la confianza era la clave de su buena suerte... aunque incluso una persona como Chyna, con los pies tan firmemente plantados sobre la tierra, podía dejarse llevar por la superstición para atribuirle poderes tenebrosos, sobrenaturales.

No. Él sólo era un hombre.

Y ahora ella tenía un revólver. No estaba indefensa.

Lo peor había pasado.

Los rayos surcaban el cielo boreal, pero ya no era un parpadeo pálido o difuso entre las capas de nubes. Eran brillantes como si el Sol mismo se abriera paso desde el otro lado de la noche.

Los destellos estroboscópicos parecían estremecer la casa rodante como si la ira divina estuviera a punto de destruirla junto con su conductor.

Pero en este mundo, el justo castigo era atributo de

hombres y mujeres mortales. Dios reservaba Sus castigos para la otra vida; Chyna lo consideraba una crueldad de Su parte.

Detrás de los relámpagos, venían los truenos. Pero eso era todo. La lluvia seguía embotellada en las alturas de la noche.

Esperaba pasar algún puesto de la policía caminera donde pudiera pedir ayuda, pero no había ninguno. El pueblo más cercano —donde tal vez tendría la suerte de pasar una comisaría o cruzarse con un patrullero— era Eureka, que distaba de ser una metrópoli y además estaba a una hora.

De niña, se ocultaba debajo de una cama o en el fondo de un armario, en un tejado o en las ramas más altas de un árbol, en un granero invernal o en una playa tibia, hasta que se disiparan las rabias y las pasiones de los adultos. En esas ocasiones, era presa del terror, pero también tenía paciencia, y un distanciamiento de la realidad del tiempo que era propio del zen. Esta vez se sentía devorada por la impaciencia. Quería ver a ese hombre atrapado, engrillado, acosado por la justicia, castigado. Lo deseaba con desesperación, sin un minuto más de demora, *sin darle tiempo a matar otra vez*. Lo que estaba en juego no era su propia supervivencia sino la de una adolescente desconocida. La sorprendía —la inquietaba— sentir un afecto tan intenso por una desconocida.

Tal vez siempre había poseído esa cualidad pero no había vivido una situación que la obligara a reconocerla. Pero no. No podía engañarse. Diez años atrás no hubiera seguido a la casa rodante. Ni cinco años atrás. Ni el año pasado. Tal vez ni siquiera ayer.

En su interior se había operado un cambio profundo, pero la causa no era la carnicería que había presenciado unas horas antes en casa de los Templeton. Tenía una conciencia visceral de que la desconcertante metamorfosis se había producido a lo largo de mucho tiempo, como la alteración lenta del curso de un río: a través de cambios imperceptibles de grado, día tras día. Bruscamente, la supervivencia no le bastaba; cedió el último terraplén, se desplazó la última piedra, el río cambió de curso.

Sus propios sentimientos la asustaban. El afecto sin pensar en las consecuencias.

Los rayos, más feroces que nunca, iluminaron secoyas tan inmensas, que parecían torres de catedral. Detrás de los fogonazos venían truenos tan atroces como los desplazamientos de una falla geológica. Se abrieron los cielos y cayó la lluvia.

Al principio, las gotas eran gordas y lechosas a la luz de los faros, como si la noche fuera una araña sin luz de la cual pendían infinitos caireles de cristal de roca. Se estrellaban sobre el parabrisas, el techo, el asfalto.

En la ruta, delante de ella, la casa rodante se desvanecía en medio del aguacero.

En segundos, las gotas se volvieron más pequeñas y a la vez más abundantes. Adquirieron un color gris plata a la luz de los faros; ya no caían perpendicularmente sino en ángulo, arrastradas por las fuertes ráfagas.

Chyna puso los limpiaparabrisas a máxima velocidad, pero la casa rodante se alejaba cada vez más a medida que la tormenta se hacía más fuerte. Lejos de reducir la velocidad a medida que desmejoraba el tiempo, el asesino aceleraba.

Temerosa de perderlo de vista por un solo instante, Chyna redujo la distancia a unos sesenta metros. La preocupaba que él interpretara correctamente su maniobra y se diera cuenta de que lo perseguían.

No aparecían faros en su espejo retrovisor. El psicópata de la casa rodante había impuesto a la carrera un ritmo que nadie sino Chyna trataría de igualar.

En la carretera desierta, se sentía tan sola como poco antes dentro de su matadero sobre ruedas.

Pero cuando el paso del tiempo amenazaba con transformar los carriles desiertos de la ruta y las deprimentes cataratas de lluvia en algo más monótono que amenazante, el asesino la sorprendió. Aminoró apenas la marcha y sin usar las luces de giro viró a la derecha por una rampa de salida.

Chyna se retrasó un poco, temerosa de despertar sus sospechas al tomar la misma salida. No había otro auto a la vista y sería imposible pasar inadvertida. Pero no le quedaba alternativa.

124

Cuando Chyna llegó al final de la rampa, la casa rodante había desaparecido en la lluvia y la bruma, pero ella la había visto girar a la izquierda. En realidad, el camino de dos carriles tenía una sola mano, hacia el oeste, y un cartel indicaba que se encontraba dentro del Parque de Secoyas Humboldt.

Más adelante había tres poblaciones: Honeydew, Petrolia y Capetown. Jamás las había oído nombrar; seguramente eran caseríos, sin policía a la vista.

Se inclinó sobre el volante, entrecerró los ojos para mirar a través del parabrisas empapado y entró en el parque, ansiosa por alcanzar al asesino porque quizá vivía en uno de esos caseríos o cerca de ellos. Era prudente dejarlo alejarse por un minuto para que él no pensara que lo seguían. Pero debía darle alcance antes de que llegara al otro lado del parque y tal vez saliera del camino y se metiera en una senda privada.

A medida que el camino serpenteaba entre los árboles gigantescos, la lluvia caía con menos fuerza sobre el Honda. La tormenta no había amainado en absoluto, pero los inmensos bastiones de las secoyas protegían al pavimento de la fuerza del diluvio.

Este camino estrecho y sinuoso no les permitía mantener la misma velocidad que la ruta 101. Además, el asesino aparentemente había decidido que no necesitaba andar a tanta velocidad, acaso porque se había alejado de los muertos en la estación de servicio. Chyna tardó menos de un minuto en alcanzarlo, pues marchaba debajo del límite de velocidad.

Advirtió que la casa rodante no tenía matrícula. California —y tal vez otros estados— no entregaba placas provisorias para vehículos recientemente adquiridos, y se podía andar sin ellas hasta que el Departamento de Vehículos de Motor las enviara por correo. O quizás el asesino las había quitado antes de ir a la casa de los Templeton ante la alternativa de cruzarse con un testigo con buena memoria.

Chyna levantó el pie del acelerador, miró el velocímetro... y vio una luz roja. El indicador de combustible apuntaba a la marca de VACÍO.

Se había concentrado tanto en la casa rodante y el pavimento resbaladizo, que no sabía cuándo se había encendido. Tal vez había cinco o seis litros en el tanque... o tal vez estaba consumiendo el último medio litro.

Sería imposible seguir al asesino hasta su base de operaciones.


Las secoyas no transmiten sensación de grandeza, ni de belleza, ni de paz; tampoco la intemporalidad de la naturaleza. Las secoyas expresan poder.

Mientras conduce, Edgler Veiss baja la ventanilla e inspira profundamente el aire frío impregnado del aroma de las secoyas, el aroma del poder. El aroma le infunde ese poder que acrecienta el suyo.

Las secoyas tienen poder porque ningún otro árbol iguala su grandeza, porque son antiguos —algunos de estos ejemplares nacieron siglos antes que Jesucristo—, porque su extraordinaria corteza, gruesa como una armadura y rica en tanino, los vuelve casi invulnerables a los insectos, las plagas y el fuego. Perduran mientras perece todo lo que los rodea; hombres y animales pasan entre ellos y jamás vuelven; las aves se posan en lo más alto y parecen más libres que los seres arraigados en la tierra y las rocas, pero tarde o temprano, al detenerse su corazón, caen de las gruesas ramas o revolotean desde el cielo, y los árboles aún se alzan majestuosos; en el suelo umbrío de estas arboledas, helechos y rododendros que huyen del sol florecen año tras año, pero su inmortalidad es ilusoria porque también ellos mueren, y en los restos descompuestos crecen nuevas generaciones de su especie. Cristo, príncipe de la paz y profeta del amor, murió en una cruz de encina, pero durante toda Su vida ni uno de estos árboles fue derribado por tormenta alguna; la paz les importaba un bledo, el amor les era desconocido, pero perduraban. Afanándose en su interminable cosecha, la Muerte echa sombras frenéticas entre las secoyas indiferentes, un parpadeo incesante que se posa sobre sus troncos colosales y las afecta tanto como la luz del fuego afecta a las piedras de la chimenea.

126

El poder es vivir mientras otros perecen ineluctablemente. El poder es serena indiferencia al sufrimiento ajeno. Es alimentarse de la muerte ajena, así como las poderosas secoyas se nutren de los restos putrefactos de aquello que tuvo una vida efímera. Esto también forma parte de la filosofía de vida de Edgler Foreman Veiss.

A través de la ventanilla abierta, aspira el aroma de las secoyas, y las moléculas de su fragancia se adhieren a las moléculas superficiales de sus pulmones; su sangre oxigenada toma el poder de los milenios, lo transporta al corazón, de allí hasta sus miembros, infundiéndoles fuerza y energía.

El poder es Dios, Dios es la naturaleza, la naturaleza es poder, y el poder está en él.

Su poder aumenta sin cesar.

Si adorara algo, sería un fervoroso panteísta, creería que absolutamente todo es sagrado, cada árbol y cada flor y cada brizna de hierba, cada pájaro y cada cucaracha. Últimamente abundan los panteístas, y él estaría a sus anchas si se uniera a ellos. Si todo es sagrado, *nada* lo es. Por eso le gusta el panteísmo. Si la vida de un niño vale lo mismo que la de una margarita o una lechuza de campanario, Veiss puede matar a una niña con la misma frialdad con que pisaría un alacrán, sin mayor inhibición moral y con placer considerablemente mayor.

Pero no adora nada.

Al finalizar una curva y entrar en una recta bordeada por secoyas de diámetro mayor que el de las que había visto hasta el momento, los huesos blancos de los rayos perforan la piel negra del cielo. El aire se estremece con el rugido de los truenos semejantes a un bramido de furia.

Llevado por la lluvia, el olor de los relámpagos impregna la noche. Ahora son dos los aromas poderosos que se le ofrecen: relámpagos y secoyas, electricidad y tiempo, calor feroz y resistencia imperturbable. Lo aspira profundamente, con placer.

El desvío por el camino vecinal entre las secoyas, bordeando la costa hasta volver a la ruta 101 al sur de

Eureka, lo demorará entre media y una hora; esto depende de la velocidad que pueda alcanzar y de la fuerza de la tormenta. Pero aunque está ansioso por volver a la casa donde lo espera Ariel, no puede resistir el poder de las secoyas.

Un par de faros aparece en su espejo lateral. Un auto. Un vehículo lo había seguido por la carretera durante casi una hora, pero sin tratar de acercarse. Éste debe de ser otro, porque el conductor, más agresivo que el de la ruta, viene a gran velocidad, empeñado en reducir la distancia entre ambos.

El conductor del auto —un Honda— pasa imprudentemente a la mano contraria para adelantarse a la casa rodante aunque en ese tramo está prohibido. No hay tránsito y están en una recta, pero el Honda no tendrá tiempo para terminar la maniobra antes de llegar a la siguiente curva cerrada, y además el pavimento es resbaladizo y traicionero.

Veiss reduce la velocidad.

El veloz Honda se coloca a la par.

Al echar una rápida mirada a través del parabrisas, Veiss apenas alcanza a vislumbrar a la persona detrás del volante porque la lluvia y los limpiaparabrisas entorpecen la visión. Apenas una mancha roja: una camisa o un suéter. Una mano pálida sobre el volante. La muñeca delgada indica que es probable que sea una mujer. Aparentemente, está sola. Entonces el auto se adelanta, el parabrisas queda fuera de su vista y sólo alcanza a ver el techo.

Se acercan rápidamente a la curva.

Veiss reduce aún más la velocidad.

A través de su ventanilla abierta, escucha el alarido del Honda acelerado. La tremenda potencia del motor es algo patético en comparación con la majestuosidad de las arboledas: como el zumbido de un mosquito furioso en medio de una manada de elefantes.

Con un esfuerzo mínimo, tan pequeño que no aceleraría su pulso, podría girar el volante bruscamente a la izquierda, embestir el Honda con la casa rodante y sacarlo del camino. El auto volcaría y explotaría, o bien chocaría de frente contra un tronco de secoya de seis metros de diámetro.

La tentación es fuerte.

Sería un espectáculo gratificante.

Le perdona la vida a la conductora del Honda porque en ese momento su estado de ánimo no le pide sensaciones brutales sino sutiles. Los frutos de esta expedición tan gratificante no sólo han sido la destrucción de la familia en el Valle de Napa, según su intención original, sino también de ese joven que hacía autostop y que ahora pende en su armario como el aficionado al amontillado, de Poe, en el nicho de una bodega, además de los dos empleados de la estación de servicio. Está saciado. El arrecife del alma no se construye con sensaciones repetitivas sino con vivencias variadas. En este momento, su espíritu no clama por la música tenebrosa de la sangre y las brutales caricias de los alaridos; quiere aspirar la humedad de la lluvia, palpar la masa colosal de los árboles, escuchar las frescas oscilaciones de los helechos ocultos en la noche.

Frena para reducir bruscamente la velocidad.

El Honda pasa como un rayo, alzando una gran estela de agua sucia. Entra en la curva con un destello de luces de freno: rojo en la tormenta negra, destellos rojos en la corteza gris de las inmensas coníferas, rastros apocalípticos rojos sobre el pavimento. Y desaparece.

Nuevamente solo al volante de su arca, en su mundo incoloro de lluvia gris, sombras negras y deslumbrantes haces blancos, Edgler Veiss puede comulgar en paz con las secoyas y extraer de ellas una parte de su poder.

Piensa en Cristo sobre su cama vertical de madera de encina, y sonríe al recordar que los mansos recibirán la tierra por heredad. Él no aspira a heredad alguna. Es un fuego incontenible, poderoso y ardiente; consumirá los colores del mundo, hasta el último átomo de sensación que pueda ofrecerle y dejará un reino de cenizas. Que los mansos reciban cenizas por heredad.

Al adelantarse a la casa rodante a tal velocidad que no pudo impedir que el Honda cruzara la doble línea amarilla en la curva, Chyna temió que el motor sediento de combustible se ahogara y la dejara parada. La luz roja de advertencia, una vez vista, era un resplandor constante en su visión periférica aunque no mirara el panel de control. Pero el Honda seguía su marcha confiada, impulsado por los restos de combustible o el humo o quién sabía qué magia.

Su plan requería tomar distancia del asesino para ganar tiempo. Aceleró lo más que pudo sobre el pavimento engrasado por la lluvia.

Tras una curva, el camino estrecho se enderezó, descendió por una pendiente suave, tomó otra curva, ascendió y descendió otra vez. A pesar de estos accidentes esporádicos, el terreno era casi monótono en su descenso gradual hacia el Pacífico, unos pocos kilómetros al oeste. Los terraplenes de tierra blanda que flanqueaban el camino más allá de las banquinas frustraban sus propósitos. Pero entonces el camino bajó al nivel del bosque circundante, y al entrar en una recta en pendiente casi imperceptible halló las circunstancias ideales.

Calculó que le llevaba un minuto de ventaja, acaso un minuto y medio si no había acelerado después de dejarla pasar. Un minuto sería suficiente.

Aunque redujo la velocidad a cuarenta y cinco kilómetros por hora, tenía la sensación de que atravesaba el bosque como un bólido. Redujo la velocidad a cuarenta, tan maravillada como desconcertada por su alarde de heroísmo. Se salió del camino, voló sobre la banquina derecha, saltó sobre una acequia de desagüe y chocó frontalmente contra la poderosa base de una gran secoya. Estalló el faro izquierdo, el paragolpes absorbió el impacto, se arrugó y se desprendió como estaba previsto por su diseñador y hubo un breve chillido metálico.

Gracias al cinturón de seguridad, su cuerpo no se estrelló contra el volante ni atravesó el parabrisas, pero la correa que cruzaba su pecho en diagonal le arrancó un gruñido de dolor al apretarle los senos.

El motor seguía en marcha.

130

No había tiempo para bajar a inspeccionar la trompa, y Chyna temía que el daño no fuera lo suficientemente espectacular para convencer al asesino de que había un herido en el accidente. Cuando pasara por ahí, en pocos segundos más, la escena debía ser convincente. En caso contrario, si sospechaba de algo, su plan fracasaría por completo.

Puso la marcha atrás y se alejó del árbol, que estaba intacto. El suelo estaba cubierto de agujas mojadas de secoya que hacían patinar las ruedas, pero la lluvia no había transformado la tierra en fango. El auto cruzó a los barquinazos sobre la acequia, que contenía apenas unos centímetros de agua barrosa, y salió al pavimento.

Echó una mirada hacia la cima de la pendiente suave por la que acababa de descender. No había el menor indicio de un par de faros que entraran en la curva.

Ya vendría. De eso no tenía dudas.

Faltaba poco.

No tenía tiempo para ascender siquiera un breve tramo por la pendiente. Pero tenía que tomar impulso.

Con el pie izquierdo pisó el freno a fondo y con el derecho apretó suavemente el acelerador. El motor gimió y luego chilló. Como un potro bravío, el auto pugnaba por vencer al freno. Forcejeaba como un ser viviente, y Chyna se preguntó hasta qué punto podría acelerarlo sin correr el riesgo de matarse o quedar atrapada en una maraña de hierros retorcidos. Aceleró un poco más, sintió olor a quemado y alzó el pie del freno.

Los neumáticos patinaron sobre el asfalto mojado, el Honda se estremeció, se precipitó hacia adelante, saltó sobre la zanja y se estrelló contra el tronco. Estalló el faro derecho, el metal chilló, la tapa del motor se plegó y se abrió con un sonido extrañamente similar al rasguido de un banjo, pero el parabrisas no se rompió.

El motor tosió. El combustible se había agotado por fin, o bien había sufrido una avería mecánica grave.

Jadeando para recuperar el aliento bajo la brutal tensión de la correa, implorando una vez más que no fallara el motor, Chyna puso la marcha atrás.

Lo ideal era que el Honda quedara cruzado sobre el

camino antes de que el asesino doblara la curva. Tenía que obligarlo a detenerse, a bajar de la casa rodante.

El auto baqueteado resolló, el motor casi se paró pero bruscamente aceleró, y Chyna tuvo tiempo de murmurar: "Gracias a Dios" al salir al pavimento.

Maniobró para colocar el auto cruzado sobre las dos manos del camino pero en diagonal, con la trompa averiada apuntando hacia la cima para que el asesino la viera al salir de la curva.

El motor jadeó un par de veces y se detuvo, pero eso ya no era problema. Había colocado el auto tal como quería.

Ahora que faltaba el ruido del motor, la lluvia parecía arreciar, repiqueteando con fuerza sobre el techo y el parabrisas.

En la curva de la cima aún reinaba la oscuridad.

Puso el auto en cambio para que no rodara al levantar el pie del freno.

Los dos faros estaban reventados, pero los limpiaparabrisas seguían oscilando, activados por la batería. No los apagó.

Abrió la puerta, aterrada al sentirse al descubierto bajo la luz interior, y sacó un pie del auto. Tenía que alejarse del auto y ocultarse antes de que apareciera la casa rodante... lo que sucedería en veinte segundos, o diez, o en quién sabe cuántos porque no tenía la menor noción del tiempo transcurrido desde que salió de la curva.

El revólver.

No había terminado de salir del auto cuando recordó el revólver. Giró su cuerpo, extendió el brazo... pero el arma no estaba sobre el asiento.

Seguramente el primer choque o el segundo lo había arrojado al piso. Se inclinó sobre la consola entre las butacas delanteras, tanteó frenéticamente en la oscuridad, palpó el acero frío, el caño, incluso su dedo se introdujo en la boca lisa. Con un murmullo incoherente de alivio, tomó el revólver por la culata.

Lo aferró con fuerza y salió del Honda. Dejó la puerta abierta.

El viento y la lluvia la calaron hasta los huesos.

En lo alto de la pendiente apareció un tenue resplandor y los troncos de secoya junto a la banquina de la curva empezaron a brillar como bañados por el resplandor de una luna inesperada.

Chyna cruzó el pavimento resbaladizo a la carrera, chapoteó en la acequia y se estremeció cuando el agua helada entró en sus zapatillas. Los árboles de este lado del camino estaban a unos seis a diez metros de la banquina. Corrió hacia un punto de la arboleda colosal directamente opuesto al monstruo contra el cual había estrellado el Honda.

Mucho antes de llegar al árbol más próximo resbaló sobre la alfombra esponjosa de agujas mojadas, cayó y aterrizó sobre un montón de piñas de secoya. Los conos crujieron bajo su espina lumbar; a juzgar por la punzada de dolor, poco había faltado para que se le quebrara.

Hubiera preferido gatear hacia un escondite, pero no podía soltar el revólver y temía llenar el caño con barro o agujas. Se paró de un salto justo cuando una luz fuerte iluminó la ruta y un motor rugió en la tormenta.

La casa rodante salía de la curva.

Se hallaba a escasos cinco metros de la carretera, una distancia insuficiente porque la maleza bajo las secoyas gigantes era muy rala, apenas unos helechos, y un poco más tupida a mayor distancia del asfalto. No debía dejarse ver. Si él la viera correr a ocultarse, sería el fin.

Afortunadamente, sus jeans eran de color azul oscuro, no era esa tela predesteñida que refleja la luz; su suéter era rojo frambuesa, lo que no era tan terrible como el blanco o el amarillo, y su pelo no era rubio sino negro. Sin embargo, se sentía tan visible como si estuviera vestida de novia.

Él se concentraría en el Honda, sorprendido al verlo cruzado en el camino. En un principio no miraría hacia los costados del camino, y cuando por fin lo hiciera, su mirada iría hacia la derecha, en la dirección que apuntaba el Honda, no hacia la izquierda donde Chyna buscaba refugio.

Con estos argumentos, trataba de convencerse de que estaba a salvo, de que no la había visto, pero no lo conseguía del todo. Así llegó a la primera "falange" de las enormes secoyas. En vista de sus dimensiones colosales, le pareció extraordinario que crecieran tan próximas entre sí. Bordeó el tronco corrugado de un gigante de cinco metros de diámetro, tan próximo a su vecino inmediato, un ejemplar aún más grande, que el espacio entre los dos titanes era de apenas cincuenta centímetros.

Las ramas más bajas estaban a cincuenta o sesenta metros del suelo y sólo las veía cuando las iluminaban los relámpagos. De pie entre esos troncos, tenía la sensación de encontrarse entre las columnas de la nave de una catedral demasiado grande para ser terrenal; las ramas espinosas formaban una cúpula majestuosa a quince pisos de altura.

Desde su escondite húmedo, estrecho, espió cautelosamente la ruta.

Más allá de la sutil filigrana de los helechos, en el resplandor plateado de la lluvia, se acercaban los faros de la casa rodante. Los acompañaba el suave silbido de los frenos de aire.


Edgler Veiss se detiene sobre el asfalto porque la banquina no es lo suficientemente firme ni ancha para la casa rodante. Hay muy poco tránsito en la ruta panorámica antes del amanecer y cuando el tiempo es tan malo, pero él no quiere bloquear el paso más de lo estrictamente necesario. Conoce bien las leyes de tránsito de California.

Pone el cambio en punto muerto y acciona el freno manual, pero no apaga el motor ni los faros. Sin ponerse el impermeable, baja de la cabina y deja la puerta abierta.

La lluvia sobre el asfalto repiquetea; sobre el metal de los vehículos es un tintineo y en las hojas de los árboles es un coro sin palabras. Le agradan los sonidos de la lluvia, como el frío y el aroma feraz de los helechos y la tierra fértil.

Es el mismo Honda que lo pasó poco antes. No le sorprende hallarlo en una condición tan lamentable, vista la imprudencia de la conductora al manejar a semejante velocidad.

Es evidente que derrapó sobre el pavimento y chocó contra el árbol. Luego la conductora pudo volverlo al camino antes de que fallara el motor.

Pero, ¿dónde está la conductora?

Tal vez otro automovilista que venía en sentido contrario la encontró herida y la llevó en busca de un centro de atención médica. Pero no, sería demasiado fortuito y oportuno. Si el accidente no pudo haber sucedido hace más de un par de minutos...

La puerta del lado del conductor está abierta, y al asomarse al interior, Veiss ve que las llaves están en el encendido. Los limpiaparabrisas barren el vidrio. Las luces traseras, la luz interior del techo y los indicadores en el panel están encendidos.

Se aleja del auto y observa el árbol hacia el cual se dirigen las huellas de los neumáticos. La corteza muestra huellas del impacto, pero son superficiales.

Desconcertado, estudia la arboleda de ese lado de la ruta.

Posiblemente la conductora bajó del auto destruido y, obnubilada por un golpe en la cabeza, se perdió entre las secoyas. Tal vez se hunde más y más en la arboleda primigenia, perdida y aturdida... o tal vez, abatida por las heridas, yace inconsciente sobre los helechos.

Los árboles que crecen tan próximos entre sí forman un laberinto de pasadizos estrechos donde la madera prima sobre el espacio. A mediodía de un día radiante, apenas penetrarían algunos rayos estrechos de luz, y las tinieblas reinarían en lo profundo del bosque, como si los cientos de miles de noches transcurridas desde el nacimiento de la arboleda hubieran depositado un residuo de sombras. Ahora, en la hora embrujada antes del alba, la oscuridad es tan pura, que parece un ser viviente, un depredador agazapado que, sin embargo, le abre sus brazos para acogerlo.

Estas tinieblas extrañas conmueven a Veiss, despiertan en él anhelos de vivencias que intuye están a su alcance pero aún no imagina, experiencias misteriosas y transformadoras que no puede visualizar ni siquiera nebulosamente. Entre las secoyas, en los pasadizos de corteza agrietada, en alguna ciudadela secreta de pasiones bestiales donde reinan tinieblas más antiguas que la historia humana, lo aguarda una aventura mística.

Si la mujer anda vagando por el bosque, podría estacionar la casa rodante y buscarla. Tal vez la cuchilla que encontró en la estación de servicio es un presagio, acaso su sangre está destinada a ser vertida por él con esa hoja.

Fantasea con quitarse la ropa y penetrar desnudo en la arboleda, armado sólo con la cuchilla y con sus instintos primitivos para acechar y apresarla, sentir el frío de la lluvia y la bruma sobre su piel, el aire que se vuelve caliente una vez que lo exhala e imparte su calor a la noche; se ve arrancando brutalmente la ropa de la mujer al tiempo que la derriba sobre la tierra del bosque. La fantasía le provoca una erección, pero se pregunta si la atacaría antes con la cuchilla o con el falo... o acaso con los dientes. La decisión debe ser tomada en el momento de la captura y dependería de los atractivos de la mujer; pero está convencido de que ambos vivirían una experiencia inédita, misteriosa... e inefablemente *intensa*.

Con todo, falta una hora para el amanecer, y la prudencia indica que debe seguir su camino. Tiene que poner mayor distancia entre él y los lugares donde encontró gratificación la noche anterior.

Para hacer bien el papel de Edgler Veiss se requiere, entre otras virtudes, la capacidad de reprimir las pasiones más ardientes cuando darles rienda suelta entraña peligro. Si gratificara cada deseo en el instante que se presentara, sería menos hombre que animal... y haría mucho que estaría muerto o encarcelado. Ser Edgler Veiss significa ser libre pero no imprudente, veloz pero no impulsivo. Requiere el sentido de las proporciones. Exige el sentido del tiempo. Joder, un sentido del ritmo como el de un maestro del zapateo americano. Y una linda sonrisa. Se puede llegar muy lejos con una sonrisa verdaderamente atractiva y el dominio de uno mismo.

Contempla el bosque y sonríe.

Estacionada sobre la ruta a unos seis metros del Honda abollado, la casa rodante parecía más pequeña por la presencia de las secoyas.

Mientras el asesino caminaba hacia el auto abandonado, a la luz de los faros de la casa rodante, Chyna avanzaba con cautela cuesta arriba por el bosque oscuro, en sentido paralelo a él pero en dirección contraria. Bordeó el árbol a su diestra; su mano derecha sostenía el revólver mientras la izquierda se apoyaba en el tronco para tener estabilidad en el caso de que tropezara con una raíz u otro obstáculo. Su palma ya reconocía la trama repetitiva de arcos góticos formada por las profundas grietas de la corteza. Con cada paso incierto por esa amplia curva, crecía en ella la impresión de que no bordeaba un árbol sino un edificio, una fortaleza sin ventanas erigida contra toda la furia del mundo.

Después de navegar un hemisferio del tronco hasta el pasadizo estrecho entre el árbol y su vecino, se detuvo a echar una mirada. Junto a la puerta abierta del Honda, el asesino contemplaba el bosque al otro lado del camino.

La preocupaba que pasara otro automovilista sin darle tiempo a ejecutar su plan.

Bordeó el árbol siguiente. Era aún más grande que el monstruo anterior, y su palma tanteó la trama gótica que ya conocía.

A pesar del alarido del viento en las alturas y la llovizna que caía desde las ramas altas, la arboleda le parecía un buen escondite, oscuro pero no tenebroso, frío pero no amenazante. Aunque seguía sola en su aflicción, por primera vez en toda la noche no se *sentía* sola.

En la siguiente brecha en el muro de los árboles, vio que el asesino se introducía en el Honda. Tenía que sacar al auto averiado del camino porque no había lugar para bordearlo.

Chyna miró la casa rodante. Tal vez porque sabía lo que llevaba en su interior —un hombre muerto encadenado en un armario, una mujer muerta envuelta en un sudario blanco—, le pareció tan siniestra como un artefacto de guerra.

Podía permanecer oculta en la arboleda. Olvidar su

plan. Dejar que él se fuera y seguir haciendo su vida.

Esperar. Sobrevivir. Era lo más fácil.

La policía hallaría a la chica. Ariel. De alguna manera. En algún momento. Sin necesidad de heroísmos.

Un acceso repentino de debilidad la obligó a apoyarse contra el tronco. Temblaba, sus rodillas estaban a punto de ceder. Abrumada por la desesperación y el miedo.

Las luces traseras e interiores del Honda se amortiguaron al rechinar el encendido del auto, que el asesino intentaba poner en marcha.

Entonces, Chyna escuchó otro ruido. Mucho más próximo que el del auto. A su espalda. Un crujido, un chasquido, un bufido como el de un caballo asustado.

Giró rápidamente, asustada.

En el resplandor de la luz de la casa rodante, Chyna vio ángeles entre las secoyas. Al menos, eso pensó por un instante. La miraban rostros plácidos, pálidos en la oscuridad, ojos luminosos, curiosos, tiernos.

Pero aun ese tenue resplandor bastó para disipar toda esperanza de una presencia angelical. Tras un momento de desconcierto, reconoció a las criaturas: especies de alces costeros sin cornamenta.

Eran seis en un claro de tres metros de diámetro entre la hilera exterior de los árboles y la profundidad del bosque, y estaban tan próximos, que hubiera podido alcanzarlos en tres pasos. Nobles testas erguidas, orejas alzadas, ojos clavados en ella.

Los alces eran curiosos, y a pesar de su timidez natural, parecían no sentir miedo.

Una vez, su madre y ella habían pasado dos meses en una finca agrícola del distrito de Mendocino, donde un grupo de la resistencia, bien pertrechado, aguardaba el ineluctable estallido de la guerra racial que destruiría a la nación; en ese ambiente de juicio final, Chyna había dedicado la mayor parte de su tiempo a explorar la campiña, las colinas y los valles de singular belleza, los pinares, los campos dorados donde se alzaban robles aislados —enormes, majestuosos, perfilando su ramaje negro contra el cielo— y donde, en ocasiones, aparecían pequeñas manadas de alces costeros, siempre lejos de los seres humanos y sus obras. Los había acechado, no como un cazador sino con torpe astucia infantil, tan tímida como ellos pero atraída por su irresistible serenidad y placidez, un oasis de paz en un mundo saturado de violencia.

Durante esos dos meses jamás había podido acercarse a menos de veinte o treinta metros de las manadas de alces, que ante su presencia huían hacia los campos y las lomas más alejados.

Pero ahora eran ellos los que se acercaban, cautos pero no asustados, como si fueran los mismos alces de su infancia, convencidos al fin de sus intenciones pacíficas.

Era raro encontrar alces costeros tan lejos del mar, de los prados más allá del bosque de secoyas, de los pastizales lozanos después de las lluvias del invierno, donde abundaba la hierba para pastar. Aunque no desconocían el bosque, llamaba la atención su presencia en la oscuridad lluviosa antes del amanecer.

Entonces vio que había otros aparte de la manada de seis —uno aquí, otro allá, un tercero más allá y aun otros—, entre los árboles un poco más alejados. Algunos eran apenas visibles en la arboleda umbría casi fuera del alcance del resplandor de los faros, pero calculó que eran doce o más, todos inmóviles, como si escucharan embelesados una música fuera del alcance del oído humano.

Los rayos surcaban el cielo como enormes ramas, echaban raíces a tierra, y bajo su luz efímera, Chyna pudo ver a los alces con claridad. Eran más numerosos de lo que había pensado. Entre la bruma y los helechos y las flores rojas de los rododendros, a la luz trémula de los rayos. Las testas alzadas, echando nubes de vapor por sus fosas negras. Los ojos fijos en ella.

Miró hacia la carretera.

El asesino había abandonado el intento de encender el motor del Honda. Quitó el freno manual y dejó que se deslizara lentamente por la pendiente suave del asfalto.

Después de echar una última mirada a los alces, Chyna avanzó entre dos secoyas.

El asesino giró el volante a la derecha, y el auto, llevado por su propio impulso, describió un arco amplio y su trompa apuntó cuesta abajo.

Entre los helechos y los pastos ralos, Chyna avanzó resueltamente hacia la ruta. La debilidad momentánea de las piernas, el momento de vacilación habían quedado atrás.

Guiado por el asesino, el Honda se deslizó cuesta abajo y se detuvo sobre la banquina derecha.

Podría seguirlo, dispararle en el auto o en el momento de salir. Pero ya estaba a unos cincuenta metros de distancia, quizás a sesenta, y ella no podría acercarse sin ser vista. Eliminada la ventaja de la sorpresa, tendría que disparar a matar, lo cual no le serviría a Ariel en absoluto porque, muerto el hijo de puta, tendrían que buscar su guarida. Tal vez nunca la hallarían. Además, el degenerado sin duda tenía un arma, y en un tiroteo Chyna no podría con él, que tenía más práctica y más... audacia.

No tenía a quién recurrir. Como en la infancia.

*Bueno, no dejes que te vea. No te arriesgues. Espera el momento ideal. Elige tú el momento para enfrentarlo: en la confrontación final, tú debes dominar la situación.*

Arrecian los relámpagos, seguidos por un bramido prolongado de truenos, como si una gran estructura se derrumbara en lo alto de la noche.

Llegó a la casa rodante.

*Ay, Dios.*

La puerta del lado del conductor estaba abierta.

*Ay, Dios. Jesús querido.*

No podía hacerlo.

*Tenía* que hacerlo.

Cuesta abajo, el Honda se deslizaba sobre la banquina con un chirrido de metales torcidos.

Tenía el revólver. Así, la cosa era distinta. Con el revólver estaba a salvo.

*¿Quién salvará a la chica encerrada en un sótano, esa chica que madura para saciar los apetitos del degenerado hijo de puta, esa chica como yo? ¿Quién protege a las chicas aterradas, escondidas en los armarios o debajo de las camas? ¿Quién las acompaña, aparte de las repugnantes cucarachas de las palmeras? ¿Quién lo hará si no lo hago yo? ¿Dónde estaré si no voy allá? ¿Por qué no hay*

*alternativa... y por qué tantos porqués si la respuesta sal-ta a la vista?*

Cuesta abajo, el Honda por fin se detuvo.

Con la mano agobiada por el peso del revólver, Chyna entró en la cabina detrás del volante. Giró en la butaca del conductor, se paró y atravesó rápidamente la casa rodante, murmurando: "Jesús, Dios mío", pensando que hacía bien, que esta locura no lo era tanto porque tenía el revólver.

Aun así, no dejaba de preguntarse si el revólver le daría suficiente ventaja cuando llegara el momento de enfrentar a ese hombre.

Claro que tal vez podría evitar la confrontación direc-ta. Su intención era ocultarse hasta llegar a su casa y descubrir dónde ocultaba a la chica. Con esa información podría denunciarlo a la policía, que detendría al gusano y liberaría a Ariel y...

¿Y qué más?

Y al salvar a la chica se salvaría a sí misma. No sabía bien de qué. ¿De una vida dedicada a la mera supervi-vencia? ¿Del esfuerzo tan interminable como vano por encontrar el sentido de las cosas?

Qué locura, qué locura, pero ya no podía volver atrás. Y en su fuero interior se dijo que correr semejante riesgo era una locura menor que una vida cuya meta más ele-vada era la supervivencia.

Como si la impulsara el latido violento de su corazón, llegó a la puerta trasera de la casa rodante. La puerta cerrada de acceso al único dormitorio.

*Dios.*

No quería entrar. Ahí estaba Laura, muerta. El hombre en el armario. El costurero listo para ser utilizado otra vez. *Dios.*

Pero no había mejor escondite, de manera que abrió, entró y cerró la puerta; atravesó la espesa oscuridad ha-cia la izquierda hasta quedar de espaldas contra la pa-red.

Tal vez él no volvería directamente a su casa. Quizá se detendría en algún lugar a echar una mirada a sus trofeos.

En ese caso, lo mataría apenas cruzara el umbral. Vaciaría el revólver en su cuerpo. No correría riesgos.

Muerto el asesino, tal vez no hallarían a Ariel. O la hallarían muerta de inanición, una muerte exquisitamente dolorosa.

Pero si el asesino entrara en el cuarto, Chyna no haría las cosas a medias. No trataría de herirlo y mantenerlo vivo para que lo interrogara la policía. No lo intentaría en ese espacio tan estrecho donde él podía abalanzarse sobre ella. Era mucho lo que podía salir mal.


Sentado en el auto muerto en el borde de la ruta, con las luces y los limpiaparabrisas apagados, Edgler Veiss medita.

A partir de aquí se le presentan varios caminos. La vida es una mesa enorme cubierta de manjares variados, un vasto *smorgasbord* que ofrece al corazón ávido un número infinito de sensaciones y vivencias... pero nunca como ahora. Quiere explotar la oportunidad hasta el límite, obtener de ella las mayores emociones, las sensaciones más intensas; por consiguiente, no debe precipitarse.

La suerte le permitió vislumbrarla en el espejo retrovisor: había cruzado el asfalto con la agilidad de un venado, había titubeado en la puerta de la casa rodante antes de desaparecer en su interior.

Debe de ser la mujer del Honda. Poco antes, cuando se le adelantó, pudo ver la mancha roja de su suéter a través del parabrisas.

En el accidente habrá sufrido un golpe fuerte en la cabeza. Tal vez está obnubilada, desconcertada, asustada. Por eso no se ha acercado para pedirle ayuda o que la lleve a la estación de servicio más próxima. En medio de su obnubilación, la decisión irracional de ocultarse en la casa como un polizón le habrá parecido de lo más sensata.

Sin embargo, no parecía haber sufrido heridas en la cabeza ni en ninguna otra parte del cuerpo. Lejos de tambalearse, había cruzado la ruta a pie firme. A semejante distancia, Veiss no podía ver por el espejo retrovisor si sangraba o no, pero su intuición certera le dice que no está manchada de sangre.

A medida que lo piensa, crece en él la convicción de que el accidente fue provocado por ella.

Pero, ¿*por qué?*

Si el motivo fuera el robo, lo hubiera abordado apenas se detuvo en la ruta.

Además, el suyo no es uno de esos vehículos espectaculares de trescientos mil dólares que de puro ostentosos atraen a los ladrones como la miel a las moscas. Es un modelo de diecisiete años, por cierto que en excelente estado, pero vale bastante menos de cincuenta mil dólares. No tiene sentido destrozar un Honda casi flamante para desvalijar un vehículo anticuado que a la vista no ofrece nada de valor.

Él ha dejado la llave puesta en el encendido y el motor en marcha. Si hubiera querido robar la casa rodante, ya estaría lejos.

Y las mujeres solas en las rutas solitarias en plena noche no suelen dedicarse al robo. Semejante conducta no se ajusta a las pautas delictivas.

Está perplejo.

Profundamente.

Los misterios no suelen rondar la vida sencilla de Edgler Veiss. Hay seres que pueden ser asesinados y seres que no. Algunos son más difíciles de matar que otros. La gratificación es mayor en algunos casos que en otros. Algunos gritan, unos lloran, algunos hacen ambas cosas, y otros, en fin, tiemblan en silencio como si durante toda su vida hubieran previsto el desenlace espantoso. Así pasan los días con grata naturalidad, ríos de sensación pura en los que rara vez navega un enigma.

Pero la mujer del suéter rojo ciertamente es un enigma, fascinante y misterioso como ninguno que Veiss haya conocido. Le es difícil imaginar las vivencias que le brindará, y la perspectiva de lo novedoso le provoca gran excitación.

Sale del Honda y cierra la puerta.

Por un instante, contempla el bosque bajo la lluvia

fría. Si la mujer está espiándolo desde la casa rodante, quiere hacerle creer que no sospecha nada. Que se pregunta qué le habrá sucedido a la conductora del Honda. Que, como buen ciudadano, está preocupado por ella y debate consigo mismo si conviene explorar el bosque.

Los rayos surcan el cielo, blancos y angulosos como una carrera de esqueletos. Los bramidos de los truenos son tan poderosos, que le hacen vibrar los huesos, una sensación que Edgler Veiss halla sumamente agradable.

Imperturbables bajo la tormenta, varios alces aparecen entre los árboles y se dirigen hacia el pequeño prado de helechos. Caminan con majestuosa elegancia, en un silencio etéreo después de las reverberaciones de los truenos, los ojos brillantes en el resplandor de los faros. Más que animales de carne y hueso parecen espectros.

Dos, cinco, siete y aún más. Algunos se detienen como si posaran, otros caminan un poco más, pero también se detienen, y hay más de una docena de ellos, inmóviles y todos con los ojos clavados en Veiss.

Su belleza es sobrenatural, matarlos sería un placer inenarrable. Si tuviera a mano una de sus armas, mataría la mayor cantidad posible antes de que pudieran huir.

Cuando era niño, sus primeras vivencias fueron con animales. Empezó con insectos, pasó luego a las tortugas y las lagartijas y posteriormente a los gatos y a otras especies mayores. En la adolescencia, apenas obtuvo su licencia de conductor, empezó a recorrer caminos vecinales durante la noche o al amanecer antes de ir al colegio en busca de venados, perros vagabundos, vacas y hasta caballos en los corrales, si pensaba que no había riesgo.

Al recordarlo y contemplar los alces, lo embarga la nostalgia. Su sangre derramada intensificaría el rojo de la suya y la haría zumbar en las venas.

Aunque tímidos y asustadizos, los alces lo miran con toda audacia. No parecen asustados ni inquietos ni preparados para la fuga. En verdad, tanta audacia le parece extraña y despierta una ansiedad rara en él.

En fin, lo cierto es que lo aguarda la mujer del suéter rojo, más fascinante que todos los alces del mundo. Ya no es un chico sino un adulto, y los caminos vecinales del

144

pasado ya no conducen a experiencias intensas. Hace mucho que Edgler Veiss abandonó los juguetes.

Vuelve a la casa rodante.

Al acercarse, ve que la mujer no ocupa el asiento del conductor ni el del acompañante.

Sube y echa una mirada atrás, pero no ve indicios de ella ni en la salita ni en el comedor. El saloncillo del fondo, pequeño y oscuro, también parece desierto.

Mirando hacia adelante, pero con los ojos en el espejo retrovisor, levanta la tapa de la consola entre los asientos. Ahí está la pistola tal como la dejó, sin silenciador.

Pistola en mano, gira en el asiento, se para y atraviesa la casa hacia la cocina y el comedor. La cuchilla hallada en la estación de servicio está sobre la mesada, como antes. Abre el gabinete a la izquierda del horno: la Mossberg .12 está sujeta por las grampas de resorte tal como la había dejado después de matar a los dos empleados.

No sabe si la mujer está armada. Desde esa distancia, no había podido determinar si tenía las manos vacías ni, más importante aún, si era lo suficientemente atractiva como para entretenerse antes de matarla.

Más atrás, pues, a través de sus estrechos dominios, con cuidado especial al pasar el hueco de la mesa y el pozo de la puerta. Tampoco está agazapada ahí.

Al salón.

El ruido de la lluvia. El ronroneo del motor en punto muerto.

Abre la puerta del baño rápida y estrepitosamente; es imposible andar con sigilo en esa caja de resonancia con ruedas. En el diminuto baño, todo está como debe estar: no hay polizón alguno ni en el inodoro ni en la ducha.

Tampoco en el pequeño armario de puerta corrediza.

Sólo queda por registrar el dormitorio.

Parado frente a la última puerta cerrada, Veiss está decididamente fascinado por la idea de que la mujer está acurrucada allá adentro, sin saber con quién comparte su escondite.

No hay un hilo de luz en el umbral o el marco, de manera que sin duda entró a oscuras. Es evidente que no

145

se ha sentado sobre la cama ni descubierto a la bella durmiente.

Tal vez se ha deslizado junto a las paredes, a ciegas, hasta descubrir la puerta plegable del armario. Si Veiss abriera bruscamente la puerta, tal vez ella correría los paneles de vinilo para ocultarse en su interior y descubriría que lo que pende ahí no es ropa deportiva sino un extraño cuerpo frío.

Para Edgler Veiss, la situación tiene gracia.

Siente una tentación casi irresistible de abrir la puerta de par en par, verla hacer una carambola contra el cadáver en el armario, de ahí a la cama para rebotar contra el cuerpo de la chica, entre alaridos al ver la cara cosida del chico, los grilletes de la muchacha y por fin al propio Veiss, enloquecida de terror, girando como una bola de billar humana.

Claro que a continuación deberá ocuparse de ella sin demora, averiguar quién es y qué hace allí.

Edgler Veiss comprende que no quiere poner fin a esta vivencia preñada de misterios. Le agrada prolongar el suspenso y meditar sobre el enigma.

Después de los últimos trajines empezaba a sentir cansancio. Pero estos sucesos inesperados le han infundido nuevas energías.

Desde luego, este proceder entraña algunos riesgos. Pero el que vive intensamente no puede evitarlos. El riesgo hace a la esencia de una vida intensa.

Retrocede sigilosamente de la puerta del dormitorio.

Va al baño, entra con estrépito, orina y hace correr agua para hacerle creer a la mujer que entró en la casa no en busca de ella sino para hacer sus necesidades. Mientras siga creyendo que su presencia ha pasado inadvertida, procederá a llevar a cabo los planes que la trajeron hasta aquí; será interesante ver qué se propone.

Vuelve a la cabina y al pasar por la cocina se detiene a servirse un café del termo de dos litros sobre la mesada junto a los quemadores. Enciende un par de luces para ver mejor el interior por el espejo retrovisor.

Se sienta detrás del volante y bebe un sorbo de café: caliente, negro y amargo, como a él le gusta. Coloca la taza en el soporte que ha instalado en el tablero.

Deja la pistola en la consola abierta entre los asientos, sin seguro y culata arriba. Le bastará un segundo para tomarla, girar en el asiento y matar a la mujer antes de que pueda acercarse, sin perder el control del vehículo.

Pero no cree que intente atacarlo, al menos en lo inmediato. Si ésa fuera su intención, ya se hubiera abalanzado sobre él.

Qué extraño.

—¿Por qué? ¿Y ahora, qué? —dice en voz alta para saborear el dramatismo de una situación tan peculiar—. ¿Y ahora, qué? ¿Qué pasará? ¿Quién es? Sorpresa, sorpresa.

Bebe otro sorbo de café. El aroma le recuerda la textura rugosa de una tostada quemada.

Los alces se han ido.

Una noche llena de misterios.

El viento creciente azota los helechos. Flores de rododendro de color rojo brillante salpican la noche como pruebas de delitos.

El bosque está intacto. Esos oscuros colosos verticales contienen el poder del tiempo.

Veiss pone el cambio y suelta el freno manual. Adelante.

Al pasar el Honda averiado, echa una mirada por el espejo retrovisor. La puerta del dormitorio está cerrada. La mujer se oculta.

Ahora que la casa rodante vuelve a andar, quizás ella se arriesgará a encender una luz y conocer a sus compañeros de viaje.

Edgler Veiss sonríe.

Ha realizado muchas expediciones, pero ésta es la más interesante y emocionante. Y todavía no ha terminado.


Sentada en el piso, en la oscuridad, Chyna apoyó la espalda contra la pared. El revólver estaba a su lado.

Estaba intacta y viva.

—Chyna Shepherd, intacta y viva —susurró. Era un ruego y a la vez una broma.

En su infancia rezaba con frecuencia y fervorosamente por conservar esa doble bendición —la virtud y la vida— en oraciones tan incoherentes y confusas como frenéticas. Con el tiempo, empezó a temer que Dios estuviera cansado de sus ruegos interminables, harto de su incapacidad para cuidarse y evitar los problemas, y decidiera que había agotado su cuota de compasión divina. Después de todo, Dios tenía que ocuparse del universo entero, lleno de borrachos y locos, con el demonio haciendo de las suyas por todas partes, volcanes que entraban en erupción, marineros que naufragaban, gorriones que caían. A los diez u once años, consciente de que Dios estaba ocupadísimo, había reducido sus ruegos incoherentes para los momentos de terror al siguiente mensaje: "Dios, soy Chyna Shepherd, estoy en —nombraba el lugar donde se hallaba— y te ruego, por favor, consérvame intacta y viva". Poco después, comprendió que Dios, por ser Dios, sabría dónde se hallaba, y entonces redujo aún más su oración: "Dios, soy Chyna Shepher, por favor consérvame intacta y viva". Por fin, convencida de que Dios estaba exasperado con semejante abuso de Su tiempo y misericordia, la redujo a una frase telegráfica: "Chyna Shepherd, intacta y viva". En momentos de crisis —tendida bajo una cama, oculta detrás de la ropa colgada en un armario o entre las telarañas y el polvo y el olor a madera podrida de una buhardilla o, una vez, tendida sobre los excrementos de rata del sótano de una casa vieja—, había susurrado las cinco palabras o las había salmodiado en silencio, una y otra vez, sin pausa (*Chyna-Shepherd-intacta-y-viva*), no por temor a que Dios no la escuchara por estar ocupado con otros asuntos sino para recordar que Él estaba ahí, había recibido su mensaje y la cuidaría, si ella tenía paciencia. Cuando pasaba la crisis, cuando el terror negro cedía y su corazón frenético volvía a latir clara y serenamente, repetía las cinco palabras pero en un tono distinto, no como un ruego de salvación sino como un informe de situación: *Chyna-Shepherd-intacta-y-viva*, así como un marinero en guerra informaría a su capitán que el buque había sobrevivido al bombardeo enemigo: "Presentes y sin bajas, mi capitán". Estaba presente; no era una baja y transmitía su reconocimiento a Dios con las mismas cinco palabras, segura de que Él percibiría la diferencia de tono y comprendería. La pequeña Chyna lo tomaba a broma, incluso en ocasiones hacía una venia militar al presentar su informe porque consideraba que Dios, por ser Dios, tenía sentido del humor.

"Chyna Shepherd, intacta y viva."

En el dormitorio de la casa rodante, lo repitió una vez más como informe de situación y ruego fervoroso de que la salvara del ataque brutal que la aguardaba.

"Chyna Shepherd, intacta y viva."

En la infancia detestaba su nombre, salvo cuando rezaba por su salvación. Era una palabra real escrita con un error de ortografía estúpido y frívolo, y cuando los chicos se burlaban de ella no sabía cómo defenderse. Le parecía no sólo frívolo sino incluso cruel y hasta perverso que su madre, llamada sencillamente Anne, escogiera para ella un nombre como *Chyna*. Durante la mayor parte de su embarazo, Anne había vivido en una comuna de extremistas defensores del ambiente —el infame Ejército de la Tierra—, que creía que la defensa de la naturaleza justificaba cualquier grado de violencia. Colocaban trampas en los árboles para provocar heridas a los leñadores. Incendiaron dos mataderos sin dejar salir a los serenos, saboteaban la maquinaria de la construcción en barrios de viviendas que ganaban terreno a los bosques, y mataron a un científico de Stanford porque usaba animales en sus experimentos de laboratorio. Bajo la influencia de estas amistades, Anne Shepherd había pensado en una serie de nombres para su hija: Hyacinth, Meadow, Ocean, Sky, Snow, Rain, Leaft, Butterfly... Pero cuando llegó el momento de dar a luz, ya había abandonado al Ejército de la Tierra. Llamó a su hija Chyna en homenaje a la China porque, como le dijo un día: "Mi amor, un día comprendí que China es el único país de la Tierra donde hay justicia social, y me pareció un nombre hermoso". No recordaba por qué había cambiado la *i* por la *y*, pero lo cierto era que en esa época era socia de un laboratorio, envasaba píldoras estimulantes de metanfetamina en paquetes de cinco dólares y tenía lagunas mentales porque probaba la mercadería con cierta frecuencia. A la joven Chyna le gustaba su nombre cuando rezabá, porque pensaba que Dios la recordaría fácilmente, no la confundiría con los millones de Mary, Caroline, Linda, Heather, Tracy y Jane.

Con el tiempo, su nombre dejó de gustarle o disgustarle. Era un nombre como cualquier otro.

Había aprendido que su identidad —la *persona* verdadera— no tenía nada que ver con su nombre y poco que ver con la vida que había llevado con su madre durante dieciséis años. Había conocido el odio y la lujuria, escuchado toda clase de obscenidades, presenciado crímenes, pero nada de eso era culpa suya, como no lo eran los deseos que sentían por ella ciertos amigos de su madre. No la definían ni su nombre ni las vivencias vergonzosas; era una persona constituida por sueños y esperanzas, aspiraciones, amor propio y constancia. No era arcilla para que otros la modelaran; era una roca, y con sus propias manos esculpiría su personalidad.

Lo había comprendido así el año anterior, al cumplir los veinticinco. No había sido una revelación fulminante sino gradual, así como en un baldío van apareciendo las plantas rastreras y un buen día, como por milagro, la tierra parda aparece alfombrada con hojas verdes y diminutas flores azules. Los conocimientos más valiosos son los que se adquieren con duro esfuerzo, aunque después parezca que fue fácil adquirirlos.

La vieja casa rodante se desplazaba despacio en la noche, crujía como una puerta cerrada largo tiempo, hacía "tictac" como un reloj demasiado oxidado para registrar fielmente cada segundo hacia el amanecer.

Qué locura, qué locura haberse metido en semejante viaje.

Pero adónde iría, si no.

Toda su vida anterior la había conducido hasta ahí.

El coraje irreflexivo no era privativo del campo de batalla... ni de los hombres.

Empapada, aterida, aterrada... y por primera vez en su vida, en paz consigo misma.

—Ariel... —susurró.

Una chica en las tinieblas reconfortaba a otra.

# 6

Edgler Veiss sale del bosque de secoyas y se introduce en un amanecer lluvioso, al principio de color gris plomo y luego algo más pálido, a través de prados costeños teñidos con los mismos tétricos matices metálicos que el cielo, de vuelta a la ruta 101, nuevamente bosques pero de pinos y abetos, del distrito Humboldt al Del Norte, tramos cada vez más solitarios y finalmente abandona la 101 para enfilar hacia el nornordeste.

Al principio mira con frecuencia el espejo retrovisor, pero la puerta del dormitorio permanece cerrada y la mujer parece sentirse a sus anchas con los cadáveres, o acaso con el desconocimiento de su presencia. La luz del amanecer no penetra en su escondite, cuya ventana está sellada con una placa de madera.

Veiss es un conductor de primera y muy veloz, incluso con mal tiempo. Uno suele hacer mejor las cosas que más disfruta; por eso Edgler Veiss es un asesino tan eficiente, y suma al entusiasmo su afición por el automovilismo, en lugar de limitarse a salir de cacería a una distancia razonable de su hogar.

En la ruta, con paisajes que cambian sin cesar, Edgler Veiss recibe un flujo constante de nuevas sensaciones visuales. Desde luego, para un hombre con sentidos tan exquisitamente agudos y semejante capacidad para construir hologramas mentales, un bello paisaje puede ser

152

también un sonido musical. Una fragancia que penetra por la ventanilla es una sensación olfativa y a la vez táctil: el dulce aroma de las lilas es como el roce del aliento de una mujer sobre la piel. Acomodado en la butaca de su casa rodante, navega por un mar de sensaciones profundas que lo acarician constantemente, así como el agua acaricia el casco de un submarino sumergido.

Entra en el estado de Oregón. Las montañas vienen a él y lo introducen en sus fortalezas.

Bajo la lluvia persistente, las densas arboledas son más grises que verdes; verlas es como morder un trozo duro de hielo, un sabor metálico leve pero agradable, un frío que entumece los labios.

Casi no mira por el espejo retrovisor. Esa mujer es un misterio, de la clase de enigmas que no se resuelven por el mero deseo de desentrañarlos. Tarde o temprano se delatará, y la intensidad de la vivencia dependerá de sus propósitos y de los secretos que posee.

La espera es un deleite.

Durante las últimas horas de su viaje, Veiss mantiene la radio apagada, aunque no por temor de que la música disimule los pasos de la mujer en la casa rodante. En realidad, no suele escuchar la radio mientras conduce. Su mente guarda una vasta discoteca de su música preferida: los gritos y chillidos, las oraciones susurradas, los alaridos delgados como el papel, los ruegos de piedad entrecortados por sollozos, y por último, el estímulo erótico de la desesperación final.

Al salir de la autopista para tomar una ruta estadual, recuerda a Sarah Templeton bajo la ducha, los gritos y los jadeos desesperados en busca de aliento, con la boca llena de una esponja lavavajilla y los labios sellados por cinta engomada. Nada de lo que ofrece la radio, de Elton John a Garth Brooks, pasando por Pearl Jam y Sheryl Crow —e incluso Mozart o Beethoven—, se compara con esa música interior.

Conduce por la ruta lluviosa hasta el camino privado que lleva a su casa. La entrada tiene un portón de seguridad flanqueado por pinos y maleza espinosa.

El portón es de caños de acero y alambre de púas sostenido por postes de acero inoxidable hundidos en cimientos de hormigón. Lo abre un motor eléctrico de control remoto; Veiss oprime un botón en el control que toma de la consola y observa complacido cómo el portón gira majestuosamente hacia el interior.

Entra en su propiedad, frena de nuevo, baja la ventanilla y apunta el extremo transmisor del control hacia atrás. Antes de seguir, observa el cierre del portón por el espejo retrovisor.

El camino es casi tan largo como el de los viñedos de la familia Templeton. Su propiedad abarca veintidós hectáreas adyacentes al extenso perímetro de un bosque fiscal. Él no es tan rico como los Templeton; la tierra aquí es mucho más barata que la del Valle de Napa.

Aunque el camino no está pavimentado, hay poco barro y difícilmente se quedará atascado. El mantillo es apenas una capa delgada de tierra sobre el esquisto. Hay baches, pero ésta no es una gran metrópoli como Nueva York.

Veiss conduce por una pendiente suave entre hileras de altos pinos, abetos, algunas píceas, y luego los árboles ralean hacia la cima pelada de la loma. El camino descendente describe una curva elegante hacia un pequeño valle en cuyo extremo se encuentra la casa, y detrás de ésta, las colinas se alzan entre la lluvia torrencial y la bruma matinal.

Siente su corazón henchido de gozo al contemplar su hogar. Allí lo aguarda pacientemente su Ariel.

La casa de dos plantas es pequeña pero sólida, de troncos unidos por cemento. Los viejos troncos se han vuelto negros bajo las sucesivas capas de alquitrán; con el tiempo, el cemento ha adquirido un color tabaco, salvo las manchas pardas y grises de los arreglos recientes.

La casa fue construida a fines de la década de 1920 por el propietario de una empresa maderera familiar, mucho antes de que las ordenanzas causaran la ruina de las empresas pequeñas, y de que el gobierno prohibiera la tala de árboles en las tierras fiscales. La electricidad llegó en los años 40.

Edgler Veiss compró la casa seis años atrás. Luego

reacondicionó las instalaciones eléctricas y sanitarias y amplió el baño de la planta alta. Con sus propias manos, y en absoluto secreto, remodeló por completo el sótano.

Algunas personas dirían que la casa está demasiado aislada del mundo, lejos de los supermercados y los multicines. Pero para Veiss, cuyos vecinos serían incapaces de comprender la naturaleza de sus placeres, el aislamiento relativo es *el* requisito a la hora de comprar bienes raíces.

Con todo, en una tarde o noche estival, sentado en una mecedora de madera en el porche, contemplando el patio y las flores silvestres en los campos desbrozados por el maderero y sus hijos, o la gran cúpula tachonada de estrellas, el más temeroso de los ciudadanos reconocería que la soledad posee una cierta seducción.

Cuando el tiempo es bueno, Veiss cena y bebe cerveza en el porche. Cuando se aburre del silencio de la montaña, se permite escuchar las voces de los que están enterrados en el campo: los ruegos, los lamentos, una música más hermosa que cualquier otra.

Además de la casa hay un pequeño granero no porque el propietario original cultivara la tierra después de talar los árboles sino porque criaba caballos y lo usaba como establo. Es una típica estructura de madera sobre cimientos de hormigón y pared trasera de piedra. Los años de lluvia, viento y sol han depositado una pátina plateada sobre las paredes laterales de cedro, que Veiss halla hermosa.

Como él no tiene caballos, utiliza el establo como cochera.

Sin embargo, esta vez no lleva el vehículo hasta ese lugar sino que lo estaciona junto a la casa. Allí está la mujer de quien deberá ocuparse enseguida. Prefiere estacionar afuera y espiar desde la casa el desarrollo de los acontecimientos.

Mira por el espejo retrovisor.

Todavía no hay señales de ella.

Veiss apaga el motor, pero no los limpiaparabrisas, y aguarda a que aparezcan sus centinelas. La mañana de fines de marzo está animada por la lluvia oblicua y el viento que sacude las cosas, pero nada se mueve por propio impulso.

Los centinelas están entrenados para no abalanzarse ciegamente sobre los vehículos, y cuando entra un intruso a pie saben que deben contenerse hasta que llegue a un punto de donde no podrá escapar. Ellos saben que el sigilo es tan importante como la furia bestial, que el asalto más eficaz es precedido por una quietud absoluta que infunde en la presa una falsa confianza.

Por fin aparece la primera cabeza negra, esbelta como un proyectil si no fuera por las orejas erguidas; casi se arrastra al asomarse por la esquina trasera de la casa. Renuente a asomar su cuerpo, el perro estudia la escena para asegurarse de que ha comprendido bien.

—Perfecto —susurra Veiss.

En el rincón más próximo del establo, entre la pared de cedro y el tronco invernal de un arce pelado, aparece otro perro. Bajo la lluvia es apenas la sombra de una sombra.

Veiss no hubiera advertido la presencia de los centinelas si no hubiera sabido dónde mirar. Su notable dominio de sí mismos es testimonio de la destreza del entrenador.

Otros dos perros rondan por ahí, tal vez detrás de la casa rodante o arrastrándose por la maleza donde él no puede verlos. Son doberman de entre cinco y seis años, en la plenitud de sus facultades.

Veiss no les ha recortado las orejas ni el rabo como suele hacerse a estos perros, porque siente afinidad con los depredadores de la naturaleza.

Él percibe el mundo como cree que lo perciben los animales: la naturaleza elemental de su visión, sus necesidades, la importancia de la sensualidad pura. Son sus hermanos.

El perro junto a la esquina de la casa sale al descubierto, y el del establo se hace ver bajo las ramas negras del arce. El tercer doberman aparece desde el gran tronco semipetrificado de un cedro talado años atrás, tapado ahora por una maraña de muérdago.

Conocen la casa rodante. Aunque la visión no es su

fuerte, probablemente les basta para reconocer a su amo a través del parabrisas. Su sentido del olfato, veinte mil veces más agudo que el de un ser humano normal, sin duda les permite reconocer su olor a pesar de la lluvia y de que está dentro del vehículo. Pero no menean el rabo ni dan muestra alguna de alegría porque todavía están en sus puestos.

El cuarto perro permanece oculto, pero los otros tres se acercan cautelosos bajo la lluvia y en medio de la bruma. Testas erguidas, orejas puntiagudas apuntando hacia adelante.

Su disciplinado silencio, su indiferencia a la tormenta, le recuerdan a Veiss la manada de alces entre las secoyas la noche anterior, atentos y espectrales. Claro que ante la presencia de otro que no fuera su adorado amo, estas criaturas no reaccionarían con la timidez del alce sino que inmediatamente destriparían al infeliz.

Para su propia sorpresa, el zumbido de los neumáticos y el movimiento del vehículo acabaron por adormecer a Chyna. Soñó con casas extrañas en que la geometría misteriosa de los cuartos cambiaba incesantemente.

Entre esos muros vivía un ser ávido y famélico que le susurraba órdenes a través de los ventiletes y los tomacorrientes.

La despertó el suspiro de los frenos. De inmediato cayó en la cuenta de que poco antes la casa rodante se había detenido por unos momentos y luego había reanudado la marcha; la primera parada no la había despertado del todo. Ahora, aunque estaban en marcha y evidentemente el asesino seguía sentado detrás del volante, Chyna tomó el revólver del piso, se paró de un salto y apoyó la espalda contra la pared, crispada y atenta.

La inclinación del piso y el ruido forzado del motor indicaban que el vehículo marchaba cuesta arriba. Llegó a una cresta e inició el descenso.

Luego se detuvo, y el motor se apagó por fin.

No había otro ruido que el de la lluvia.

Aguardó los pasos.

Aunque sabía que estaba despierta, le parecía estar soñando, rígida en la oscuridad, y con el murmullo de la lluvia que se transformaba en voces que susurraban desde las paredes.


Con deliberada lentitud, Edgler Veiss se pone el impermeable y guarda la Heckler & Koch P7 en un bolsillo. Retira la escopeta Mossberg del gabinete de la cocina, por si la mujer decide explorar la casa rodante después de su salida. Apaga las luces.

Cuando se baja sin prestar atención a la lluvia fría, los tres perros corren hacia él y el cuarto aparece detrás del vehículo. Trémulos de entusiasmo por su regreso, se contienen para no mostrarse negligentes en presencia del amo.

Momentos antes de partir en su expedición, Edgler Veiss había colocado a los doberman en estado de ataque al pronunciar la palabra *Nietzsche*. Estarán preparados para matar a cualquiera que entre en la propiedad hasta que él pronuncie la palabra *Seuss*, y entonces se volverán unos perritos tan cariñosos y juguetones como cualquier otro... salvo, claro, que alguien cometa la imprudencia de atacar al amo.

Apoya la escopeta contra el costado de la casa rodante y extiende los brazos hacia los perros. Se acercan, ávidos, para husmear sus dedos. Husmean, jadean, lamen, lamen, sí, sí, lo han echado de menos.

Se acuclilla para colocarse a su altura, y entonces los perros no pueden contener su alegría. Crispan las orejas, sus flancos delgados tiemblan de placer, gimen de felicidad, se apretujan entre ellos, ávidos de que los acaricie, los palmee, les rasque la cabeza.

Viven en una gran perrera detrás del granero, de la que pueden salir y entrar a voluntad. En invierno está climatizada para asegurar su bienestar y salud.

—Hola, Muenster. ¿Cómo estás, Liederkranz? Tilsiter, viejo, esos dientes sí que meten miedo. ¿Te portaste bien, Limburger?

Al escuchar sus nombres, su júbilo es tan grande, que

se tirarían de espaldas y mostrarían la panza, pataleando en el aire y mostrando los dientes... si no estuvieran de guardia. Veiss se divierte al contemplar esa pugna entre el entrenamiento y la naturaleza del animal, una dulce agonía que hace que dos de ellos se orinen de puro nerviosos.

Edgler Veiss ha instalado en la perrera un sistema de surtidores eléctricos automáticos que, en su ausencia, sirven porciones determinadas de comida a cada doberman. El reloj del sistema posee una batería de apoyo que le permite seguir operando durante cortes breves de energía. Si el corte se prolonga, los perros pueden vivir de la caza; los prados circundantes abundan en ratones del campo, conejos y ardillas, y los doberman son depredadores feroces. Un dispositivo por goteo alimenta su bebedero común, pero si éste falla, sabrán encontrar el camino a un arroyo próximo que cruza la propiedad.

La mayoría de las expediciones de Edgler Veiss son de fin de semana o tres días, a lo sumo de cinco, y los perros tienen provisiones para diez días sin contar los conejos, los ratones y las ardillas. Constituyen un sistema de seguridad eficiente y fiable: nunca un cortocircuito, un detector de movimientos averiado, un contacto magnético oxidado... jamás una falsa alarma.

Y cuánto lo aman esos perros; ningún chip de computadora, ningún cable o cámara o sensor infrarrojo de calor demostraría esa lealtad sin reservas. Huelen las manchas de sangre en sus jeans y en su chaqueta, hunden las esbeltas cabezas bajo el impermeable y lo olfatean con avidez, detectan no sólo la sangre sino también el hedor persistente del terror que exudaron sus víctimas cuando las tuvo en sus manos, el dolor, la impotencia, la relación sexual que tuvo con la mujer llamada Laura. Esta mezcolanza de olores penetrantes excita a los perros a la vez que alimenta su respeto por Veiss. Se les ha enseñado a matar no sólo para conseguir alimento sino también en defensa propia; se les ha inculcado un dominio férreo de sí mismos a la vez que se les ha enseñado a matar por placer, para satisfacer a su amo. Son conscientes de que el salvajismo de su amo es igual al suyo. Y a diferencia de ellos, Veiss no necesitó que se lo inculcaran. Su enorme respeto por Edgler Veiss aumenta aún más; gimen y se estremecen y sus ojos sentimentales lo contemplan arrobados.

Veiss se para. Toma la escopeta y cierra estrepitosamente la puerta de la casa rodante.

Los perros se abalanzan sobre él, se pelean por sus favores, sin dejar de estar atentos a cualquier amenaza a su amo que pueda salir de la lluvia.

En voz muy baja, para que la mujer en la casa rodante no pueda escucharlo, Veiss dice:

—Seuss...

Los perros alzan la cabeza para mirarlo, inmóviles.

—Seuss... —repite.

Ya no están en estado de ataque, y por lo tanto, no se lanzarán sobre un eventual intruso para despedazarlo. Se estremecen como para despojarse de la tensión, luego dan unas vueltas por ahí con aire vagamente perplejo, husmean la hierba y los neumáticos delanteros del vehículo.

Son como matones de la mafia que, luego de perpetrar una masacre, se reencarnan y descubren para su perplejidad que son contadores públicos en su nueva vida.

Desde luego, si algún visitante intentara atacar al amo, acudirían en su defensa aunque él no tuviera tiempo para gritar la palabra *Nietzsche*. Las consecuencias no serían agradables de ver.

Están entrenados para buscar ante todo la garganta. Luego morderán la cara para infligir el mayor dolor y espanto: los ojos, la nariz, los labios. Luego la entrepierna. El vientre. Después de matar, no dejarán a su presa; se ocuparán de ella hasta que no quede la menor duda de que la obra está consumada.

Un hombre armado con una escopeta no podría liquidarlos a todos antes de que al menos uno de ellos le hundiera los colmillos en la garganta. Los disparos no los alejan ni los asustan en absoluto. Ese hipotético hombre alcanzaría a liquidar a lo sumo a dos antes de que los otros dos lo derribaran.

—¡Cucha! —dice Veiss.

160

Esa palabra es la señal de ir a la perrera. Los cuatro parten en forma simultánea, pero no ladran porque el amo les ha inculcado el silencio.

En otras circunstancias, Veiss los conservaría a su lado para que disfrutaran de su compañía en la casa e incluso se amontonaran como un cubrecama negro y pardo mientras él duerme durante toda la tarde. Los mimaría y acariciaría porque son tan buenos perros. Merecen su recompensa.

Sin embargo, la mujer del suéter rojo no le permite tratar a los perros como lo haría habitualmente. Su presencia visible la inhibiría; tal vez se quedaría escondida en la casa rodante por miedo a salir.

Debe darle libertad de acción. Mejor dicho, la ilusión de la libertad.

Siente curiosidad por ver qué hará.

Debe de tener alguna finalidad, alguna motivación para sus actos insólitos. Todo el mundo tiene algún propósito.

El propósito de Veiss es satisfacer sus apetitos a medida que aparecen, buscar experiencias cada vez más desmesuradas, sumergirse profundamente en las sensaciones.

Cualquiera que sea el propósito que la mujer *cree* tener, Veiss sabe que en definitiva no será otro que el de servir a sus propios fines. Es una esplendorosa variedad de sensaciones poderosas y exquisitas envueltas en piel humana, un paquete preparado exclusivamente para su goce... como un chocolatín en su envoltorio de papel plateado o una salchicha en su sobre de plástico.

El último doberman desaparece a la carrera detrás del granero. Todos están en su perrera.

Veiss camina sobre la hierba mojada hacia la vieja casa de troncos y sube los escalones de piedra que llevan al porche. Aunque lleva la Mossberg .12 tomada de la culata, se esfuerza por parecer despreocupado ante la posibilidad de que la mujer haya salido del dormitorio para mirarlo por una ventanilla.

La mecedora de madera está guardada hasta la primavera.

Varios caracoles que han dejado su rastro de baba plateada sobre las tablas mojadas de la galería tantean el aire con sus gelatinosas antenas semitransparentes mientras arrastran sus conchas espiraladas en sus misteriosas búsquedas. Veiss evita cuidadosamente pisarlos.

Un adorno móvil pende de las tablas empotradas en el alero del tejado, en un rincón del porche. Está compuesto por veintiocho diminutas conchillas marinas blancas, algunas con la cara interior de bello color rosado; la mayoría son de forma espiralada y todas son relativamente exóticas.

El móvil no sirve como campanilla porque la mayoría de sus notas son sordas. Recibe a Veiss con un tintineo atonal, pero él sonríe porque tiene un valor... bueno, no sentimental, pero sí nostálgico.

La bella pieza de artesanía popular pertenecía a una mujer joven que vivía en las afueras de Seattle, en Washington. Abogada de treinta y dos años, tenía suficiente éxito en su profesión como para vivir sola en una casa propia en un barrio residencial. Esta mujer combativa, capaz de valerse por sí misma en la ultracompetitiva profesión legal, había decorado su dormitorio de manera insólita por lo frívola e incluso infantil: una cama con dosel rosado bordeado de encaje; cubrecama también rosado con volantes almidonados; una gran colección de ositos de peluche; cuadros de casitas de campo decoradas con enredaderas y rodeadas de jardines sembrados de prímulas, y varios móviles de conchas marinas.

La había gozado muchísimo en ese dormitorio. Luego la había llevado en la casa rodante a lugares remotos para gozar aún más. *¿Por qué?*, le había preguntado ella, y él había respondido: *Porque yo soy así*. Ésa era su verdad y su razón de ser.

Edgler Veiss no recuerda su nombre, pero sí evoca con placer muchos de sus atributos. Algunas partes de su cuerpo eran rosadas y tiernas y tersas como el interior de algunas de esas conchillas marinas. Conserva un recuerdo excepcionalmente vívido de sus manos pequeñas, casi tan delgadas y delicadas como las de una niña.

Esas manos lo habían fascinado. Embrujado. Jamás

162

había percibido tanta vulnerabilidad como al tomar entre las suyas esas manos pequeñas, trémulas y sin embargo tan fuertes. Ah, sí, casi se había desmayado de placer.

Al colgar el móvil en la galería, como recuerdo de la abogada, le había agregado una pieza. Sigue ahí, colgada de un hilo verde: su esbelto índice, reducido a huesos pero aún elegante, las tres falanges desde el nudillo hasta el extremo, entrechocándose con las conchillas y los diminutos abanicos bivalvos y las caracolas cónicas y las espirales similares a las casitas de los caracoles de tierra.

Clin-clin.

*Clin-clin.*

Abre la puerta principal y entra en la casa. La cierra pero sin trabarla para que la mujer pueda entrar, si lo desea.

¿Quién sabe qué hará?

Su conducta es tan asombrosa como enigmática.

Lo excita.

Veiss sale del vestíbulo oscuro a la escalera estrecha encajonada a la izquierda. Sube de a dos escalones por vez, la mano sobre la balaustrada de roble, a la planta alta. Un pasillo corto conduce a dos dormitorios y un baño. Su dormitorio es el de la izquierda.

En la intimidad de su cuarto, deja la Mossberg sobre la cama y va a la ventana que mira al sur, decorada con cortinas azules bordeadas de negro. No necesita correrlas para ver su vehículo estacionado frente a la casa. Los paños no se juntan del todo y le basta acercar el ojo al espacio de cinco centímetros entre ambos para ver la casa rodante en su totalidad.

Si no salió del vehículo inmediatamente detrás de él, lo cual es muy dudoso, la mujer sigue ahí. El ángulo visual le permite ver el interior de la cabina: no está en ninguno de los dos asientos de adelante.

Saca la pistola del bolsillo y la deja sobre la cómoda. Se quita el impermeable y lo arroja sobre el cobertor de felpa prolijamente extendido sobre la cama.

Vuelve a la ventana, pero aún no hay señales de la mujer misteriosa escondida en la casa rodante allá abajo.

Cruza con rapidez el pasillo para ir al baño. Azulejos blancos, pintura blanca, sanitarios blancos, herrajes de bronce con perillas de cerámica blanca. Todo está deslumbrante. No hay una sola mácula en el espejo.

A Edgler Veiss le gusta mantener el baño impecablemente limpio y deslumbrante. Años atrás, en otra vida, había vivido en Chicago con su abuela, incapaz de mantener el baño como él pretendía. Por fin, en un acceso de exasperación incontenible, había matado a la vieja perra. Tenía once años cuando la acuchilló.

Introduce la mano detrás de la cortina de la bañera y gira el grifo del agua fría. Como no piensa ducharse, prefiere no derrochar agua caliente.

Abre el grifo al máximo, y el ruido de la lluvia al caer sobre la bañera de fibra de vidrio se vuelve atronador. Sabe por experiencia que reverbera por toda la casa; a pesar del repiqueteo de la lluvia sobre el tejado, el ruido es mucho más estruendoso que el de la ducha en el baño de Sarah Templeton, y se oye en la planta baja.

En un estante sobre el lavabo hay una radio reloj. La enciende y alza el volumen.

Está sintonizada en una emisora de Portland que difunde noticias las veinticuatro horas. Mientras se baña y se arregla, Veiss siempre escucha las noticias, no porque sienta el menor interés en los últimos sucesos políticos o culturales sino porque casi todos los boletines hablan de cómo la gente se mata o se mutila: guerras, terrorismo, estupros, asaltos, asesinatos. Y cuando esas muertes no bastan para ocupar a los periodistas, la naturaleza siempre da una mano con un tornado, un huracán, un gran terremoto o una epidemia de bacterias asesinas.

A veces, al escuchar las noticias, mientras los boletines despiertan gratos recuerdos de sus propias hazañas homicidas, comprende que él también es una fuerza de la naturaleza: un huracán, una tormenta eléctrica, un asteroide que se precipita desde el vacío para destruir un planeta, una destilación de toda la ferocidad humana en un solo cuerpo. Poder elemental. La idea le agrada.

Pero en esta ocasión, las noticias no servirán para crear el clima que busca. Gira rápidamente el dial en busca de una emisora de música. *Take the A Train*, por Duke Ellington.

Perfecto.

Escuchando esa música orquestal, evoca destellos de luces en cristales tallados y burbujas luminosas en una copa de champagne, aromas de cítricos frescos. *Palpa* las notas en el aire, algunas que brillan hasta estallar como pompas de jabón, otras que rebotan de su cuerpo como miles de bolitas de caucho, otras que crujen como hojas secas al viento otoñal: es una música sumamente *táctil*, exuberante y excitante.

El ritmo del swing tranquilizará sutilmente a la mujer. En su fuero interno no podrá creer que le sucederá algo desagradable con semejante música de fondo.

Perfecto.

Vuelve enseguida al dormitorio y a la ventana de la que se alejó hace menos de un minuto.

La lluvia cae y se desliza sobre el vidrio.

Frente a la entrada, la casa rodante sigue como antes.

La mujer debe de estar en el interior. No es probable que salga bruscamente y corra desesperada; más bien lo hará con cautela, descenderá y titubeará junto a la puerta. Si hubiera salido mientras Veiss estaba en el baño, sin duda estaría agazapada junto a la casa rodante, orientándose, observando el panorama. Desde su puesto, él ve casi todo el vehículo, salvo parte del lado izquierdo y del posterior. La mujer no está a la vista.

—La espero, señorita Desmond —dice, recordando al personaje de Gloria Swanson en *El ocaso de una vida*.

Esa película lo conmovió profundamente cuando la vio por televisión. Tenía trece años y había pasado un año en psicoterapia por el asesinato de su abuela. Tenía conciencia de que Norma Desmond era la villana de la tragedia, que ése era el papel asignado por el guionista y el director... pero él la había admirado, *la había amado*. Su egoísmo era emocionante, como heroico era su egocentrismo. Jamás había visto un personaje tan auténtico en una película. *Así* era la gente una vez despojada de la hipocresía, detrás de toda la cháchara sobre el amor, la compasión y el altruismo; todos eran como Norma Desmond, pero se negaban a reconocerlo. A Norma le importaba un *carajo* el resto del mundo, y sometía a todos a su férrea voluntad aun cuando ya no era ni joven ni bella ni famosa, y cuando no pudo doblegar al personaje de William Holden en la medida que lo deseaba, directamente tomó un revólver y *lo mató*, un acto *tan* fuerte, *tan* audaz, que esa noche el joven Edgler no pudo dormir de la emoción. Se había preguntado qué sentiría al conocer a una mujer superior y tan auténtica como Norma Desmond... y someterla, matarla, hacer suyos su fuerza y su egoísmo.

Tal vez la mujer misteriosa sea como Norma Desmond. Audacia no le falta. Veiss no termina de comprender qué diablos está haciendo, qué pretende. Cuando se entere de sus motivaciones, tal vez no sea en absoluto como Norma Desmond. Pero al menos ya le brinda una experiencia inédita e interesante.

La lluvia.

El viento.

La casa rodante.

Termina *Take the A Train* y empieza *String of Pearls*.

Edgler Veiss apoya los labios en la cortina y murmura:

—La espero, señorita Desmond.


Cuando el asesino hubo salido estrepitosamente de la casa rodante, Chyna esperó durante un largo rato en el dormitorio oscuro, escuchando el canto monocorde de la lluvia.

En un principio se dijo que eso era lo más prudente. Escuchar. Esperar. Asegurarse. Cerciorarse.

Pero acabó por reconocer que se había acobardado. Durante el viaje hacia el norte, desde Humboldt, su ropa se había secado, pero aún tenía frío, y el origen de los escalofríos era el hielo de la duda que le atenazaba las tripas.

El devorador de arañas había desaparecido, y para Chyna era preferible permanecer en la oscuridad con dos cadáveres a salir sin saber si tendría que afrontarlo. Sabía que él volvería, que el dormitorio no era un lugar seguro, pero durante un largo rato, los sentimientos pudieron más que las certezas.

Cuando por fin salió de su parálisis, se abalanzó hacia la puerta del dormitorio con audacia temeraria, como si temiera que la menor vacilación induciría una nueva y definitiva inmovilidad. Abrió la puerta de un tirón, entró en el pasillo con el revólver listo para disparar (porque tal vez el asesino degenerado todavía estaba ahí), siguió avanzando más allá del baño y el hueco del comedor hasta la salita, donde se detuvo a menos de dos metros del asiento del conductor.

La única luz era un resplandor grisáceo que penetraba por la claraboya, detrás, y por el parabrisas, pero bastaba para ver que el asesino no estaba ahí. Estaba sola.

Afuera, frente a la casa rodante, se extendía un patio empapado por la lluvia, unos cuantos árboles de los que chorreaba el agua, y una senda tosca que conducía a un granero desvencijado.

Chyna se acercó a la ventanilla de la derecha, apartó un borde de la cortina sucia y vio una casa de troncos, a unos seis metros. Manchadas por el tiempo y por muchas manos de creosota, empapadas por la lluvia, las paredes brillaban como una piel oscura de serpiente.

Aunque no tenía la menor certeza de nada, dio por sentado que era la casa del asesino. En la estación de servicio había dicho que volvía a casa después de la "cacería", y todo lo que había dicho a los empleados parecía ser verdad, incluso —y sobre todo— las frases sarcásticas sobre la joven Ariel.

El asesino tenía que estar ahí.

Se adelantó para inclinarse sobre el asiento del conductor. Las llaves no estaban en el encendido. Tampoco estaban en la caja de la consola.

Se sentó en la butaca del acompañante, donde, a pesar de la lluvia torrencial que caía sobre las ventanillas, se sintió horriblemente expuesta. Exploró la consola, la guantera, los sobres de ambas puertas y el hueco bajo los asientos, pero no halló nada que revelara la identidad o dato alguno del asesino.

No tardaría en volver. Por alguna razón desquiciada, se había tomado muchas molestias y había corrido grandes riesgos para traer los cadáveres, y era improbable que los dejara en la casa rodante por mucho tiempo.

Aunque la lluvia oscurecía todo, tuvo la impresión de que las cortinas de la planta baja de ese lado de la casa estaban corridas. Por consiguiente, el asesino no la vería salir de la casa rodante si echaba una mirada casual a la ventana. Las ventanas de la planta alta eran más difíciles de ver, pero también parecían tener cortinas.

Al entreabrir la puerta, una ráfaga helada penetró por la brecha como una puñalada. Chyna salió y cerró la puerta tratando de no hacer ruido.

El cielo estaba cubierto de nubes espesas y turbulentas.

Las laderas boscosas se alzaban detrás de la casa, hilera tras hilera hasta desaparecer en la bruma perlada. Detrás, se insinuaban las montañas, cuyos picos ocultos por las nubes seguramente estaban cubiertos de nieve a principios de la primavera.

Corrió hasta los escalones de lajas y subió al porche para guarecerse de la lluvia, pero ésta era tan torrencial, que nuevamente la empapó. Apoyó la espalda contra la pared tosca.

Dos ventanas flanqueaban la puerta principal; las cortinas de la más próxima estaban cerradas.

Música en el interior.

Música con swing.

Contempló los prados y una senda que los cruzaba desde la casa hasta desaparecer detrás de la cresta de una loma. Tal vez esa senda de tierra conducía hacia otras casas más allá de la loma, donde encontraría gente dispuesta a ayudarla.

Pero, ¿quién la había ayudado en todos esos años?

Recordó que se había despertado cuando la casa rodante se detuvo por un instante; por lo tanto, había atravesado un portón. Pero el camino, aunque privado, debía de terminar en una vía pública donde podría pedir ayuda a los vecinos o a los automovilistas que pasaran.

La cima de la cuesta estaba a unos trescientos metros

de la casa. Tendría que cruzar mucho terreno antes de pasar inadvertida desde la casa.

Si el asesino la veía, probablemente le daría alcance antes de que ella pudiera salir de la propiedad.

Aún no tenía la certeza de que ésa fuera su casa. Y si lo era, no sabía si Ariel estaba ahí. Si acudía a las autoridades y no hallaban a Ariel, tal vez el asesino no les diría dónde encontrarla.

Tenía que cerciorarse de que estaba en el sótano.

Pero si la joven estaba ahí y Chyna volvía con la policía, encontrarían al asesino atrincherado en la casa. Se necesitaría un grupo de asalto para desalojarlo... y eso le daría tiempo para matar a Ariel y suicidarse.

Más aún, tenía la casi certeza de que ése sería el desenlace en caso de intervención policial. Él comprendería que era el fin de su libertad, de sus juegos, que no habría más *diversión* y que sólo le restaba un último alarde apocalíptico de su demencia.

Chyna no soportaba la idea de perder a esa chica en peligro tan poco tiempo después de perder a Laura, de haberle fallado a Laura. Intolerable. No podía fallarle a la gente como otros a ella durante toda su vida. La esencia de las cosas no estaba en las clases y los textos de psicología sino en los afectos, el sacrificio duro, la fe, la *acción*. No quería correr estos riesgos. Quería vivir... pero para otro, además de para sí.

Y ahora, por lo menos tenía un revólver.

Y la ventaja de la sorpresa.

Anteriormente, en casa de los Templeton, en la casa rodante y en la estación de servicio había contado con el factor sorpresa, pero no había estado en posesión de un arma.

Entonces comprendió que debatía consigo misma, se convencía de seguir el camino más peligroso de todos, inventaba excusas para entrar en la casa. Entrar era una locura total, por Dios, la idea más descabellada que se le pudiera ocurrir a nadie, por Dios, pero tenía que encontrar un fundamento racional para la decisión ya tomada.

Al salir de la casa rodante, la mujer empuña un revólver en la diestra. Parece un Chief's Special .38.

A muchos polizontes les gusta esa arma. Pero la mujer no se desplaza como un policía ni empuña el arma como lo haría un agente... sin embargo, es evidente que tiene algún conocimiento de cómo usarla.

No, decididamente no es miembro de una fuerza de seguridad. Es otra cosa. Algo enigmático.

Nadie había despertado tanta curiosidad en Edgler Veiss como esta jovencita corajuda, esta aventurera misteriosa. Es algo verdaderamente especial.

Apenas ella corre de la casa rodante al porche y desaparece de su vista, Veiss se aparta de la ventana que da al sur para mirar por la que tiene vista hacia el este. También tiene una cortina azul, que él aparta levemente.

No hay señales de la joven.

Veiss contiene el aliento y espera, pero ella no se aleja por la senda hacia el este. Después de unos treinta segundos de espera, se convence de que la mujer no va a huir.

Si hubiera tratado de huir, lo hubiera decepcionado muchísimo. No parece la clase de persona que huye. Es audaz. Él quiere que lo sea.

Si huyera, él le echaría los perros con instrucciones de detenerla, no de matarla. Entonces, la interrogaría a su antojo.

Pero es *ella* quien lo persigue a *él*. Por razones que no puede imaginar, entrará en la casa a buscarlo. Armada con un revólver.

Tendrá que ser cuidadoso. Pero sí que está pasando un buen rato. El revólver acentúa la intensidad del juego.

El porche está justamente debajo de su ventana, pero no puede ver a la joven debido al alero. La mujer misteriosa está allí. Él *siente* su proximidad, tal vez directamente debajo de sus pies.

Toma la pistola de la cómoda y camina sigilosamente sobre la alfombra hasta la puerta abierta. Va al pasillo, lo recorre con rapidez y se detiene en lo alto de la escalera. Alcanza a ver el descanso, no la sala, pero aguza el oído.

Si ella abre la puerta principal, él se enterará porque una de las bisagras hace un ruido seco y áspero. No es fuerte, pero sí peculiar. Como está atento a ese ruido de la herrumbre, ni el repiqueteo de la lluvia sobre el tejado ni el tronar de la ducha en la bañera ni *In the Mood* por la radio podrán disimularlo del todo.

Qué locura. Pero lo haría. Por Ariel. Por Laura. Pero también por ella. Acaso sobre todo por ella misma.

Tantos años de esconderse bajo las camas, en los armarios, en buhardillas tenebrosas... basta de eso. Tantos años de arreglárselas, de mantener la cabeza gacha, de pasar inadvertida... ahora tenía que hacer algo o reventar. Desde el día en que nació, había vivido en una prisión —incluso después de abandonar a su madre—, una prisión de miedo y vergüenza y expectativas abandonadas, y estaba tan acostumbrada a llevar esa vida limitada, que ni siquiera veía los barrotes. La rabia justiciera la había liberado y estaba embriagada de libertad.

Se alzó un viento frío y las ráfagas de lluvia barrieron el porche. Se entrechocaron las caracolas de un móvil, con un ruido atonal e irritante.

Chyna se deslizó frente a la ventana tratando de no pisar los caracoles que se arrastraban sobre el piso de la galería. Las cortinas estaban corridas.

La puerta principal estaba cerrada, pero no trabada. La abrió lentamente. Una de las bisagras chirrió.

La pieza musical terminó, y a continuación Chyna oyó dos voces que venían del interior de la casa. Se detuvo en el umbral, pero enseguida se dio cuenta de que era un anuncio publicitario. La música venía de la radio.

Tal vez el asesino convivía con otras personas, aparte de Ariel y la sucesión de víctimas o cadáveres que traía de sus excursiones. A Chyna le parecía inconcebible que lo aguardaran una esposa e hijos, una suerte de familia Simpson psicótica, pero se conocían algunos casos de asesinos psicópatas que trabajaban en equipo; como el Estrangulador de Los Angeles de unas décadas atrás, que resultó ser una pareja de hombres.

En fin, las voces por la radio no le hacían mal a nadie.

Alzó el revólver frente a su cuerpo y entró. El viento que penetró por la puerta chifló en la casa y agitó la pantalla suelta de una lámpara, de modo que la joven cerró la puerta para que no la delatara.

Las voces de la radio venían de una escalera encajonada a su izquierda. Decidió no perder de vista el paso sin puerta hacia la escalera por si bajaban otros ruidos aparte de las voces.

El cuarto principal de la planta baja ocupaba todo el ancho de la casa, y lo que vio, a la luz tétrica que entraba por las ventanas, no tenía nada que ver con lo que había previsto. Había sillones tapizados en cuero verde oliva, con escabeles; un sofá tapizado en tela escocesa con patas en forma de bolas; mesas rústicas de roble, y una biblioteca con unos trescientos volúmenes. En el hogar de piedra había herrajes de bronce reluciente, y sobre la repisa, un reloj antiguo con dos ciervos alzados sobre sus patas traseras. El decorado era totalmente masculino, pero no agresivo: no había cabezas de ciervo o de oso con ojos de vidrio en las paredes ni cuadros con escenas de cacería ni fusiles a la vista, y el cuarto parecía cómodo y acogedor. En lugar del desorden —indicio consabido de una mente gravemente trastornada—, reinaba la pulcritud. En lugar de la mugre, el aseo; a pesar de la oscuridad, era evidente que el cuarto estaba libre de polvo. No reinaba el hedor de la muerte sino los olores del lustramuebles con aroma a limón y del desodorante de ambientes aromatizado con pino, además de un agradable olor a leña carbonizada en la chimenea.

El locutor de la radio describía con entusiasmo los servicios de una firma de contadores y las delicias de cierta marca de pasteles; su voz reverberaba en la escalera. El asesino había elevado el volumen en exceso, pensó Chyna, como si tratara de disimular otros ruidos.

Sí que había otro ruido, similar al de la lluvia pero distinto; tardó unos segundos en reconocerlo: una ducha.

Por eso él había elevado tanto el volumen de la radio. Escuchaba música mientras se duchaba.

Tenía suerte. Mientras el asesino estuviera en la du-

172

cha, ella podría buscar a Ariel sin correr el riesgo de que la descubriera.

Cruzó rápidamente la sala hacia una puerta entornada, la pasó y se halló en una cocina. Azulejos amarillos, alacenas de pino rústico. Piso de vinilo gris con pintitas amarillas, verdes y rojas. Bien fregado. Cada cosa en su lugar.

Estaba empapada, y el agua que chorreaba de su pelo y sus pantalones ensuciaba el piso impecable.

Sujeto al costado de la heladera había un calendario con la hoja del mes de abril a la vista, y decorado con la foto de un gatito blanco y uno negro cuyos deslumbrantes ojos verdes espiaban desde un gran ramo de lilas.

La normalidad de la casa era aterradora: las superficies deslumbrantes, el aseo, los detalles acogedores, la sensación de que su morador caminaba de día por las calles y pasaba por un ser humano a pesar de las atrocidades cometidas.

No había que pensar en eso.

Debía desplazarse. En el movimiento estaba la seguridad.

Pasó la puerta trasera. A través de los cuatro paneles de vidrio de la mitad superior, vio otro porche, un jardín, un par de árboles grandes y el granero.

No había separación arquitectónica entre la cocina y el comedor; entre ambos ocupaban unos dos tercios del ancho de la casa. La mesa era redonda, de pino oscuro, sostenida por una gruesa pata central; las cuatro sillas de pino de respaldo recto tenían almohadones atados al asiento y el respaldo.

Volvió a oírse música en la planta alta, pero era más suave en la cocina que en el living. Un aficionado a la música swing hubiera reconocido la melodía.

El ruido de la ducha, en cambio, era más fuerte en la cocina que en el living porque los caños pasaban por la pared trasera de la vieja casa. El agua que corría del baño de la planta alta hacía un ruido hueco al pasar por las cañerías de cobre. Además, el caño no estaba bien sujeto y aislado porque en algún lugar vibraba contra una saliente de la pared; un repiqueteo rápido: *tatá-tatá-tatá-tatá-tatá*.

Cuando cesara ese ruido, sabría que se acababa el tiempo en que estaba a salvo en la casa. El silencio le indicaría que le quedaba un minuto de gracia o a lo sumo dos, mientras él se secaba.

Chyna miró alrededor en busca de un teléfono, pero sólo vio la toma. Si hubiera encontrado el teléfono, se hubiera tomado el tiempo de llamar a emergencias, si es que existía ese servicio en... en donde diablos se encontrara... en ese páramo. El resto de la búsqueda sería menos exasperante si supiera que en poco tiempo recibiría ayuda.

En el extremo del comedor que daba hacia el norte, había otra puerta. Aunque el asesino se duchaba en la planta alta, giró la perilla con el mayor sigilo y titubeó al cruzar el umbral.

El cuarto era lavadero y depósito a la vez. Un lavarropas. Un secarropas eléctrico. Cajas y botellas de productos de limpieza prolijamente apiladas en dos estantes abiertos; se percibía olor a detergente y lejía.

El ruido del agua y el repiqueteo del caño eran aún más fuertes que en la cocina.

A la izquierda, había otra puerta: pino rústico color verde limón. La abrió y se encontró con una escalera que conducía a un sótano negro. Su corazón latió con fuerza.

—Ariel... —susurró, pero no hubo respuesta porque se lo había dicho a sí misma más que a la chica.

No había ventanas allá abajo. Ni un batiente u orificio de ventilación que dejara pasar el menor rayo de la luz turbia de la tormenta. Una mazmorra oscura.

Pero si el degenerado tenía a una chica encerrada ahí, qué extraño que la puerta no tuviera candado. Sólo tenía un cerrojo de resorte, de los que se abren girando una perilla.

Desde luego, la cautiva podía estar encerrada en un cuarto sin ventanas, mucho más abajo, o tal vez engrillada. Ariel quizá no podía ganar la escalera y la puerta de la planta baja aunque las ausencias del asesino le dieran tiempo para tratar de aflojar las ligaduras. Por eso el asesino confiaba en que era innecesario colocar un obstáculo adicional a la fuga durante su ausencia.

Con todo, era raro que no previera la posibilidad de que un ladrón entrara en la casa durante su ausencia, bajara al sótano y descubriera a la chica secuestrada. Dada la evidente antigüedad de la casa, la tosquedad de la construcción y la ausencia de dispositivos de alarma a la vista, Chyna dudaba de que hubiera un sistema de seguridad. Con tantos secretos que proteger, el asesino tendría que haber instalado en el acceso al sótano una puerta de acero, inviolable como la de la caja de seguridad de un Banco.

Tal vez la ausencia de dispositivos de seguridad indicaba que la muchacha, Ariel, no estaba allí.

Chyna se apresuró a descartar la idea. *Tenía* que encontrar a Ariel.

Se asomó por la puerta, tanteó la pared en busca del interruptor y encendió la luz. Se encendieron lámparas en el descanso superior y en el sótano.

La escalera era abrupta, de un solo tramo, con escalones de hormigón sin revestimiento. Su construcción parecía mucho más reciente que la del resto de la casa; tal vez era un añadido relativamente nuevo.

El impulso veloz del agua en las cañerías y el repiqueteo del caño suelto en la pared indicaban que el asesino aún estaba en la ducha, donde eliminaba los últimos rastros de sus crímenes. *Tatá-tatá-tatá...*

—Ariel... —susurró, un poco más fuerte que antes.

No hubo respuesta en el aire inmóvil.

Más fuerte:

—Ariel...

Nada.

Chyna no quería descender al pozo sin ventanas, sin otra salida que la escalera, aunque la puerta no tuviera candado. Pero no había manera de evitar el descenso si quería cerciorarse de que Ariel estaba ahí.

*Tatá-tatá-tatá-tatá-tatá...*

Era la situación consabida; aunque la infancia había quedado atrás y ella era adulta y supuestamente dominaba sus circunstancias y todo estaba bien, siempre terminaba en lo mismo: sola, enloquecida de miedo, sola, a punto de meterse en un lugar cerrado, tétrico, estrecho, sin salida, sostenida tan sólo por una esperanza irracional, en medio de un mundo indiferente donde nadie se preguntaba por ella y adónde habría ido a parar.

Aguzando el oído para detectar el menor cambio de ruido en el agua y la vibración de la cañería, Chyna bajó de a un escalón por vez, la mano izquierda sobre el pasamanos de hierro. La derecha empuñaba el revólver con tanta fuerza, que le dolían los nudillos.

—Chyna Shepherd, intacta y viva —dijo con voz trémula—. Chyna Shepherd, intacta y viva.

Cuando iba por la mitad de la escalera, se volvió para mirar atrás. Las huellas de sus zapatillas húmedas llegaban hasta el descanso superior, que parecía estar a trescientos metros, tan lejos como la casa lo estaba de la cima de la colina.

*Alicia atraviesa la madriguera del conejo para hundirse en un mundo sin maravillas.*


Por la puerta abierta entre el comedor diario y el lavadero, Edgler Veiss escucha la voz de la mujer misteriosa que llama a Ariel. Está a pocos metros de él, más allá de las máquinas de lavar y secar, de manera que no cabe la menor duda sobre el nombre que salió de su boca.

*Ariel.*

Atónito, boquiabierto, parpadea en medio del aroma del detergente y el repiqueteo sordo de la cañería de cobre en la pared. La voz reverbera en su cerebro.

Es imposible que conozca la existencia de Ariel.

Pero la llama otra vez, elevando un poco la voz.

Bruscamente, Edgler Veiss se siente espantosamente violado, oprimido, espiado. Echa una mirada a las ventanas de la cocina y el comedor a la espera de encontrarse con bellos rostros desconocidos, de mirada torva, apretados contra los vidrios. Sólo ve la lluvia y la tétrica luz gris, pero no se disipa su angustia.

Esto ya no es entretenido. En absoluto.

El misterio se ha vuelto *demasiado* profundo. Veiss está alarmado.

Es como si la mujer no hubiera salido del Honda sino

que hubiera atravesado una barrera invisible entre las dimensiones para llegar desde un mundo distinto de éste, donde lo espiaba constantemente y en secreto. El sabor es netamente sobrenatural, con una textura de ultratumba; el olor del detergente se troca por el del incienso quemado, y el aire enrarecido está lleno de presencias invisibles.

Temeroso y acosado por las dudas, emociones hasta entonces desconocidas por él, Edgler Veiss entra en el lavadero a la vez que alza la Heckler & Koch P7. Su dedo empieza a oprimir el disparador.

La puerta del sótano está abierta. La luz de la escalera está encendida.

La mujer no está a la vista.

Suelta el disparador.

En las raras ocasiones en que invita a alguien a cenar o a una reunión de trabajo en su casa, siempre deja un doberman en el lavadero. El perro dormita ahí, silencioso. Pero si algún invitado se acercara, el perro lo alejaría con gruñidos.

Cuando el amo está ausente, los doberman patrullan el terreno constantemente y nadie puede acercarse a la casa, y mucho menos al sótano.

Veiss no ha instalado una cerradura en la puerta de la escalera por temor a que se trabe mientras él está ahí abajo, absorto en sus juegos. Desde luego, una cerradura accionada con llave evitaría semejante catástrofe. Él mismo no puede imaginar que tal mecanismo pueda averiarse y dejarlo encerrado; no obstante, la sola idea lo preocupa tanto, que jamás ha corrido ese riesgo.

A lo largo de los años, ha visto muchas casualidades en el mundo y a muchas personas morir a causa de ellas. Un atardecer de fines de junio, cuando viajaba hacia Reno, Nevada, por la Autopista 80, se le había adelantado un Mustang descapotable conducido por una muchacha rubia. Vestía shorts y blusa blancos y su larga cabellera dorada flotaba al viento. Embargado por un fuerte deseo de destruir esa hermosa cara, había acelerado la casa rodante hasta el límite, pero el Mustang era más veloz y la aventura parecía condenada al fracaso. A medida que la autopista penetraba en las sierras, la casa rodante había perdido velocidad y el Mustang había desaparecido de su vista. Aunque pudiera colocarse a la par, había demasiado tránsito —demasiados testigos— para intentar sacarla del camino. Entonces, uno de los neumáticos del Mustang había reventado. Iba a tal velocidad, que el auto casi hizo un trompo, osciló de un carril al otro mientras los neumáticos echaban humo azul al patinar sobre el asfalto, pero finalmente la mujer pudo dominarlo y salir a la banquina. Veiss se detuvo a darle una mano, que ella aceptó con gratitud. Era una chica sonriente, seductoramente tímida, una linda chica que llevaba una cruz de oro colgada de una cadenita y luego había llorado amargamente y lo había excitado al resistir la entrega de su virtud y al apartar su cara de los diversos instrumentos puntiagudos que él le acercaba, nada más que una joven alegre y llena de vida que iba a Reno cuando la casualidad la entregó en sus manos.

Y si un neumático puede reventar, ¿por qué no se ha de trabar una cerradura?

La casualidad da, pero también quita.

Edgler Veiss vive con intensidad, pero no sin precaución.

Ahora resulta que una mujer que llama a Ariel ha entrado en su vida como un neumático reventado, y Veiss no sabe si el destino la ha puesto en sus manos o a él en las suyas.

Recordando el revólver y deseando tener un doberman a mano, cruza el lavadero hasta la puerta del sótano.

Desde abajo le llega la voz de la mujer:

—Chyna Shepherd intacta y viva.

Aunque Veiss no suele ser supersticioso, lo embarga una sensación sobrenatural como nunca ha experimentado antes. Le arde el cuero cabelludo, se le erizan los pelos de la nuca, su mano aprieta la empuñadura de la pistola.

Titubea y se asoma por la puerta abierta para echar una mirada a la escalera.

La mujer está en uno de los últimos escalones. Con una mano se toma del pasamanos, con la otra sostiene el revólver.

No es policía. Es una aficionada.

No obstante, podría ser el "neumático reventado" en la vida de Edgler Veiss, y él está nervioso, agitado, sumamente deseoso de averiguar quién es pero la seguridad es más importante que la curiosidad.

Pasa por la puerta al descanso superior. Aunque está muy cerca, ella no lo oye porque todo es hormigón, nada cruje bajo los pies.

Le apunta al centro de la espalda. El primer proyectil la lanzará hacia adelante, con los brazos extendidos, sobre el piso del sótano, y el segundo la alcanzará en el aire. Él bajará a la carrera, disparando el tercero y el cuarto en lo posible hacia sus piernas. Luego se arrojará sobre ella, le apoyará el caño en la nuca y sólo, sólo, sólo entonces, cuando tenga la situación totalmente dominada, decidirá si aún constituye una amenaza o no, si puede correr el riesgo de interrogarla o si es tan peligrosa que deberá meterle un par de proyectiles en la cabeza.

Cuando la mujer pasa bajo la lámpara al pie de la escalera, Veiss alcanza a ver mejor su revólver. En efecto, es un Smith & Wesson Chief's Special .38 tal como había pensado al verlo desde la ventana del dormitorio en la planta alta; pero al ver la marca y el modelo se estremece como si hubiera recibido una descarga eléctrica.

Huele una salchicha de Viena. Recuerda un par de húmedos ojos negros que se abren de par en par, atónitos, aterrados y desesperados.

Ha visto dos armas similares en las últimas horas. La primera pertenecía al joven caballero asiático de la estación de servicio, que la tomó del mostrador para defenderse pero no tuvo la oportunidad de usarla.

Aunque el Chief's Special es un revólver notable, no es tan apreciado como para encontrarlo por todas partes. Edgler Veiss *sabe*, con la certeza de un zorro que sigue el rastro de un conejo en los pastizales, que el revólver es el mismo.

Pese a que la mujer que baja la escalera aún está llena de misterios, aunque su presencia no es menos asombrosa que antes, no hay nada de sobrenatural en ella.

Conoce el nombre de *Ariel*, no porque lo haya espiado a él desde otro mundo, no porque sirva a una dudosa fuerza superior, sino porque estaba *ahí*, en la estación de servicio, cuando Veiss conversaba con los empleados y cuando los mató.

Dónde se ocultaba, cómo él no descubrió su presencia, por qué la mujer sintió la necesidad de perseguirlo, de dónde saca el coraje que requiere una aventura tan temeraria: son preguntas que la sola intuición no contesta. Pero ya vendrá el momento de hacérselas.

Baja la pistola y retrocede hacia el lavadero para no ser sorprendido por una mirada.

El temor desusado, la enigmática percepción de fuerzas sobrenaturales opresoras, se disipan como la niebla y por un instante lo asombra su propia credulidad. Él, que no se hace ilusiones sobre la naturaleza de la existencia. Él, que es tan perspicaz. Él, consciente de que las sensaciones dominan todo. Él, el más racional de los hombres, se ha asustado.

Casi ríe de semejante tontería... y al punto descarta el impulso.

La mujer habrá llegado al pie de la escalera.

Permitirá que explore. Después de todo, por enigmáticas que sean sus razones, ha venido para esto, y Veiss quiere ver cómo reaccionará ante sus descubrimientos.

Esto vuelve a ser entretenido.

Se reanuda el juego.


Chyna llegó al pie de la escalera.

La pared exterior de piedra y argamasa estaba a su derecha. No había paso en esa dirección.

A su izquierda había una cámara de unos tres metros, de pared a pared y ancha como toda la casa. Se alejó del pie de la escalera hacia ese espacio desconocido.

En un extremo había una caldera de petróleo y un gran calentador eléctrico de agua. En el otro extremo, varios armarios metálicos altos, con ranuras de ventilación en las puertas, un banco de carpintero y un cajón de herramientas montado sobre ruedas.

Frente a ella, en una pared de bloques de hormigón, la aguardaba una puerta inquietante.

*Click-fffuuum.*

Chyna giró a la derecha y estuvo a punto de disparar un tiro antes de darse cuenta de que el ruido venía de la caldera: el piloto eléctrico encendía el combustible.

Junto con el ruido de la caldera aún oía la vibración del caño. *Tatá-tatá-tatá.* Aunque más tenue que en la escalera, todavía era perceptible.

Apenas distinguía la música que venía del baño del segundo piso, retazos discontinuos de melodías, sobre todo de los bronces o el lamento de un clarinete.

Sin duda, la puerta del fondo daba acceso a un cuarto insonorizado porque estaba acolchada como la de un teatro y forrada en cuerina rojo oscuro dividida en cuadros por medio de ocho clavos de tapicería con las cabezas forradas en material al tono. El marco estaba acolchado y forrado con el mismo material.

No había candado, ni siquiera cerrojo, que le impidiera el paso.

Al apoyar la mano en la cuerina, Chyna descubrió que el acolchado era aún más grueso de lo que parecía. La madera estaba revestida por casi cinco centímetros de espuma de goma.

Tomó la gran manija de acero inoxidable en forma de U. Al tirar de ella, oyó el roce de la puerta forrada en cuerina sobre el umbral. El calce era perfecto: apenas la puerta se apartó del marco y se rompió el sello, oyó un susurro similar al que se produce cuando se abre un frasco de maníes cerrado al vacío.

La puerta también estaba acolchada por dentro. Su grosor total superaba los doce centímetros.

Más allá del umbral había un cuarto de cinco metros cuadrados con cielo raso bajo, que parecía un ascensor, salvo porque todas las superficies, menos el piso, estaban acolchadas. Cubría el piso una alfombra de caucho como las que revisten las cocinas de los restoranes para comodidad de los cocineros, que trabajan de pie durante muchas horas seguidas. A la luz tenue de la bombilla colocada en una cavidad del cielo raso, vio que el material no era cuerina sino algodón gris de textura rugosa.

La peculiaridad del lugar acentuó su miedo, pero al mismo tiempo creyó comprender el propósito del vestíbulo acolchado, y su estómago se revolvió con un leve ataque de náuseas.

En la pared opuesta a la de la puerta abierta por Chyna, había otra puerta. También estaba acolchada e instalada en un marco acolchado.

Ésta sí tenía cerraduras. El abultado acolchado gris rodeaba dos robustas cerraduras con cilindro de bronce. Sería imposible abrirla sin las llaves.

Entonces vio un pequeño panel acolchado instalado en la misma puerta; colocado a la altura de los ojos, media aproximadamente quince centímetros por veinte y tenía una perilla. Se parecía al panel deslizante sobre la mirilla en la robusta puerta de una celda penitenciaria de máxima seguridad.

*Tatá-tatá-tatá...*

El asesino se demoraba en la ducha. Pero en realidad, Chyna no había pasado más de tres minutos en la casa; sólo parecía mucho más. Si él quería darse un baño prolongado, aún demoraría mucho más.

*Tatá-tatá...*

Hubiera querido mantener abierta la puerta exterior a la vez que entraba en el vestíbulo y abría la mirilla, pero la distancia era excesiva. Debía permitir que la puerta se cerrara a sus espaldas.

En el preciso instante en que la puerta acolchada rozó el marco también acolchado con un susurro de cuerina gastada, Chyna dejó de oír la vibración del caño. El silencio era tan denso, que casi no oía su propia, agitada, respiración. Bajo el acolchado, las paredes seguramente estaban revestidas por varias capas de aislante acústico.

¿Y si el asesino había terminado su ducha en el preciso instante en que se cerró la puerta? En ese caso, se estaba secando. O se había puesto una salida de baño sin secarse. Y ya bajaba la escalera.

Con un miedo que le cortaba el aliento, abrió la puerta.

*Tatá-tatá-tatá...* y el ruido del agua corriendo por el caño bajo alta presión.

Soltó un ruidoso suspiro de alivio.

Aún estaba a salvo.

*Está bien, tranquila, sigue adelante, averigua si la chica está ahí y luego decidirás cómo proceder.*

Con renuencia, permitió que la puerta se cerrara. De nuevo desapareció el ruido de la vibración del caño.

Le faltaba el aliento. Tal vez la ventilación del vestíbulo era insuficiente, pero la aislación de las paredes acolchadas, sumada a la escasa circulación de aire, provocaba una atmósfera irrespirable similar a la de un cuarto lleno de humo.

Chyna deslizó el panel acolchado de la mirilla en la puerta interior.

Más allá, apareció una luz rosada.

La mirilla tenía gruesas rejas para proteger a quien miraba de un asalto por parte de lo que hubiera en el interior.

Chyna acercó la cara a la mirilla y vio una cámara grande, casi de las mismas dimensiones que la sala bajo la cual estaba situada. Algunos sectores de ese ambiente estaban en tinieblas y la luz provenía de tres lámparas con pantallas de tela con flecos; las bombillas rosadas eran de unos cuarenta vatios cada una.

En la pared trasera había dos paños de brocado rojo y dorado colgados de varillas de bronce, como si cubrieran sendas ventanas, pero no había aberturas bajo tierra; el brocado era una mera decoración para darle al cuarto un aspecto más acogedor. En la pared de la izquierda, apenas rozada por la luz, había un tapiz raído: mujeres de vestidos largos y sombreros típicos cabalgaban a sentadillas en un prado, entre la hierba y las flores cerca de un bosquecillo primaveral.

El mobiliario incluía un sillón mullido adornado con antimacasar; una cama matrimonial cuya cabecera blanca estaba decorada con una escena imposible de distinguir bajo la escasa luz; bibliotecas talladas con hojas de acanto; armarios con puertas de mainel; una mesita con guarnición tallada, flanqueada por dos sillas estilo Directorio forradas con una tela floreada, y una heladera. Había un enorme guardarropa de madera oscura con aplicaciones florales vidriadas agrietadas, una pieza vieja sin ser una auténtica reliquia, bella aunque algo golpeada. Frente a una mesa de tocador con espejo de tres hojas en marco tubular dorado había un taburete tapizado. En un rincón apartado, un inodoro y un lavabo.

Por insólito que fuera ese cuarto subterráneo, como un depósito de trastos para la escenografía de *Arsénico y encaje antiguo*, de lejos lo más chocante era la colección de muñecas. Muñequitas de mejillas regordetas, duendecillos, peponas y de muchas otras variedades, viejas y nuevas, de un metro de altura o más pequeñas que un frasco de crema, vestidas con pañales, ropa de esquí, lujosos vestidos de novia, overoles a cuadros, ropa de cowboy y de tenis, piyamas, faldas hawaianas, quimonos, trajes de payaso, camisones, uniformes marineros. Atestaban los anaqueles, espiaban desde las puertas de vidrio de algunos armarios, hacían equilibrio sobre el guardarropa y la heladera, estaban sentadas o paradas en el piso junto a las paredes. Otras estaban amontonadas en un rincón o al pie de la cama, los brazos y las piernas rígidamente torcidos en ángulos extraños, las cabezas inclinadas como si los cuellos estuvieran rotos; parecían ser cadáveres alegremente ataviados, aguardando el transporte al crematorio. Entre doscientos y trescientos rostros brillaban bajo la luz suave o lucían lívidos como fantasmas en las sombras, de porcelana sin vidriar o vidriada, de tela y de madera y de plástico. Los ojos de vidrio, hojalata, botones, tela o cerámica pintada reflejaban la luz, brillaban alegremente bajo las lámparas o se percibían tétricos como brasas desde los rincones alejados.

Por un instante, Chyna casi pensó que las muñecas realmente veían —salvo algunas aparentemente enceguecidas por cataratas de luz rosada— y que en sus ojos aterradores había destellos de *conciencia*. Aunque ninguna se movía o desplazaba la mirada, parecía rodearlas un efluvio vital. Emanaban un poder sobrecogedor, como si el asesino fuera un brujo que hubiera robado las almas de sus víctimas para encerrarlas en esas figuras.

Entonces, en la quietud del cuarto, una sombra que apareció en las tinieblas resultó ser la cautiva, y cuando la luz la iluminó, las muñecas perdieron su misteriosa magia. Chyna jamás había visto una niña tan bella (más bella que en la instantánea Polaroid), con una cabellera lacia y radiante de un encantador tono castaño bajo la luz rosada aunque en realidad era rubia platinada. Erguida, esbelta, garbosa, poseía una belleza etérea, angelical; no parecía una niña real sino una visión portadora del mensaje de la redención, el pesebre, la esperanza y la estrella.

Llevaba mocasines negros, medias blancas tres cuartos, falda azul o negra y una blusa blanca de mangas cortas con vivos oscuros en el cuello y el bolsillo del pecho, como el uniforme de un colegio de monjas.

Sin duda, el asesino la proveía de la ropa que deseaba que usara, y Chyna comprendió al instante por qué prefería esa clase de indumentaria. Aunque su físico indicaba que tenía dieciséis años, la ropa la hacía lucir aún más joven; con sus brazos esbeltos, manos y muñecas delicadas, bajo esa luz, el púdico uniforme le daba el aspecto de una niña de once años lista para recibir el sacramento de la confirmación el próximo domingo, ingenua y pura.

La belleza y la pureza atraen a los psicópatas porque se sienten compelidos a mancillarlas. Deshonrada la inocencia, destrozada la belleza, la bestia deforme puede sentirse superior a la persona codiciada. Cada vez que muere un ser hermoso y puro y su cadáver se pudre bajo tierra, el mundo se parece un poco más al paisaje interior del asesino.

La chica se sentó en el sillón.

Sostenía un libro. Lo abrió, volvió algunas páginas y empezó a leer.

Aunque era imposible que no hubiera oído que se deslizaba el panel de la mirilla, no alzó la vista. Aparentemente dio por sentado que el visitante sólo podía ser el devorador de arañas.

Embargada por una emoción que le estrujó el corazón

y la sorprendió con su intensidad, Chyna dijo:

—Ariel...

El nombre atravesó la mirilla y cayó en un vacío sin aire que no transmitía la voz ni creaba el menor eco.

Era evidente que la celda de la joven estaba revestida con varias capas de aislante acústico, tal vez más gruesas que las del vestíbulo, y semejante esfuerzo para contener sus gritos y alaridos parecía indicar que el asesino solía tener invitados en su casa. Tal vez a cenar. Acaso a beber cerveza y mirar fútbol por televisión. Que se atreviera a hacerlo era una prueba más de su extravagante audacia.

Pero lo que hizo estremecer a Chyna fue la idea de que pudiera tener amigos, no degenerados como él, sino gente que se horrorizaría al descubrir a la chica en el sótano y enterarse de que su forma de esparcimiento consistía en masacrar a familias enteras. En la vida cotidiana pasaba por un ser humano. Había gente que se reía de sus chistes. Le pedía consejo. Compartía sus penas y alegrías con él. Tal vez iba a misa. ¿No solía ir a bailar los sábados a la noche, deslizarse con garbo sobre la pista llevando a una mujer sonriente entre sus brazos al compás de la misma música que escuchaban todos?

Chyna elevó la voz:

—Ariel...

La chica no alzó la vista.

Más fuerte, gritando a través de la mirilla en la puerta acolchada:

—¡*Ariel!*

En la silla, con las recatadas rodillas muy juntas, el libro sobre el regazo, la cabeza inclinada sobre las hojas, la cara casi totalmente oculta detrás de los mechones de pelo, Ariel parecía sorda... o una chica oculta en el fondo de un ropero, aislándose de los gritos de adultos borrachos y drogados, aislándose más y más hasta hundirse en un espacio propio, profundo, silencioso, inaccesible para los demás.

Cuando Chyna era niña, en ciertas ocasiones no le bastaba ocultarse de su madre y sus amistades más peligrosas para sentirse a salvo. A veces las discusiones se volvían demasiado violentas, las fiestas demasiado bulliciosas; el caos de ruidos y risas histéricas e insultos se volvía un torbellino que la alcanzaba en su escondite, su miedo crecía hasta escapar a todo control, y entonces pensaba que le estallaría el corazón o le explotaría la cabeza. En esos momentos, buscaba lugares más acogedores, atravesaba el fondo del armario para entrar en tierra de Narnia de la que hablaba C. S. Lewis en sus hermosos libros, o para visitar al Principito en su planeta o perderse en reinos maravillosos inventados por ella. Siempre volvía de esas evasiones. Pero a veces se decía que sería hermoso quedarse en ese lugar remoto donde su madre y sus amigos jamás podrían hallarla por más que la buscaran. En esos reinos exóticos solía haber peligros, pero también había amigos de verdad, de una lealtad que no existía de *este* lado del armario mágico.

Al observar a través de la mirilla a la chica en el sofá, Chyna tuvo la certeza de que se había refugiado en un lugar remoto, tan distinto de este mundo horroroso como fuera posible. Después de un año de vivir en este pozo miserable y de padecer las atenciones del degenerado que vivía arriba, tal vez se había alejado tanto por los caminos de la aventura interior, que sería difícil —acaso imposible— hacerla volver.

En ese momento, la chica alzó la vista del libro para contemplar fijamente algo que no era el rostro de Chyna en la mirilla ni objeto alguno del cuarto sino que estaba en un mundo que no era éste. Aunque la luz rosada era muy escasa, Chyna vio que los ojos de la niña estaban extraviados y su mirada era tan rara como la de las muñecas que la rodeaban.

El asesino había dicho a los empleados de la estación de servicio que no había tocado a Ariel "de esa manera", y Chyna le creyó. Porque después de despojarla de su inocencia sentiría la necesidad de destruir su belleza; y luego la mataría. El hecho de que siguiera viva indicaba que estaba intacta.

Pero día tras día, mes tras mes de horror, la niña sobrellevaba un suspenso agotador a la espera de que el pervertido hijo de puta decidiera que estaba "madura", de su asalto brutal, su aliento agrio en la cara, sus manos calientes y obsesivas, su peso irresistible para someterla a todas las sevicias y humillaciones. Su cuarto no tenía salida; no podía huir al techo, a la playa, a la buhardilla, al hueco bajo la escalera, a las ramas más altas del árbol.

—Ariel...

Tal vez su refugio estaba en las páginas del libro que tenía en las manos. Funcionaba en este mundo, se acicalaba y alimentaba y bañaba y vestía, pero *vivía* en otra dimensión.

Con el corazón a flote en un mar de pena agitado por una tormenta de furia, Chyna acercó la cara a la mirilla:

—Aquí estoy, Ariel. Aquí estoy. No estás sola.

La mirada de Ariel no salió de su mundo onírico y su inmovilidad no era menor que la de las muñecas.

—Soy tu guardiana, Ariel. Conmigo estarás a salvo.

A medida que la chica seguía su camino largo y sinuoso hacia el corazón de su Ninguna Parte particular, sus manos se relajaron hasta soltar el libro. Éste se deslizó hasta caer al suelo con un ruido sordo, reducido a un susurro mínimo por las paredes y cielo raso especiales que lo absorbieron. Inconsciente de haber dejado caer el libro, permaneció totalmente inmóvil.

—Soy tu guardiana —repitió Chyna, mientras se preguntaba por qué había elegido justamente esas palabras.

Temía por Ariel más que por ella misma, y su corazón latía más aceleradamente que nunca.

—Tu guardiana...

Lágrimas ardientes alteraban su visión, la entorpecían, pero no podía darse el lujo de llorar. Parpadeó con fuerza hasta expulsarlas y aclarar su visión.

Se alejó de la puerta interior y abrió la exterior de un empujón furioso.

*Tatá-tatá-tatá-tatá-tatá...*

Al ir del vestíbulo aislado a la entrada del sótano, el ruido del agua en el caño le pareció más fuerte que antes.

*Tatá-tatá-tatá...*

Quizás había pasado un minuto frente a la mirilla de la puerta acolchada.

188

El loco degenerado hijo de puta seguía en la ducha, desnudo e indefenso. Y ahora que Chyna sabía dónde estaba Ariel, no era necesario que la policía lo obligara a conducirlos hasta ella.

Qué placer sentir el peso del revólver en su mano.

Qué embriaguez.

Si pudiera liberar a Ariel y sacarla de ahí, lo haría en lugar de optar por la violencia. Pero no tenía la llave y le costaría trabajo derribar la puerta.

*Tatá-tatá-tatá...*

No tenía alternativa. Fue hasta la escalera del sótano.

El acero azul fulguraba en su mano.

Aunque él terminara de ducharse y cortara el agua antes de que Chyna llegara, estaría desnudo e indefenso envuelto en su toalla y ella entraría en su baño, le dispararía a quemarropa, vaciaría el cargador en su cuerpo, el primer disparo derecho a su corazón podrido, y por lo menos un tiro en la cara para rematarlo. Nada de riesgos, no señor. Usar todas las balas, apretar el disparador hasta que el martillo chasqueara al caer en la recámara vacía. Podía hacerlo. Matar al degenerado, matarlo una y otra vez, matarlo bien muerto. Podía hacerlo y lo haría.

Subió la empinada escalera, pisando las huellas húmedas que había dejado al descender: Chyna Shepherd que no se ocultaba, que salía del pozo, intacta, viva, abandonaba Narnia por última vez.

*Tatá-tatá-tatá...*

Anticipando sus próximos pasos, Chyna se preguntó si no era conveniente disparar a través de la cortina del baño —si era una cortina, no un cerramiento de vidrio—, porque si no lo hacía, tendría que empuñar el revólver con una mano mientras apartaba la cortina o la puerta con la otra. Sería peligroso porque una debilidad inesperada y desalentadora ya se extendía a través de los dedos hacia las muñecas. El violento temblor de los brazos la obligaba a aferrar el revólver con las dos manos para no dejarlo caer.

Su corazón vibraba como el caño de cobre ante la perspectiva de enfrentar al homicida loco aunque estuviera desnudo e indefenso, cuando llegó al descanso superior y entró en el lavadero.

No podría disparar a través de la cortina porque no sabría si lo había herido o no. Sería un disparo a ciegas, no directo a la cabeza o el corazón.

Pasó el secador y el lavarropas, la fragancia del detergente, hasta la puerta de la cocina. Al cruzar el umbral, comprendió tardíamente el significado de ese indicio importante en el descanso superior de la escalera del sótano: huellas húmedas más grandes que las suyas, entre las suyas, superpuestas a las suyas, dejadas momentos antes por él.

Llevada por su propio impulso, irrumpió en la cocina y el asesino cargó desde la derecha, desde el comedor diario. Era grande, fuerte, un monstruo, ni desnudo ni indefenso, porque la ducha no había sido más que una artimaña.

Él era ágil, pero ella lo era un poco más. Trató de estrellarla contra las alacenas, pero lo esquivó, alzó el revólver a menos de un metro de su cara, apretó el disparador y el martillo chasqueó como una ramita bajo los pies al caer en la recámara vacía.

Retrocedió hasta chocar de espaldas contra la heladera; el calendario de los gatitos y las lilas cayó a sus pies.

El asesino se abalanzaba sobre ella.

Apretó el disparador y el revólver volvió a chasquear, lo cual era imposible —*mierda*— porque el empleado de la estación de servicio no tuvo la menor oportunidad de disparar antes de que la escopeta lo hiciera pedazos. El cargador tendría que estar lleno.

Era la primera vez que veía la cara del asesino. Hasta entonces sólo había vislumbrado la nuca o la coronilla y una vez su cara de perfil, pero desde lejos. No era, como había pensado, una cara redonda de labios pálidos y mandíbula saliente. Era un hombre hermoso, de ojos azules en bello contraste con su pelo oscuro —ni un destello de locura en sus ojos claros—, rasgos nítidos y una linda sonrisa.

Sonriendo, corría hacia ella cuando disparó por tercera vez y el martillo cayó nuevamente en la recámara vacía. Sonriendo, le arrancó el revólver de la mano con tanta violencia, que Chyna pensó que su dedo se había quebrado al salir del guardamonte. Chilló de dolor.

El asesino retrocedió, el arma en la mano, los ojos brillantes de emoción:

—Eso sí que fue divertido.

Chyna se acurrucó contra la heladera, pisoteando las cabezas de los gatitos.

—Yo sabía que era el mismo revólver —dijo él—. ¿Y si me equivocaba? Ahora tendría un agujero grandote en medio de la cara, ¿no es así, muchachita?

Desfalleciente, mareada de terror, miró con desesperación alrededor en busca de un arma, pero no había nada a mano.

—Un agujero grandote —repitió, encantado por su propio chiste.

Tal vez había cuchillos en alguna alacena, pero no sabía en cuál de los cajones.

—Intenso... —dijo, mirando el revólver con una sonrisa.

Había una pistola sobre el mármol de la cocina, junto al fregadero, lejos de su alcance. Chyna no podía creerlo. Había bajado con un arma, pero en lugar de usarla la había dejado ahí y se había abalanzado sobre ella con las manos vacías.

—Eres una mujer atractiva.

Apartó los ojos de la pistola para que él no se diera cuenta de que la había visto. Pero no podía engañarse, porque nada se le pasaba por alto, nada.

Le apuntó con el revólver.

—Estabas en la estación de servicio anoche.

Aunque jadeaba con desesperación, a Chyna le parecía que no entraba una gota de aire en sus pulmones. Su respiración era rápida y agitada, corría peligro de agotarse y estaba furiosa consigo misma, *furiosa,* porque él estaba ahí tan tranquilo.

—Sé que estabas ahí, en alguna parte, y sé que encontraste el Chief's Special después de que me fui. Lo que no alcanzo a entender es por qué estás aquí.

Tal vez podría llegar a la pistola antes que él. Era una probabilidad en un millón. En dos millones, en tres... *Joder, convéncete, es imposible.*

A un metro y medio de ella, apuntándole a la nariz, la voz burbujeante de júbilo, el asesino prosiguió:

—Pero aunque sabía que era el arma del asiático, me metí en la boca del lobo. Tuve suerte. ¿Y tú?

Era prácticamente imposible llegar al arma, pero no tenía alternativa. Nada que perder.

—Oye, niña, mírame cuando te hablo —dijo él con cierto fastidio—. ¿Crees que tendrás suerte? ¿Tanta como yo?

Tratando de no mirar la pistola, reacia a mirar esos ojos excesivamente normales, clavó la vista en el caño del revólver, logró mascullar un "no" y tuvo la impresión de que la palabra reverberaba en el caño: *no...*

—Veamos si tienes tanta suerte.

—No.

—Arriésgate, mi amor. Veamos si tienes suerte —dijo, y apretó el disparador.

Aunque el arma había fallado tres veces, Chyna estaba segura de que le explotaría en la cara porque así parecía ser su suerte, y se crispó.

*Click.*

—Sí que tienes suerte. Más que yo, aunque no lo creas.

Chyna no entendía nada. Sólo podía concentrarse en la pistola junto al fregadero, la última, milagrosa oportunidad.

—Cuando Fuji quiso apuntarme con la pistola —dijo el asesino—, ¿no escuchaste lo que le prometí?

La charla y la serenidad del degenerado amilanaban a Chyna mucho más que la perspectiva de ser herida, azotada, violada, torturada para arrancarle respuestas. Lo que menos esperaba era tener que *hablar* con él, por amor de Dios, como si acabaran de compartir un viaje ameno por las rutas, unas lindas vacaciones matizadas por un par de sucesos inesperados.

—Lo que le prometí a Fuji fue: "No lo intentes o te meto las balas en el culo" —dijo, sin dejar de apuntarle—. Yo siempre cumplo mis promesas. ¿Y tú?

Por fin la charla había logrado atrapar su atención.

—Con tan poca luz y tanta sangre por todas partes, estabas asqueada y no quisiste mirar. Por eso no te diste cuenta de que le había bajado los pantalones a Fuji.

Tenía razón. Después de comprobar que los empleados estaban muertos, había apartado la vista y bordeado sus cuerpos.

—Llegué a meterle cuatro balas —dijo.

Cerró los ojos. Los abrió al instante. No quería verlo, siniestro y hermoso, con esa linda sonrisa, las manchas de sangre en la ropa y la mirada plácida. Pero no se atrevía a apartar la mirada.

*Chyna Shepherd, intacta y viva.*

—Le metí cuatro balas —prosiguió—, y las cuatro saltaron de vuelta para afuera. Los gases posmortem, entiendes. Fue ridículo, o más bien gracioso, pero te darás cuenta de que tenía demasiada prisa para meter la quinta.

Tal vez era lo mejor. Una vuelta más de ruleta rusa y por fin la paz anhelada, basta de devanarse los sesos para tratar de entender por qué había tanta crueldad en el mundo si la bondad era mucho más conveniente.

—Esta arma carga cinco balas —dijo.

El caño la miraba como la cuenca vacía de un ojo y Chyna se preguntó si vería el fogonazo y oiría el estampido o si la noche del caño se volvería su propia noche sin tener conciencia de la transacción.

Entonces el asesino apuntó a otra parte y disparó. El estampido sacudió las ventanas, el plomo atravesó la puerta de una alacena sobre la pared más próxima y saltaron astillas de pino y de platos rotos.

Aún volaban las astillas cuando Chyna tomó un cajón y lo sacó de la alacena. Era tan pesado, que casi cayó de su mano, pero con la fuerza de la desesperación lo arrojó a la cabeza del asesino y el contenido se derramó mientras se alzaba hacia su frente.

Cucharas, tenedores, cuchillos que se entrechocaban en el aire y lanzaban destellos bajo la luz fluorescente, llovieron sobre él y sobre el piso. Sorprendido dio un salto atrás hacia la mesa del comedor diario.

Mientras el asesino se tambaleaba desconcertado,

Chyna se abalanzaba hacia el mármol. En el momento que escuchó el estrépito del cajón al caer, su mano empuñó la pistola. Vio un punto rojo en el caño de acero que probablemente indicaba que el seguro no estaba puesto, como en otros modelos de pistola que había conocido, y no tenía que preocuparse de que hubiera vacíos como en el tambor del revólver porque si había una sola bala en el cargador, una sola, Dios mío, estaría en la recámara y a tan corta distancia un tiro sería suficiente.

Pero tenía el índice rígido e hinchado y cuando trató de introducirlo en el guardamonte se estremeció de dolor. Alzada por la marea negra de las náuseas, se tambaleó mientras intentaba meter el dedo medio.

Patinando sobre el piso entre el tintineo de cubiertos desparramados, el asesino alcanzó a Chyna antes de que pudiera girar y disparar. Descargó un brazo sobre el de ella y le aplastó la mano sobre el mármol.

En un movimiento reflejo, su dedo apretó el disparador. La bala impactó en la pared detrás del fregadero, saltaron astillas de cerámica amarilla que llovieron sobre su cara y tal vez la hubieran dejado ciega si no hubiera cerrado los ojos a tiempo.

Él le descargó el borde de la mano en la sien, y la oscuridad explotó detrás de sus ojos como astillas de vidrio negro al estallar, y luego le dio un puñetazo en la nuca.

No recordaba haber caído, pero estaba tendida sobre el piso de la cocina, contemplando desde la altura de una cucaracha el revoltijo caótico de los cubiertos sobre el vinilo. Muy interesante. Cucharas grandes como palas. Tenedores grandes como tridentes. Los cuchillos eran lanzas.

Las botas del asesino. Botas negras. Moviéndose de aquí para allá.

Obnubilada, creyó que estaba en la casa de los Templeton en el Valle de Napa, oculta debajo de la cama del cuarto para huéspedes. Pero no había cubiertos desparramados por el piso del dormitorio, y cuando se concentró en la vajilla de acero inoxidable, sus pensamientos se aclararon.

—Voy a tener que lavarlos antes de guardarlos —dijo el asesino.

Andaba por la cocina, recogía la vajilla minuciosamente, juntaba las cucharas con las cucharas, los cuchillos con los cuchillos.

Chyna descubrió con sorpresa que podía mover el brazo, pesado como una rama gruesa de árbol y rígido como si el árbol estuviera petrificado. Pero logró apuntar al asesino y hasta doblar el índice dolorido, tragándose el dolor y el sabor amargo que lo acompañaba.

La pistola no disparó.

Otra vez apretó el disparador, nuevamente no hubo estampido y entonces se dio cuenta de que su mano estaba vacía. No tenía la pistola.

Qué extraño.

Había un cuchillo al alcance de su mano. Era un cuchillo de mesa con borde aserrado, de los que sirven para untar mantequilla o cortar un pollo bien cocido o reducir habas al tamaño de un bocado, pero no son el instrumento idóneo para apuñalar a alguien y matarlo. Claro que un cuchillo era un cuchillo, mejor que nada, y lo empuñó sigilosamente.

Ahora sólo restaba reunir fuerzas para pararse. Extrañada, comprobó que no podía erguir la cabeza. Nunca se había sentido *tan cansada*.

Había recibido un golpe tremendo en la nuca. Se preguntó si la había desnucado.

Se negó a llorar. Tenía el cuchillo.

El asesino se acercó, se inclinó, tomó el cuchillo de su mano. Le asombró que resbalara entre sus dedos a pesar de que lo aferraba con ferocidad, como si no fuera un cuchillo sino una astilla de hielo.

—Pórtate bien —dijo él, y le golpeó la coronilla con el plano de la hoja.

Reanudó el aseo.

Tratando de no pensar en las heridas de su espalda, Chyna tomó un tenedor.

Él se volvió para quitárselo.

—No —dijo como si tratara con un cachorrito caprichoso—. No.

—Hijo de puta —dijo, consternada al oírse farfullar.

—Bah, palabras.

—Degenerado hijo de puta.

—Ay, qué boquita —dijo con desdén.

—La puta que te parió.

—Te voy a lavar la boca.

—La concha de tu madre.

—¿Así te educó tu madre?

—No la conoces.

Esta vez le golpeó el cuello con el canto de la mano.

Tendida en la oscuridad, Chyna escuchaba la risa alegre y remota de su madre, las voces de hombres desconocidos. Vidrios que se rompían. Insultos. Truenos y viento. Palmeras azotadas por el viento de Cayo Hueso. La risa se alteró. Se volvió burlona. Estampidos que no eran truenos. Y la cucaracha de las palmeras que corría sobre sus piernas desnudas y su espalda. Otro tiempo. Otro ámbito. En el reino borroso de los sueños, el puño férreo de la memoria.

# 7

Alrededor de las nueve de la mañana, después de ocuparse de la mujer y lavar la vajilla, Edgler Veiss suelta a los perros.

En la puerta trasera, la puerta principal y su dormitorio hay botones que, al oprimirlos, hacen sonar un timbre suave en la perrera detrás del granero. La palabra "cucha" envía a los doberman a dormir ahí; el timbre los llama a patrullar la propiedad.

Oprime el botón junto a la puerta de la cocina y se acerca a la gran ventana junto a la mesa a contemplar el patio trasero.

El cielo sigue cubierto de densos nubarrones grises que ocultan los montes Suskiyou, pero ha dejado de llover. Las ramas inclinadas de los pinos gotean constantemente. La corteza empapada de los árboles caducos es negra; las ramas —algunas cubiertas por los primeros brotes frágiles de la primavera, otras todavía desnudas— son negras como el carbón, como si hubieran sido quemadas.

Algunos dirán que la escena se ha vuelto pasiva una vez que han pasado el bramido del trueno y el fogonazo del relámpago, pero Edgler Veiss sabe que el epílogo de la tempestad es tan potente como su apogeo. Está en armonía con esta clase de poder, el poder sereno del crecimiento que el agua brinda a la tierra.

197

Los doberman aparecen detrás del granero. Caminan juntos un tramo y luego se separan en distintas direcciones.

En este momento no están preparados para atacar. Perseguirán y detendrán a cualquier intruso, pero no lo matarán. Sólo buscarán la sangre cuando Veiss pronuncie la palabra *Nietzsche*.

Uno de los perros —Liederkranz— entra en la galería trasera y contempla a su amo con adoración. Menea la cola una vez y otra, pero está de guardia y sólo se permite esa muestra de afecto breve y austera.

Liederkranz vuelve al patio trasero. Erguido, alerta, vuelve la cabeza sucesivamente al sur, al oeste y al este. La baja, olfatea la hierba mojada y cruza el jardín sin dejar de husmear. Sus orejas se aplanan contra su cráneo al concentrarse en un olor, el rastro de una posible amenaza a su amo.

En ocasiones, para gratificar a los doberman y mantenerlos atentos, Veiss suelta a una cautiva para que la cacen los perros. Renuncia así al placer de matarla, pero el espectáculo es entretenido.

Protegido por su guardia pretoriana cuadrúpeda, Veiss sube al baño y abre la ducha de agua caliente. Disminuye el volumen de la radio, pero la deja sintonizada en el programa de música swing.

Mientras se quita la ropa sucia, nubes de vapor desbordan la cortina de la bañera. La humedad acentúa la fragancia de las manchas oscuras en su ropa. Desnudo, durante varios minutos hunde la cara en los jeans, la camiseta, la chaqueta, aspira profundamente y luego husmea con delicadeza los exquisitos matices, uno tras otro, mientras lamenta no poseer un olfato como el de sus perros, veinte mil veces más agudo que el suyo.

No obstante, los aromas lo devuelven a la noche que acaba de terminar. Nuevamente oye la suave detonación de la pistola silenciada, los gritos ahogados de terror y los trémulos ruegos de piedad en la noche serena de la casa de los Templeton. Huele la loción corporal con aroma de lilas que la señora Templeton había aplicado a su piel antes de acostarse, el sachet desodorante en el cajón de la ropa interior de la hija. Evoca el sabor de la araña.

Por más que lo lamente, debe lavar esa ropa porque esa noche tiene que presentarse como el hombre común y corriente que no es, y esta licantropía al revés necesita tiempo para que la transformación resulte convincente.

Y por eso, en el momento en que el clarinete de Benny Goodman ataca *One O'clock Jump*, Veiss se sumerge en el agua muy caliente, se frota vigorosamente con una esponja embebida en jabón con un perfume de hierbas para eliminar los olores penetrantes del sexo y la muerte que podrían asustar a las ovejas. Jamás deben sospechar que el pastor tiene colmillos largos en el hocico y una cola gruesa bajo su disfraz de guardián del rebaño. Se demora en el baño, le hace coro a la radio, se lava el pelo dos veces con champú y lo trata con un acondicionador de aroma fuerte. Se cepilla las uñas. Posee un cuerpo armonioso, esbelto y musculoso. Disfruta al enjabonarse, al acariciar los contornos esculturales de su cuerpo bajo sus manos jabonosas; se siente como la música, como los aromas del jabón, como el sabor de la crema batida.

La vida *es*. Veiss vive.


Al salir de la noche de Cayo Hueso y los truenos tropicales, un resplandor fluorescente hirió sus ojos turbios. Al principio pensó que su corazón latía con tanta violencia por miedo a Jim Woltz, el amigo de su madre; que apoyaba la cara contra el piso bajo la cama de su casa sobre la playa. Entonces, recordó al asesino y la cautiva.

Estaba sentada en una silla, el cuerpo recostado sobre la mesa redonda en el comedor diario adyacente a la cocina con armarios de pino. Con la cara vuelta hacia la derecha, veía la galería y el patio traseros a través de una ventana.

El asesino había quitado un almohadón de otra silla para colocarlo bajo su cabeza a fin de que no le doliera por apoyarla sobre la madera. Tanta atención la hizo estremecer.

Trató de erguir la cabeza, pero una punzada de dolor la atravesó desde la nuca hasta la mejilla izquierda. Estuvo a punto de desmayarse y pensó que era preferible no darse prisa para levantarse.

Sus movimientos provocaron un tintineo de cadenas, señal de que la decisión de levantarse tal vez no dependía de ella. Tenía las manos sobre el regazo, y cuando quiso alzar una, la otra la siguió porque estaban esposadas.

Trató de separar los pies: un grillete unía sus tobillos. A juzgar por el estrépito metálico que provocaban sus movimientos, había otros impedimentos.

En el exterior, una forma negra como el hollín cruzó el jardín a los saltos, subió los escalones y cruzó la galería. Al llegar a la ventana se alzó, posó las patas en el marco y clavó los ojos en ella. Un doberman pinscher.


Ariel aprieta el libro abierto contra sus senos como si fuera un escudo, las manos abiertas sobre las tapas. Está sentada en el gran sillón, las piernas recogidas bajo su cuerpo, la única muñeca perfecta entre todas las que atestan la habitación.

Edgler Veiss está sentado en el taburete frente a ella.

Se ha aseado bien; lavado el cuerpo y el pelo, afeitado y peinado, puede presentarse en cualquier ambiente; cualquier madre, al ver a su hija tomada del brazo de él, pensaría que se ha ganado la lotería. Viste mocasines sin medias, pantalones náuticos de algodón beige con cinturón de cuero trenzado y camisa de cambray verde claro.

Vestida con su uniforme escolar, Ariel luce muy bien. Veiss observa complacido que ha cumplido la orden de asearse en su ausencia. No es fácil para ella, ya que sólo puede pasarse una esponja por el cuerpo y lavar su bellísima cabellera en el lavabo.

Otras antes que ella habían ocupado esa habitación construida por él, pero ninguna durante más de dos meses. Antes de conocer a Ariel, su espíritu tan seductor e independiente, jamás había imaginado que conservaría a un huésped durante tanto tiempo. Por consiguiente, parecía innecesario instalar una ducha.

La había visto por primera vez en una fotografía publicada en un diario. Cuando cursaba tercer año en Sacramento, la niña prodigio dirigía el equipo que había ganado una competencia académica para estudiantes secundarios de toda California. Parecía tan tierna. El diario tembló entre sus manos cuando vio la foto, y él supo que debía viajar a Sacramento a conocerla. Mató al padre de un tiro. La madre poseía una gran colección de muñecas, unas compradas, otras hechas por ella. Veiss la mató a golpes con un muñeco de ventrílocuo cuya gran cabeza de arce tallado era tan efectiva como un garrote.

—Estás más hermosa que nunca —le dice a Ariel, y el aislante acústico amortigua la voz, que parece salir de un ataúd donde estuviera enterrado en vida.

Ariel no responde, ni siquiera reconoce su presencia. Permanece en el estado mudo del que nunca ha salido en más de seis meses de encierro.

—Te eché de menos.

Últimamente no fija los ojos en él sino en un punto arriba y a un costado de su cabeza. Si él se levantara del taburete y se desplazara para colocarse en su línea visual, aun así ella miraría arriba y a un costado de él, aunque Veiss no percibiría el menor movimiento de sus ojos.

—He traído algunas cosas para mostrarte.

De una caja de zapatos junto al taburete toma dos fotografías Polaroid. Ella no las tomará ni volverá sus ojos para mirarlas, pero Veiss sabe que examinará esos recuerdos cuando él se vaya.

Por más que finja, no ha huido de este mundo del todo. Se enfrentan en un juego muy complejo con apuestas altísimas, y ella es una jugadora diestra.

—La primera foto es de una señora llamada Sarah Templeton, tal como era antes de ser mía. Era cuarentona, pero muy atractiva. Una mujer preciosa.

El sillón es tan mullido, que el borde del almohadón forma una especie de estante frente a Ariel, donde Veiss puede colocar la fotografía.

—Preciosa... —repite.

Ariel no parpadea. Es capaz de mirar fijamente sin parpadear durante lapsos muy largos. A veces Veiss teme que eso les haga mal a sus espectaculares ojos azules; las córneas requieren mucha lubricación. Desde luego, si pasa demasiado tiempo sin parpadear y sus ojos se resecan, la irritación hará brotar las lágrimas espontáneamente.

—Mira, ésta es otra fotografía de Sarah, después de que acabé con ella —dice el señor Veiss, y coloca el segundo retrato sobre el almohadón—. Como verás, si te decides a hacerlo, aquí ya no está *preciosa*. La belleza no dura. Las cosas cambian.

Toma otras dos fotos de la caja de zapatos.

—Ésta es Laura, la hija de Sarah. Antes. Y después. Como ves, era hermosa. Como una mariposa. Pero la mariposa es sólo un gusano con alas, sabes.

Coloca las instantáneas sobre el almohadón y de nuevo hunde la mano en la caja.

—Éste era el padre de Laura. Ah, y aquí tenemos a su hermano... y a la esposa del hermano. Pura casualidad.

Por último saca las tres Polaroid del joven caballero asiático y la salchicha a la que le falta un bocado.

—Se llama Fuji. Como la montaña en Japón.

Veiss coloca dos de las tres fotos sobre el almohadón.

—Me llevaré una de ellas. Para comérmela. Entonces seré Fuji, con el poder del Oriente y el poder de la montaña, y cuando llegue el momento de ocuparme de ti, percibirás al chico y la montaña en mí y a muchas otras personas con todo su poder. Será muy emocionante para ti, Ariel, tanto que cuando acabe, no te importará estar muerta.

Edgler Veiss no suele hacer discursos tan largos. Por naturaleza es un hombre lacónico. Sin embargo, a veces la belleza de la muchacha lo impulsa a extenderse.

Le muestra la salchicha.

—El bocado que falta lo comió Fuji antes de que yo lo matara. La carne lleva rastros secos de su saliva. Podrás saborear su silencioso poder, su naturaleza inescrutable.

Coloca la salchicha sobre la silla.

—Volveré después de la medianoche. Iremos a la casa rodante para que veas a Laura, la verdadera Laura, no su retrato. La traje para que conozcas el destino que aguarda a las cosas lindas. Y también a un joven, que hacía autostop junto a la ruta. Le mostré tu retrato y no me gustó su actitud. No se mostró respetuoso. Su mirada era lasciva. No me gustó lo que dijo sobre ti. Por eso le cosí los labios y también le cosí los ojos... por la manera en que miró tu retrato. Te excitará saber lo que le hice. Podrás tocarlo... y también a Laura.

Veiss no aparta la vista de su cara, a la espera de un tic, un temblor, una alteración sutil de la mirada, cualquier indicio de que lo está escuchando. *Sabe* que lo escucha, pero es astuta, sabe mantener esa actitud imperturbable, fingir una indiferencia catatónica.

Si consigue provocarle un mínimo estremecimiento, un tic, en poco tiempo la quebrantará por completo, la hará aullar como un paciente desorbitado en lo más profundo del manicomio. Le fascina observar esos accesos de demencia, escuchar los alaridos.

Pero esta chica es fuerte, posee una sorprendente fuerza interior. Perfecto. Presenta un desafío digno de él.

—Desde la casa rodante iremos al prado con los perros, Ariel, y podrás observar mientras entierro a Laura y el chico. Tal vez para entonces se habrá despejado el cielo y saldrán las estrellas y la Luna.

Ariel permanece acurrucada en el sillón con su libro, la mirada remota, los labios apenas separados, una chica profundamente inmóvil.

—Oye, antes de que me olvide, te traje otra muñeca. De una linda boutique en Napa, California, que vende artesanías locales. Una muñeca de trapo de lo más ingeniosa. Te gustará. La traeré más tarde.

Veiss se levanta del taburete para inspeccionar rápidamente el contenido de la heladera y los estantes que hacen las veces de alacena. Hay provisiones para tres días más y él la reabastecerá mañana.

—Comes muy poco —dice en tono acusador—. Eres una desagradecida. Te he instalado heladera, microondas, agua fría y caliente. Tienes todo lo necesario para vivir bien. Deberías comer.

Las muñecas no son más imperturbables que la chica.

203

—Perdiste un kilo, tal vez más. Todavía no afecta tu belleza, pero no puedes perder más peso.

Ella mira al vacío como a la espera de que aprieten un botón para hacerle reproducir los mensajes grabados.

—No creas que podrás ayunar hasta quedar demacrada y fea. No escaparás de mí, Ariel. Si es necesario, te ataré y te alimentaré a presión. Te haré tragar un tubo de caucho y te meteré comida para bebés en el estómago. La verdad, creo que me gustaría. ¿Te gusta la papilla de arvejas? ¿O de zanahorias, o de manzana? Da lo mismo, ya que no sentirás el sabor... salvo que vomites.

Contempla su pelo sedoso, su cabellera de oro rojo a la luz tenue. La percibe con sus cinco sentidos intensos, se baña en el esplendor sensual de ese pelo, en los sonidos y aromas y texturas que le transmite. Un solo estímulo despierta en él tantas asociaciones, que si quisiera podría pasar un día entero contemplando un solo pelo, una gota de lluvia, porque abriría ante él todo un mundo de sensaciones.

Vuelve al sillón y mira a la chica.

Ella no lo reconoce, y aunque él se ha colocado en su línea visual, sus ojos se han desplazado a un punto arriba y a un lado de su cabeza, sin que Veiss advirtiera cuándo sucedió.

Es enigmáticamente esquiva.

—Tal vez te arrancaría unas palabras si te prendiera fuego. ¿Qué te parece? ¿Ehe? Unas gotas de fluido para encendedor en esa cabellera dorada y... *¡fffuuum!*

No parpadea.

—O veremos si los perros te destraban la lengua.

Ni un temblor, ni un tic, ni un estremecimiento. Qué chica increíble.

Veiss se inclina y aproxima su cara a la de ella hasta apoyar la punta de la nariz contra la suya.

Sus ojos están frente a frente... pero ella no lo mira. Parece mirar *a través* de él como si no fuera un hombre de carne y hueso sino un espectro que no termina de detectar. No es el viejo ardid de dejar que se pierda la mirada; es algo infinitamente más astuto que Veiss no termina de comprender.

Con la nariz contra la suya, Veiss murmura:

—Iremos al prado después de las doce. Enterraré a Laura y al chico que hacía autostop. Y tal vez a ti con ellos, una tumba para tres. Estarán muertos y tú estarás viva. ¿Hablarías, Ariel? ¿Suplicarías?

No hay respuesta.

Espera.

Su respiración es serena. Están tan próximos, que siente las exhalaciones tibias que rozan sus labios como anticipos de futuros besos.

También ella debe de sentir el roce de su aliento.

Aunque él le causa miedo y tal vez asco, al mismo tiempo lo encuentra seductor. No tiene la menor duda. Todo el mundo se siente atraído por los malos.

—Tal vez saldrán las estrellas.

Esos ojos azules, brillantes, insondables...

—O luz de la Luna —susurra.


Las argollas de acero que rodean los tobillos de Chyna están unidas por una cadena gruesa. Otra cadena, mucho más larga que la primera y sujeta a ésta por un caño, rodea las gruesas patas de la silla y los tirantes entre éstas, pasa entre sus pies, rodea esa especie de barril gordo que sostiene la mesa y vuelve al caño. No hay un tramo de cadena suelta que le permita levantarse. Y aunque pudiera hacerlo, debería cargar sobre su espalda la propia silla, cuya forma y peso la obligarían a mantenerse inclinada como un gnomo jorobado. Ya erguida, no podría apartarse de la mesa a la que está encadenada.

Sus manos están esposadas por adelante. Una cadena que une las esposas de acero está entrelazada con los tirantes del respaldo de la silla detrás del cojín. Es lo suficientemente larga para permitirle apoyar los brazos sobre la mesa, si lo desea.

Sentada con los dedos entrelazados, inclinada hacia adelante, contemplaba el índice rojo e hinchado de su mano derecha, y esperaba.

El dedo latía, le dolía la cabeza, pero el dolor de la nuca se había calmado. Sabía que volvería en menos de veinticuatro horas, más agudo que antes, como el martirio demorado de los azotes.

Claro que si para entonces seguía con vida, el dolor de la nuca sería la menor de sus preocupaciones.

El doberman se había alejado de la ventana. Chyna había visto dos perros juntos en el jardín, deambulando de aquí para allá, husmeando la hierba y el aire, aguzando los oídos y alejándose otra vez: evidentemente eran guardianes.

La noche anterior, Chyna había utilizado la furia para superar el terror que amenazaba paralizarla, pero ahora descubría que la humillación era un remedio aún más efectivo para el miedo. La humillación no se debía a su incapacidad para defenderse, al hecho de estar encadenada; lo peor era que no había cumplido su promesa a la chica en el sótano.

*Soy tu guardiana. Conmigo estarás a salvo.*

La imagen del vestíbulo acolchado y la mirilla en la puerta interior volvía una y otra vez a su memoria. La chica entre las muñecas no había dado la menor señal de haber escuchado la promesa. Pero a Chyna la perturbaba la certeza de haber despertado una falsa esperanza, de que la chica se sentiría más traicionada y abandonada que nunca y que se hundiría aún más en su Otro Mundo privado.

*Soy tu guardiana.*

Pensándolo bien, tanta soberbia en ella, además de asombrosa era un autoengaño perverso. En sus veintiséis años de vida nunca había salvado a nadie de nada. No era una heroína, un personaje de novela policial con una pizca de angustia existencial y un par de debilidades seductoras, capaz de competir con la sagacidad de Sherlock Holmes y la audacia de James Bond, el agente 007. Conservar la vida, la estabilidad mental y la salud afectiva le había significado un duro esfuerzo. Era una muchacha extraviada que andaba a ciegas en busca de una revelación o resolución que probablemente ni siquiera existía, pero que estaba detrás de esa mirilla y prometía liberarla.

*Soy tu guardiana.*

Separó las manos. Las puso sobre la mesa, las deslizó sobre la madera como si quitara las arrugas de un mantel y con su gesto tintinearon las cadenas.

Al fin y al cabo, no era una combatiente ni paladín de nadie; trabajaba de camarera. Lo hacía bien y obtenía buenas propinas porque en dieciséis años de vida en el mundo perverso de su madre había aprendido que uno de los medios para sobrevivir era congraciarse con la gente. Con los clientes del restorán se mostraba encantadora, amable, siempre dispuesta a quedar bien. Pensaba que la relación entre el comensal y la camarera era ideal por ser breve, formal, por lo general muy cortés y no requería mostrar la propia intimidad.

*Soy tu guardiana.*

Obsesionada con su propia protección a toda costa, era cordial con las demás camareras, pero jamás buscaba entablar amistad con ellas. La amistad entraña entrega y los riesgos consiguientes. Había aprendido a rechazar la entrega que la volvía vulnerable a la traición y al dolor.

A lo largo de los años había tenido relaciones afectivas sólo con dos hombres. Había querido a ambos y amado al segundo, pero la primera relación había durado once meses, y la última, trece. Un amor digno de ese nombre requería algo más que entrega; obligaba a desnudar el alma, compartir la vida, crear un vínculo de intimidad afectiva. Le era difícil revelar los hechos de la infancia vividos con su madre, en parte porque sentía vergüenza al evocar su absoluta indefensión. Más importante aún, había asumido la verdad brutal de que su madre no la había querido, tal vez era incapaz de amarla a ella o a nadie. ¿Y qué aprecio podía sentir un hombre por ella, a quien ni siquiera su propia madre había querido?

Era consciente de la irracionalidad de su actitud, pero la conciencia no la liberaba. Comprendía que no era responsable de lo que le había hecho su madre, pero dijeran lo que dijeren los terapeutas en sus libros y sus programas radiales, la comprensión no era condición suficiente para la cura. Diez años después de haberse liberado del control de su madre, Chyna todavía creía que hubiera podido evitar los sucesos tenebrosos de esos años turbulentos, si ella hubiera sido una buena chica, digna de ello.

*Soy tu guardiana.*

Nuevamente puso las manos sobre la mesa. Se inclinó hasta apoyar la frente sobre los pulgares y cerró los ojos.

Laura Templeton había sido su única amiga íntima. Chyna había deseado muchísimo esa relación, pero no la había buscado; la había necesitado desesperadamente, pero había hecho muy poco para alentarla. Había sido un testimonio de la vivacidad, la perseverancia y la abnegación de Laura frente a la cautela y las reticencias de Chyna, un producto de su corazón amoroso y su extraordinaria capacidad de amar. Y Laura estaba muerta.

*Soy tu guardiana.*

En la habitación de Laura, bajo la mirada de Freud, Chyna se había arrodillado junto a la cama y había susurrado al oído de su amiga engrillada: *Te sacaré de aquí.* Dios, qué dolor al recordarlo. *Te sacaré de aquí.* Sintió tanto asco de sí misma, que se le revolvió el estómago. *Buscaré un arma*, había prometido. Laura, generosa hasta la muerte, la había alentado a huir, a escapar. *No mueras por mí*, había dicho. Pero Chyna había respondido: *Volveré.*

Entonces, volvió el dolor, se abalanzó sobre su corazón como una gran ave negra, y ella estuvo a punto de permitir que sus alas la envolvieran, buscando ávidamente el extraño solaz de esas garras carniceras... hasta que comprendió que usaba el dolor para expulsar a la humillación. El dolor no dejaba lugar para el asco.

*Soy tu guardiana.*

Aunque el empleado no había disparado el revólver, debería haberlo verificado. Debería haberlo sabido. De alguna manera. De algún modo. No podía saber qué había hecho Veiss con los proyectiles, pero debería *haberlo sabido*.

Laura siempre le decía que era demasiado rigurosa consigo misma, que jamás terminaría de sanar, si seguía infligiendo magulladuras nuevas sobre las viejas con su interminable autoflagelación.

Pero Laura estaba muerta.

*Soy tu guardiana.*

La humillación de Chyna fermentó hasta volverse vergüenza.

Y si la humillación era un buen medio para inhibir el terror, la vergüenza era mejor aún. La vergüenza no podía convivir con el miedo aunque una estuviera engrillada en la casa de un asesino sádico sin que nadie en el mundo estuviera enterado. Su presencia ahí parecía servir a los fines de la justicia.

Entonces oyó ruido de pasos.

Alzó la cabeza y abrió los ojos.

El asesino entró desde el lavadero; evidentemente venía de ver a la chica en el sótano.

Sin decirle una palabra a Chyna, sin una mirada, como si no existiera, fue a la heladera, sacó un paquete de huevos y lo puso sobre el mármol. Rompió ocho huevos en un tazón y arrojó las cáscaras a la basura. Puso el tazón en la heladera y procedió a pelar y picar una gran cebolla morada.

Hacía más de doce horas que no comía y Chyna descubrió con desazón que estaba famélica. Jamás había aspirado un aroma más grato que el de la cebolla, y se le hizo agua la boca. Qué crueldad, sentir hambre después de ver tanta sangre y ver morir a la única amiga íntima que tuvo en su vida.

El asesino echó la cebolla picada en un tazón, le colocó la tapa y lo puso en la heladera junto al de los huevos. Luego ralló un trozo de queso cheddar en otro recipiente.

Era rápido y diestro en la cocina y parecía disfrutar lo que hacía. Trabajaba con gran prolijidad. Después de cada tarea se lavaba las manos con agua y jabón y se las secaba con una toalla, no con el paño de secar los platos.

Finalmente, se acercó a la mesa del comedor diario. Se sentó frente a Chyna, tranquilo y confiado y con todo el aire de un estudiante universitario, con sus pantalones náuticos, cinturón trenzado y camisa de cambray.

En cuanto a Chyna, la vergüenza, en lugar de consumirla, se había desvanecido por el momento. En su lugar la embargó una extraña mezcla de furia sorda y amarga desazón.

—Bueno, sé que tienes hambre —dijo él—, y después

de conversar un poco, prepararé omelettes de queso, y tostadas. Pero antes, debes ganarte el desayuno. Quiero saber quién eres, dónde te ocultaste en la estación de servicio y por qué estás aquí.

Lo miró con odio, y él sonrió.

—No creas que podrás ocultarme nada.

Prefería irse al infierno antes de decir una sola palabra.

—Te diré lo que voy a hacer —continuó él—. Te mataré de todas maneras. Todavía no sé cómo lo haré. Probablemente delante de Ariel. Ella ha visto cadáveres, pero nunca ha estado presente en ese momento para escuchar el último alarido, ver ese derramamiento brusco de sangre.

Chyna trató de mantener los ojos clavados en él, de no mostrar debilidad.

—Ya decidiré qué hago contigo, pero si no hablas, será mucho más doloroso para ti. Hay ciertas cosas que yo disfruto y que puedo hacerte en vida o después de muerta. Si colaboras, te mataré antes.

Chyna trató vanamente de encontrar un destello de demencia en sus ojos. Tan azules, tan alegres.

—¿Y bien?

—Degenerado hijo de puta.

—Me aburres. No lo esperaba de ti —dijo, sonriendo.

—Sé por qué le cosiste los ojos y la boca.

—Ajá, lo encontraste en el armario.

—Lo violaste antes de matarlo o mientras lo matabas. Le cosiste los ojos porque te vio y le cosiste la boca porque tienes vergüenza de lo que hiciste y miedo de que se lo cuente a alguien aunque esté muerto.

—La verdad es que no tuve relaciones con él —dijo, imperturbable.

—Mientes.

—Pero en todo caso, no me daría vergüenza confesarlo. ¿Crees que soy un patán? Todos somos bisexuales, ¿no? A veces siento deseos de un hombre y con algunos les he dado rienda suelta. Es una sensación distinta, nada más.

—Gusano.

—Sé lo que te propones —dijo sin perder la calma.

Evidentemente lo encontraba divertido. —No lo conseguirás. Esperas que tal o cual insulto me haga estallar. Crees que soy un psicópata fronterizo, que explotaré si encuentras el insulto preciso, si insultas a mi madre o blasfemas contra el Señor. Y que entonces me dará un ataque de furia y te mataré de una buena vez y punto.

Aunque no había sido totalmente consciente de lo que hacía, Chyna comprendió que el asesino tenía razón. El fracaso, la vergüenza y la impotencia al hallarse engrillada la habían sumido en una desesperación que no había querido asumir. Sentía menos asco de él que de sí misma y se preguntaba si después de todo no era una cobarde, una perdedora, como su madre.

—Pero no soy un psicópata.

—¿Y qué eres, si no?

—Bueno... digamos que soy un aventurero homicida. O tal vez la única persona lúcida que hayas conocido en tu vida.

—Prefiero llamarte gusano.

Se inclinó hacia ella:

—Deja que te explique. Si no me dices quién eres, si no respondes a todas mis preguntas, te tallaré la cara con una navaja ahora mismo. Por cada pregunta que no contestes, te cortaré un pedazo: el lóbulo de la oreja, la punta de tu linda nariz. Te tallaré como una máscara africana de madera.

Su tono no era amenazante sino desapasionado, y ella sabía que lo haría sin contemplaciones.

—Me tomaré un día entero, y te volverás loca mucho antes de morir.

—Está bien.

—¿Está bien qué? ¿La conversación o la navaja?

—La conversación.

—Así me gusta.

Estaba dispuesta a morir si no había más remedio, pero no tenía sentido sufrir más de lo necesario.

—¿Cómo te llamas?

—Shepherd. Chyna Shepherd. C-h-y-n-a.

—Ajá, no era una especie de letanía.

—¿Cómo?

—Qué nombre raro.

—¿Te parece?

—No juegues con mi paciencia, Chyna. Continúa.

—Está bien. Pero, ¿no me darías algo de beber? Estoy deshidratada.

Fue hasta el grifo y llenó un vaso con agua. Añadió tres cubos de hielo. Ya se lo acercaba, pero se detuvo.

—Podría agregarle una rodaja de limón.

Ella se dio cuenta de que no bromeaba. Había vuelto de la cacería y le costaba cierto esfuerzo despojarse del papel del cazador salvaje para asumir el del contador o empleado administrativo o agente inmobiliario o mecánico de automóviles o el que fuere cuando se hacía pasar por un tipo normal. Algunos psicópatas eran capaces de asumir una personalidad falsa más convincente que la mejor interpretación del más genial de los actores, y este hombre parecía ser uno de ésos, aunque después de la matanza desenfrenada necesitaba un período de ajuste para recordar los modales y los convencionalismos de la sociedad civilizada.

—No, gracias —respondió.

—No es molestia —dijo cordialmente.

—Así está bien.

Puso el vaso sobre un posavaso de cerámica con base de corcho. Luego se sentó frente a ella.

Aunque le repugnaba la mera idea de beber de un vaso tocado por él, realmente estaba deshidratada. Tenía la boca reseca y le dolía la garganta.

Obligada por las esposas, tomó el vaso con las dos manos.

Sabía que él la miraba en busca de señales de miedo.

El agua no se derramó del vaso. El vidrio no chocó contra sus dientes.

En verdad, había dejado se sentir miedo, al menos por el momento, aunque más tarde probablemente lo sentiría. Seguro que sí. Por el momento, su paisaje interior era un desierto bajo un cielo encapotado: una desolación que entorpecía los sentidos, con destellos de relámpagos furiosos en un horizonte remoto.

Vació la mitad del vaso antes de dejarlo.

—Hace un momento, cuando entré, tenías la cabeza apoyada sobre las manos —dijo el asesino—. ¿Estabas rezando?

Pensó antes de responder:

—No.

—No tiene sentido que mientas.

—No miento. Es verdad, no estaba rezando.

—Pero a veces lo haces.

—A veces, sí.

—Dios es miedo.

No respondió.

—"Dios es miedo..." Puedes formar esa frase con las letras de mi nombre.

—Comprendo.

—"Semilla de dragón."

—Con las letras de tu nombre...

—Así es. Y "horno de ira".

—Qué juego interesante.

—Los nombres son interesantes. El tuyo es pasivo. Tu nombre, el de un país. Y Shepherd... bucólico, vagamente cristiano. Tu nombre me hace pensar en un campesino asiático vigilando sus ovejas en una ladera... o un Cristo de ojos rasgados que convierte a los paganos. —Sonrió, divertido por su propia cháchara. —Pero no es el nombre adecuado. No eres una persona pasiva.

—Lo he sido durante casi toda mi vida.

—¿De veras? Anoche no fuiste pasiva.

—Es verdad —asintió—. Pero antes, sí.

—Mi nombre es poderoso. Edgler Foreman Veiss. —Lo deletreó. —No me llamo Edgar sino Edg-ler. Suena filoso, otra palabra que está en mi nombre. Y Veiss... si lo alargas, es como el silbido de una serpiente.

—Demonio.

—Así es. Está en mi nombre... *demonio*.

—Enfado.

Parecía complacido de que entrara en su juego.

—Eres hábil, sobre todo porque lo haces sin lápiz y papel.

—Vaso —dijo—. También está en tu nombre.

—Demasiado fácil. Y también *semen*. Vaso y semen, hembra y macho. ¿Se te ocurre un buen insulto, Chyna?

En lugar de responder, tomó el vaso y bebió el resto del agua. Los cubos chocaron fríos contra sus dientes.

—Bien, ya te mojaste el garguero —dijo Veiss—. Ahora me hablarás de ti. Recuerda... eso o la navaja.

Chyna le contó todo a partir del momento en que oyó un grito cuando estaba sentada en el cuarto de huéspedes de la casa de los Templeton. Lo recitó en tono monocorde, no porque lo deseara sino porque descubrió que no podía hablar de otra manera. Trató de introducir alguna inflexión, infundir vida en sus palabras... no pudo.

Edgler Veiss la asustaba menos que el sonido de su propia voz al relatar los hechos de la víspera. Le parecía escuchar una voz ajena, la de una persona perdida y derrotada.

Trató de convencerse de que no estaba vencida, de que aún quedaba una esperanza y de que acabaría con ese asesino degenerado, aunque no sabía cómo. Pero no había convicción en su voz interior.

A pesar del tono timorato de Chyna al relatar los sucesos, Veiss estaba fascinado. Al principio su pose era indolente y despreocupada, pero cuando ella terminó, estaba inclinado sobre la mesa.

La interrumpió varias veces con preguntas. Y al final quedó sumido en un silencio meditabundo.

Ella no soportaba mirarlo. Plegó las manos sobre la mesa, cerró los ojos y apoyó la frente sobre sus pulgares alzados y unidos como el marco de una puerta gótica, tal como Veiss la había encontrado al atravesar el lavadero.

Tampoco rezaba. La oración requiere una dosis de esperanza que le faltaba en ese momento.

Al cabo de unos minutos, oyó que Veiss apartaba la silla de la mesa. Escuchó sus movimientos, los ruidos característicos de un cocinero en cualquier cocina.

Le llegó el aroma de la mantequilla derretida y de las cebollas rehogadas.

El relato le había quitado el apetito, y el olor de las cebollas no se lo devolvió.

214

—Lo extraño es que no sentí tu olor en lo de los Templeton —dijo Veiss.

—¿Puedes hacerlo? —preguntó sin alzar la cabeza—. ¿Tienes el olfato de un perro?

—Casi siempre —dijo. No estaba ofendido, y hablaba con la mayor seriedad. —Y seguramente habrás hecho algún ruido durante la noche. Nadie es *tan* sigiloso, ni siquiera tú. Debería haber oído tu respiración.

Oyó el ruido vigoroso de un batidor en un tazón con huevos.

Luego llegó el olor de las tostadas.

—En una casa en silencio, donde todos estaban muertos, tus movimientos debieron provocar corrientes de aire, como un aliento fresco en mi nuca, algo que agitara el vello de mis manos. Cada movimiento tuyo tuvo que provocar un cambio de textura al rozar mis ojos. Y cuando atravesé un espacio que acababas de ocupar, debí percibir el desplazamiento del aire provocado por tu paso.

Estaba totalmente loco. Tan atractivo con su camisa de cambray, sus hermosos ojos azules, su pelo oscuro peinado hacia atrás para despejar la frente, el hoyuelo en la mejilla izquierda, pero lleno de pústulas y chancros por dentro.

—Sucede que mis sentidos son sumamente agudos.

Abrió un grifo. Ella no necesitó mirar para darse cuenta de que lavaba el batidor. No lo dejaría sucio.

—Mis sentidos son tan agudos porque me entrego a las sensaciones —prosiguió—. Podríamos decir que ellas son mi religión.

Escuchó un siseo mucho más fuerte que el de las cebollas y percibió otro aroma.

—Pero fuiste invisible para mí. Como un espíritu. ¿Qué es lo que te hace distinta de los demás?

—¿Te parece que lo soy? —murmuró Chyna con amargura, casi sin separar los labios de la mesa—. ¿Aquí, encadenada?

Aunque Chyna había apenas murmurado y parecía imposible que la oyera por encima del chisporroteo de los huevos y las cebollas, Veiss dijo:

—Sí, tienes razón.

Después, cuando llevó los platos a la mesa, ella alzó la cabeza y movió las manos.

—No te obligaré a comer con las manos. Te daré un tenedor porque doy por sentado que comprendes que es imposible tratar de clavármelo en un ojo.

Ella asintió.

—Así me gusta.

Sobre su plato había una omelette gruesa de cuatro huevos que rezumaba queso cheddar, y una porción de cebollas rehogadas. La cubrían tres tajadas de tomate maduro y un poco de perejil picado. A los costados, dos tostadas enmantecadas, prolijamente cortadas en diagonal.

Le sirvió más agua con hielo.

Aunque momentos antes había estado famélica, la joven sintió asco a la sola vista de la comida. Sabía que debía comer, de modo que picoteó la omelette y mordisqueó un trozo de tostada. Pero no podría vaciar el plato.

Veiss comía con buen apetito, pero prolijamente y sin hacer ruido. Sus modales eran irreprochables y después de cada bocado se limpiaba los labios con una servilleta.

Chyna estaba sumergida en su mundo gris, y cuanto más disfrutaba Veiss de su desayuno, más seca le parecía a ella su propia omelette.

—Serías muy atractiva si no estuvieras tan ajada y sudorosa, con la cara sucia y el pelo enredado por la lluvia. Una verdadera belleza debajo de tanta mugre. Creo que más tarde te bañaré.

*Chyna Shepherd, intacta y viva.*

Después de una nueva pausa quedó atónita al oírle decir:

—Intacta y viva.

*Sabía* que no había pronunciado la frase en voz alta.

—Intacta y viva —repitió Edgler Veiss—. ¿No es lo que dijiste... cuando bajabas en busca de Ariel?

Lo miró, incapaz de responder.

—¿Lo es?

Por fin:

—Sí.

—Me llamó la atención. Dijiste tu nombre y esas tres

palabras. En ese momento no lo entendí porque no sabía que te llamabas Chyna Shepherd.

Ella apartó la vista hacia la ventana. Un doberman rondaba por el patio.

—¿Rezabas?

En su desconsuelo, Chyna había pensado que no podía sentir más miedo, pero se equivocaba. La lucidez de ese hombre era aterradora... y ella no terminaba de entender por qué.

Volvió su vista del doberman a los ojos de Veiss, y por un breve instante, vio su perro interior, tenebroso e implacable.

—¿Rezabas? —insistió.

—Sí.

—En tu corazón, Chyna, en lo más íntimo de tu corazón, ¿crees que Dios existe? Sé sincera, no conmigo sino contigo misma.

Anteriormente, hasta hace poco, había tenido apenas la suficiente convicción para responder "Sí". Ahora calló.

—Y si Dios existe —prosiguió Veiss—, ¿sabe Él que *tú* existes?

Tomó otro bocado de la omelette. Le pareció más grasienta que antes. Se atragantó con la mezcla empalagosa de huevos, queso y mantequilla. Dejó el tenedor. No podía más. Había comido apenas un tercio de la omelette.

Veiss limpió su plato y bebió una taza de café sin ofrecerle a Chyna, sin duda porque creyó que ella intentaría arrojárselo a la cara.

—Se te ve tan melancólica... —dijo Veiss.

No respondió.

—Te sientes vencida, ¿no? Le fallaste a la pobre Ariel, a ti misma y también a Dios, si es que existe.

—¿Qué harás conmigo? —preguntó. En realidad quiso decir: *¿Por qué me haces esto, por qué no me matas de una vez y se acabó?*

—Todavía no lo he decidido —dijo Veiss—. Sea lo que fuere, tiene que ser especial. Me doy cuenta de que eres distinta, aunque tú no lo creas, y lo que hagamos juntos deberá ser... intenso.

Ella cerró los ojos y se preguntó si podría volver a Narnia después de tantos años.

—Todavía no sé qué quiero hacer contigo, pero sobre Ariel no tengo la menor duda. ¿Quieres saber qué haré con ella?

No, ya era demasiado vieja para creer en armarios mágicos y esas cosas.

La voz de Veiss le llegó desde su gris interior, como si habitara ahí tanto como en el mundo real.

—Te hice una pregunta, Chyna. ¿Recuerdas lo que te dije? Si no contestas... te arranco un pedazo de la cara. ¿Quieres saber qué haré con Ariel?

—Es que ya lo sé.

—Sí, pero sólo en parte. El sexo, es evidente. Es una hembra apetitosa. No la he tocado, pero lo haré. Creo que es virgen. Cuando todavía tenía voz decía que era virgen, y no parecía una chica mentirosa.

Allá afuera estaba el desierto, y en lo alto, el planeta del Principito con su flor.

—Quiero escuchar su llanto, su desolación. Quiero oler la pureza de sus lágrimas. Quiero palpar la exquisita textura de sus gritos, conocer su olor limpio y el sabor de su terror. Eso es lo mejor. Siempre.

Aunque Chyna se esforzó por verlos, no aparecieron ni el desierto ni el planeta. El piloto y el Principito se habían ido para siempre, se los había llevado la odiosa muerte que pone fin a todas las cosas. Y de alguna manera, eso era tan triste como el destino que había sufrido Laura y ahora le aguardaba a ella.

—A veces llevo a una al cuarto en el sótano... siempre con el mismo fin.

No quería escucharlo. Las esposas no le permitían taparse las orejas. Y si lo hubiera intentado, él le hubiera atado las manos a los tobillos para obligarla a escuchar.

—Las vivencias más intensas de mi vida han transcurrido en ese cuarto, Chyna. No me refiero al sexo ni a los golpes ni a los tajos. Eso lo dejo para después, para el postre. Antes les provoco un colapso gradual; *eso* es lo intenso.

Una morsa le apretaba el pecho; apenas podía respirar.

—Durante un día o dos, creen que van a enloquecer de terror, pero se equivocan. Se necesita más de un par de días para perder el juicio, para volverse total e irrevocablemente loco. Ariel es mi séptima cautiva. Las demás se aferraron a la razón durante varias semanas. Una se derrumbó al cabo de dieciocho días; tres aguantaron un mes entero.

Chyna abandonó la búsqueda del desierto esquivo y lo miró a los ojos.

—La tortura psicológica es mucho más interesante y difícil de aplicar que la física, aunque ésta también puede ser emocionante —dijo Veiss—. La mente es mucho más resistente que el cuerpo, el desafío es muchísimo mayor. Y cuando la mente se quiebra, te juro que escucho un *crack* mucho más fuerte que el de un hueso al quebrarse... y cómo retumba.

Trató de ver la conciencia animal en sus ojos, la que había vislumbrado momentos antes. *Necesitaba* verla.

—Cuando se quiebran, algunos se revuelcan por el piso, tienen convulsiones, se desgarran la ropa. Se arrancan el pelo, se arañan la cara, se muerden hasta sangrar. Vieras con cuánto ingenio se automutilan. Lloran y lloran, durante horas, días enteros, incluso mientras duermen. Ladran como perros, Chyna, y chillan y agitan los brazos como si creyeran que son capaces de volar. Tienen alucinaciones, las cosas que ven son mucho más aterradoras que yo mismo. Algunos hablan en lenguas extrañas. Eso se llama *glosolalia*. ¿Conoces ese estado? Es fascinante. Parece un idioma de verdad, pero es un galimatías, un balbuceo lastimero o delirante. Algunos pierden el control de los esfínteres y se revuelcan en sus excrementos. Es un poco desagradable, pero fascinante: la condición humana más rastrera, que la mayoría de la gente sólo asume en el momento de la demencia.

Por más que se esforzaba, Chyna no veía la bestia en sus ojos, solamente la placidez celeste y la vigilante negrura de la pupila, y ya no estaba segura de haberla visto. No era mitad hombre, mitad lobo, una criatura que caía en cuatro patas a la luz de la Luna llena. Era algo peor: apenas un hombre, y aunque habitaba el extremo del espectro de la crueldad humana, era nada más que un hombre.

—Algunos se refugian en el silencio catatónico —prosiguió Veiss—, como Ariel. Pero siempre los saco de ese estado. Ariel es de lejos la más obstinada, pero por eso la más interesante. La quebrantaré, y cuando escuche su *crack*, será como ningún otro. Glorioso. Intenso.

—La experiencia más intensa es la compasión —dijo Chyna sin saber cómo le había llegado esa frase a la mente. Parecía un ruego, y no quería que él pensara que rogaba por su vida. En lo más profundo de su desesperación, no se rebajaría ante él.

Veiss sonrió y por un instante pareció un muchachito, un aficionado a los juegos de palabras y las travesuras inocentes, un coleccionista de figuritas deportivas, un ciclista o aeromodelista o monaguillo los domingos. Creyó que él había sonreído al escucharla, que le divertía su ingenuidad, pero no fue eso lo que demostraron sus palabras.

—Me parece... que quiero que estés conmigo cuando quiebre a Ariel. En lugar de matarte ante sus ojos para darle el empujón final, buscaré otra manera de hacerlo. Y tú lo verás.

*Dios, Dios.*

—Eres estudiante de psicología, ¿no? Casi una *licenciada* en psicología. Ahí estás, juzgándome severamente, segura de que mi mente es aberrante, como dicen ustedes, y que sabes lo que pienso. Pues bien, sería tan interesante ver cómo este pequeño experimento refuta las teorías modernas de cómo opera la mente. ¿No te parece? Cuando quiebre a Ariel, tú podrás escribir una monografía que sólo yo leeré. Me interesan tus observaciones profesionales.

*Dios mío, nunca sucederá. Jamás seré testigo de eso. Aunque estoy engrillada, encontraré la manera de suicidarme antes de que me lleve a ese cuarto a ver cómo termina de destruir a esa hermosa chica. Me morderé las muñecas, me tragaré la lengua, me tiraré por la escalera para desnucarme... algo haré. Cualquier cosa.*

Consciente de que la había sacado de la negra desazón para sumirla en el horror, Veiss sonrió... y volvió su atención al plato.

—¿Comerás algo más?

—No.

—Bueno, lo comeré yo.

Apartó su plato vacío y acercó el de ella, con tenedor y todo. Cortó un trozo de la omelette fría, se lo llevó a la boca y profirió un suave gemido de placer. Lenta, sensualmente, Veiss deslizó el tenedor entre sus labios apretados y extendió la lengua para lamerlo.

—Sentí tu sabor en el tenedor —dijo—. Tu saliva sabe deliciosa... aunque un poquito amarga. Será porque tienes el estómago revuelto.

No podía escapar cerrando los ojos, de modo que lo miró devorar el resto del desayuno.

Entonces quiso hacerle una pregunta:

—Anoche... ¿por qué te comiste la araña?

—¿Por qué no?

—Ésa no es una respuesta.

—Al contrario, es la mejor respuesta a cualquier pregunta.

—Dame otra, aunque no sea la mejor.

—¿Te dio asco?

—Pregunto por curiosidad.

—Sin duda, te parece una experiencia negativa... comer una araña viscosa que mueve las patitas.

—Seguro.

—No existen las experiencias negativas, Chyna. Sólo las sensaciones. La sensación pura no admite juicios de valor.

—Claro que sí.

—Si eso crees, naciste fuera de tu siglo. La araña tenía un sabor interesante y ahora la comprendo mejor por haberla absorbido. ¿Sabes cómo aprenden los platelmintos?

—¿Los platelmintos?

—No me digas que una chica tan preparada como tú no hizo el curso de biología elemental. Ciertos platelmintos aprenden gradualmente a recorrer un laberinto...

Ella recordó, y lo interrumpió:

—Y si los reduces a polvo y se lo das de comer a otro grupo de platelmintos, el segundo grupo recorre el laberinto en el primer intento.

—Muy bien, así es. —Asintió, feliz. —Absorben el conocimiento junto con la carne.

No tuvo que detenerse a pensar cómo formularía la siguiente pregunta, porque era imposible halagarlo o insultarlo.

—Diablos, ¿de veras crees que después de comer una araña sabes lo que significa ser una araña y posees todos sus conocimientos?

—Claro que no, Chyna. Habría que estar loco para tomarlo en sentido tan literal. Estaría encerrado en un hospicio, hablando con una multitud de amigos imaginarios. Lo que digo es que gracias a mis sentidos extraordinariamente agudos, absorbí de la araña una cualidad inefable de *aracnidad* que tú no eres capaz de comprender. Acentué mi conciencia de la araña como un cazador diminuto maravillosamente concebido, una criatura de poder.

”*Araña* es una palabra poderosa, sabes, aunque no la puedo formar con las letras de mi nombre. —Vaciló, meditabundo, antes de agregar: —Pero su nombre en inglés, *spider*, se puede formar con las letras de tu nombre.

Ella no se molestó en recordarle los dichosos errores de ortografía de su madre. Con las letras de *Chyna Shepherd* sólo se podía formar la palabra *spyder*.

—Y corrí un riesgo al comer la araña, lo cual lo hizo más fascinante aún —prosiguió Veiss—. Sólo un entomólogo sabe si determinada especie es venenosa o no. Hay una especie de araña pequeña, marrón, que es muy peligrosa. La picadura en la mano no es nada... pero tuve que aplastarla rápidamente contra el paladar para que no me picara la lengua.

—Te gusta correr riesgos.

Se encogió de hombros.

—Así es como soy.

—Siempre en el filo.

—Otra palabra en mi nombre —asintió.

—¿Y si te hubiera picado la lengua?

—El dolor es lo mismo que el placer, pero distinto. Cuando aprendes a disfrutarlo, vives feliz.

—¿El valor del dolor es neutro?

—Claro que sí. Es una sensación. Ayuda a fortalecer el arrecife del alma... si es que existe.

No entendió a qué se refería con eso del "arrecife del alma" y no preguntó. Estaba harta de él. Harta del miedo y también del odio. Le hacía preguntas para tratar de *comprender*, como lo había hecho durante toda su vida, y estaba mortalmente cansada de buscarle un significado a todo. Jamás comprendería por qué ciertas personas cometen innumerables crueldades pequeñas —o algunas grandes—, y el esfuerzo por comprender había agotado sus fuerzas, dejándole un vacío interior frío y gris.

Veiss señaló su dedo índice hinchado y tumefacto:

—Seguramente te duele. Y también la nuca.

—Lo peor es la jaqueca. Y no encuentro ningún placer en esto.

—Bueno, no es fácil enseñarte el camino hacia la luz y probar que estás equivocada. Se necesita tiempo. Pero hay una lección menor, fácil de aprender...

Se puso de pie y se acercó a un estante de especias instalado en la pared más allá de la alacena. Entre los pequeños frascos y latas de tomillo, clavo de olor, eneldo, nuez moscada, ají picante, jengibre, mejorana y canela, había uno de aspirinas.

—No las tomo para aliviar la jaqueca porque me gusta saborear el dolor. Pero tengo aspirinas a mano porque de vez en cuando me gusta masticar una. Me gusta el sabor.

—Es horrible.

—Es amargo, nada más. Los sabores amargos se vuelven tan agradables como los dulces una vez que aceptas que cualquier vivencia, cualquier sensación, es digna de ser experimentada.

Llevó el frasco de aspirinas a la mesa. Lo dejó al alcance de su mano... y se llevó el vaso con agua.

—Gracias, no quiero.

—Aprende a aceptar la amargura.

No miró el frasco.

—Como quieras —dijo Veiss. Recogió los platos.

Aunque la atormentaban varios dolores, Chyna se negó a tomar la aspirina. Tal vez era irracional, pero estaba convencida de que al mascar un par de comprimidos, aunque sólo fuera por su efecto analgésico, entraría en alguno de los recintos alucinantes de la locura de Edgler Veiss. Por ningún motivo quería cruzar ese umbral, aunque conservara un pie fuertemente anclado en el mundo real.

Él lavaba los platos, tazones y todos los demás utensilios. Era eficiente y prolijo, usaba agua muy caliente y grandes cantidades de detergente líquido con aroma a limón.

Quedaba una pregunta que Chyna no podía dejar de hacer, y por fin tomó aliento:

—¿Por qué los Templeton? ¿Por qué justamente ellos? No me parece que fuera pura casualidad, porque pasabas por ahí y viste luz y entraste.

—No fue casualidad —asintió mientras fregaba la sartén con una esponja de plástico—. Hace un par de semanas, Paul Templeton vino por aquí, una cuestión de negocios, y resulta...

—¿Lo conocías?

—No. Como decía, vino a la ciudad, la cabecera del distrito, por una cuestión de negocios y cuando sacaba una tarjeta de su portadocumentos, cayeron unas fotos, de esas tamaño carné que la gente suele tener, y lo ayudé a recogerlas. Una era de su esposa, la otra de Laura. Parecía tan... pura, tan virginal. "Qué bonita", dije y Paul se puso hablar como el papá chocho que era. Que estaba a punto de recibirse de psicóloga, promedio ocho en las calificaciones, de todo. Que la echaba de menos aunque hacía seis años que se había ido a la universidad y que no veía la hora de que llegara fin de mes porque iba a pasar un fin de semana largo en casa. No dijo que llevaría a una amiga.

Un accidente. Una foto caída. Una conversación casual, entre desconocidos.

224

Era tan arbitrario, que le quitó el aliento. No podía soportarlo.

Entonces, al contemplar a Veiss, que secaba el mármol y enjuagaba los trapos y fregaba la pileta, Chyna tuvo la sensación de que el destino de la familia Templeton no había sido arbitrario. Esas muertes violentas eran obra de un hado maligno, una espiral inexorable que conducía a la noche eterna, como si ellos hubieran vivido y nacido sólo para complacer a Edgler Veiss.

Y tuvo la sensación de que también ella había nacido y vivido con tanto esfuerzo nada más que para proporcionarle un momento de placer perverso a este depredador sin alma.

Su violencia era aterradora, no porque causaba dolor y miedo, derramaba sangre, dejaba un tendal de cadáveres mutilados. El dolor y el miedo eran relativamente breves en comparación con los dolores y las angustias normales de la vida. La sangre y los cadáveres eran el epílogo. Lo más terrorífico era que despojaba a esas vidas inconclusas de su significado, se imponía a sí mismo como propósito primordial de su existencia, no les robaba el tiempo sino la plenitud.

Sus pecados fundamentales eran la envidia —de la belleza, la felicidad— y la soberbia al someter el mundo a su concepción de la creación, los mayores entre todos los pecados, las transgresiones con las que había tropezado el diablo —antes uno de los arcángeles— y había sido expulsado del Cielo.

Al secar los platos, los tazones y los cubiertos, tomándolos del escurridor para colocarlos en sus estantes o cajones correspondientes, Edgler Veiss lucía limpio y sonrosado como un bebé apenas salido de la bañera, inocente como un nonato. Olía a jabón, a una buena loción para después de afeitarse y a detergente líquido aromatizado con limón. Pero a pesar de todo, Chyna tuvo la sensación irracional de que en cualquier momento expediría olor a azufre.

Todas las vidas conducían a una serie de epifanías discretas —o al menos a la oportunidad para que sucedieran—, y Chyna se sintió embargada por una nueva ola de dolor al pensar en este aspecto siniestro de los viajes truncos de los Templeton. Su bondad, que hubiera beneficiado a otros. El amor que tenían para brindar. Las cosas que hubieran comprendido en sus corazones.

Concluido el aseo, Veiss se acercó a la mesa.

—Tengo un par de cosas que hacer arriba y afuera... y después debo dormir cuatro o cinco horas. Tengo que descansar antes de ir a trabajar.

Se preguntó cuál era su trabajo, pero no en voz alta. Tal vez se refería a su trabajo de verdad... o bien a su asalto obstinado a la razón de Ariel. En este caso, Chyna no quería enterarse.

—Cuando te muevas en la silla, ten cuidado. Las cadenas pueden rayar la madera.

—Dios me libre de estropear tan lindos muebles.

La miró fijamente durante medio minuto.

—Si eres tan estúpida como para creer que puedes soltarte, oiré el ruido de las cadenas y vendré a obligarte a estar quieta. No te gustará.

No respondió. Encadenada de pies y manos, la posibilidad de escapar era inconcebible.

—Y aunque te liberaras de la mesa y las sillas, no podrías correr. Hay perros allá afuera y están entrenados para atacar.

—Sí, los vi.

—Aun sin las cadenas, te alcanzarían y matarían antes de que te alejaras diez pasos de la puerta.

Le creía, pero no comprendía su insistencia.

—Una vez solté a un joven en el patio. Corrió hacia el árbol más cercano y cuando trepó hasta ponerse a salvo, sólo tenía una mordedura grave en la pantorrilla derecha y otra menor en el tobillo izquierdo. Se sentó en una rama y pensó que estaría a salvo por un rato mientras los perros rondaban allá abajo, pero tomé un fusil 22, salí a la galería y le disparé a la pierna. Cayó del árbol y los perros lo liquidaron en menos de un minuto.

Chyna no respondió. En ciertos momentos, le parecía que la comunicación con este ser odioso era menos posible que hablar de la belleza de la música de Mozart con un tiburón. Era uno de esos momentos.

226

—Anoche fuiste invisible para mí.

Aguardó.

Su mirada la recorrió minuciosamente como si buscara un eslabón suelto en las cadenas o una argolla abierta en las esposas, invisible hasta entonces.

—Como un espíritu...

A ella le parecía imposible adivinar los pensamientos de semejante ser, pero... por Dios, la idea de dejarla a solas le provocaba una cierta inquietud. No podía imaginar *por qué*.

—¿Tranquilita?

Asintió.

—Así me gusta.

Fue a la puerta que daba de la cocina a la sala. Pero ella tenía que pedirle algo:

—Antes de que te vayas...

Se volvió para mirarla.

—¿Podrías llevarme al baño?

—No tengo ganas de ponerme a soltar las cadenas. Si quieres orinar, hazte encima. De todos modos te bañaré más tarde. Y puedo comprar almohadones nuevos.

Abrió la puerta y desapareció.

Chyna estaba resuelta a no caer en la humillación de sentarse sobre sus excrementos. Tenía ganas de orinar, pero todavía no era grave. Más tarde sería un problema.

Qué extraño que a pesar de todo fuera capaz de evitar una humillación y pensar en el futuro.


En el medio de la sala, Edgler Veiss se detiene a escuchar a la mujer en la cocina. No escucha el tintineo de cadenas. Espera. No hay ruido. El silencio es perturbador.

No termina de comprenderla. Sabe mucho sobre ella... pero sigue siendo un misterio.

Engrillada, totalmente sometida a su poder, sin duda no puede ser su "neumático reventado". Huele a derrota y desesperación. En el tono sumiso de su voz, ve el gris de las cenizas y palpa la textura de un sudario. Está muerta en vida y resignada a ello. Con todo...

Entonces, oye un tintineo de cadenas. No es fuerte, como si hiciera un intento enérgico por liberarse de sus ataduras. Es un mero cambio de posición... acaso ha juntado las piernas para contener las ganas de orinar.

Edgler Veiss sonríe.

Sube a su cuarto. Toma un teléfono del estante en la pared del fondo del clóset. Vuelve al dormitorio, enchufa el aparato en la toma de la pared y hace un par de llamadas para informar a quien corresponde que ha vuelto de sus tres días de vacaciones e irá a trabajar esa noche.

Aunque confía en que durante su ausencia los doberman jamás permitirán que nadie se acerque a la casa, Veiss esconde sus dos teléfonos en sendos clósets. En el caso sumamente improbable de que un intruso lograra escapar de los perros y entrar en la casa, no podría pedir ayuda por teléfono.

Últimamente Edgler Veiss ha pensado en el peligro que representan los teléfonos celulares. Es difícil imaginar a un ladrón frustrado con un teléfono portátil o llamando a la policía desde una casa en la cual se ha encerrado por miedo a los perros guardianes, pero se han visto cosas más extrañas aún. Si la noche anterior Chyna Shepherd hubiera encontrado un teléfono celular en el Honda del empleado, no sería ella quien estaría encadenada en ese momento.

La revolución tecnológica del fin del milenio ofrece muchas comodidades y grandes oportunidades, pero no carece de peligros. Gracias a su destreza con las computadoras, Veiss ha alterado sus huellas digitales archivadas en diversas agencias, y así pudo entrar en la casa de los Templeton a disfrutar plenamente la sensualidad de sus vivencias, sin temor. Pero un teléfono celular en manos de quien no corresponde y en el momento inadecuado podría conducirlo a la vivencia más intensa de su vida... la última. A veces desearía haber vivido en la época más sencilla de Jack el Destripador, o del magnífico Ed Gein, quien inspiró *Psicosis*, o del asesino en serie Richard Speck; anhela ese mundo menos complejo de las décadas anteriores, de campos de caza menos frecuentados por gente como él.

En la pelea febril por la audiencia, al destacar al máximo cada noticia bañada en sangre, al convertir a los asesinos en personajes célebres para luego idolatrarlos, los medios electrónicos pueden haber inspirado a otros individuos lúcidos como él. Pero al mismo tiempo han alarmado al rebaño. Muchas ovejas aprendieron a mantener los ojos bien abiertos y a correr a la menor señal de peligro.

Con todo, no le falta diversión.

Después de hablar por teléfono, Veiss va a la casa rodante. Las matrículas, los bulones y las tuercas que las sujetan al vehículo, y el destornillador están en un cajón de la cocina pequeña.

Por distintos medios, generalmente dos o tres semanas antes de la expedición, Edgler Veiss escoge a sus víctimas principales, como hizo con la familia Templeton. Y aunque a veces trae a una presa viva al cuarto del sótano, generalmente se aleja de los límites de Oregon para reducir al mínimo las probabilidades de que sus dos vidas —la del buen ciudadano y la del aventurero homicida— se crucen en el momento menos conveniente. (Aunque no empleó ese método para llegar hasta Laura Templeton, ha descubierto que la "navegación" clandestina por los inmensos archivos informáticos del Departamento de Vehículos Motorizados de la vecina California es un método excelente para localizar mujeres atractivas. El DVM archiva las fotos carné de los registros de conductor juntamente con la edad, estatura y peso de cada mujer. Con esos datos, él puede descartar a las candidatas inaceptables, tales como las abuelas fotogénicas y las mujeres gordas de cara delgada. Y aunque algunas dan como dirección un apartado postal, la mayoría da su domicilio particular, y a partir de entonces, sólo es cuestión de procurarse un par de mapas buenos.) Cerca del final del viaje, a unos setenta kilómetros de la residencia escogida, quita las matrículas de la casa rodante. Luego se aleja rápidamente de la escena de sus juegos, y cuando se descubre el epílogo, sólo podrían rastrearlo si algún vecino de la víctima hubiera visto la casa rodante y, aunque le pareciera totalmente inocente, su vista se hubiera posado en las matrículas y justo —maldito "neumático reventado"— tuviera memoria fotográfica. Por eso no vuelve a colocarlas hasta volver a Oregon.

Si un agente de tránsito lo detuviera por exceso de velocidad u otra infracción, Veiss se mostraría sorprendido por la ausencia de las matrículas y diría que alguien las robó con Dios sabe qué fines. Es buen actor; su desconcierto es convincente. Si pudiera hacerlo sin correr gran riesgo, mataría al agente. Y si no se presentara esa oportunidad, saldría enseguida del atolladero apelando a la cortesía profesional.

Se sienta en cuclillas y sujeta una de las matrículas al marco delantero correspondiente.

Uno a uno, los perros se acercan, husmean sus manos y su ropa, acaso decepcionados porque huelen a loción para después de afeitarse y detergente para la ropa. Tienen avidez de afecto, pero están de guardia. Ninguno se demora, cada uno vuelve a su puesto después de una palmada en la cabeza, un tirón de oreja, una palabra de afecto.

—Bien, muy bien —dice Veiss a cada uno—. Bien, bien.

Termina de colocar la matrícula delantera, se para, se despereza y echa una mirada a su territorio.

A nivel del suelo ya no hay viento. El aire está inmóvil, húmedo. Huele a hierba mojada, tierra, hojas muertas y bosques de pinos.

Después de la lluvia empieza a despejarse la bruma de las estribaciones y las laderas bajas detrás de la casa. Aún no aparecen los picos de la cordillera occidental ni el manto de nieve que todavía cubre las laderas más altas. Pero sobre su cabeza y hacia el este, donde no hay bruma, las nubes no son negras de tormenta sino grises, de un suave color topo, y un fuerte viento de altura las empuja hacia el sudeste. Como le ha dicho a Ariel, a medianoche saldrán las estrellas y tal vez incluso la Luna para iluminar los ojos glaucos de Laura, muerta.

Edgler Veiss bordea la casa rodante para colocar la matrícula trasera... y descubre huellas extrañas en el camino de entrada. Al contemplarlas, su cara se ensombrece.

El camino es de ripio, pero la lluvia torrencial trae el barro del jardín circundante. Aquí y allá ha formado una gruesa piel, no fangosa sino oscura y densa.

En la piel de barro hay huellas de cascos, acaso de un ciervo. Un ciervo grande. Ha cruzado el camino más de una vez.

Observa un lugar donde se ha detenido a piafar.

No hay huellas de neumáticos en el barro porque las ha borrado la lluvia que caía cuando él llegó a casa. Evidentemente, el ciervo dejó su rastro después de la tormenta.

Se agazapa junto a las huellas y palpa el barro frío con los dedos. Percibe la dureza y tersura de los cascos que dejaron las huellas.

Una especie de ciervo habita las colinas y los montes cercanos. Sin embargo, es raro que se aventuren hasta la propiedad de Edgler Veiss porque tienen miedo de los doberman.

Esto es lo más extraño: hay sólo huellas de cascos, no de las patas de los perros.

Ha entrenado a los doberman para que se concentren en los intrusos humanos y en lo posible no molesten a los animales silvestres. En caso contrario, éstos podrían distraerlos en un momento crucial para la vida de su amo. Jamás atacarán a una ardilla, un conejo, un mapache —y tampoco a un ciervo—, salvo que los obligue el hambre. Ni siquiera lo perseguirán para entretenerse.

No obstante, los perros tomarán debida cuenta de los animales que crucen su camino. Darán rienda suelta a su curiosidad en la medida en que lo permita su entrenamiento.

Se hubieran acercado al ciervo, lo hubieran rodeado para paralizarlo de miedo, obligado a huir. Y después habrían cruzado el camino una y otra vez para husmear el rastro.

Pero no hay una sola huella de pata entre las impresiones de los cascos.

Veiss se frota las yemas embarradas de los dedos mientras se para y gira lentamente en círculo para estudiar el terreno. Los prados hacia el norte y más allá los lejanos bosques de pinos. El camino que va hacia el este hasta la loma pelada. El patio hacia el sur, otros prados y más bosques. Por fin, el patio trasero, el granero, las estribaciones. El ciervo —si es que era un ciervo— se ha ido.

Edgler Veiss está inmóvil. Atento. Alerta. Inspira profundamente en busca de olores. Luego inhala por la boca a ver qué detecta con la lengua. El aire húmedo roza su cara como la piel fría de un cadáver. Ha acentuado sus sentidos al máximo, y el mundo recién lavado penetra por ellos.

No detecta el menor peligro en la mañana.

Cuando está sujetando la matrícula trasera de la casa rodante, se acerca Tilsiter. El perro le hociquea la nuca.

Veiss le ordena que se quede. Cuando termina de sujetar la matrícula, se vuelve hacia Tilsiter y señala el rastro cercano del ciervo.

Aparentemente, el perro no ve las huellas. O si las ve, no le interesan.

Veiss lo conduce al olor entre las huellas. Las señala nuevamente.

Al advertir el desconcierto de Tilsiter, Veiss le pone una mano sobre la cabeza y lo obliga a hundir el hocico en una huella.

Por fin el doberman detecta un olor, husmea con avidez, aúlla suavemente... y decide que no le gusta lo que huele. Aparta la cabeza de la mano del amo y retrocede con aire tímido.

—¿Qué pasa? —dice Veiss.

El perro se relame. Aparta la vista de Veiss, estudia los prados, la senda, el patio. Mira brevemente a Veiss y se aleja trotando hacia el sur, a su puesto.

Los árboles gotean. Se alza la bruma. Las nubes vaciadas de lluvia huyen hacia el sudeste.

Edgler Veiss decide matar a Chyna Shepherd de inmediato.

La arrastrará al jardín, la arrojará boca abajo sobre la hierba y le meterá un par de tiros en la cabeza. Esa noche tiene que ir a trabajar y antes debe dormir, de manera que le falta tiempo para disfrutar de una muerte lenta.

Más tarde, cuando vuelva a casa, la enterrará en el prado mientras los perros observan, los insectos zumban y se cazan entre ellos en medio de los pastos altos. Obligará a Ariel a besar los cadáveres antes de enterrarlos para siempre... bajo la luz de la Luna, si ha salido.

*Bueno, rápido, a matarla de una vez y a dormir.*

Al caminar veloz hacia la casa advierte que aún tiene el destornillador en la mano, que puede ser un arma más interesante que la pistola e igualmente rápida.

Sube los escalones de piedra y cruza la galería donde el dedo de la abogada de Seattle pende silencioso entre las conchillas marinas en el aire fresco e inmóvil.

No se molesta en quitarse el barro del calzado, una violación desusada de su conducta obsesiva.

Su respiración agitada acompaña el crujido de la bisagra al abrir la puerta y entrar en la casa. Después de cerrar la puerta, lo sorprenden los latidos violentos de su corazón.

Nunca tiene miedo; jamás. Pero esta mujer más de una vez le ha causado *desasosiego*.

Da unos pasos más hacia el interior y se detiene para dominarse. Una vez dentro de la casa, se pregunta por qué momentos antes le había parecido que matarla era tan urgente.

Intuición.

Pero su intuición jamás le ha transmitido un mensaje tan clamoroso ni le ha provocado semejante conflicto interior. La mujer es especial, realmente anhela hacer ciertas cosas con ella. Meterle dos tiros en la nuca o clavarle el destornillador un par de veces sería un tremendo derroche de posibilidades.

Veiss nunca tiene miedo. Jamás.

El mismo desasosiego es un desafío a su propia autoestima. La poetisa Sylvia Plath —ante cuya obra siente una ambivalencia poco característica de él— ha dicho que el mundo está gobernado por el pánico, "pánico con cara de perro, cara del diablo, cara de bruja, cara de puta, pánico con mayúsculas, sin cara... el mismo señor Pánico, despierto o dormido". Pero el señor Pánico no gobierna a Edgler Veiss y jamás lo hará, porque Edgler Veiss no se hace ilusiones sobre la naturaleza de la existencia ni tiene dudas sobre sus propósitos, y ningún momento de su vida requiere una reinterpretación cuando llega el momento de la reflexión serena.

Sensación.

Intensidad.

El miedo no permite vivir con intensidad porque el señor Pánico inhibe la espontaneidad y la experimentación. Por eso él no permitirá que esta mujer llena de misterios lo asuste.

Mientras espera que su respiración y su ritmo cardíaco vuelvan a la normalidad, hace girar el mango de caucho del destornillador en su palma y contempla el filo corto y romo en el extremo del acero.


Apenas Veiss entró en la cocina, antes de que dijera una palabra, Chyna percibió que no era el hombre que había conocido hasta ese momento. Su estado de ánimo era distinto de los que lo habían embargado anteriormente, pero la diferencia era tan sutil que no supo definirla.

Él se acercó a la mesa como para sentarse, pero se detuvo. La miró, sombrío y en silencio.

En su diestra tenía un destornillador. Hacía girar el mango constantemente entre los dedos, como si apretara un tornillo imaginario.

Había dejado un rastro de barro seco. Había entrado sin limpiarse los zapatos.

Chyna sabía que no debía romper el silencio. En esa extraña coyuntura, las palabras podían adquirir otros significados, y la frase más inocente, provocar un estallido de violencia.

Poco antes, deseosa de morir rápidamente, había tratado de provocarle un impulso homicida. Había pensado también en distintas maneras de suicidarse a pesar de los grilletes. Ahora cerró la boca para no enfurecerlo.

Evidentemente, en medio de su desazón aún abrigaba una esperanza pequeña pero obstinada, oculta en el mundo gris donde era imposible verla. Una negación estúpida. El anhelo patético de tener la última oportunidad. La esperanza, que siempre le había parecido un sentimiento noble, de pronto se volvía tan embrutecedora como la codicia febril, la lascivia sórdida, un apetito animal de vivir a toda costa.

Está hundida en un lugar profundo, tenebroso.

—Anoche... —dijo Veiss.

Esperó.

—Entre las secoyas...

—¿Qué?

—¿Qué viste?

—¿Cómo?

—¿Viste algo extraño?

—No.

—Seguro que sí.

Chyna meneó la cabeza.

—Los alces...

—Ah, sí. Los alces...

—Una manada.

—Sí.

—¿No te llamó la atención?

—Alces de la costa. Es su hábitat.

—Parecían mansos.

—Tal vez porque están acostumbrados a los turistas.

Meditó su respuesta mientras hacía girar el destornillador, lenta, incesantemente.

—Puede ser.

Chyna vio la delgada costra de barro que cubría los dedos de su diestra.

—Ahora mismo puedo oler el almizcle, la textura de sus ojos, escuchar el verdor de los helechos a su alrededor, y es una cosa viscosa y fría en mi sangre.

No había respuesta posible, y ella se quedó callada.

Los ojos de Veiss, hasta entonces clavados en los de Chyna, pasaron a la punta del destornillador que giraba... y a sus zapatos. Miró sobre su hombro y vio el barro en el piso.

—No puede ser —dijo.

Dejó el destornillador sobre el mármol.

Se quitó los zapatos y los dejó en el lavadero para limpiarlos más tarde.

Volvió, descalzo, con varias toallas de papel y una botella de líquido limpiador, y levantó hasta el último resto de barro. En la sala quitó el barro de la alfombra con una aspiradora.

Las tareas domésticas le llevaron casi un cuarto de hora, y al concluir, su estado de ánimo había cambiado nuevamente. Esas tareas parecían curar su melancolía.

—Ahora me voy arriba a dormir —dijo—. Quédate quieta y no agites demasiado las cadenas.

No respondió.

—No hagas ruido. Si no, vendré y te meteré un metro de cadena en el culo.

Asintió.

—Así me gusta.

Salió de la cocina.

Ahora comprendía la diferencia entre la conducta habitual de Veiss y su reciente estado de ánimo. Por unos minutos había flaqueado su confianza. Acababa de recuperarla.


Edgler Veiss siempre duerme desnudo para facilitar sus sueños.

En el país de sus sueños, todos andan desnudos, tanto los que destroza para hundirse en su gloriosa humedad como los que corren en manada con él por lugares altos y sombríos y bajan a la luz de la Luna. El calor de sus sueños no sólo vuelve superflua la ropa sino que cauteriza el concepto mismo de ropa; es más natural andar desnudo en el mundo de los sueños que en el mundo real.

Jamás tiene pesadillas. Esto se debe a que en su vida cotidiana, confronta las causas de sus tensiones y se ocupa de ellas. La culpa jamás lo agobia. No juzga a los demás, y sus juicios sobre él no lo afectan. Sabe que si *se siente* bien al hacer algo, entonces *está* bien. Siempre se cuida mucho porque sabe que para realizarse como ser humano ante todo debe amarse. Por consiguiente, siempre se acuesta con la mente y el corazón serenos.

236

Segundos después de apoyar la cabeza sobre la almohada, Veiss está dormido. De vez en cuando, sus piernas se mueven bajo las sábanas, como si persiguiera algo.

Una vez, en sueños, dice: "Papá" en tono casi reverente, y la palabra cuelga en el aire como una pompa de jabón... lo cual es extraño, porque a los nueve años, Edgler Veiss provocó un incendio para matar a su padre.

Aunque las cadenas hacían ruido, Chyna se inclinó para recoger el almohadón del suelo junto a la silla. Lo puso sobre la mesa, se inclinó y descansó la cabeza sobre él.

El reloj de la cocina indicaba las doce menos cuarto. Había pasado más de veinticuatro horas despierta, salvo cuando había dormitado un poco en la casa rodante y cuando Veiss la había golpeado hasta desmayarla.

Aunque estaba exhausta y obnubilada por el miedo, pensaba que no podría dormir. Pero esperaba que al cerrar los ojos y huir en sus pensamientos a épocas más gratas, tal vez podría dejar de pensar en esas ganas aún leves pero crecientes de orinar y en el dolor de la nuca y el dedo índice.

Paseaba en medio del viento entre remolinos de pétalos rojos, sorprendida por su falta de miedo a la oscuridad y a los relámpagos que la iluminaban, cuando la despertó un ruido que no era un trueno sino el de una tijera al cortar papel.

Alzó la cabeza del almohadón y se irguió. La luz fluorescente le provocó ardor en los ojos.

Parado frente al mármol, Edgler Veiss abría una gran bolsa de papas fritas.

—Te despertaste por fin, dormilona.

Chyna miró el reloj. Las cinco menos veinte.

—Pensé que tendría que traer a la banda municipal para despertarte.

Había dormido casi cinco horas. Su mirada era turbia. Tenía un sabor agrio en la boca. Su cuerpo olía mal y su piel estaba grasienta.

No se había orinado en sueños, y la animó una absurda sensación de triunfo por no haber caído en semejante humillación. Pero entonces comprendió lo patético que era felicitarse por controlar sus esfínteres, y el gris interior se volvió un poco más oscuro.

Veiss vestía botas negras, pantalones pardos con cinturón negro y remera blanca.

Sus brazos eran enormes, musculosos. No podría luchar contra semejantes brazos.

Llevó un plato a la mesa. Había preparado un emparedado.

—Jamón y queso con mostaza.

Bajo el pan asomaba el borde arrugado de una hoja de lechuga. A cada lado había trozos de pepino encurtido. También puso la bolsa de papas fritas sobre la mesa.

—No quiero nada —dijo Chyna.

—Debes comer.

Ella miró por la ventana al patio bajo la luz del atardecer.

—Si no comes, deberé alimentarte a la fuerza. —Tomó el frasco de aspirinas y lo agitó para llamar su atención: —¿Te gustó?

—No tomé.

—Quiere decir que aprendes a disfrutar del dolor.

Siempre ganaba él.

Se llevó las aspirinas y volvió con un vaso de agua.

—Tienes que hacer funcionar los riñones —dijo con una sonrisa—. Si no, se atrofian.

Fue a limpiar el mármol donde había preparado el emparedado.

—¿Abusaron de ti cuando eras chico? —preguntó Chyna, detestándose por no poder reprimir el impulso de comprender a pesar de todo.

Veiss rió y meneó la cabeza:

—Esto no es uno de tus libros universitarios, Chyna. Es la vida real.

—Contesta, de todos modos.

—No. Mi padre era contador en Chicago. Mi madre era vendedora en una boutique de ropa femenina. Me querían muchísimo. Me compraban muchísimos juguetes, más de los necesarios, sobre todo porque yo prefería jugar con... otras cosas.

—Animales.

—Así es.

—Y antes de eso... con insectos o animalitos muy pequeños, como los peces de colores o las tortuguitas.

—¿Lo dicen los libros?

—Es el primer indicio. El peor de todos. Torturar animales.

Se encogió de hombros.

—Era divertido... ver al bicho arrastrarse para escapar del fuego dentro de su caparazón. Vamos, Chyna, deja esos mezquinos juicios de valor.

Cerró los ojos. Esperaba que se fuera de una vez a trabajar.

—Bueno, pero mis viejos me amaban, creían en esa estupidez. A los nueve años, provoqué un incendio. Un poco de fluido para encendedores en su cama y un cigarrillo encendido.

—Dios mío.

—Otra vez con eso.

—¿Por qué?

—¿Por qué no? —replicó, burlón.

—Dios.

—¿Quieres la otra respuesta?

—Sí.

—Entonces mírame cuando te hablo.

Abrió los ojos.

Su mirada la atravesó.

—Lo hice porque pensé que empezaban a comprender.

—¿A comprender *qué*?

—Que yo era un chico especial.

—Te descubrieron con la tortuga —adivinó.

—No, con el gatito del vecino. Vivíamos en un lindo barrio residencial. Todo el mundo tenía mascotas. Cuando me descubrieron, dijeron que consultarían a un profesional. Aunque tenía nueve años, me di cuenta de que no podía permitirlo. No sería tan fácil engañar a un profesional. Por eso hubo un lindo incendio.

—¿Y a ti no te hicieron nada?

Terminó el aseo y se sentó frente a ella:

—Nadie sospechó de mí. Papá fumaba en la cama. Eso dijeron los bomberos. Un accidente de lo más común. Se consumió la casa entera. Yo me salvé por casualidad y mamá gritaba y yo no podía alcanzarla, no podía ayudar a mi mamá y tenía *tanto* miedo. —Guiñó un ojo. —Me fui a vivir con mi abuela. Era una viejecita regañona, llena de reglas y pautas de conducta y modales que yo debía aprender. Pero no sabía limpiar la casa. El baño era algo repugnante. Me hizo cometer mi segundo y último error. La maté en la cocina mientras preparaba la cena. Impulsivamente, dos puñaladas en cada riñón.

—¿Cuántos años?

—¿La abuela o yo? —preguntó con una sonrisa traviesa.

—Tú.

—Once. Menor de edad, inimputable. Tan chico, que nadie creyó que había actuado conscientemente.

—Pero tuvieron que hacer *algo* contigo.

—Catorce meses en un hogar psiquiátrico. Mucha terapia, muchas sesiones, muchísimas atenciones y mimos. Verás, sucede que había liquidado a mi pobre abuelita debido al dolor reprimido después de la muerte accidental de mis padres en el horrible incendio. Un día comprendí lo que trataban de decir, y entonces perdí el control y me puse a llorar. Ay, Chyna, cuánto lloré y me revolqué en los remordimientos por mi pobre abuelita. Recuerdo que las terapeutas y las asistentes sociales estaban encantadas con eso.

—¿Y de ahí adónde fuiste a parar?

—Me adoptaron.

Lo miró, atónita.

—Sé lo que estás pensando. Es raro que adopten a un huérfano de doce años. La gente prefiere a los bebés para moldearlos a su propia imagen. Pero yo era un chico tan hermoso, Chyna, tan bello, que parecía etéreo. ¿Me crees?

—Sí.

—La gente busca chicos hermosos. Y con lindas sonrisas. Y yo tenía un carácter tan dulce. Había aprendido a

240

disimular entre ustedes, los hipócritas. Jamás volverían a encontrarme con un gatito lastimado o una abuela muerta.

—¿Pero quién... quién te adoptaría después de lo que pasó?

—Lo habían borrado de los archivos, claro. Yo era un niño. ¿Qué esperabas, Chyna, que un solo error echara a perder toda mi vida? Los psiquiatras y las asistentes sociales fueron el lubricante de mis ruedas. Siempre les estaré reconocido por ese deseo dulce y sincero de creer.

—¿Qué sabían tus padres adoptivos?

—Que había sufrido un trauma a raíz de la muerte de mis padres, que por eso había estado en terapia y que debían vigilarme por si aparecían señales de depresión. Se afanaron por brindarme una buena vida en la que la depresión jamás volviera a rozarme.

—¿Qué fue de ellos?

—Vivimos dos años en Chicago y después vinimos aquí, a Oregon. Los dejé vivir bastante tiempo, dejé que fingieran amor por mí. ¿Por qué no? Encontraban tanto placer en engañarse. Pero a los veinte años, cuando terminé el *college*, necesitaba más dinero del que tenía y hubo otro accidente horrible, otro incendio en mitad de la noche. Pero habían pasado once años desde el incendio en que murieron mis padres verdaderos, a medio continente de distancia. Hacía años que no veía a una asistente social, el horrible error con mi abuela no estaba en ningún archivo, así que nadie relacionó todos los hechos.

Estuvieron un rato en silencio.

Finalmente, Veiss dio un golpecito con el dedo en el borde del plato:

—Come de una vez —insistió—. Yo comeré en un restorán. Perdona que no te haga compañía.

—Te creo.

—¿Qué cosa?

—Que no abusaron de ti.

—A pesar de que es contrario a todo lo que te enseñaron... Así me gusta, Chyna. Sabes reconocer la verdad. Tal vez hay alguna esperanza para ti.

—Pero no hay manera de entenderte a ti.

—Claro que sí. He asumido mi naturaleza reptiliana, Chyna. La misma que hay en todos nosotros desde que evolucionamos a partir del primer pez viscoso con patas que salió del mar. La conciencia reptiliana... todos la tenemos, pero ustedes tratan de ocultarla, de convencerse de que son mejores y más puros de lo que realmente son. Y lo más irónico es que si asumieran su naturaleza reptiliana, encontrarían la libertad y la felicidad que buscan en vano con tanto esfuerzo.

Golpeó el plato otra vez y también el vaso con agua. Se paró y arrimó la silla a la mesa.

—Creo que no esperabas esta conversación, Chyna.

—No.

—Pensabas que yo buscaría evasivas, gemiría sobre el mal que me hicieron, me explayaría en explicaciones falsas que yo mismo había terminado por aceptar, te relataría cuentos truculentos de incesto. Querías creer que con tus preguntas hábiles sacarías a la luz mi fanatismo religioso o me harías confesar que escucho voces divinas. No esperabas una confesión tan franca. Tan *honesta*.

Fue a la puerta entre la cocina y la sala y se volvió para mirarla.

—No soy un caso singular, Chyna. El mundo está lleno de tipos como yo... aunque no tan libres. ¿Sabes adónde pienso que van a parar muchos tipos como yo?

A pesar suyo, preguntó:

—¿Adónde?

—Al mundo de la política. Imagina tener el poder de desatar una guerra, Chyna. Qué gratificante, ¿no? Claro que en la vida pública uno renunciaría al placer de participar, de hundir las manos en esos maravillosos fluidos sucios. Tendría que darse por satisfecho con la emoción de mandar a miles a la muerte, con la destrucción remota. Pero creo que me adaptaría. Y podría recibir fotos de la guerra, informes tan gráficos como deseara. *Y sin el menor peligro de ser detenido.* Más asombroso aún... te levantan monumentos. Bombardeas un país pequeño hasta borrarlo del mapa: hacen cenas en tu honor. Matas a treinta y cuatro niños en una comunidad religiosa, los aplastas con tanques, los quemas vivos, dices que formaban parte de un culto peligroso: todo el mundo te aplaude. Cuánto poder. Qué intensidad.

Miró el reloj.

Las cinco pasadas.

—Terminaré de vestirme y me iré. Volveré lo más temprano posible después de medianoche. —Meneó la cabeza con tristeza: —Intacta y viva. ¿Te parece que eso es vida, Chyna? No, no vale la pena. Asume tu naturaleza reptiliana. Abraza el frío y la noche. Eso es lo que somos.

La dejó agobiada por las cadenas, mientras el ocaso descendía sobre el mundo y se retiraba la luz.

# 8

Edgler Veiss sale a la galería, cierra la puerta principal con llave y silba para llamar a los perros.

El día se vuelve más fresco hacia el atardecer y el aire es tonificante. Se abrocha la chaqueta.

Desde los cuatro puntos cardinales, los doberman aparecen en el ocaso e irrumpen en la galería. Corren hacia Veiss, forcejean para ser cada uno el primero en llegar hasta él y sus enormes patas golpean pesadamente las tablas del piso en un fandango de júbilo canino.

Veiss se arrodilla entre ellos y les sirve generosas porciones de afecto.

Al igual que mucha gente, estos doberman parecen incapaces de comprender que el afecto de Edgler Veiss es totalmente falaz. Para él no son mascotas que merecen amor sino herramientas, y el afecto que les brinda es como el aceite de máquina para lubricar el taladro eléctrico, la lijadora de mano y la sierra sinfín. En las películas siempre es un perro el que detecta al licántropo en el hombre que teme a la Luna y lo recibe con un gruñido; el perro es el primero en huir del personaje que oculta al parásito en su cuerpo. Pero el cine no es la vida.

Sin duda, el engaño entre él y sus perros es mutuo. Tampoco ellos sienten amor por él sino respeto... o miedo sublimado.

Se para, y los perros lo miran expectantes. Horas antes, el timbre los había despertado en la perrera y puesto en estado de alerta.

—Nietzsche —dice.

Los cuatro doberman se estremecen al unísono y se ponen rígidos. Sus orejas se alzan al escuchar la orden e inmediatamente se aplanan sobre sus cabezas.

Sus ojos negros brillan en la penumbra.

Saltan de la galería y desaparecen en distintas direcciones, preparados para atacar.

Edgler Veiss se pone el sombrero y va hacia el granero donde guarda el auto.

Dejará la casa rodante estacionada afuera. Más tarde, para reducir el esfuerzo de cargar con los cadáveres, acercará el vehículo al prado de las tumbas sin lápida.

Al caminar, Veiss respira lenta y profundamente, despeja sus pensamientos en preparación para el retorno a la vida cotidiana.

Disfruta de la charada de su otra vida, en la que se hace pasar por uno más en la incontable multitud de reprimidos y despistados, los que dominan la Tierra con mentiras y viven sumidos en la negación, la angustia, la hipocresía. Es como un zorro en un corral de pollos retardados, incapaces de distinguir entre un depredador y uno de los suyos; un juego interesante para un zorro que posee sentido del humor.

Día tras día, las veinticuatro horas, Veiss estudia a los demás con sus ojos, comprueba furtivamente su firmeza con un roce amistoso, aspira el aroma de la carne de cada uno y los selecciona como quien compra un pollo envasado en el mercado. No suele matar a quienes conoce cuando viste su personalidad pública; sólo lo hace si está seguro de que no lo descubrirán y si se trata de un pollo singularmente apetecible.

Si Chyna Shepherd no hubiera trastornado su rutina, Veiss hubiera dedicado más tiempo a adaptarse a su papel de tipo común y corriente. Tal vez hubiera mirado un programa de concursos por televisión, leído dos o tres capítulos de una novela romántica de Robert James Walker y hojeado una revista de actualidad para recordar esas cosas que utilizan las muchedumbres desesperadas para anestesiarse de la conciencia de su verdadera naturaleza animal y la inevitabilidad de la muerte. Se hubiera parado frente al espejo para ensayar su sonrisa, mirarse a los ojos.

No obstante, cuando llega al granero de cedro plateado confía en que volverá a sumergirse en su segunda vida sin hacer olas, y que los que miren su laguna se tranquilizarán al ver reflejadas sus propias caras. La mayoría de la gente dedica tanto tiempo y esfuerzo a negar su naturaleza depredadora, que difícilmente la reconocen en otros.

Abre la pequeña entrada junto al portón levadizo, se detiene y echa una mirada a la casa. Como ha dejado a la mujer en la oscuridad, no alcanza a ver su silueta a través de la ventana.

Sin embargo, hay suficiente luz en el ocaso sombrío y nublado para que la eminente psicóloga, licenciada Shepherd, lo vea caminar hacia el granero. Seguramente lo observa.

¿Qué pensará de él al verlo con ese atavío inesperado? Será un nuevo golpe para ella. Más ilusiones destruidas. Al verlo caminar hacia su segunda vida y comprender que en verdad pasa por ser un ciudadano ejemplar, su desesperación será aun mayor que hasta el momento.

Sabe manejar a las mujeres.


Una vez que Veiss apagó las luces y salió de la cocina, Chyna se echó hacia atrás en la silla recta de pino, lo más lejos posible de la mesa, porque el olor del emparedado de jamón le daba náuseas. El jamón no estaba rancio; al contrario, olía bien. Pero la sola idea de comer le revolvía el estómago.

Habían pasado más de veinte horas desde su última comida completa, la cena en casa de los Templeton. Los escasos bocados de omelette de queso fueron insuficientes para recuperar fuerzas, sobre todo después de la intensa actividad física de la noche anterior; debería estar famélica.

Pero comer era abrigar una esperanza, y eso era justamente lo que no quería. Toda su vida había alentado esperanzas, como una idiota intoxicada con sus propias expectativas. Las esperanzas eran pompas de jabón; los sueños, vasos de cristal que se rompían en cualquier momento.

Hasta la noche anterior creía que se había alejado del martirio de la infancia, había trepado una escalera engrasada hasta alcanzar las alturas excelsas del discernimiento; estaba conforme consigo y con sus logros. Ahora pensaba que no había ascendido un solo peldaño, que todo había sido ilusión, que durante años sus pies habían patinado sobre los mismos escalones engrasados, como en esas máquinas de gimnasio en las que uno gasta muchísima energía caminando sin cesar para acabar en el mismo punto donde empezó. Los largos años en el restorán, las piernas fatigadas y la lumbalgia después de horas de estar de pie, los cursos exigentes en la Universidad de California, las noches dedicadas al estudio al regresar del trabajo, los innumerables sacrificios, la soledad, la brega incesante... todo eso la había conducido hasta *aquí,* a este lugar tenebroso, a estas cadenas, al ocaso.

Su gran esperanza había sido que algún día comprendería a su madre y hallaría buenas razones para perdonarla. Incluso había deseado, Dios mediante, llegar a una tregua con ella. Jamás tendrían una sana relación como madre e hija; tampoco serían amigas. Pero acaso alguna vez almorzaría con Anne en un bar con vista al mar, bajo una gran sombrilla en la terraza, donde no hablarían del pasado sino de películas y el clima y de cómo las gaviotas revoloteaban sobre el mar azul zafiro. No habría un sano afecto entre ellas, pero tampoco habría odio. Ahora comprendía que si por algún milagro escapaba intacta y viva de sus cadenas, jamás llegaría al discernimiento soñado. No volvería a acercarse a su madre.

La crueldad y la duplicidad humanas superaban toda comprensión. No había respuestas; sólo pretextos.

Chyna estaba perdida. Se había hundido en un lugar más extraño que la cocina de Edgler Veiss, un lugar donde las tinieblas eran aún más aterradoras.

En todos esos años jamás se había sentido totalmente

perdida. Asustada, sí. A veces desconcertada y triste. Pero en su mente llevaba un mapa con una ruta señalada, aunque fuera de manera vaga, y creía que en su corazón había una brújula que no fallaría. Muchas veces había ido a parar al lugar equivocado, pero nunca le había faltado la certeza de que encontraría la salida, así como en los laberintos de espejos de los parques de diversiones siempre hay una salida entre los infinitos reflejos de uno mismo, las imágenes distorsionadas, las enigmáticas sombras plateadas.

Esta vez no tenía el mapa.

Ni la brújula.

La vida misma era un laberinto infinito de espejos, y ella estaba perdida en sus pasillos sin salida, sin nadie que la reconfortara o la tomara de la mano.

Al reconocer por fin que nunca había tenido madre ni la tendría y que su única amiga íntima yacía muerta en la casa rodante de Edgler Veiss, Chyna pensó en su padre, a quien jamás había visto y cuyo nombre no conocía. Shepherd era el apellido de su madre, que nunca se había casado. —Gracias a Dios que eres ilegítima, cariño —solía decir Anne—, porque por eso eres *libre*. Los bastardos no tienen parientes que se les adhieran como sanguijuelas psíquicas y les chupen el alma.

Cuando Chyna preguntaba quién era su padre, Anne respondía que había muerto; lo decía sin que se le humedecieran los ojos, incluso con una risa alegre. Se negaba a describir su aspecto, su trabajo, incluso a revelar su nombre.

—Cuando me enteré de que estaba embarazada —le dijo una vez—, ya había dejado de verlo. Pertenecía a mi pasado. Él ni siquiera sabe que existes.

Chyna solía fantasear con él: que su madre había mentido, como siempre, y que papá estaba vivo. Lo imaginaba como Gregory Peck en *Matar a un ruiseñor*, un hombre alto de mirada tierna, voz suave, bondadoso, alegre, con un sentido estricto de la justicia, seguro de sí y firme en sus convicciones. Aunque todos lo admiraban y respetaban, él no creía ser una persona excepcional. Y la amaba.

248

Si hubiera sabido su nombre o su apellido lo hubiera pronunciado en voz alta. La sola mención del nombre de su padre la hubiera reconfortado.

Lloraba. En todas esas horas desde que había caído en las garras de Veiss, las lágrimas habían asomado más de una vez, y las había contenido. Ahora no podía contener ese torrente ardiente. Se despreció por llorar... pero sólo por un instante. Bienvenidas las lágrimas candentes, confesión de que no había más esperanzas. Quería que el llanto arrastrara consigo la esperanza que solamente conducía a la desilusión y el dolor. A lo largo de su vida turbulenta, al menos desde los ocho años, se había negado a soltar el llanto, a llorar de veras. Debía ser recia y mantener los ojos secos; sólo así se ganaría el respeto de aquellos que, al percibir la menor señal de debilidad en el otro, se acercaban con una luz turbia en los ojos, chacales en torno de una gacela herida. Pero la contención del llanto no alejaría al chacal que había prometido volver después de medianoche, y en su pecho estallaron el dolor y la pena de toda una vida. Sacudido por los sollozos, el pecho le empezó a doler más que la nuca o el dedo luxado. La garganta le ardía terriblemente. Abrumada por las cadenas que la sujetaban a la silla, la cara tensa y empapada y ardiente, el estómago apretado y frío, el sabor de la sal en la boca, jadeando, gimiendo de desesperación, se ahogaba con la conciencia de su aterradora soledad. Temblaba sin poder contenerse, sus puños se crispaban débilmente y aferraban el aire en torno de su cabeza como si la angustia fuera una capucha que se pudiera quitar y arrojar a un lado. Profundamente sola, perdida y sin amor, se hundió en un laberinto mental de espejos donde ni siquiera el nombre de su padre vino a consolarla.

Después de unos minutos oyó el rugido de un motor. Sonó una bocina fuerte: dos trompetazos cortos y otros dos.

Chyna alzó la cabeza para mirar por la ventana: del granero salía un auto con los faros encendidos. Las lágrimas enturbiaban su visión. No pudo ver el auto que se alejaba rápidamente en la tiniebla gris, pero el conductor sólo podía ser Veiss. Entonces el coche desapareció.

El trompetazo burlón de la bocina se había mofado de ella, aunque no fue suficiente para despertar la furia.

Contempló el crepúsculo; qué importaba que fuera el último de su vida. Sólo importaba que había pasado la mayor parte de sus veintiséis años en soledad, sin nadie con quien compartir los atardeceres, los cielos estrellados, la belleza turbulenta de las nubes de tormenta. Lamentaba no haberse brindado más a la gente en lugar de refugiarse en su interior, en el armario de su corazón. Ahora que nada tenía importancia y la comprensión no le servía para nada, se dio cuenta de que había menos esperanzas de sobrevivir sola que acompañada. Conocía el rostro humano del terror, la traición y la crueldad, pero no había comprendido que el coraje, la bondad y el amor también lo poseían. La esperanza no era una manufactura hogareña; no era un producto que uno pudiera fabricar por su cuenta como un mantel bordado a mano ni una sustancia que pudiera segregar en su aprensiva soledad como un arce segregaba su jarabe. Había que buscar la esperanza en otros, brindarse a ellos, correr riesgos, abrir la fortaleza de su corazón.

Ahora que lo comprendía le parecía tan sencillo, tan elemental; pero sólo había llegado a ese conocimiento en el momento supremo.

Y la oportunidad para aprovecharlo había pasado mucho antes. Estaría tan sola en la muerte como lo había estado en la vida. Sin embargo, al comprenderlo no tuvo un nuevo acceso de llanto sino que se hundió en un mundo tenebroso como ningún otro, un jardín interior de piedra y cenizas.

Entonces, al mirar por la ventana, vio que algo se movía en la última luz del crepúsculo. A través de las lágrimas vio que por su tamaño no podía ser un doberman.

Pero si Veiss había partido, no podía ser un hombre.

Se secó los ojos con la manga del suéter y parpadeó hasta que la figura misteriosa adquirió contornos nítidos en las sombras del crepúsculo. Era un alce. Una hembra, puesto que no tenía cuernos.

Cruzaba despreocupadamente el jardín trasero, desde las lomas boscosas al oeste, y dos veces se detuvo a probar un bocado de los pastos suculentos. Por los meses que había pasado en la estancia en Mendocino, años atrás, Chyna sabía que eran animales gregarios y siempre andaban en manada. Sin embargo, esta hembra parecía estar sola.

Qué extraño que los doberman no acosaran a la intrusa, ladrando y gruñendo, ávidos de sangre. Sin duda, podían olfatearla desde los rincones más alejados del terreno. No había perros a la vista.

Así mismo, qué extraño que el alce no hubiera olfateado a los perros y huido velozmente, los ojos desorbitados por el terror. En el mundo natural, los de su especie eran presa de los pumas, los lobos y las manadas de coyotes; como alimento en pie para tantos depredadores, los alces eran cautelosos, siempre estaban alertas.

Pero este ejemplar no mostraba la menor preocupación por la proximidad de los perros. Después de dos breves pausas para pastar en la hierba verde, se acercó directamente a la galería trasera sin demostrar la menor timidez.

Aunque Chyna no era especialista en fauna silvestre, creyó reconocer un alce *costeño*, de la misma especie que había visto entre las secoyas. La piel era de color pardo grisáceo, con las consabidas manchas blancas y negras en el cuerpo y la cara.

Sin embargo, le parecía que ese lugar estaba demasiado lejos del mar como para ser un hábitat adecuado para el alce costeño o proporcionarle la vegetación que constituía su dieta. Al salir de la casa rodante, había tenido la impresión de estar rodeada por montañas. Ahora había cesado de llover y se disipaba la bruma; hacia el oeste, donde desaparecían rápidamente los restos de luz del día, las siluetas negras de los picos altos se perfilaban contra las nubes rasgadas y el cielo de color púrpura eléctrico. Una cordillera tan imponente debía de ser un obstáculo insuperable para la migración tierra adentro del alce costeño del Pacífico, una especie de las tierras bajas que prefería las llanuras y las elevaciones suaves. Tenía que ser otra especie de alce, aunque su color era notablemente parecido al de los animales que había visto la noche anterior.

Parada frente a la balaustrada de madera de la galería, a escasos dos metros de ella, la bella criatura miraba directo hacia la ventana. A los ojos de Chyna.

A ella le parecía increíble que el alce pudiera verla. Las luces estaban apagadas y la cocina estaba más oscura que la penumbra exterior en la que se hallaba el animal. Desde su punto de vista, la cocina debía de estar oscura como el fondo de un pozo.

No obstante, era innegable que sus miradas se encontraban. Los enormes ojos oscuros del alce tenían un brillo luminoso.

Recordó el brusco regreso de Veiss a la cocina esa mañana. Presa de una tensión inexplicable, jugueteaba con el destornillador y en sus ojos brillaba una luz extraña. La había interrogado sobre los alces en el bosque de secoyas.

Para Chyna, el interés de Veiss por aquellos alces era tan insólito como la presencia de ese animal que, sin ser molestado por los perros, la contemplaba fijamente a través de la ventana. No ponderó el misterio por mucho tiempo. En su estado de ánimo presente, estaba dispuesta a aceptar cualquier vivencia y a reconocer que a veces es imposible comprender.

A medida que el violeta profundo del cielo se tornaba índigo y luego negro, los ojos del alce se volvían más luminosos. No eran rojos, como los de los animales nocturnos, sino dorados.

Al compás de su respiración pausada, de su hocico negro y húmedo brotaban nubes pálidas de vapor.

Sin dejar de mirar los ojos del animal, Chyna juntó las caras internas de sus muñecas tanto como se lo permitían las esposas. Tintinearon las cadenas de acero: las que la sujetaban a la silla, a la mesa, al pasado.

Recordó su juramento solemne de horas antes, de matarse antes que presenciar la destrucción mental de la joven en el sótano. Había creído que no le faltaría coraje para morderse las venas de las muñecas hasta desgarrarlas y morir desangrada. El dolor sería terrible, pero relativamente breve... y entonces sobrevendría el tránsito soñoliento desde esta oscuridad hacia otra, que sería eterna.

El llanto había cesado. Sus ojos estaban secos.

Su corazón latía con sorprendente lentitud, como en esa vigilia relajada que provoca un sedante fuerte.

Alzó las manos frente a la cara y las retorció hacia atrás lo más que pudo, a la vez que separó los dedos para no perder de vista los ojos del alce.

Acercó la boca al punto de la muñeca izquierda donde debía morder. Su aliento tibio le acariciaba la piel fría.

La luz del día se había desvanecido por completo. Las montañas y el cielo formaban una única marejada negra sobre el océano de la noche, un peso colosal a punto de abatirse sobre ella.

La cara con forma de corazón del alce era apenas visible a dos metros de distancia. Sin embargo, sus ojos brillaban.

Chyna posó los labios sobre su muñeca izquierda. Bajo el beso, sintió su pulso, firme y potente.

Chyna y el alce inmóvil se miraban fijamente en la tenebrosa oscuridad, y ella no supo quién había hipnotizado al otro.

Posó los labios sobre su muñeca derecha. La misma frescura en la piel, el mismo pulso poderoso.

Separó los labios y tomó un pliegue de piel entre los dientes. Le parecía que había suficiente tejido entre sus incisivos para provocar un desgarro mortal. En todo caso, el segundo mordisco o el tercero alcanzaría el objetivo.

A punto de morder, comprendió que el acto no requería el menor coraje. Al contrario. El acto de valor consistía en *no* morder.

Pero, qué le importaban el coraje o el valor. Un bledo. Nada tenía importancia, salvo acabar con la soledad, el dolor, la angustiante sensación de vacío e impotencia.

Y la chica. Ariel. En esa horrible y silenciosa oscuridad.

Por un instante, estuvo a punto de dar el mordisco fatal.

Los latidos de su corazón eran lentos, solemnes, serenos como el agua profunda.

Entonces, sin tener conciencia de haber soltado el pliegue de piel entre los dientes, Chyna advirtió que sus labios estaban apretados contra la piel intacta. Bajo el beso de la vida, latía lentamente el pulso.

El alce había desaparecido.

Desaparecido.

Atónita, sólo vio oscuridad donde antes había estado el animal. Estaba segura de que en ningún momento había cerrado los ojos; ni siquiera había parpadeado. Sin embargo, debía de haber caído en trance, porque el alce majestuoso se había desvanecido misteriosamente en la noche, así como la ayudante del mago del circo desaparece bajo el sudario negro arrojado sobre ella.

Su corazón empezaba a latir rápidamente y con fuerza.

—No —susurró en la cocina tenebrosa, y esa sola palabra fue a la vez promesa y ruego.

Como una rueda veloz, su corazón la arrastró de la tiniebla interior en la que se había perdido, de ese paisaje sombrío, hacia otro más claro.

—No. —Esta vez su voz sonó desafiante. No susurraba. —No.

Agitó las cadenas como un potro bravío al tratar de sacudirse los arneses.

—No, no, no. No, qué mierda.

Su voz era tan clamorosa, que reverberaba en los planos duros de la heladera, en la puerta de vidrio del horno, en el mármol de la mesada.

Trató de apartarse de la mesa para pararse. Pero la cadena enlazaba la silla al barril que sostenía la mesa, e impedía sus movimientos.

Si apoyara los talones en el piso de vinilo para tratar de apartarse, probablemente no podría moverse. A lo sumo arrastraría la pesada mesa un par de centímetros. Y aunque tironeara durante toda su vida, no le alcanzarían las fuerzas para romper la cadena.

Aún rechazaba con todas sus fuerzas la mera idea de la capitulación. —No, no, carajo, no —repetía una y otra vez entre dientes.

254

Al inclinarse hacia adelante estiró la cadena que unía la argolla de la muñeca izquierda con la de la derecha pasando por detrás de su espalda. Estaba entrelazada con las varillas del respaldo recto de la silla, detrás del almohadón. Tironeó con la esperanza de oír el crujido de la madera al quebrarse, tironeó con más y más fuerza, y el dolor era un hierro candente que le atravesaba el cuello; el martirio de los golpes recibidos reapareció en su cuello y el costado derecho de su cara, pero no iba a permitir que el dolor la arredrara. Dio un tirón aún más fuerte, que seguramente rayó la madera —*fuerza, fuerza*— apretando la silla contra el piso con su cuerpo a la vez que la alzaba al tironear de las varillas una y otra vez y sus bíceps se estremecían. *Fuerza.* Jadeaba de furia e impotencia mientras punzadas de dolor le atravesaban la nuca, los hombros y los brazos. *¡Fuerza!* Empeñando todo su ser en el esfuerzo, apretando los dientes con tanta fuerza que le temblaban los músculos de las mandíbulas, tironeó hasta sentir el latido de las arterias en las sienes y aparecer destellos rojos y plateados detrás de sus párpados. En vano: ningún crujido de madera rota premió sus esfuerzos. La silla era sólida, con varillas gruesas y juntas resistentes.

Su corazón *tronaba*, en parte debido al esfuerzo pero también porque la embargaba la euforia de la libertad. Lo cual era absurdo, una locura total, porque seguía engrillada y tan cerca de la libertad como en el momento de despertar y hallarse sujeta a la silla. Sin embargo, se sentía libre, y sólo era cuestión de que la realidad se pusiera a tono con su voluntad.

Se puso a pensar, entre jadeos.

El sudor empapaba su frente.

Debería dejar la silla para más adelante. Para liberarse de ella, debía ganar libertad de movimientos. Lo primero era liberarse de la mesa.

No podía inclinarse lo suficiente para desenroscar la barra acoplada que unía la cadena corta entre sus tobillos a la más larga que enlazaba la silla con la mesa. Si no, hubiera sido fácil liberar sus piernas de los dos muebles.

Si pudiera volcar la mesa, la cadena que enlazaba la base y se acoplaba con los grilletes de las piernas quedaría suelta en el momento en que el barril cayera de costado. ¿O no? Sentada en la oscuridad, no terminaba de visualizar la mecánica de su proyecto, pero pensó que volcar la mesa era el primer paso.

Desgraciadamente, la silla frente a ella, la que había ocupado Veiss, constituía un obstáculo que le impediría volcar la mesa. Debía apartarla, dejar libre el camino. Pero tanto los grilletes como el barril le impedían apartarla de una patada. Así mismo, las cadenas que la sujetaban no le permitían pararse para tirar un manotazo por encima de la mesa.

Por consiguiente, debía correr su silla y así arrastrar la mesa para apartarla de la silla de Veiss. Se tensó la cadena que enlazaba la base. Al tironear, apretando los talones contra el piso, tuvo la sensación de que el mueble era demasiado pesado; acaso dentro del barril había una bolsa de arena para darle estabilidad. Pero en ese momento hubo un crujido y el barril se deslizó un par de centímetros sobre las baldosas; el plato y el vaso con agua tintinearon sobre la mesa.

La tarea era más ardua de lo que había previsto. Tuvo la sensación de estar en uno de esos programas de concursos de la televisión donde los participantes deben realizar pruebas físicas idiotas como romper una pila de ladrillos de un solo golpe. No obstante, la mesa se deslizaba con los tirones. Al cabo de un par de minutos de esfuerzos interrumpidos por dos pausas para recuperar el aliento, cejó por temor a quedar atrapada contra la pared que separaba la cocina del lavadero; debía conservar algún margen para maniobrar. Aunque era difícil medir las distancias en la oscuridad, calculó que había arrastrado la mesa casi un metro, más que suficiente para apartarla de la silla de Veiss.

Tratando de proteger el dedo luxado, colocó las manos esposadas bajo la mesa y trató de alzarla. Pesaba bastante más que Chyna —una tabla de dos pulgadas, las duelas del barril, los aros de hierro negro que sujetaban las duelas, acaso la arena—, y sentada no podía ejercer demasiada fuerza. El fondo del barril se alzó dos centímetros y luego otros dos. El vaso volcó su contenido, rodó hasta caer de la mesa, se hizo añicos. Aunque alentada por el ruido —¡Vamos! —susurró—, comprendió que había subestimado el peso y la magnitud del esfuerzo requerido, y soltó la mesa.

Chyna flexionó los músculos, tomó aliento y reanudó la tarea. Esta vez separó los pies tanto como se lo permitieron los grillos. Puso las palmas contra la cara inferior de la tabla de pino con los pulgares enganchados en el borde redondeado. Tensó los músculos, los de las piernas y los de los brazos, para empeñar todo su cuerpo en el esfuerzo, alzándose centímetro por centímetro a medida que volcaba la mesa. Las diversas cadenas eran demasiado cortas para permitirle enderezarse, siquiera a medias, de manera que su cuerpo se alzó agazapado bajo el peso de la mesa en una posición rígida y torpe. La tensión en las rodillas y los muslos era tremenda, jadeaba y se estremecía por el esfuerzo, pero no cejaba porque cada centímetro que ganaba incrementaba su ventaja mecánica; usaba todo su cuerpo para hacer fuerza. *¡Vamos, arriba!*

El plato con el sándwich y la bolsa de papas fritas cayeron de la mesa. La loza se rompió y los añicos se deslizaron sobre el piso con un ruido desagradablemente similar al de las ratas al huir.

El dolor del cuello era agudísimo y le parecía que alguien enroscaba un sacacorchos en su clavícula derecha. Pero el dolor, lejos de detenerla, era una motivación adicional. A medida que se intensificaba, Chyna se identificaba más y más con Laura y su familia, con el joven colgado en el ropero de la casa rodante, con los empleados de la gasolinera, con los muertos enterrados en el jardín. Y a medida que crecía la identificación con ellos, se intensificaba su deseo de martirizar a Edgler Veiss. La embargaba el espíritu del Antiguo Testamento: nada de ofrecer la otra mejilla. Quería escuchar los alaridos de Veiss en el potro de los tormentos, ver cómo lo estiraban hasta descoyuntarlo, hasta desgarrarle los tendones. No quería verlo encerrado en un hospicio psiquiátrico para locos peligrosos donde lo analizaran y aconsejaran y ayudaran a recuperar su autoestima, le suministraran una batería de drogas psicotrópicas, le asignaran un cuarto privado con televisor, lo inscribieran en torneos de naipes con otros pacientes y le sirvieran pavo asado en Navidad. Lejos de entregarlo a los cuidados amorosos de los psiquiatras y los asistentes sociales, Chyna quería verlo en las manos diestras de un hábil torturador, y a ver si el degenerado hijo de puta era capaz de aferrarse a sus ideas de que todas las vivencias eran igualmente válidas y todas las sensaciones eran dignas de ser experimentadas. No había ni pizca de nobleza en ese deseo ardiente, hijo del dolor, pero era un combustible de alta potencia que ardía intensamente y mantenía su motor en marcha.

Calculando a ojo, le pareció que el costado del barril se había alzado unos seis o siete centímetros del piso, más o menos igual que la primera vez, pero a ella le quedaba mucho vigor. Plegada en forma de z invertida, encorvada como un gnomo maldecido por Dios, alzó la mesa, las rodillas doloridas, los muslos crispados por el esfuerzo, el trasero más apretado que el puño de un político al recibir un soborno en metálico. Para darse aliento, le habló a la mesa como a un ser vivo y consciente:

—Vamos, vamos, arriba, mierda, mierda, mierda, arriba, hija de puta, vamos, vamos, carajo, vamos.

A su mente vino una escena absurda: ella era un personaje en una de esas películas en las que el muchachito bueno comprende bruscamente la verdad y vuelca la mesa de póquer sobre el tahúr itinerante tramposo, salvo que ahora el drama se desarrollaba en cámara lenta, como en un western submarino.

Al principio, la silla permaneció en el preciso lugar donde estaba cuando se levantó su trasero, pero a medida que sus brazos se alzaban y estiraban, la cadena que unía sus muñecas por detrás del almohadón y entre las varillas empezó a levantarla. Con su cuerpo alzaba la mesa por delante y la silla por detrás. El borde filoso de ésta le lastimaba los muslos, y la tabla superior del respaldo ejercía una terrible presión sobre sus omóplatos; toda la silla actuaba como una abrazadera para impedir que se enderezara.

Pero Chyna apretó su cuerpo contra la mesa inclinada, separándolo de la silla para enderezarlo un centímetro y luego uno más. En el límite de la fuerza y la resistencia, jadeaba rítmicamente y con fuerza: *¡Uh, uh, uh!* El sudor bañaba su cara y le provocaba ardor en los ojos, pero en la cocina no había luz, y no era necesario ver para llevar a cabo la tarea. El ardor no la incomodaba; era un dolor insignificante; pero sentía que la tensión le reventaría una arteria... o expulsaría un coágulo de la pared de un vaso para lanzarlo al cerebro.

Sintió miedo por primera vez en muchas horas, porque mientras forcejeaba con la mesa no podía dejar de pensar en lo que le haría Edgler Veiss si al volver a casa la encontraba tendida en el piso, mareada y aturdida por un ataque de apoplejía. Con los sesos vueltos papilla, ya no sería un juguete complejo como hasta entonces; no estaría en condiciones de proporcionarle a Veiss las emociones que buscaba al torturarla. Quizá regresaría a los juegos toscos a los que sometía las tortugas en su juventud. Tal vez la arrastraría al jardín para prenderle fuego y disfrutar viéndola retorcerse sobre sus miembros retorcidos por el fuego.

La mesa cayó de costado con un estrépito que hizo vibrar los platos en la alacena y un paño de vidrio flojo en la ventana.

Aunque ése era precisamente el objetivo de sus forcejeos, el éxito repentino ahogó el grito de triunfo en su garganta. Se apoyó contra el borde curvo de la mesa volcada y jadeó en busca de aliento.

Unos segundos después, al tratar de apartarse, descubrió que la cadena tensa aún la sujetaba al barril.

Trató de liberarse de un tirón. No tuvo suerte.

Cayó en cuatro patas con la silla sobre la espalda y tanteó bajo la mesa volcada como si estuviera en una playa y buscara el fresco bajo una gran sombrilla. En medio de la oscuridad, tanteó el fondo del barril que servía de pie a la mesa, y vio que esa parte de la tarea aún no había concluido.

Caída de costado, la mesa parecía un gran hongo cuyo tallo formaba un ángulo con el piso. Entorpecida por su posición, Chyna no había podido volcarla por completo para que la base apuntara hacia arriba. El fondo del barril, deprimido dentro del aro inferior, estaba a la vista; pero la cadena que la sujetaba a ella había quedado atrapada en el ángulo formado por el piso y el costado de la base.

Arrastrando la silla consigo, Chyna se alzó penosamente hasta quedar agazapada. Extendió los brazos para enganchar los dedos en el aro metálico, juntó fuerzas y dio un tirón.

Aunque trató de proteger su índice lastimado, sus manos resbalaron sobre el aro de hierro pintado. Estrelló las puntas de los dedos de la mano derecha contra el fondo áspero del barril, y la punzada de dolor en su índice hinchado le arrancó un alarido.

Agazapada, apretó la mano lastimada contra su seno a la espera de que cesara el dolor. Poco a poco fue disminuyendo.

Después de secarse las manos en las piernas de los jeans enganchó nuevamente los dedos en el aro, titubeó, tironeó y el barril se alzó uno, dos centímetros. Con el pie izquierdo pateó el lazo de la cadena hasta que le pareció que estaba suelto, y dejó caer la base.

Cayó hacia atrás, siempre atada a la silla, y esta vez nada la retuvo. La cadena suelta resonó al caer al piso: ya no la sujetaba a la mesa.

La silla chocó contra la pared que separaba la cocina del lavadero. Se corrió de costado para apartarse de la mesa hacia la ventana, un borroso rectángulo gris entre la cocina oscura y la noche apenas menos oscura.

Aunque faltaba mucho para ganar la libertad y aún más para estar a salvo, Chyna estaba eufórica: al menos había dado el primer paso. Una jaqueca invadía su frente y su sien derecha como una marejada implacable, y un dolor salvaje le atenazaba el cuello. Su índice hinchado era otra fuente de martirios. A pesar de sus gruesas medias, sentía que los grilletes le habían lastimado y despellejado los tobillos, y le ardía la muñeca izquierda, lastimada por las esposas al tratar de quebrar las varillas del respaldo. Le dolían las coyunturas, le ardían los músculos debido al esfuerzo que les había exigido, y una puntada en su flanco izquierdo tironeaba como una aguja enhebrada con alambre al rojo vivo... pero sonreía.

Al llegar a la ventana dejó que las patas de la silla se posaran en el piso. Se sentó.

Mientras disminuía el latido frenético de su corazón, se apoyó en el almohadón del respaldo, y en medio de sus jadeos, para su propia sorpresa, se largó a reír. Era una risa cristalina, infantil, un gorjeo de felicidad y a la vez de distensión de los nervios.

Con la manga de algodón se secó el sudor que le irritaba los ojos. Alzó las manos esposadas para apartar los mechones húmedos de pelo que caían sobre su frente.

Cuando se le escapaba un gorjeo un poco más suave, por el rabillo del ojo derecho detectó un movimiento en la ventana. Se volvió, feliz: *El alce*, pensó.

Un doberman la miraba fijamente.

No había luna, pocas estrellas asomaban tras las nubes desgarradas, y el perro era negro como el alquitrán. Pero lo veía con nitidez porque su hocico puntiagudo estaba a escasos centímetros de su cara, separado de ella solamente por el vidrio. Sus ojos retintos eran fríos e implacables; su mirada, fija y vidriosa como la de un tiburón. Curioso, rozaba el vidrio con su hocico húmedo.

El doberman soltó una especie de silbido, perceptible a través del vidrio, que no era plañidero ni quejoso: era un aullido suave, perfectamente a tono con la luz asesina que iluminaba sus ojos.

Chyna había dejado de reír.

El perro se dejó caer y desapareció de su vista.

Chyna escuchó el retumbar hueco de sus patas sobre las tablas al cruzar rápidamente la galería, sus quejidos nerviosos en contrapunto con un gruñido pendenciero.

El perro reapareció, apoyó sus grandes patas delanteras en la repisa de la ventana y la miró una vez más a los ojos. Agitado, mostró sus enormes dientes en gesto de amenaza, sin ladrar ni gruñir.

Tal vez el estrépito del vaso al hacerse añicos en el piso o el de la mesa al volcarse habían llegado al patio cuando el perro andaba por ahí. Acaso el perro se encontraba frente a la ventana desde mucho antes, escuchando la voz de Chyna que maldecía sus ataduras o se daba aliento; sin duda, había escuchado su risa. Los perros tenían mala vista; éste sólo podía ver su cara, no el desorden en la cocina. Pero poseían un sentido del olfato descomunal, así que tal vez la bestia había detectado el olor de la transpiración a través del vidrio... y eso la había alarmado.

La ventana, que medía aproximadamente dos metros de ancho por uno y medio de altura, estaba dividida en dos paneles deslizantes. Desentonaba con la arquitectura original de la casa; tal vez formaba parte de una remodelación más reciente. Si hubiera estado compuesta por pequeños paneles de vidrio separados por varillas robustas de madera, Chyna se hubiera sentido mucho más tranquila. Pero cualquiera de los vidrios era lo suficientemente grande para dejar pasar al nervioso doberman, si decidiera romper el vidrio y abalanzarse sobre ella.

Seguramente no sucedería. Los perros estaban adiestrados para patrullar el terreno, no para tomar la casa por asalto.

Los dientes descubiertos brillaban vagamente en la penumbra como perlas grisáceas en una sonrisa amplia, sardónica.

Para evitar cualquier gesto brusco que pudiera azuzarlo, Chyna aguardó a que el doberman se dejara caer del alféizar antes de inclinarse y recoger el excedente de cadena que amenazaba con hacerla tropezar. Escuchando los pasos del perro que iba y venía por la galería, se alzó a la posición de gnomo giboso que le imponía la pesada silla. Recorrió lentamente la cocina, siempre cerca de las paredes y los muebles, tanteando lo mejor posible con las manos esposadas, con una de las cuales sostenía la cadena. Arrastraba los pies, no porque la obligaran los grilletes sino para apartar los fragmentos de vidrio y loza y no pisarlos.

Junto a la puerta que daba a la sala encontró el interruptor de la luz, pero vaciló antes de encenderla y echó una mirada a la ventana. El doberman la espiaba; era mejor dejar la cocina a oscuras.

Sin embargo, debía registrar los cajones, de manera que encendió la luz del cielo raso. En la ventana, el doberman se sobresaltó, aplastó las orejas contra el cráneo, las irguió nuevamente y clavó su mirada en ella.

Chyna dejó de prestar atención al perro. Se inclinó en la medida en que se lo permitían las cadenas, alzando la silla sobre la espalda. Trató de alcanzar el caño acoplador que unía el grillete de los tobillos con la cadena larga que había rodeado el pie de la mesa y aún estaba enlazada con los travesaños de la silla. Pero aunque se había liberado de la mesa, las cadenas le impedían alcanzar el acople.

Volvió a las alacenas. Abrió los cajones uno por uno para examinar su contenido.

Al pasar la toma del teléfono en la pared, se detuvo a contemplarla, impotente. Si Edgler Veiss llevaba una vida aparte de la del "aventurero homicida", si tenía trabajo y algún tipo de vida social para encubrir su verdadera naturaleza, seguramente tenía teléfono; la toma no era un mero hueco en la pared abierto por los propietarios originales de la casa. El teléfono estaría oculto en alguna parte.

Pero si bien en una vida era un psicópata asesino furioso sin el menor control de sus actos, en la otra que le servía de fachada era un hombre minucioso y cuidadoso al extremo. El agente del caos, que reducía las vidas ajenas a escombros, conservaba sus propios asuntos en perfecto orden y evitaba los errores.

Chyna abrió un par de puertas para estudiar el interior de las alacenas, pero sólo encontró ollas, sartenes, platos y vasos. Abandonó la búsqueda del teléfono al comprender que Veiss, después de tomarse la molestia de desenchufarlo y ocultarlo, seguro lo había escondido en otra parte de la casa, en algún lugar donde difícilmente lo encontraría aunque lo buscara durante horas.

Abrió otros cajones. En el cuarto encontró una bandeja de plástico con divisiones que contenía diversos utensilios culinarios pequeños.

Posó la silla frente al cajón abierto y se sentó.

Afuera, el doberman deambulaba rápidamente de acá para allá, casi *corría* de un extremo a otro de la galería, y sus gemidos eran más fuertes que antes. Chyna no comprendía el motivo de su agitación, pues en lugar de romper vidrios y derribar muebles, ella examinaba con cuidado los cajones, evitaba sacudir las cadenas y hacer cualquier gesto que pudiera alarmar al perro. Éste aparentemente se había dado cuenta de que ella intentaba escapar, pero era imposible que un mero animal comprendiera la situación en toda su complejidad. Un mero animal. Sin embargo, en su agitación, corría de un extremo a otro de la galería, volvía a mirar por la ventana, clavaba en ella sus feroces ojos negros y parecía decir: *¡Puta roñosa, aléjate de los cajones!*

Tomó del cajón un sacacorchos con mango de madera, estudió la espiral puntiaguda, lo descartó. Un destapador de botellas. No. Un pelapapas. Menos. Un rallador de limón. Tampoco. Halló un robusto par de pinzas de ocho pulgadas que Veiss probablemente utilizaba para sacar aceitunas o encurtidos de frascos de boca angosta. Las hojas eran demasiado gruesas para introducirlas en las pequeñas cerraduras de las esposas, de manera que también las descartó.

Entonces encontró lo que buscaba: una brocheta de acero de quince centímetros de longitud, de las que se usan para sujetar las alas del pavo para asarlo. Había una docena, sujetas por un elástico. Al sacar una, comprobó que era rígida, fina y puntiaguda, con un ojo en el otro extremo. Había otras más cortas, para pollos.

La visión de un suculento pavo asado trajo consigo el aroma. Se le hizo la boca agua, su estómago soltó un gruñido que le hizo lamentar no haber comido siquiera unos bocados del emparedado de jamón y queso que Veiss le había preparado.

Tomó la brocheta entre el pulgar y el dedo mayor de la diestra para no usar el índice hinchado, e introdujo la punta en la cerradura de la argolla izquierda. Al tantear con la brocheta en busca del mecanismo de la cerradura, escuchó una serie de chasquidos.

264

Recordó una película en la que un psicópata asesino, el gran genio criminal de su época, improvisaba una llave de esposas con un tanque de bolígrafo y un clip. En quince segundos, o tal vez diez, se quitó las esposas, a continuación sometió a los dos guardias, los mató y le arrancó la cara a uno de ellos para usarla como disfraz, si bien para la cirugía no usó la llave improvisada sino una navaja. A lo largo de los años, Chyna había visto muchas películas en las que un prisionero tan inexperto como ella abría rápidamente un par de esposas o grilletes.

Diez minutos después, la argolla izquierda estaba tan cerrada como al comienzo.

—Las películas muestran cualquier cosa —dijo en voz alta. En su impotencia, su mano empezó a temblar y perdió el control. El alfiler se agitaba en vano dentro de la estrecha cerradura.

En la galería, el perro no se paseaba tan rápidamente como antes, pero aún estaba nervioso. Dos veces arañó la puerta, una vez con cierto entusiasmo, como si pretendiera atravesar la madera.

Chyna tomó el alfiler con la mano izquierda y trató de abrir la pulsera derecha. *Clic, chac, clic, chac.* Absorta en su tarea, sudaba tan profusamente como en sus forcejeos con la mesa.

Por último, arrojó el alfiler al suelo. *Ping, ping,* rebotó sobre el piso y un fragmento de vidrio.

Si ella hubiera sido un psicópata asesino y el gran genio criminal de su época, tal vez se habría liberado rápidamente. Pero sólo era una camarera y estudiante de psicología.

A pesar de los obstáculos que suponían la cordura y el respeto por la ley, tal vez una herramienta más eficaz que el alfiler le permitiría quitarse las esposas y los grilletes de los tobillos, pero la tarea demandaría varias horas. No podía dedicar tanto tiempo a sacudirse las cadenas y la silla porque una vez liberada, debía realizar varias tareas apremiantes antes del regreso de Veiss.

Cerró el cajón con violencia. Alzó la cadena y, con la silla atada a la espalda, se irguió como pudo.

Con un estrépito digno de un caballero con armadura, Chyna fue hasta la puerta que daba a la sala.

A sus espaldas, oyó un chirrido espeluznante que venía de la ventana del comedor diario. Se volvió: el enorme doberman, frenético, arañaba el vidrio con las dos patas. El rechinar de sus uñas sobre el vidrio era tan estremecedor como el de una tiza sobre el pizarrón.

Su intención había sido pasar de la cocina a la sala, a la luz que se derramaba de un cuarto a otro, pero el perro la había asustado. Mientras trataba de abrir las esposas, el perro se había serenado un poco, pero ahora estaba tan nervioso como antes. Chyna apagó los tubos fluorescentes del techo con la esperanza de calmarlo antes de que decidiera atravesar el vidrio.

*Chiiic-chiiic-chiiic.*

Garras, vidrio.

*Chiiic-chiiic.*

Cruzó el umbral y al salir de la cocina cerró la puerta para aislar los chirridos. Y también al perro, por si el hijo de puta estaba tan loco como para atravesar la ventana.

Tanteó la pared. Evidentemente, las llaves de luz estaban al otro lado de la sala, junto a la puerta principal.

La oscuridad parecía más densa que en la cocina. Las cortinas estaban cerradas en uno de los ventanales que daban a la galería delantera. El otro era un vago rectángulo gris por donde entraba tan poca luz como por los paneles deslizantes de la cocina.

Inmóvil, Chyna trató de orientarse y recordar la posición de los muebles. Había estado allí una sola vez, por poco tiempo, y la habitación estaba en penumbras. Esa mañana, al entrar por la puerta principal, había visto la puerta de la cocina en la pared del fondo y a su izquierda. El bello sofá de patas esféricas tapizado con tela escocesa estaba a su derecha, lo cual significaba que ahora, al entrar desde el fondo de la casa, lo encontraría a su izquierda. El gran sofá estaba flanqueado por mesas rústicas de roble, y sobre cada una había una lámpara.

Tratando de conservar esa imagen nítida en su mente, cojeó cautelosamente en la oscuridad, temerosa de tropezar con una silla, un escabel, acaso un revistero. Abrumada por el peso de las cadenas y la silla, no podría amortiguar una caída y tal vez se quebraría un tobillo o incluso una pierna.

Entonces Edgler Veiss volvería a casa y se pondría furioso por el desorden y porque ella se había hecho daño en lugar de conservarse sana para sus entretenimientos. La sometería a sus juegos infantiles o quizás utilizaría el miembro fracturado para enseñarle a disfrutar del dolor.

Pero chocó directamente con el sofá y no cayó. Deslizó la mano por el respaldo tapizado y se corrió hacia la izquierda hasta llegar a la mesa lateral. Extendió el brazo hasta palpar la pantalla de la lámpara, las varillas de alambre bajo la tela tensa.

Palpó el portalámpara y luego el pie de la lámpara. Cuando sus dedos encontraron el interruptor giratorio, tuvo la brusca certeza de que una mano poderosa saldría de la noche y tomaría la suya, de que Veiss había regresado y se encontraba *a escasos centímetros* de ella. Divertido, paciente como una inmensa araña sobre su tapizado escocés, había escuchado sus forcejeos y anticipado el placer de frustrar sus esperanzas cuando llegara a ese punto. La luz se encendería, Veiss guiñaría un ojo y con una sonrisa diría: *Intenso*.

El interruptor, frío como el hielo entre el pulgar y el índice, le quemaba la piel.

Su corazón latía frenético como las alas de un pájaro atrapado, con tanta fuerza, que le cortaba el aliento, y el pulso en su garganta le impedía tragar saliva cuando Chyna salió de su parálisis y giró el interruptor. Una luz suave llenó la habitación. Edgler Veiss no estaba en el sofá. Ni en el sillón. Ni en el cuarto. El aliento contenido brotó como una explosión, su cuerpo se estremeció hasta sacudir las cadenas y se apoyó en el sofá hasta que, poco a poco, su corazón sobresaltado se serenó.

Después de las horas grises de depresión, de muerte afectiva, el asalto del terror le había dado energías. Si alguna vez sufría un ataque brutal de disritmia cardíaca, el solo recuerdo de Veiss sería más eficaz para poner el corazón en marcha que las paletas eléctricas de una desfibriladora. El miedo era la prueba de que había recuperado la vida y la esperanza.

Rengueó hasta la chimenea de piedra gris que ocupaba por completo una de las paredes de la habitación. El profundo hogar central no estaba montado sobre una tarima, lo cual facilitaría las cosas.

Había pensado en bajar al sótano donde horas antes había visto un banco de carpintero; seguramente no faltarían sierras entre las herramientas de Veiss. Pero había descartado esa alternativa casi al instante.

Bajar la escalera empinada con las manos y los tobillos sujetos por cadenas y una pesada silla de pino sobre la espalda sería una hazaña menos peligrosa que saltar el Gran Cañón del Colorado en motocicleta, pero sin duda riesgosa. Aunque confiaba en llegar al fondo sin caerse de boca y romperse la crisma como una cáscara de huevo, ni quebrarse la pierna en mil fragmentos, su confianza no era total ni mucho menos. Sus fuerzas estaban disminuidas porque había comido muy poco durante las últimas veinticuatro horas y padecido enormes sufrimientos. Además, el cúmulo de dolores le quitaba estabilidad. El descenso al sótano, en apariencia sencillo, en estas circunstancias era como si un acróbata tomara cuatro martinis dobles antes de caminar por la cuerda floja.

Además, aunque encontrara una sierra afilada lo suficientemente corta como para poder manejarla, tendría que colocarla en un ángulo que no le permitiría ejercer demasiada fuerza. Para separar el grillete inferior de la silla, tendría que cortar los tres travesaños que unían las patas —cada uno de tres o cuatro centímetros de diámetro—, en los que estaba enlazada la cadena. Tendría que sentarse, inclinarse hacia adelante y aserrar hacia atrás. Y aunque la cadena superior le diera margen suficiente para inclinarse, lo cual era dudoso, apenas alcanzaría a raspar la madera. Con suerte, terminaría de cortar el tercer travesaño a fines de la primavera. Entonces tendría que aserrar las cinco robustas varillas del respaldo para soltar la cadena superior, y ni siquiera un contorsionista de circo con huesos de caucho podría atacarlos atado a la misma silla.

Cortar las cadenas de acero sería imposible. Podría intentar cortarlas desde un ángulo más conveniente que los travesaños entre las patas de la silla. Pero era difícil que Veiss tuviera una sierra para acero, y por cierto que Chyna carecía de la fuerza necesaria.

Debía resignarse a emplear medios más primitivos que las sierras. Y la preocupaban las posibles heridas y el dolor que provocaría el proceso de liberación.

Sobre la repisa del hogar, los ciervos de bronce estaban congelados en su salto perpetuo, cuernos contra cuernos, enmarcando la cara blanca del reloj.

Eran las siete y ocho minutos.

Faltaban casi cinco horas para el regreso de Veiss.

O tal vez no.

Había dicho que volvería lo antes posible *después* de la medianoche, pero Chyna no tenía motivos para suponer que había dicho la verdad. Quizá volvería a las diez. O a las ocho. O en diez minutos.

Rengueó hasta las baldosas del hogar, que estaban a ras del piso, y fue hacia la derecha, pasando el cajón de leña y los herrajes de bronce, hasta colocarse bajo la gran repisa. La pared del costado del hogar era de piedra gris lisa... precisamente la superficie dura que necesitaba.

Chyna se colocó con el flanco izquierdo hacia la piedra, torció el cuerpo lo más que pudo sin girar los pies, a la manera de un atleta olímpico que se apresta a lanzar el disco, y se volvió hacia la derecha con todas sus fuerzas. Con ese movimiento arrojó la silla —que estaba atada a su espalda— en dirección contraria a su cuerpo hasta estrellarla contra la pared. La silla chocó contra la pared con un estrépito de matraca, rebotó entre el tintinear de las cadenas, y el golpe le lastimó el hombro, las costillas y la cadera. Repitió el movimiento con más energía, pero a juzgar por el ruido, a lo sumo rayó el barniz y le arrancó un par de astillas a la silla de pino. Un centenar de golpes débiles como ese tal vez acabarían por destrozar la silla, volverla astillas, pero mucho antes su propio cuerpo quedaría reducido a una masa de carne sanguinolenta, huesos rotos y articulaciones descoyuntadas.

Al sacudir la silla a la manera de un perro que menea la cola, el golpe carecía de la fuerza necesaria. Tal como había temido, quedaba una sola alternativa... y no le gustaba en absoluto.

Chyna miró el reloj sobre la repisa. Habían pasado apenas dos minutos desde la última vez que lo había mirado.

Dos minutos no era nada si tenía tiempo hasta la medianoche, pero era una pérdida de tiempo fatal si Veiss ya volvía a casa. Quizás en ese preciso instante venía por la ruta, doblaba para pasar el portón y tomaba su camino privado; el mentiroso hijo de puta le había hecho creer que volvería después de la medianoche, pero pensaba volver furtivamente y...

Chyna estaba amasando una hogaza de pánico con mucha harina y levadura, y una sola rodaja bastaría para atragantarla. Era una avidez que no debía satisfacer. El pánico era pérdida de tiempo, derroche de energía.

Debía conservar la calma.

Para liberarse de la silla debía emplear su propio cuerpo como una suerte de ariete neumático, lo cual le provocaría mucho dolor. Ya estaba dolorida, pero el dolor que la esperaba sería peor —mucho más agudo—, y eso le daba miedo.

Seguramente habría otra forma.

Escuchó los latidos de su corazón y el tictac del reloj sobre la repisa.

Si ganaba la planta alta, tal vez encontraría el teléfono y podría comunicarse con la policía. Ellos se ocuparían de los doberman. Tendrían llaves para abrir las esposas y los grilletes. Liberarían a Ariel. Una llamada bastaría para quitarle todo el peso de los hombros.

Pero su voz interior —esa vieja amiga, la intuición— le decía que tampoco hallaría el teléfono en la planta alta. Edgler Veiss era implacablemente eficiente. El teléfono estaría en su lugar cuando él estaba en la casa, pero no cuando se ausentaba. Era probable que se llevara el aparato consigo cuando salía.

La torpeza de movimientos impuesta por las cadenas y la silla podía provocarle una caída que la dejaría lisiada. El riesgo sería aun mayor si debía bajar la escalera al no hallar un teléfono. Además, perdería un tiempo precioso.

Volvió la espalda a la pared de piedra, se alejó un par de metros, se detuvo, cerró los ojos y reunió todo su coraje.

Tal vez una de las varillas del respaldo se partiría hacia adelante. El extremo astillado atravesaría el almohadón o se deslizaría por el borde, se le hundiría en la espalda y en las tripas.

O quizá se quebraría la columna, lo cual era más probable. Con la fuerza del impacto concentrado en la mitad inferior de la silla, las patas se estrellarían contra sus piernas; la mitad superior se alejaría de ella y de rebote la golpearía con fuerza en la espalda o la nuca. Las varillas estaban sujetas al asiento y a la tabla radial de pino que servía de apoyacabeza, y este larguero era tan macizo, que un golpe fuerte en las vértebras cervicales podría causarle mucho daño. Acabaría tirada en el piso de la sala, bajo las cadenas y la silla, paralizada de la nuca para abajo.

A veces meditaba en exceso sobre las posibilidades, se demoraba hasta lo irracional en los finales desastrosos de una situación. Era otra consecuencia de haber pasado la infancia bajo los elásticos de las camas a la espera de que terminara la juerga o la pelea. Cuando Chyna tenía siete años, su madre y ella habían vivido durante algún tiempo con un hombre llamado Zack y una mujer llamada Memphis en un granero desvencijado en las afueras de Nueva Orleans y una noche habían llegado dos hombres con una heladera de telgopor, y menos de cinco minutos después de su arribo, Memphis los había matado. Los visitantes estaban sentados junto a la mesa de la cocina. Uno de ellos hablaba con Chyna y el otro destapaba una botella de cerveza... cuando Memphis sacó un revólver de la heladera y les disparó a la cabeza, primero a uno y después al otro, tan rápidamente que el segundo no tuvo tiempo para arrojarse al suelo antes de que le metiera un tiro en la cara. Ágil y rápida como una lagartija, Chyna huyó de allí, convencida de que Memphis se había vuelto loca y los mataría a todos. Se escondió detrás de una parva de heno en el altillo del granero. Durante la hora que transcurrió hasta que los adultos la encontraron, visualizó la desintegración de su propia cara bajo el impacto de una bala, con tal claridad que todas las imágenes —incluso las del planeta del Principito, que logró evocar fugazmente— estaban teñidas de un rojo húmedo.

Pero había sobrevivido a esa noche.

Había pasado mucho tiempo sobreviviendo. Una eternidad.

Y volvería a sobrevivir... o moriría en el intento.

Sin abrir los ojos, Chyna se lanzó hacia atrás con toda la fuerza que le permitían los grilletes, y a pesar del miedo, se le cruzó la idea de que debía de ofrecer un espectáculo bastante gracioso porque tenía que arrastrar los pies frenéticamente para tomar velocidad a fin de abalanzarse con pasos de bebé sólo para fracturarse la columna. Entonces se estrelló contra la piedra, lo cual no tuvo nada de gracioso.

Se había inclinado un poco para alzar las patas de la silla a fin de que fueran éstas, no otra parte, las que recibieran el fuerte impacto inicial. Echó todo su peso en el golpe y con satisfacción escuchó un *crrrac*... y al instante sintió el golpe doloroso de las patas de pino en la parte posterior de sus piernas. Se tambaleó hacia adelante y, tal como había esperado, el travesaño la golpeó de rebote en la nuca y la arrojó al suelo. Cayó de rodillas sobre las piedras del hogar con la silla sobre su espalda y tantos dolores en el cuerpo que no valía la pena hacer un inventario.

Las cadenas le impedían pararse a menos que se aferrara a algo, de modo que gateó hasta el sillón más cercano entre gruñidos de dolor.

Veiss decía que disfrutaba del dolor; ella no, pero tampoco era cuestión de quejarse, ya que su columna no había sufrido daño. El dolor era mejor que la insensibilidad.

Las patas de la silla y los travesaños que las unían parecían estar intactos. Sin embargo, a juzgar por el ruido del impacto, los había aflojado.

Esta vez se colocó a casi tres metros de la pared y corrió con toda la velocidad de la que era capaz, tratando de que las patas golpearan la piedra en el mismo ángulo que la primera vez. Un *crrrrac* prolongado le indicó que la madera se astillaba, aunque tuvo la sensación de que eran sus huesos los que se rompían.

El dolor la inundó como un torrente. Una corriente fría la arrastraba hacia el fondo, pero la resistió con la desesperación de un nadador que trata de ganar la superficie.

Esta vez no había caído. Sin detenerse a tomar aliento, agazapada para asegurarse de que las patas absorberían todo el impacto, se abalanzó hacia la pared de piedra.


Al despertar, tendida boca abajo frente al hogar, pensó que había perdido el sentido durante un par de minutos.

La alfombra era fría y ondulante como el agua en movimiento. No flotaba en ella: se deslizaba sobre la superficie como el reflejo cobrizo de la luz del Sol o como la sombra negra de una nube.

El dolor de la nuca era espantoso. Tal vez se la había golpeado.

Se sentía mejor cuando no pensaba en el dolor ni en sus problemas, cuando se dejaba llevar por la sensación de que era apenas la sombra de una nube sobre la superficie clara de un río turbulento, incorpórea como las ondas sobre el agua, alejándose, fría y líquida, lejos, lejos...

Ariel. En el sótano. Entre las muñecas impávidas.

*Soy la guardiana de mi hermana.*

Sin saber cómo, se alzó sobre las rodillas y las manos.

Oyó ruidos de patas sobre las tablas de la galería delantera.

Al alzarse tomada del sillón, miró hacia la ventana que tenía las cortinas corridas. Con las patas sobre el alféizar, dos doberman la miraban fijo con ojos amarillos que reflejaban la luz ambarina de la lámpara sobre la mesa.

Junto a la base de la pared de piedra estaba una de las patas traseras de la silla. El pino torneado se había astillado en el extremo más grueso, el que lo había unido a la cara inferior del asiento. Desde un costado y perpendicular a la pata, salía el travesaño que la había unido a la otra pata trasera.

Había liberado a medias la cadena inferior.

Un perro se paseaba por la galería. El otro la miraba fijamente.

Se llevó la mano derecha a la nuca y tironeó de la cadena entrelazada con las varillas para darle la mayor amplitud de movimiento posible a la mano izquierda. Luego palpó bajo el apoyabrazo y el grueso asiento de pino en busca de las patas. Faltaba la trasera izquierda: sin duda era la que estaba en el piso junto a la pared. El travesaño lateral salía de la pata delantera izquierda, pero ahora que faltaba la trasera, su otro extremo estaba suelto y la cadena se había caído.

Al tironear de la cadena superior hacia la derecha para tantear bajo el asiento de ese lado, descubrió que la otra pata trasera se había aflojado un poco. Tironeó de ella y la retorció para tratar de arrancarla. Pero no podía hacer palanca, y la unión de la pata con el asiento estaba demasiado firme.

No había travesaño entre las patas delanteras. Lo único que le impedía soltar del todo la cadena inferior era el que unía las patas del lado derecho.

Cargó nuevamente de espaldas contra la roca, con todas sus fuerzas. El dolor ardiente invadió todo su cuerpo y casi la hizo pedazos. Pero al comprobar que la pata derecha no caía, murmuró: "qué mierda" y, negándose a desfallecer por las heridas, el agotamiento o lo que fuere, se tambaleó hacia adelante para tomar distancia y cargó contra la roca. La madera se quebró con un crujido seco, saltaron astillas de pino por los aires y con un alegre tintineo la cadena inferior cayó al suelo, libre por fin de la silla.

Mareada, envuelta por un torbellino negro, entre temblores violentos, se inclinó hacia adelante hasta apoyar las manos sobre el respaldo del gran sillón de cuero. La atormentaban el dolor y el miedo a las lesiones en el cuerpo, las vértebras descoyuntadas, las hemorragias internas.

*Chiiic-chiiic-chiiic...*

Uno de los perros arañaba la ventana.

*Chiiic-chiiic...*

Aún no se había liberado. Seguía encadenada al respaldo y el asiento de la silla.

Las cuatro varillas que unían el travesaño superior con el asiento eran más delgadas que los maderos entre las patas; por lo tanto, debían de ser más fáciles de quebrar. No había podido evitar los golpes de las patas en la cara posterior de las rodillas y los muslos, pero en esta parte de la operación, seguramente el almohadón del respaldo le protegería la espalda.

El hogar estaba flanqueado por dos pilastras de piedra que llegaban hasta el techo y sostenían el grueso listón de madera de arce que servía de repisa. Eran redondeadas, y Chyna pensó que la curvatura permitiría concentrar la fuerza del golpe en dos de los listones en lugar de distribuirlo entre los cuatro.

Apartó el pesado soporte de los leños y los herrajes de bronce. Con el esfuerzo de alzarlos y empujarlos, la cabeza le empezó a dar vueltas, se le revolvió el estómago y la atravesaron mil punzadas de dolor.

No se atrevía a pensar en lo que hacía. Más allá del coraje, de la planificación y del cálculo, actuaba impulsada por la ciega temeridad del animal que busca su libertad.

Esta vez, en lugar de agazaparse, se irguió todo lo que pudo y se estrelló de espaldas contra la pilastra. El almohadón la protegió, pero no demasiado. Era tal el cúmulo de contusiones, músculos desgarrados y huesos golpeados, que el golpe hubiera sido tremendo aun con un almohadón doblemente grueso, doloroso como el del martillo de caucho de un dentista sobre un diente cariado que requiere un tratamiento de conducto. Cada una de sus articulaciones era como un diente cariado. No se detuvo porque temía que la punzada simultánea de tantos dolores la arrojara al piso, la hiciera pedazos, y ya no pudiera volver a recogerse ni con una cuchara. Se le agotaban los recursos, la marea negra lamía los bordes de su radio visual y para colmo se le terminaba el tiempo. Con un aullido de aflicción, previendo el dolor que la esperaba, se arrojó hacia atrás. El crujido de sus huesos le arrancó un alarido. Era un martirio. Pero se arrojó contra la pilastra una y otra vez, golpeando la roca con su cuerpo entre el estrépito de cadenas, crujidos de madera, alaridos, *Dios*, aterrada por sus propios gritos pero incapaz de contenerlos, mientras los perros guardianes aullaban en la ventana.

Se encontró nuevamente boca abajo sin saber por qué, sacudida por violentas arcadas de su estómago vacío, la boca llena de un sabor asqueroso, las manos crispadas ante la sola idea de la derrota, una criatura pequeña y débil y patética, estremeciéndose de pies a cabeza.

Pero poco a poco, se calmaron sus temblores, la alfombra empezó a mecerse, y otra vez ella era la sombra de una nube que se deslizaba sobre la corriente veloz del agua agradable y fresca. La sombra aureolada por el Sol y el agua insondable corrían en la misma dirección, siempre en la misma dirección, eternamente adelante, veloces y sedosas, hacia el borde del mundo hasta precipitarse en el abismo negro.

# 9

Aterrada por la presencia de los perros, Chyna se despertó de un sueño rojo poblado de revólveres refrigerados y cabezas reventadas. No había perros. Estaba sola en la habitación y reinaba el silencio. Los doberman no se paseaban por la galería, y cuando pudo alzar la cabeza, no los vio en la ventana.

Estaban afuera y se habían serenado al comprender que ya llegaría el momento. Vigilaban la puerta y las ventanas. Atentos a la aparición de una cara, al chasquido de una cerradura o el chirrido de una bisagra.

El dolor era tan intenso, que a Chyna la sorprendía haber recuperado el sentido. Y más la sorprendía el poder pensar con claridad.

Entre tanto martirio se destacaba un dolor distinto y apremiante. Pero éste, a diferencia del tormento de los huesos y músculos, se podía aliviar fácilmente y sin siquiera afrontar el martirio de levantarse del piso.

—No, carajo —murmuró, y se sentó lentamente.

El esfuerzo de pararse reavivó dolores profundos que se habían calmado cuando estaba tendida en el piso: crujidos en los huesos, punzadas candentes en los músculos. Algunos eran tan fuertes, que la paralizaron por un momento y le quitaron el aliento, pero cuando terminó de erguirse, comprendió que ninguno de sus dolores por sí solo podría inmovilizarla. Y aunque la arredraba el cúmulo de tormentos, supo que lo sobrellevaría.

Ya no tenía que cargar con la silla. Ésta se había reducido a fragmentos desparramados por el piso, y las cadenas estaban sueltas.

Para su desconcierto, el reloj de la repisa marcaba las ocho menos tres minutos. La última vez que lo había mirado, marcaba las siete y diez. No sabía cuánto había demorado en liberarse de la silla, pero sospechaba que había permanecido inconsciente durante media hora, por lo menos. El sudor de su cuerpo se había secado, su pelo estaba apenas húmedo en la nuca: por lo tanto, media hora. Al caer en la cuenta del tiempo transcurrido, tuvo un nuevo acceso de debilidad e incertidumbre.

Si Veiss había dicho la verdad, faltaban cuatro horas para su regreso. Pero tal vez no tenía tiempo suficiente para todo lo que restaba por hacer.

Chyna se sentó en el borde del sofá. Libre por fin de la silla de pino, podía alcanzar la barra en los grilletes cortos que unían sus tobillos. Esta barra de acero unía los grilletes con la cadena larga que había rodeado la silla y el pie de la mesa. Después de desenroscar la camisa para dejar al descubierto el mecanismo, se deshizo de la cadena larga.

Los grilletes en los tobillos la obligaron a arrastrar los pies al caminar hacia la escalera.

Encendió la luz y empezó a subir penosamente, alzando el pie izquierdo y luego el derecho en cada peldaño. Los grilletes le impedían alzar un pie por escalón y demoraban su ascenso.

Aferraba el pasamano con las dos manos. Libre de la silla, ya no temía por su equilibrio, pero quedaba la posibilidad de enredarse con las cadenas.

Al pasar el descanso a mitad de camino hacia la planta alta, los dolores, el miedo de caer y la presión en la vejiga le provocaron un fuerte calambre en el estómago. Se apoyó contra la pared y aferró el pasamano, bañada en un sudor agrio, gimiendo en su tormento. Estaba segura de que perdería el sentido y se desnucaría al rodar por la escalera.

Pero pasó el espasmo y pudo continuar el ascenso. En poco tiempo llegó a la planta alta.

Al encender la luz del pasillo superior, se halló ante tres puertas. Las de la izquierda y la derecha estaban cerradas, pero la del fondo estaba abierta: era el baño.

Allí, a pesar de las esposas y los fuertes temblores, se desabrochó el cinturón, se bajó los jeans y la bombacha. Al sentarse sufrió otro calambre, muchísimo más intenso que el de la escalera. Encadenada a la mesa de la cocina, se había contenido para negarle a Veiss la satisfacción de verla reducida a semejante grado de impotencia. Ahora, a pesar de la desesperación, de la necesidad de orinar para aliviar el calambre, no podía hacerlo y se preguntó si el hecho de contenerse durante tanto tiempo no le habría provocado un espasmo en la vejiga. Era posible, y la intensidad del calambre parecía confirmar su diagnóstico. Era como si le pasaran las tripas por un exprimidor... pero en ese momento pasó el calambre y vino el alivio.

En medio del torrente repentino, la sorprendió su propia voz:

—Chyna Shepherd, intacta y viva y orinando.

Estremecida simultáneamente por la risa y el llanto, la embargó una absurda sensación de triunfo.

Liberarse de la mesa, destrozar la silla, no orinarse encima: todo eso era un acto de resistencia y coraje equivalente a pisar la Luna con los primeros astronautas, conquistar el Polo Norte en medio de las colosales tormentas de nieve, asaltar las playas de Normandía defendidas por el poderoso ejército alemán. Era tan absurdo, que no podía contener las carcajadas; las lágrimas le bañaban la cara; sin embargo, sentía que ésa era la magnitud de su triunfo. Era una victoria pequeña, incluso patética, pero para ella era colosal.

—Me cago en tu alma —le dijo a Edgler Veiss. Ya se lo diría en la cara antes de apretar el gatillo y mandarlo al otro mundo.

Era tan intenso el dolor de los golpes, sobre todo en la espalda y en torno de los riñones, que al levantarse miró en el inodoro a ver si había sangrado. Comprobó con alivio que la orina tenía un color cristalino.

Se sobresaltó al mirarse la cara en el espejo. Su pelo corto estaba enredado y empapado de sudor. El lado derecho de su cara, a la altura de la mandíbula, parecía manchado de tinta violeta, pero al palparlo comprobó que era el borde de un hematoma que le abarcaba todo ese lado del cuello. Donde no había hematomas o mugre, su piel estaba gris y áspera, como si hubiera sufrido una enfermedad larga y penosa. El ojo derecho era una bola de fuego: en lugar del blanco, la pupila nadaba en un charco elíptico de sangre. Tanto el ojo sanguinolento como el izquierdo, intacto, tenían una mirada alucinada y tan aterradora, que tuvo que apartar la vista.

La cara en el espejo era la de una mujer que había perdido una batalla. No era el rostro de una triunfadora.

Chyna trató de borrar inmediatamente esa idea tan desalentadora. Había visto la cara de una luchadora: no una sobreviviente sino una *combatiente*. Todo luchador sufría algún castigo, tanto físico como emocional. Sin la agonía y la angustia, no había esperanza de victoria.

Arrastrando los pies, fue del baño a la puerta de la derecha del pasillo superior, que daba al dormitorio de Veiss. El mobiliario era sencillo y escaso. Una cama prolijamente tendida, cubierta con un edredón beige. Ni un cuadro. Ni un *bibelot* o adorno de ninguna clase. Libros, revistas, diarios abiertos en la página de los crucigramas: nada. El dueño de casa usaba ese cuarto nada más que para dormir, no para holgazanear o vivir.

Sólo vivía en el dolor ajeno, en una tormenta de muerte, en el ojo de la tormenta donde reinaban el orden y la serenidad mientras el viento aullaba a su alrededor.

Chyna abrió los cajones de la mesa de noche en busca de un revólver. Nada; tampoco encontró un teléfono.

El clóset, de tres metros de profundidad y ancho como todo el dormitorio, era en realidad otro cuarto. A primera vista no encontró nada que pudiera serle útil. Tal vez la búsqueda daría algún fruto, acaso un arma bien oculta. Pero sólo había armarios con muchos cajones y estantes, además de cajas apiladas; el registro le tomaría varias horas. La aguardaban tareas más urgentes.

Volcó los cajones de la cómoda sobre el piso, pero contenían medias, ropa interior, remeras, suéteres, un par de cinturones. Ni un revólver.

Al otro lado del pasillo había un estudio de trabajo de austeridad espartana. Paredes desnudas. Persianas impermeables a la luz, en lugar de cortinas. Sobre dos escritorios había sendas computadoras, cada una provista de impresora láser. Pudo identificar algunos de los accesorios de computación; otros le eran totalmente desconocidos.

Entre los dos escritorios había un sillón de oficina con ruedas. No había alfombra. Evidentemente, Veiss prefería dejar el piso descubierto para poder rodar de una mesa a la otra.

El cuarto tan austero y utilitario despertó su curiosidad, la sensación de que hallaría algo importante. Aunque el tiempo volaba, valía la pena detenerse un momento.

Se sentó en el sillón y echó una mirada desconcertada alrededor. Sabía que últimamente todo el mundo estaba interconectado, incluso en zonas alejadas de las ciudades, pero era extraño encontrar un equipo de alta tecnología en una casa tan remota y rústica.

Chyna sospechaba que el equipo de Veiss podía conectarse con Internet, pero no había teléfono ni modem a la vista. Sí había dos tomas para teléfono en el tablero de conexiones. Una vez más, sus minuciosas medidas de seguridad habían salvado a Veiss, dejándola a ella en un callejón sin salida.

¿Qué hacía él en ese cuarto?

En uno de los escritorios había media docena de cuadernos con anillas y tapas de colores; abrió el primero. Estaba dividido en cinco partes, cada una rotulada con el nombre de una repartición del gobierno federal. La primera correspondía a la Administración de Seguridad Social. Los apuntes de Veiss parecían un registro del método de tanteo mediante el cual había ingresado en el Banco de datos de la repartición y lo había manipulado. La segunda división llevaba el rótulo DEPARTAMENTO DE ESTADO (OFICINA DE PASAPORTES), y a juzgar por los apuntes, Veiss había iniciado un experimento para tratar de ingresar por una vía tortuosa a los archivos informatizados de la agencia sin ser descubierto.

Evidentemente, tomaba recaudos para el día en que cometiera un error en sus "aventuras homicidas" y necesitara cambiar de identidad.

Sin embargo, Chyna no creía que el único objeto de esos experimentos fuera alterar los archivos públicos y obtener documentos de identidad falsos. La perturbaba la sensación de que en el cuarto había datos sobre Veiss que serían vitales para su propia supervivencia, si sólo pudiera hallarlos.

Dejó el cuaderno y giró el sillón hacia la otra computadora. Bajo la mesa había un archivero con dos cajones. Abrió el primero y lo encontró lleno de carpetas colgantes con rótulos azules; cada rótulo llevaba el apellido y nombre de una persona.

Cada carpeta contenía un expediente de dos hojas sobre un agente policial, y al cabo de una breve investigación Chyna comprendió que esos agentes se desempeñaban en la comisaría de la zona donde se encontraba la casa. Cada expediente contenía los datos personales del agente, su familia y sus asuntos personales, además de una fotocopia de la fotografía de su documento de identidad.

¿Creía el degenerado que toda esa información sobre la policía local le sería de utilidad el día del enfrentamiento final? Parecía un esfuerzo excesivo incluso para un maniático como Edgler Veiss, con todo, el exceso era su filosofía de vida.

En el cajón inferior del archivero halló sobres de papel manila, cada uno rotulado con un apellido.

En el primero, rotulado ALMES, encontró una copia ampliada de un registro de conductor, de California, a nombre de Mia Lorinda Almes, una joven rubia y atractiva. A juzgar por la extraordinaria nitidez del documento, no era una fotocopia ampliada del original sino una transmisión digital recibida por línea telefónica en una computadora, e impresa con una láser de alta definición.

Los artículos restantes en el sobre eran seis fotografías Polaroid de Mia Lorinda Almes. Las dos primeras, tomadas desde distintos ángulos, eran retratos en primer plano. Era hermosa. Estaba aterrada.

282

Este cajón era el archivo de las hazañas de Edgler Veiss.

Otras cuatro fotos de Mia Almes.

*No mires.*

Las dos siguientes eran fotos de cuerpo entero. La joven estaba desnuda. Engrillada.

Chyna cerró los ojos. Los abrió. Se sentía obligada a mirar, acaso porque había resuelto que jamás volvería a esconderse.

En la quinta y sexta fotos la joven estaba muerta, y en la última faltaba su hermosa cara, como si la hubieran arrancado a golpes o cuchilladas.

La carpeta y las fotografías cayeron de las manos de Chyna, susurraron al deslizarse sobre el piso de madera. Se tapó la cara con las manos.

No trataba de borrar de su mente la imagen espeluznante de la foto. En realidad, trataba de inhibir un recuerdo de diecinueve años atrás, cuando ella vivía en una granja en las afueras de New Orleans y una mujer llamada Memphis mató con fría precisión a dos visitantes que llegaron con una heladera de telgopor.

Lamentablemente, la memoria siempre impone sus leyes.

Los visitantes, clientes habituales de Zack y Memphis, habían venido a comprar un cargamento de droga. La heladera contenía fajos de billetes de cien dólares. Tal vez Zack y Memphis no tenían el cargamento prometido; acaso necesitaban más plata de la que obtendrían con una sola venta; por algún motivo habían resuelto eliminar a los dos hombres.

Después de los disparos, Chyna fue a ocultarse en el granero, segura de que Memphis los mataría a todos. Cuando Anne y Memphis por fin la hallaron, trató de rechazarlas con todas sus fuerzas. Pero tenía siete años, no podía con ellas. Entre el ulular de las lechuzas asustadas, las dos mujeres arrastraron a Chyna del heno infestado de ratones y la llevaron a la casa.

Zack se había llevado los cadáveres a otra parte, y Memphis había lavado la sangre de la cocina cuando Anne obligó a Chyna a beber un trago de whisky. Chyna apretó los labios con fuerza, pero Anne le dijo:

—Eres un desastre, una llorona. Un trago no te hará mal. Es justo lo que necesitas, nena, hazle caso a mamá. Un buen trago de whisky es bueno contra la fiebre, que es lo que tú tienes. Vamos, pendeja, que no es veneno. Diablos, qué llorona de mierda. Si no lo tomas, te ato y te tapo la nariz y Memphis te lo echará en la boca cuando trates de respirar. ¿Eso es lo que quieres?

Entonces Chyna bebió el whisky y otro trago más mezclado con leche porque su madre pensó que le haría bien. Lejos de serenarla, el trago la mareó y le revolvió el estómago.

Pero ella fingió porque, como buena pescadora, había atrapado su miedo y lo había ocultado en su interior donde no pudieran verlo. A los siete años ya conocía los peligros del miedo porque los demás lo confundían con debilidad y en ese mundo no había lugar para los débiles.

Esa noche, al volver, Zack también olía a whisky. Eufórico y con ganas de celebrar, fue derecho a Chyna, la abrazó, la besó en la mejilla y trató de obligarla a bailar con él.

—Ese hijo de puta de Bobby, la vez anterior que estuvo me di cuenta de que no apartaba los ojos de Chyna, al degenerado le gustaban las nenas, y esta noche la lengua le colgaba hasta las rodillas de sólo verla. ¡Le hubieras metido diez tiros antes de que se diera cuenta!

Bobby era el hombre que, sentado a la mesa y mirando a Chyna con sus hermosos ojos grises, le había dirigido la palabra de una manera que pocos adultos empleaban con los chicos para preguntarle si le gustaban más los gatitos o los perritos, si cuando fuera grande le gustaría ser estrella de cine o maestra o médica o qué, y en ese momento Memphis le había volado la tapa de los sesos.

—Con esa ropa que lleva la nena, Bobby no tenía ojos para nadie más —dijo Zack, excitado.

En la noche tórrida y húmeda del pantano, la madre de Chyna le había quitado los shorts y la remera para que se pusiera el diminuto bikini amarillo.

—Pero sólo el calzón, nena, para que no sufras un golpe de calor.

A sus siete años, le disgustaba andar con el pecho desnudo aunque no sabía bien por qué. Hasta un año antes, siempre andaba con el pecho al aire, y en verdad aquélla era una noche bochornosa. Cuando Zack dijo que su vestimenta había distraído por completo a Bobby hasta hacerle olvidar que había otras personas en el lugar, Chyna no entendió a qué se refería. Años después, al comprender por fin, se lo enrostró a su madre.

—No me vengas con melindres, nena —dijo Anne con una carcajada—. Cada cual usa lo que tiene y si hay algo que tenemos las chicas es nuestro cuerpo. Eras la distracción ideal. Además, el pobre infeliz ni te tocó. Sólo pudo mirarte un poco mientras Memphis buscaba el revólver. No olvides que nos habían prometido una tajada de ese pastel y con eso vivimos bastante bien por un tiempo.

Chyna había querido responder: *¡Pero me usaste, me pusiste frente a él para que viera cómo le volaban la cabeza, y yo tenía siete años!*

Años después, en el estudio de Edgler Veiss, el recuerdo del estampido y de la cara de Bobby al explotar era tan nítido como antes. No sabía qué clase de arma había utilizado Memphis, pero la munición debió de ser una dum-dum de plomo de grueso calibre de las que se abren al hacer impacto, porque el daño causado había sido tremendo.

Bajó las manos y contempló el archivero abierto. Veiss empleaba carpetas de distintos tamaños y sus rótulos estaban colocados en forma de índice de modo que todos los nombres estaban a la vista. Hacia el fondo del cajón estaba la carpeta rotulada TEMPLETON.

Cerró el cajón de un puntapié.

Había encontrado demasiadas cosas en el escritorio... pero ninguna que le fuera útil.

Antes de abandonar la planta alta apagó todas las luces. Si Veiss volviera antes de lo esperado, antes de que Chyna escapara con Ariel, las luces le indicarían que algo andaba mal. En cambio, la oscuridad lo tranquilizaría y tal vez le daría a Chyna una última oportunidad para matarlo en el momento que cruzara el umbral.

Esperaba no tener que hacerlo. Fantaseaba con matarlo, pero no quería una nueva confrontación con Veiss aunque tuviera tiempo para hallar una escopeta, cargarla y hacer un disparo de prueba antes de su regreso. Era una sobreviviente, una combatiente, pero Veiss era mucho más que eso: un ser inaccesible como las estrellas, proveniente de una noche remota. No podía con él ni quería una nueva oportunidad para demostrarlo.

Chyna bajó peldaño por peldaño, aferrada al pasamano, lo más rápidamente que pudo. En la sala, echó una mirada a la ventana: los doberman no estaban a la vista.

El reloj de la repisa indicaba las ocho y veintidós, y de pronto la noche era una bola de nieve que adquiría velocidad al rodar cuesta abajo.

Apagó la lámpara y fue a la cocina, arrastrando los pies. Encendió la luz fluorescente para evitar un tropiezo que la derribara sobre el piso regado de fragmentos de vidrio.

Tampoco había ningún doberman a la vista en la galería trasera. Más allá de la ventana, sólo la aguardaba la noche.

Entró en el lavadero sin ventanas, apagó la luz de la cocina y cerró la puerta.

Luego bajó al sótano, donde estaban la mesa de carpintero y los cajones que había visto antes.

En los armarios metálicos con ranuras en las puertas halló latas de pintura y barniz, pinceles, trapos plegados con el mismo cuidado que si fueran sábanas de hilo. En uno de ellos había planchas gruesas de tela acolchada de las cuales pendían correas de cuero negro con hebillas cromadas; no sabía qué eran ni se molestó en averiguarlo. En el último armario, Veiss guardaba sus herramientas eléctricas, entre ellas un taladro.

En uno de los compartimientos del gran cajón de herramientas montado sobre ruedas, halló una buena colección de mechas de taladro en tres cajas de plástico transparente. También había unas antiparras de seguridad de plexiglás.

Había una toma de electricidad con ocho enchufes sujeta a la pared detrás de la mesa, y otra de dos enchufes cerca del suelo. Eligió esta última porque le permitía trabajar sentada.

Aunque las mechas sólo llevaban rótulo de medida, Chyna se dio cuenta de que eran para madera, no adecuadas para trabajar el acero. De todos modos, ella no quería taladrar sino sólo destrozar las cerraduras de los grillos para liberar sus tobillos.

Escogió una mecha que le pareció de la misma medida que la cerradura, la introdujo en el mandril y la ajustó. Al tomar el taladro con las dos manos y apretar el gatillo, escuchó un zumbido agudo. La delgada mecha giró a tal velocidad, que la canaleta espiralada se volvió borrosa. La punta parecía tan lisa e inofensiva como el asta.

Chyna soltó el gatillo, dejó el taladro en el piso y se puso las antiparras protectoras. La idea de que Veiss las había usado era desconcertante. Tuvo la extraña impresión de que vería una imagen distorsionada de las cosas, como si el poder magnético de Veiss, que atraía toda la visión del mundo, hubiera alterado las moléculas de los lentes.

Pero las antiparras no alteraron su visión en absoluto, aunque los marcos limitaron un poco su campo visual.

Tomó nuevamente el taladro con las dos manos e introdujo la punta de la mecha en la cerradura del grillo que rodeaba su tobillo izquierdo. Al apretar el gatillo, se produjo un chirrido infernal de acero contra acero. La mecha se trabó momentáneamente, saltó de la cerradura y echó chispas al frotar el grillo de cinco centímetros de ancho. La mecha giratoria estuvo a punto de taladrar su pie izquierdo, pero sus buenos reflejos para soltar el gatillo y alzar la herramienta evitaron el desastre.

Tal vez había dañado la cerradura. No estaba segura. Pero el grillo seguía ahí, tan firme como antes.

Nuevamente introdujo la mecha en la cerradura. Aferró el taladro con fuerza y lo apretó para impedir que la mecha volviera a saltar. El acero chirriaba, hilillos de humo acre salían del punto de contacto, la vibración de la abrazadera le lastimaba el tobillo a pesar de la media.

El taladro vibraba en sus manos, bruscamente empapadas de sudor debido al esfuerzo. Una lluvia de virutas de acero le bañó la cara. La mecha se quebró, el extremo zumbó junto a su cabeza, golpeó la pared de hormigón con tanta fuerza que arrancó un pedazo, y rodó por el piso como un proyectil servido hasta el otro lado del sótano.

Sintió ardor en su mejilla izquierda: tenía una esquirla enterrada en la carne, de medio centímetro de largo y delgada como un fragmento de cristal. La tomó entre dos uñas y la sacó. La herida diminuta sangraba; tenía sangre en las yemas de los dedos y un hilo tibio corría por la cara hacia la comisura de los labios.

Extrajo la mecha rota del taladro y la arrojó. Escogió una mecha un poco más gruesa y la ajustó en el mandril.

De nuevo taladró la cerradura. El grillo del tobillo izquierdo se abrió. Un minuto después saltó el del tobillo derecho.

Chyna dejó el taladro en el piso y se alzó con dificultad sobre sus piernas temblorosas. Los temblores no eran producto del dolor ni el hambre ni la debilidad sino del hecho de haberse liberado, cuando pocas horas antes estaba sumida en la impotencia. Se había liberado por sus propios medios.

Con todo, sus muñecas seguían esposadas y no podía manejar el taladro con una sola mano para hacer saltar las cerraduras. Pero ya se le había ocurrido una idea para liberarlas.

Aunque las esposas no eran la única dificultad por superar, aunque la fuga en modo alguno estaba asegurada, sentía su pecho henchido de júbilo al subir la escalera del sótano. Libre de los grillos, a pesar de la debilidad y los temblores, subió a los saltos sin tomarse del pasamano, al lavadero donde estaban la lavadora y el secarropa. Al tomar el picaporte, se detuvo bruscamente, asaltada por el recuerdo de esa mañana, cuando había recorrido la misma ruta hacia la cocina, sin temor debido al *tatá-tatá-tatá*, el repiqueteo del agua en el caño, y Veiss la había atacado por la espalda.

Permaneció en el umbral hasta que cesaron los jadeos, pero no podía serenar su corazón, que había latido con la fuerza de la euforia y del esfuerzo de subir la escalera a los saltos y ahora lo hacía con el pavor de encontrarse con Edgler Veiss. Aguzó el oído, pero el latido en su pecho era ensordecedor, y movió el picaporte con todo el sigilo de que era capaz.

La puerta giró sobre sus bisagras silenciosas y se abrió hacia la cocina, a oscuras como la había dejado. Halló la llave de luz, vaciló, la encendió... Veiss no la aguardaba ahí.

Del cajón donde había encontrado los cubiertos tomó una cuchilla de carnicero con gastado mango de nogal. Lo puso sobre la mesada, cerca del fregadero.

De otra alacena tomó un vaso, lo llenó con agua fría de la canilla y lo bebió de una sola vez. Le pareció que nunca había tomado nada tan delicioso como ese vaso de agua.

En el refrigerador encontró una torta de chocolate con nueces y cobertura de *fondant* blanco. El envoltorio estaba intacto. Lo desgarró y arrancó un trozo de torta. Inclinada sobre el fregadero, comió vorazmente, a dos carrillos, lamiéndose los labios ávidos, dejando caer migajas y trozos de nuez.

Al comer, la embargaba una sensación desconocida: gemía de placer y se atragantaba con la risa hasta llegar al borde de las lágrimas, se serenaba y volvía a reír. Era una tormenta de emociones. Ningún problema: las tormentas pasan, y limpian el aire.

Había llegado muy lejos. Pero faltaba mucho camino por recorrer. Así era esa jornada.

Del especiero tomó el frasco de aspirinas y dejó caer dos en la palma de la mano, pero no las masticó. Las tragó con un vaso de agua y luego tragó otras dos.

Canturreó *A mi manera* imitando a Sinatra y agregó: "tomé la aspirina de mierda a mi manera". Rió, comió más torta y por un instante pensó que la hazaña estaba cumplida.

*Hay perros allá afuera*, pensó. *Doberman nazis en la noche, perros asesinos con dientes grandes y ojos negros de tiburón.*

Junto a los frascos de especias había una tabla con ganchos para llaves. Las de la casa rodante pendían de uno de los cuatro ganchos; eran las únicas. Sin duda, el minucioso Veiss siempre tenía consigo las llaves de la celda blindada.

Tomó la cuchilla de carnicero, la torta que había empezado a comer y apagó la luz de la cocina antes de bajar al sótano.


Perno y encastre.

Chyna conocía esas palabras poco corrientes, como muchas otras, porque en su infancia había sido una gran lectora de novelas y cuentos de aventuras. Y cada vez que leía una palabra desconocida, consultaba un destartalado diccionario en rústica, un tesoro que llevaba consigo dondequiera que la arrastraba su madre errabunda, año tras año, hasta que los sucesivos remiendos amarillentos con cinta Scotch casi no permitían leer algunas definiciones.

Perno. Era el macho de la bisagra, la pieza que giraba al abrir o cerrar una puerta.

Encastre. Era la hembra, la manga dentro de la cual giraba el perno.

La gruesa puerta interior del vestíbulo insonorizado tenía tres bisagras. Cada perno tenía una cabeza redondeada que sobresalía unos milímetros del encastre.

Tomó un destornillador y un martillo del cajón de herramientas.

Con una cuña de madera abrió la puerta exterior acolchada del vestíbulo. Luego colocó la cuchilla sobre la alfombra de caucho del vestíbulo, al alcance de su mano.

Corrió la tapa de la mirilla de la puerta interior y contempló el aquelarre de muñecas bajo la luz sonrosada de la lámpara. Algunas tenían ojos brillantes como los de los lagartos; otras los tenían tan oscuros como los de ciertos doberman.

Ariel estaba sentada en el gran sillón, con las piernas plegadas sobre el almohadón, la cabeza inclinada hacia adelante, la cara tapada por el pelo. Tal vez estaba dor-

290

mida, pero tenía los puños crispados sobre el regazo. Sus ojos, si estaban abiertos, los mantenía fijos en sus puños.

—No te preocupes, soy yo —dijo Chyna.

La chica no respondió.

—No tengas miedo.

Era tal su inmovilidad, que ni siquiera se le agitaba el pelo.

—Soy yo.

Con la humildad impuesta por la experiencia, no se creía la guardiana ni la salvadora de nadie.

Empezó con la bisagra inferior. La cadena que unía las esposas limitaba sus movimientos al empuñar las herramientas. Con la mano izquierda apoyó la hoja del destornillador en ángulo bajo la cabeza del perno. La cadena le impedía tomar el martillo por el mango, de modo que lo tomó por la cabeza y golpeó el mango del destornillador con toda la fuerza que le permitían sus movimientos limitados. Afortunadamente, la bisagra estaba engrasada y a cada golpe el perno salía un poco más del encastre. En cinco minutos, a pesar de cierta resistencia del tercer perno, terminó de extraerlo de la bisagra superior.

Los encastres estaban formados por mangas entrelazadas que formaban parte de las dos hojas de cada bisagra, una en el marco y la otra en el borde interior de la propia puerta. Al faltar los pernos que las convertían en un encastre único, las mangas se separaron levemente.

La puerta sólo estaba sujeta por las dos cerraduras del costado derecho, pero los pestillos de dos centímetros no giraban como bisagras. Chyna aferró las mangas de las bisagras y dio un tirón a la puerta acolchada. Sólo dos de sus diez centímetros de espesor asomaron del marco con un chirrido de vinilo contra vinilo. Enganchó ese borde con los dedos, dio un tirón violento y sobre sus ojos apareció un velo escarlata debido al dolor del dedo luxado. Esta vez la gratificó el chirrido metálico de los pestillos en la chapa de acero que revestía los huecos, seguido por un crujir de madera provocado por la tensión de la cerradura en el marco. A tirones pausados, redoblando sus esfuerzos, fue abriendo gradualmente la puerta, en tanto los jadeos le impedían gritar su impotencia.

El peso de la puerta y la posición de los pestillos favorecían sus esfuerzos. Las dos cerraduras estaban muy juntas, no separadas como las bisagras, de modo que la pesada tabla de madera trataba de girar sobre los pestillos como si conformaran un eje único. Como las cerraduras estaban más cerca del umbral que del dintel, el borde superior se inclinaba hacia afuera atraído por la gravedad. Aprovechando estas fuerzas inexorables, Chyna tironeó con más fuerza que nunca y gruñó con satisfacción al escuchar el crujido de la madera astillada. El borde izquierdo de la tabla acolchada asomó del marco en todo su grosor. Ahora que el marco no la estorbaba, hizo girar la puerta y los pestillos salieron de sus huecos.

Bruscamente, la puerta se liberó de sus trabas y empezó a caer arrastrada por su propio peso. Chyna retrocedió con rapidez y la tabla cayó con un golpe sordo en el interior del vestíbulo.

Mientras recuperaba el aliento, aguzó el oído para saber si Veiss había regresado.

Luego volvió al vestíbulo. Caminó sobre la puerta caída como si fuera un puente y entró en la celda.

Las muñecas la miraban, inmóviles y astutas.

Ariel estaba sentada en el sillón, la cabeza gacha, los puños crispados sobre el regazo, exactamente en la misma posición que ocupaba cuando Chyna le habló a través de la mirilla. Los martillazos y el estrépito no la habían inmutado; tal vez ni siquiera los había oído.

—Ariel... —dijo Chyna.

La chica no respondió ni alzó la cabeza.

Chyna se sentó en el escabel frente al sillón.

—Mi amor, tenemos que irnos.

Ante la falta de respuesta, Chyna se inclinó, bajó la cabeza y miró la cara de la chica, hundida en la sombra. Los ojos de Ariel estaban abiertos, su mirada estaba clavada en sus puños de nudillos lívidos. Movía los labios como si susurrara al oído de alguien, pero ningún sonido escapaba de su boca.

Chyna llevó sus manos esposadas al mentón de Ariel y le enderezó la cabeza. La chica no se apartó ni se crispó, pero los mechones de pelo se corrieron y dejaron la cara al descubierto. Aunque sus ojos se encontraron, la mirada de Ariel atravesó a Chyna como si todo el mundo fuera transparente, y en sus ojos había una desolación estremecedora: parecían contemplar un paisaje de otro mundo, muerto y aterrador.

—Tenemos que irnos. Antes de que vuelva.

Acaso la escucharon las muñecas de ojos brillantes y mirada atenta. Ariel, aparentemente no.

Chyna tomó uno de sus puños con las dos manos. Asomaban los huesos y la piel era fría como si se hubiera aferrado al borde de un precipicio.

Chyna trató de abrirle una mano. Los dedos esculpidos de una estatua de mármol no eran más resistentes.

Finalmente alzó la mano de la niña y la besó con ternura, con una ternura que jamás había expresado ni nadie le había brindado.

—Quiero ayudarte, mi amor. *Tengo* que hacerlo. Si no puedo irme contigo, no tiene sentido que me vaya.

Ariel no respondió.

—Por favor, déjame ayudarte. —Bajó aún más la voz: —Por favor...

Chyna besó la mano otra vez y por fin obtuvo una reacción. Los dedos, fríos y rígidos, se abrieron pero no del todo, quedaron tensos y en garra como los de un esqueleto con las articulaciones calcificadas.

Profundamente conmovida, Chyna reconoció en Ariel el deseo de pedir ayuda inhibido por el miedo a entregarse. Su cuerda interior vibró en simpatía con la chica, con todas las chicas perdidas del mundo, y por un instante, el nudo en la garganta le impidió respirar o tragar.

Entonces, tomó el puño de Ariel con sus manos esposadas y se puso de pie.

—Vamos, nena. Ven conmigo. Nos vamos de aquí.

Aunque su cara era tan inexpresiva como un huevo, aunque traspasaba a Chyna con la mirada perdida de una novicia sumida en el éxtasis de una experiencia mística y la cabeza llena de visiones divinas, Ariel se levantó del sillón. Sin embargo, dio apenas dos pasos hacia la puerta, se detuvo y no dio un paso más a pesar de los ruegos de Chyna. Aun si pudiera imaginar un mundo donde hallar una frágil paz, un planeta del Principito propio, aparentemente ya no podía concebir ese mundo de más allá de los muros de su celda, y al ser incapaz de visualizarlo, no podía ingresar en él.

Chyna soltó la mano de Ariel. Escogió una muñeca, una encantadora campesina de porcelana, de rizos dorados y ojos verdes, ataviada con un vestido azul y un delantal blanco bordado. La puso sobre el seno de Ariel y la instó a abrazarla. La presencia de tantas muñecas era un misterio más, pero acaso a Ariel le gustaban y estaría más dispuesta a acompañarla si llevaba una consigo.

En un primer momento, Ariel permaneció indiferente, con un puño crispado y la otra mano abierta en garra como la pinza de un cangrejo. A continuación, sin alterar su mirada perdida, tomó a la muñeca por las piernas. Una expresión de rabia cruzó su rostro, fugaz como un ave en vuelo, y se desvaneció antes de que Chyna pudiera descifrarla. Giró, blandió la muñeca como si fuera una maza y le destrozó la cara de porcelana al estrellar la cabeza sobre la mesita.

—Qué haces —exclamó Chyna, sobresaltada, y la tomó del hombro.

Ariel se apartó con violencia, estrelló la muñeca contra la mesa con más fuerza y Chyna retrocedió, no por miedo sino por respeto a su furia. Y en verdad expresaba furia, una furia justiciera, no un mero espasmo autista a pesar de que su rostro permanecía impasible.

Aporreó la muñeca una y otra vez hasta que la cabeza se separó del cuerpo y se estrelló contra una pared, hasta destrozarle los brazos, hasta dejarla irreparablemente destruida. Luego la soltó y dejó caer los brazos temblorosos. Con la mirada perdida en el país de Nunca Jamás, seguía tan ausente como antes.

Desde los anaqueles, las alacenas, los rincones sombríos del cuarto, las muñecas la contemplaban fijamente, como fascinadas por la explosión de furia, absorbiéndola como lo habría hecho Veiss si la hubiera presenciado.

Chyna quería abrazarla, pero impedida por las esposas, acarició la cara de Ariel y la besó en la frente:

294

—Ariel, intacta y viva.

Rígida, temblorosa, Ariel no se apartó de Chyna ni respondió a la caricia. Poco a poco, cesaron sus temblores.

—Necesito tu ayuda —suplicó Chyna—. Te necesito.

Esta vez Ariel no ofreció resistencia y salió con ella, caminando como una sonámbula.

Atravesaron el vestíbulo caminando sobre la puerta caída. En el sótano, Chyna tomó el taladro eléctrico del suelo, lo enchufó en el tomacorriente de la pared y lo puso sobre el banco de carpintero.

Aunque no tenía reloj, estaba segura de que ya eran más de las nueve. En la noche la aguardaban los perros, mientras Edgler Veiss trabajaba en alguna parte y fantaseaba con lo que haría a las cautivas encerradas en su casa.

Sin conseguir que la chica la mirara a los ojos, Chyna le explicó lo que debía hacer. Las esposas no le impedirían conducir torpemente la casa rodante, aunque debería soltar el volante para efectuar los cambios. Los perros eran otra cosa. Sería mucho más difícil, acaso imposible, deshacerse de ellos con las manos esposadas. Si querían aprovechar el tiempo que les quedaba antes del regreso de Veiss, si querían mejorar las probabilidades de fugarse, Ariel tendría que taladrar las cerraduras de las esposas.

La chica no dio la menor señal de haber oído. Al contrario, antes de que Chyna terminara su explicación, los labios de Ariel empezaron a moverse en muda conversación con un fantasma. No "hablaba" sin cesar sino que se interrumpía como si escuchara la respuesta de su imaginario interlocutor.

No obstante, Chyna le mostró cómo debía sostener el taladro y apretar el gatillo. El brusco chillido del motor, el silbido de la mecha en el aire ni siquiera la hicieron pestañear.

—Tómalo —dijo Chyna.

Ariel seguía absorta, los brazos a los costados, las manos semiabiertas con los dedos en garra, tal como estaban cuando dejaron caer la muñeca destrozada.

—Mi amor, se nos acaba el tiempo.

En su Nunca Jamás sin relojes, Ariel no tenía concepción del tiempo.

Chyna colocó el taladro sobre el banco. Puso a la chica frente a la herramienta y la obligó a poner las manos sobre ella.

Ariel no se apartó, no dejó caer las manos, pero tampocó tomó el taladro.

Chyna *sabía* que la chica la escuchaba, comprendía la situación y en cierto nivel anhelaba ayudarla.

—Nuestras esperanzas están en tus manos, querida. Puedes hacerlo.

Fue a buscar el taburete que mantenía abierta la puerta exterior del vestíbulo y se sentó. Puso las manos sobre el banco con las muñecas vueltas hacia arriba para mostrar la cerradura diminuta de la pulsera izquierda.

Con la mirada que seguía clavada en la pared, que *traspasaba* los bloques de hormigón, en muda conversación con su amigo imaginario, Ariel parecía no tener conciencia del taladro. O acaso para ella no era un taladro sino un objeto totalmente distinto, algo que la llenaba de esperanzas o de pavor, la cosa de la cual hablaba con el amigo fantasma.

Aunque la chica tomara el taladro y volviera los ojos a la argolla, parecía difícil que pudiera ejecutar la tarea; más difícil aún que evitara perforar la palma o la muñeca de Chyna.

Con todo, si bien la probabilidad de salvarse de cualquier problema o enemigo en esta vida siempre era escasa, Chyna había sobrevivido a innumerables noches de furia sangrienta y lujuria ávida. Desde luego, sobrevivir no era lo mismo que salvarse, pero sí era una condición indispensable.

Sea como fuere, por primera vez se había despertado en ella un sentimiento que no había experimentado ni siquiera con Laura Templeton: *confianza*. La confianza sin reservas. Y si la chica lo intentaba y fracasaba, si dejaba caer el taladro o perforaba la piel en lugar del acero, Chyna no la culparía por ello. A veces el solo hecho de *intentar* algo era un triunfo.

Sabía que Ariel quería intentarlo.

*Lo sabía.*

Chyna la alentó durante un par de minutos, y al no lograr respuesta, decidió esperar en silencio. Pero el silencio trajo imágenes de ciervos de bronce que enmarcaban un reloj sobre la repisa de la sala, y en su imaginación, el cuadrante del reloj adquirió las facciones de un joven colgado en el armario de la casa rodante con los párpados y los labios cosidos, sumido en un silencio aún más profundo que el del sótano.

Sin pensarlo, sorprendida por su propia voz pero dispuesta a confiar en el instinto, Chyna relató lo que había sucedido esa noche remota en que cumplió ocho años: la casita en Cayo Hueso, Jim Woltz, la enorme cucaracha frenética bajo la cama de hierro de patas cortas...

Borracho de cerveza mexicana y alterado por las dos pildoritas blancas que había tomado con la primera botella, Woltz se había mofado de Chyna porque al soplar las velas en la torta de cumpleaños había dejado una de ellas encendida.

—Eso es mala suerte, nena. No sabes los problemas que trae. Si no apagas las velitas de una sola vez, te atacan los demonios y los ogros, toda clase de gente mala viene a buscarte.

En ese instante, una luz blanca había iluminado el cielo y las sombras de las palmeras habían irrumpido por las ventanas de la cocina. La casa se estremeció con las ondas expansivas de truenos que parecían bombas y estalló la tormenta.

—¿Te das cuenta? —dijo Woltz—. Tenemos que arreglar esto enseguida porque si no, vienen los chicos malos, nos hacen pedazos, salen al mar en un bote y nos usan de carnada para los tiburones. ¿Qué tal, acabar como carnada de tiburón? ¿Te gustaría?

Chyna estaba asustada, pero su madre reía, divertida. Ya andaba por su enésimo vaso de limonada con vodka.

Woltz encendió las velas e insistió que Chyna volviera a intentarlo. Sólo consiguió apagar siete velas de una vez; entonces Woltz le tomó la mano, le lamió el pulgar y el índice con una lentitud repugnante y la obligó a apagar la última vela con los dedos. Aunque sintió un breve ardor en la piel, no se quemó; sin embargo, se asustó al ver las marcas de tizne negro en sus yemas.

Chyna empezó a llorar, Woltz la tomó de un brazo para evitar que escapara y Anne encendió nuevamente las ocho velas. La tercera vez, Chyna apagó sólo seis velas con su aliento tembloroso. Woltz quiso obligarla a apagarlas con los dedos, pero la niña se liberó de él y escapó de la cocina. Pensaba huir a la playa, pero el cielo se derrumbaba en fragmentos de vidrio y plata, los truenos venían del Golfo de México como una andanada de cañones, y entonces corrió a su cuarto y se ocultó bajo la cama de elástico vencido, en las sombras secretas donde aguardaba la cucaracha de las palmeras.

—El asqueroso hijo de puta de Woltz me perseguía por la casa —dijo Chyna—, me llamaba a los gritos, derribaba los muebles, daba portazos, gritaba que me iba a hacer pedazos, que me iba a tirar a los tiburones. Mucho después me di cuenta de que todo era fingido. Quería que yo me cagara de miedo. Le gustaba verme llorar porque yo casi nunca lloraba, no era fácil... era difícil hacerme llorar...

Chyna no pudo seguir.

Ariel ya no miraba la pared como antes sino el taladro eléctrico bajo sus manos. Si lo veía era otra cosa; sus ojos seguían fijos en un paisaje remoto.

Aunque no la escuchara, Chyna quería contarle todo lo que había sucedido esa noche en Cayo Hueso.

Era la primera vez que revelaba sucesos de su infancia a alguien que no fuera Laura. Una vergüenza inexplicable siempre la obligaba a callar; inexplicable porque ninguna de las humillaciones sufridas se debía a un acto suyo. Había sido una víctima, pequeña e indefensa; pero la agobiaba la vergüenza que sus torturadores, incluso su madre, eran incapaces de sentir.

Los peores detalles de su pasado los había ocultado incluso a Laura Templeton, su única amiga de verdad. A veces, cuando estaba a punto de revelar algo, se contenía y en lugar de hablar sobre los padecimientos y sus causantes, describía los lugares donde había vivido: Cayo

298

Hueso, el distrito de Mendocino, New Orleans, San Francisco, Wyoming. Describía con embeleso la belleza natural de los cerros, las llanuras, los ríos pantanosos, el suave oleaje del Golfo de México a la luz de la Luna, pero la furia crispaba su cara y la vergüenza la teñía de rojo cuando relataba las duras verdades sobre los amigos de Anne que habían poblado su infancia.

Ahora sentía un nudo en la garganta, y el peso del pasado le agobiaba el pecho como una roca.

Asqueada de vergüenza y de furia, sin embargo intuyó que debía continuar el relato de la noche de las velas no apagadas en la Florida. Tal vez la revelación sería una puerta para salir de la noche.

—Dios, no sabes cómo odiaba a ese degenerado roñoso que apestaba a cerveza y sudor, que se tambaleaba borracho por mi habitación y chillaba que me iba a usar de carnada, y Anne a las carcajadas primero en la sala y después en la puerta con esa risa chillona que tenía cuando estaba borracha, pensando que todo era tan gracioso, carajo, y era mi cumpleaños, mi día especial, *mi cumpleaños.* —Las lágrimas habrían brotado si no hubiera aprendido durante toda su vida a contenerlas. —Y la cucaracha que corría por todo mi cuerpo, por mi espalda, se me metía en el pelo...

En el calor bochornoso y sofocante de Cayo Hueso, los truenos habían sacudido la ventana y estremecido el elástico de la cama, y los fríos reflejos azules de los relámpagos habían revoloteado sobre el piso como llamas de un fuego fatuo. Chyna casi gritó cuando la cucaracha tropical, grande como su mano de niña, se enredó en su pelo, pero el miedo de Woltz la hizo contenerse. También se contuvo cuando el insecto corrió por su hombro y su brazo hasta el piso, deseó con toda el alma que se fuera, sin atreverse a arrojarla lejos por miedo a que el ruido la delatara a pesar de los truenos, a pesar de los aullidos de Woltz y las carcajadas de su madre. Pero la cucaracha corrió hasta uno de sus pies y empezó a explorarla por ese extremo, del pie al tobillo, de la pantorrilla al muslo. Se introdujo bajo una pierna de los shorts y fue a detenerse en la raya del trasero, tanteando con sus antenas temblorosas. Y ella, paralizada por el terror, sólo quería que se acabara el martirio, que la matara un rayo y Dios se la llevara lejos de este mundo abominable.

Su madre había entrado en la habitación.

—Jimmy, pedazo de idiota, no está ahí —dijo entre carcajadas—. Se fue corriendo a la playa, como siempre.

—Bueno, si vuelve juro que la voy a hacer pedazos y la voy a tirar a los tiburones —respondió Woltz. Y añadió, riendo: —¿Viste sus *ojos*? Joder, estaba cagada de miedo.

—Sí —dijo Anne—, es una cagona total. Va a pasar horas allá afuera. No sé qué cómo hacer para que madure un poco.

Entonces, Woltz dijo:

—En eso sí que no sale a su madre. Tú *naciste* madura, ¿no?

—Pues no jodas conmigo, ¿oíste imbécil? —dijo Anne—. Si lo intentas, te daré tal patada en las bolas, que de ahí en adelante tendrás que llamarte Nancy.

Woltz rugió de risa, y desde su escondite bajo la cama Chyna vio los pies descalzos de su madre y escuchó su risa insinuante.

Gorda, asquerosa, agitada, la cucaracha había salido bajo la cintura elástica de los shorts para subir por la espalda de Chyna hacia su cuello, y ante la idea insoportable de que volviera a metérsele en el pelo, ella había torcido el brazo y, sin pensar en las consecuencias, la había aferrado. El bicho se retorcía y pataleaba entre sus dedos, pero ella apretó el puño.

La cabeza vuelta a un costado, Chyna aún miraba los pies descalzos de su madre. Entre los fogonazos de los rayos, una tela de hilo amarillo cayó lentamente junto a los tobillos esbeltos de Anne. Era su blusa. Rió nuevamente cuando los shorts se deslizaron sobre sus piernas bronceadas y dio un paso al costado para terminar de quitárselos.

Las patas de la cucaracha se agitaban frenéticas entre los dedos crispados de Chyna. Las antenas tanteaban sin cesar. Woltz sacudió los pies para quitarse las sandalias, una de las cuales fue a parar cerca de la cara de

300

Chyna. Escuchó el ruido de un cierre de cremallera. Dura y fría y viscosa, la cabecita de la cucaracha se estremecía entre sus dos dedos. Cayeron los jeans gastados de Woltz, la hebilla del cinturón tintineó sobre el piso.

Él y Anne se arrojaron sobre el camastro, vibraron los resortes y los listones de madera aprisionaron los hombros y la espalda de Chyna contra el piso. Suspiros, murmullos, palabras de aliento, jadeos, gruñidos animales... Chyna los había escuchado con frecuencia en Cayo Hueso y otros lugares, pero siempre a través de las paredes, desde cuartos contiguos. No entendía de qué se trataba ni quería saberlo porque intuía que ese conocimiento traería consigo nuevos peligros que no estaba en condiciones de afrontar. Lo que hacían su madre y Woltz encima de ella la llenaba de miedo y también de una profunda congoja, tenía un significado portentoso, no menos misterioso y terrible que el de los truenos que se abatían sobre el Golfo y los relámpagos arrojados por el Cielo a la Tierra.

Chyna había cerrado los ojos para no ver los rayos ni las prendas desparramadas en el piso. Quería alejar el hedor del polvo y la podredumbre y la cerveza y el sudor y el jabón perfumado de su madre, imaginaba que unos tapones de cera amortiguaban los truenos, el repiqueteo de la lluvia sobre el techo, los jadeos de Anne y Woltz. En semejante situación, hubiera debido caer en un estado de insensibilidad o abrir la puerta mágica para entrar en el planeta del Principito.

Pero sólo lo había conseguido a medias porque Woltz hamacaba la cama con tanto vigor, que la obligaba a respirar al compás de sus movimientos. Cuando arrojaba su peso sobre la cama, los listones del elástico la aprisionaban contra el piso con tanta fuerza, que le dolía el pecho y no podía llenarse los pulmones. Sólo podía tomar aire cuando él se alzaba, y al dejarse caer, la obligaba a soltarlo. Esto continuó durante un lapso que le pareció interminable, y cuando por fin terminó, ella quedó temblando, empapada de sudor, atontada por el miedo, desesperada por olvidar lo que había oído, sorprendida porque los golpes no le habían aplastado los pulmones ni reventado el corazón. En su mano conservaba los restos de la gran cucaracha de las palmeras, que había aplastado inadvertidamente; el icor rezumaba entre sus dedos, una viscosidad repugnante que tal vez era tibia al principio pero ahora era fría, y su estómago se revolvía de náuseas ante la textura desusada de esa porquería.

Después de unos minutos de murmullos y risitas, Anne se había levantado de la cama, había recogido su ropa e ido al baño. Apenas se cerró la puerta del dormitorio, Woltz encendió la lámpara, se corrió y se asomó bajo la cama. Su cara apareció al revés frente a Chyna. La lámpara lo iluminaba desde atrás y su cara estaba a oscuras, aunque había una luz siniestra en sus ojos. Sonrió.

—¿Qué tal, la cumpleañera?

Muda, paralizada, Chyna estaba convencida de que su mano aferraba un trozo de carnada sanguinolenta. Sabía que Woltz la mataría por haber escuchado lo que hacía con su madre, la cortaría en pedazos y la llevaría al mar para usarla como carnada de tiburón. Pero él sólo se levantó de la cama y —convertido desde su ángulo de mira en un par de pies— se puso los pantalones y las sandalias y se alejó.

En el sótano de Edgler Veiss, a miles de kilómetros y a dieciocho años de esa noche en Cayo Hueso, Chyna vio que la mirada de Ariel parecía *posarse* sobre el taladro en lugar de atravesarlo.

No sé cuánto tiempo estuve bajo la cama —prosiguió—. Unos minutos, una hora, qué sé yo. Los dos volvieron a la cocina, él destapó otra cerveza, ella se sirvió otra limonada con vodka, mientras hablaban y reían. Y había algo en la risa de mi mamá... no sé, algo obsceno, como si supiera que yo estaba escondida debajo de la cama desde el momento en que Woltz le desabrochó la blusa.

Miró sus manos esposadas sobre el banco de carpintero.

Sentía como si el icor de la cucaracha rezumara entre sus dedos. Al destrozar el insecto, había aplastado los últimos restos de su frágil inocencia, la última esperanza de ser una hija para su madre; con todo, le había llevado años comprenderlo.

—No tengo el menor recuerdo de cómo salí de la casa,

si por la puerta o por una ventana, sólo sé que estaba en la playa en medio de la tormenta. Fui hasta el agua y me lavé las manos. Las olas no eran muy grandes. Allá casi nunca lo son, salvo cuando hay un huracán, pero era sólo una tormenta tropical, no había viento y la lluvia caía vertical. De todas maneras, las olas eran más grandes que de costumbre, y se me ocurrió que podía nadar mar adentro hasta que me arrastrara la corriente. Traté de convencerme de que estaba bien, de que sólo era cuestión de nadar hasta quedar agotada y que sólo quería ir hacia Dios.

Las manos de Ariel tomaban el taladro.

—Pero por primera vez en mi vida, tuve miedo del mar... de esa rompiente que latía como un corazón, de esa agua negra y lustrosa como el caparazón de una cucaracha, que se alzaba al encuentro de un cielo totalmente negro. Me asustaba esa extensión infinita y sin grietas, esa *continuidad* de la noche, aunque entonces no tenía palabras para expresarlo. Me tendí en la playa, de espaldas sobre la arena, bajo una lluvia torrencial que me impedía abrir los ojos. Detrás de mis párpados cerrados veía el resplandor de los rayos, y como tenía tanto miedo de ir nadando al encuentro de Dios, esperaba que Dios viniera hacia mí en ese resplandor. Pero Él no venía y finalmente me dormí. Cuando desperté, poco después del amanecer, la tormenta había pasado. El cielo estaba rojo en el este y púrpura en el oeste sobre un mar verde y sereno.

"Fui a la casa; Anne y Woltz dormían en el cuarto de él. La torta de cumpleaños estaba en la mesa de la cocina donde la habían puesto la noche anterior. La cobertura blanca y rosada estaba derretida por el calor y manchada de amarillo por el aceite, y las ocho velas estaban caídas. Nadie había comido un bocado, y yo tampoco la toqué... Dos días después, mi madre soltó amarras y me llevó a Tupelo, Mississippi o Santa Fe o tal vez a Boston. No me acuerdo, sólo sé que estaba feliz de alejarme de ahí y tenía miedo del próximo compañero de ella. Yo sólo era feliz cuando viajábamos, me sentía en paz en la ruta o sobre las vías, entre la partida y el destino. Hubiera querido viajar eternamente sin destino.

Sobre sus cabezas, en la casa de Edgler Veiss, reinaba el silencio.

Una sombra puntiaguda cruzaba el piso del sótano.

Al alzar la vista, Chyna vio una araña afanosa que tejía su tela entre una viga y la lámpara del techo.

Tal vez tendría que ocuparse de los doberman con las manos esposadas. Se acababa el tiempo.

Ariel tomó el taladro.

Chyna estuvo a punto de darle unas frases de aliento, pero calló por temor a sumirla en un nuevo trance con una palabra equivocada.

Tomó las antiparras de seguridad y, sin decir palabra, se las colocó. Ella las aceptó, sumisa.

Chyna se sentó en el taburete y esperó.

Una arruga afloró en la superficie serena del rostro de Ariel. No desapareció sino que quedó flotando ahí.

La niña oprimió el gatillo del taladro, al tanteo. El motor aulló, giró la mecha. Soltó el gatillo y contempló la mecha hasta que dejó de girar.

Chyna se dio cuenta de que estaba conteniendo el aliento. Lo soltó, inspiró profundamente, y el aire era más dulce que antes. Acomodó las manos sobre el banco para presentar la argolla izquierda de las esposas.

Detrás de las antiparras, los ojos de Ariel se desplazaron lentamente de la mecha del taladro a la cerradura. Era evidente que miraba las cosas, pero con indiferencia.

Confianza.

Chyna cerró los ojos.

El silencio se volvió tan profundo que empezó a escuchar remotos sonidos imaginarios similares a esas luces fantasmas que aparecen detrás de los párpados cerrados: el tictac suave y solemne del reloj en la repisa de la sala, el deambular agitado de los doberman que montaban guardia en la noche exterior...

Sintió una presión en la pulsera izquierda.

Chyna abrió los ojos.

La mecha se había introducido en la cerradura.

No miró a la chica; cerró los ojos con fuerza para protegerlos de las esquirlas voladoras. Volvió la cabeza a un costado.

Tal como Chyna le había enseñado, Ariel se apoyó sobre el taladro para que la mecha no se saliera del orificio. La manilla ejercía una presión dolorosa sobre la muñeca.

Silencio. Quietud. Juntar coraje.

Zumbó el motor del taladro. Hubo un chirrido de acero contra acero seguido del olor agrio del metal recalentado. Las vibraciones en la muñeca se extendieron por los huesos a todo el brazo, acentuando los dolores musculares. Un traqueteo, un *ping* y se abrió la pulsera izquierda.

Las esposas colgando de la muñeca derecha no hubieran entorpecido sus movimientos. Tal vez no tenía sentido arriesgarse a sufrir una herida con tal de obtener la mínima ventaja adicional de liberarse por completo de las esposas. Pero esto trascendía la lógica, la ecuación meramente racional de riesgo-beneficio. Tenía que ver con la fe.

La mecha chasqueó al entrar en la cerradura derecha. El taladro chirrió, el acero giró dentro del acero. Una lluvia de esquirlas diminutas le salpicó la cara, y la cerradura se abrió.

Ariel soltó el gatillo y alzó el taladro.

Riendo de alivio y placer, Chyna sacudió las muñecas y alzó las manos, maravillada. Sus muñecas estaban lastimadas; en algunos lugares estaban en carne viva y sangraban. Pero ese dolor era menos agudo que los otros que padecía y ninguno era más fuerte que la euforia de la anhelada libertad.

Ariel sostenía el taladro con las dos manos, sin saber qué se esperaba de ella.

Chyna le quitó la herramienta y la puso sobre el banco de carpintero.

—Gracias, mi amor. Estuviste bárbara. De veras, eso estuvo genial.

Los brazos de la chica pendían nuevamente a sus costados, las delicadas manos pálidas no estaban rígidas como garras sino flojas, como si durmiera.

Chyna le quitó las antiparras y se miraron a los ojos; por primera vez se miraron de veras. Chyna vio a la niña que vivía detrás de ese hermoso rostro, la niña verdadera oculta en la fortaleza del cráneo, a la que Edgler Veiss sólo podía acceder con un esfuerzo enorme, si es que alguna vez lo conseguía.

Entonces, en un instante, la mirada de Ariel corrió de este mundo al santuario de Nunca Jamás.

—Ay, no —dijo Chyna, porque no quería perder a la niña que apenas había alcanzado a vislumbrar. La abrazó con fuerza: —Vuelve, mi amor. Todo está bien. No te vayas, háblame.

Pero Ariel no volvió. Había regresado plenamente al mundo de Edgler Veiss sólo para taladrar las cerraduras de las esposas, y el esfuerzo había agotado su coraje.

—Está bien, no te culpo. Todavía no hemos salido —dijo Chyna—. Pero ahora tenemos que preocuparnos por los perros, nada más.

Aunque estaba perdida en un mundo remoto, Ariel se dejó tomar de la mano y conducir a la escalera.

—Ya nos ocuparemos de esos perros de mierda, nena. De veras, créeme —dijo Chyna, aunque ella misma no terminaba de creerlo.

Libre de las esposas, los grilletes y el peso de una silla sobre su espalda, con el estómago lleno de torta de chocolate y la gloria suprema de haber vaciado la vejiga, sólo debía pensar en los perros. Cuando subía la escalera hacia el lavadero, recordó algo que había visto antes; en ese momento la había desconcertado, pero ahora comprendía, y era de importancia vital.

—Espera. Espérame aquí —dijo, y colocó la mano laxa de Ariel sobre el pasamano.

Bajó a la carrera, fue a los armarios metálicos y abrió la puerta del compartimiento donde había visto esas extrañas telas acolchadas con correas de cuero negro y hebillas plateadas. Las sacó y las desparramó sobre el piso.

No eran cobertores. Eran prendas de tela acolchada. Una chaqueta confeccionada de espuma de goma densa bajo una capa de un material artificial que parecía mucho más rígido que el cuero. El acolchado era aún más grueso en los brazos. Unas especies de chaparreras de plástico duro bajo las gruesas capas de acolchado eran sólidas como una armadura de guerra; el plástico tenía bisagras en las rodillas para facilitar los movimientos. Otro par, para las caras posteriores de las piernas, incluía un protector plástico para el trasero, cinturón y correas para unirlas a la parte de adelante.

Además, había guantes y un casco de forma extraña con máscara de plexiglás transparente. El chaleco llevaba el rótulo KEVLAR y parecía idéntico a la vestimenta antibalas usada por las fuerzas policiales de asalto.

El equipo estaba desgarrado y aquí y allá; algunos desgarrones estaban cosidos con hilo grueso como tanza de pesca. Reconoció las puntadas prolijas que cerraban los ojos y labios del joven mochilero. También había orificios sin reparación. Eran huellas de dientes.

Veiss utilizaba esa vestimenta protectora cuando trabajaba con los doberman.

Aparentemente era una armadura capaz de soportar las dentelladas de una manada de leones famélicos. Él decía que le gustaban los riesgos, la vida en el filo de la navaja, pero no escatimaba precauciones en las sesiones de adiestramiento de los doberman.

Las extraordinarias precauciones de Veiss eran indicios por demás elocuentes de la ferocidad de los perros.

# 10

Habían pasado menos de veintidós horas desde que oyó el primer grito en la casa de los Templeton en Napa. Toda una vida. Ahora se acercaba una nueva medianoche y lo que fuere que la aguardaba más allá.

Chyna encendió dos lámparas en la sala. Mantener la casa a oscuras ya no tenía importancia. Apenas saliera por la puerta principal y enfrentara a los perros, sería imposible hacerle creer a Veiss que en su casa reinaba la paz.

El reloj de la repisa indicaba las diez y media.

Sentada en un sillón, Ariel se abrazaba y se hamacaba lentamente como si le doliera la barriga, aunque no hacía el menor ruido y su rostro estaba impávido.

El equipo protector confeccionado a la medida de Veiss le quedaba enorme a Chyna, quien se sentía ridícula a la vez que temía que una armadura tan abultada le estorbara los movimientos. Había enrollado las botamangas de las chaparreras y las había sujetado con un par de imperdibles que encontró en un estuche de costura en el lavadero. Los cinturones tenían lazos y cintas de velcro que le permitieron ajustarlos para que no se deslizaran sobre sus caderas. También enrolló los puños de las mangas acolchadas, mientras el chaleco de kevlar le abultaba el pecho y ayudaba a sostener la chaqueta. Un collar de plástico duro que le rodeaba el cuello impediría que los perros le desgarraran la garganta. La vestimenta era gruesa como para limpiar desperdicios nucleares en un reactor después de una pérdida de radiaciones.

Los puntos vulnerables eran los pies y los tobillos. El equipo de adiestramiento de Veiss incluía un par de borceguíes de cuero con punteras de acero, pero eran demasiado grandes. Sus zapatillas serían tan efectivas para protegerla de las mordeduras como un par de chinelas. Debería actuar rápida y agresivamente para llegar a la casa rodante sin sufrir una herida grave.

Había pensado en improvisar un garrote. Pero las capas de material protector entorpecían sus movimientos hasta tal punto que el garrote no serviría para hacerle daño a un doberman o siquiera para rechazar su ataque.

En cambio, se había armado con dos frascos rociadores hallados en un armario del lavadero; uno de limpiavidrios y otro de quitamanchas para tapices y alfombras. Los había vaciado y enjuagado en la pileta de la cocina; pensó llenarlos con lavandina, pero optó por el amoníaco puro. Veiss, maniático de la limpieza hogareña, tenía dos frascos de esa sustancia. Ahora los dos rociadores estaban en el piso, cerca de la puerta principal. Las boquillas podían ajustarse para producir un rocío o un chorro; optó por éste.

En el sillón, Ariel seguía hamacándose en silencio, la mirada fija en la alfombra.

Era improbable que en su estado catatónico la muchacha se levantara del sillón y se fuera sola, pero Chyna le dijo que se quedara ahí:

—Quédate donde estás, mi amor. No te muevas, ¿oíste? Volveré enseguida.

Ariel no respondió.

—No te muevas de ahí.

Las pesadas capas de acolchado le reavivaban a Chyna los dolores de los músculos y las articulaciones. Las molestias disminuirían su rapidez física y mental. Debía actuar mientras conservara un mínimo de agilidad.

Se puso el casco con máscara. En su interior había colocado una toalla plegada para que el casco no bailara sobre su cabeza, y había terminado de sujetarlo con una correa bajo el mentón. La máscara curva de plexiglás sobresalía cinco centímetros debajo del mentón, pero la cara inferior de la mandíbula quedaba al descubierto para permitir la circulación del aire... y había seis pequeños orificios en el frente de la máscara para mayor ventilación.

Miró sucesivamente por las dos ventanas que daban a la galería, apenas iluminada por la luz de las lámparas de la sala. Ningún doberman estaba a la vista.

El patio más allá de la galería estaba oscuro, y el prado parecía negro como el lado oculto de la Luna. Quizá los perros la acechaban desde allá, contemplaban su silueta en la ventana iluminada. Más aún, tal vez estaban agazapados en el borde de la galería, listos para saltar.

Miró el reloj.

Las diez y media.

—Dios, no quiero hacerlo —murmuró.

Sin saber por qué, recordó un capullo de mariposa que había visto cuando su madre se había alojado con unos amigos en Pennsylvania, catorce o quince años antes. La crisálida pendía de la ramita de un arce; semitransparente e iluminada desde atrás por un rayo de sol, dejaba ver el insecto en su interior. Era un imago maduro que ya había pasado el estadio de pupa. Culminada su metamorfosis, se agitaba frenéticamente dentro del capullo, sus patas delgadas como cabellos escarbaban sin cesar como si anhelara salir y a la vez temiera el mundo hostil que la aguardaba. En su armadura de plástico y tela acolchada, Chyna se estremecía como esa mariposa, pero su deseo no era irrumpir en el mundo nocturno que la aguardaba sino hundirse en lo más profundo de su crisálida.

Fue a la puerta principal.

Se puso los guantes de cuero, bastante flexibles a pesar del grosor del material. Le quedaban grandes, pero las cintas ajustables de velcro los sujetaban con firmeza en las muñecas.

Había cosido la llave de la casa rodante al pulgar del guante derecho, enhebrando el hilo en el orificio de la

310

llave. La parte que debía introducir en la cerradura sobresalía del extremo del pulgar, de manera que sería fácil introducirla para abrir la puerta del vehículo. No quería tener que hurgar torpemente en el bolsillo mientras la atacaban varios perros ni correr el riesgo —Dios la librara— de dejarla caer.

Tal vez el vehículo no estaba cerrado con llave. Pero no dejaría nada librado al azar.

Tomó los rociadores del piso. Uno en cada mano. Verificó que estuvieran en la posición de CHORRO.

Corrió sigilosamente la falleba, aguardó a la espera del ruido sordo de las patas sobre las tablas y por fin entreabrió la puerta.

La galería estaba desierta.

Chyna cruzó el umbral y cerró la puerta enseguida, aunque le costó un poco accionar el picaporte porque llevaba los frascos de plástico en las manos.

Puso los índices en las palancas de los frascos. La eficacia de esas armas dependía de la rapidez de la embestida de los perros y de que ella supiera aprovechar la menor oportunidad para usarlas.

La noche era tan calma como oscura, y el móvil de caracolas pendía inmóvil. Ni una hoja se agitaba en el árbol junto al extremo norte de la galería.

Tampoco se oía el menor ruido. Por otra parte, los ruidos leves no podrían atravesar el casco acolchado.

Tenía la sensación fantástica de que el mundo entero era un diorama encerrado en una burbuja de vidrio.

A falta de la menor brisa que transportara su olor a los perros, quizás éstos no se habían dado cuenta de que había salido.

*Sí, claro, y los chanchos vuelan pero sólo cuando no los vemos.*

Los escalones de piedra estaban en el extremo sur de la galería. La casa rodante se hallaba estacionada en el camino de entrada, a seis metros de los escalones. Apretó la espalda contra la pared de la casa y se deslizó hacia su derecha. Al desplazarse, volvió la cabeza una y otra vez a la izquierda, a la baranda del extremo norte de la galería, y hacia el patio delantero más allá de la balaustrada frente a ella. Ni un perro a la vista.

La noche era tan fresca, que su aliento empañaba la cara interna de la máscara. La condensación se desvanecía rápidamente, pero cada vez parecía cubrir el plexiglás un poco más. A pesar de la ventilación bajo el mentón y a través de los orificios en el centro de la máscara, Chyna empezó a temer que su aliento tibio acabara por dejarla sin visión. Dominar sus rápidos jadeos resultaba casi tan difícil como reducir el veloz latido de su corazón.

A fin de disminuir el problema, frunció los labios para apuntar la exhalación hacia la abertura inferior de la máscara. Esto provocó un suave silbido hueco caracterizado por un *vibrato* que revelaba la magnitud de su miedo.

Dos pasos al costado, tres, cuatro. Pasó la ventana de la sala. Su silueta estaba claramente a la vista, iluminada desde atrás.

Debería haber apagado las luces, pero no quería dejar a Ariel sola en la oscuridad. En su condición, tal vez la niña no se hubiera dado cuenta si las luces estaban encendidas o apagadas, pero a Chyna le había parecido mal abandonarla en la oscuridad.

Envalentonada por haber recorrido sin inconvenientes la mitad de la distancia de la puerta al extremo de la galería, empezó a caminar de frente y lo más rápido que le permitía el pesado equipo.

Negro como la noche de la cual salía, sigiloso como las nubes rasgadas que cruzaban lentamente el campo tachonado de estrellas, el primer doberman corría hacia ella desde la casa rodante. No ladraba ni gruñía.

Cuando lo advirtió, casi era tarde. Se olvidó de exhalar hacia abajo y la humedad se condensó en el interior de la máscara. La película se desvaneció casi al instante, pero la bestia ya saltaba los escalones, con las orejas apretadas contra su fino cráneo y los dientes al descubierto.

Apretó la palanca del frasco que llevaba en la diestra. El chorro de amoníaco saltó poco más de un metro en el aire.

El perro aún estaba demasiado lejos para que lo alcanzara el chorro, pero se acercaba rápidamente.

Se sintió torpe como un chico jugando con una pistola

de agua. El aparato no servía. No servía. Pero, por Dios, *tenía* que servir si no quería acabar como alimento para perros.

Apretó la palanca cuando el perro subía los escalones y el chorro se quedó corto, y lamentó no poder lanzar un chorro más largo, de seis o siete metros, que alcanzara a la bestia de lejos, pero lanzó otro chorro antes de que cayera el anterior y dio en el blanco cuando el perro entraba en la galería. Le apuntó a los ojos, pero el chorro bañó el hocico y los dientes del animal.

El efecto fue instantáneo. El doberman perdió pie, chilló, rodó hacia Chyna y habrían chocado si ella no lo hubiera esquivado de un salto.

Con la lengua quemada por el amoníaco cáustico y los pulmones llenos de vapores corrosivos, imposibilitado de respirar aire fresco, el perro rodó de espaldas y se frotó frenéticamente el hocico con las patas. Bufaba y jadeaba y chillaba en su angustia.

Chyna le dio la espalda y siguió adelante.

La sorprendió su propia voz:

—Mierda, mierda, mierda...

Adelante, pues, hasta el extremo de la galería, donde echó una mirada atrás y vio que el gran perro, alzado sobre sus patas temblorosas, daba vueltas y sacudía la cabeza, chillando de dolor y estornudando con violencia.

El segundo perro salió volando de la noche cuando Chyna llegaba al último escalón. Por el rabillo del ojo detectó un movimiento a su izquierda, giró la cabeza y vio al doberman que volaba por el aire —*por Dios*— con la fuerza de una bala de cañón. Alzó el brazo izquierdo y giró, pero era tarde y antes de poder soltar un chorro de amoníaco, el perro la golpeó con tanta fuerza que casi la derribó. Se tambaleó pero logró conservar el equilibrio.

Los dientes del doberman estaban hundidos en la manga acolchada que cubría el brazo izquierdo. No la aferraba como lo hubiera hecho un perro de policía sino que mascaba el acolchado como si fuera un trozo de carne, tratando de arrancar un pedazo para dejarla fuera de combate, desgarrar una arteria para que se desangrara, pero afortunadamente los dientes no penetraban hasta la carne.

El perro la había atacado en silencio, tal como le habían inculcado, y aun ahora no gruñía. Pero de su garganta salía un ruido mitad gruñido, mitad jadeo hambriento, una especie de silbido ávido y fantasmagórico que atravesó el casco acolchado.

Apuntó a quemarropa con la diestra y echó un chorro de amoníaco en los feroces ojos negros del doberman.

Las mandíbulas se abrieron como un mecanismo activado por un resorte tenso y el perro se fue rodando, echando espumarajos de saliva plateada, chillando de dolor.

Recordó el rótulo en el frasco de amoníaco: *Causa lesiones oculares serias pero temporarias.*

Chillando como niño lastimado, el perro rodó por el césped, frotándose los ojos como el primero se frotaba el hocico, pero con desesperación aun mayor.

El fabricante recomendaba lavarse los ojos con abundante agua durante quince minutos. Salvo que encontrara instintivamente el camino hacia un arroyo o laguna, el perro no tenía agua para lavarse; por lo tanto, estaría fuera de combate durante por lo menos un cuarto de hora, probablemente mucho más.

El doberman se paró de un salto y empezó a perseguirse la cola, lanzando dentelladas. Tropezó, cayó, se paró nuevamente y desapareció en la noche, enceguecido y presa de un insoportable dolor.

Escuchando los chillidos del pobre animal mientras ella corría hacia la casa rodante, Chyna tuvo tiempo de sentir una punzada de remordimiento. El doberman la destrozaría a dentelladas si tuviera la oportunidad, pero era un asesino por adiestramiento, no por naturaleza. Los perros también eran víctimas de Edgler Veiss, que los adaptaba a sus propósitos. Ella no los haría sufrir si la ropa acolchada le brindara suficiente protección.

¿Cuántos perros más?

Veiss había insinuado que era una jauría. ¿No había dicho que eran *cuatro*? Claro que tal vez mentía. Tal vez eran dos.

*Vamos, vamos, vamos.*

Llegó a la puerta delantera derecha de la casa rodante y trató de abrirla. Estaba cerrada con llave.

314

*Por favor, que no haya más perros, que me den cinco segundos nada más.*

Dejó caer el frasco rociador de la diestra para tomar la cabeza de la llave entre el pulgar y un dedo. Casi no la sentía a través del guante.

Sus manos temblaban. Erró a la cerradura y la llave chocó con la chapa de cromo del tambor. No se le cayó porque la había cosido al guante.

Cuando intentaba por segunda vez introducir la llave, un doberman saltó sobre su espalda y trató de morderle la nuca.

Impulsada violentamente hacia adelante, la máscara del casco golpeó la puerta.

Hundidos en el grueso cuello de la chaqueta del adiestrador —sin duda, también en el collar de plástico acolchado que se había colocado para protegerse la garganta—, los dientes del perro trataban vanamente de llegar a su piel, aferrados como las garras de un amante demoníaco en una pesadilla.

Así como el impacto la había arrojado contra la casa rodante, ahora el peso y los forcejeos del perro furioso la alejaban del vehículo. Estuvo a punto de caer de espaldas, pero sabía que el animal obtendría una ventaja si lograba derribarla.

*De pie. Erguida.*

Girando media vuelta para conservar el equilibrio, vio que el primer doberman ya no estaba en la galería. Aunque era difícil de creer, la bestia aferrada a su cuello debía de ser la más pequeña de las dos, la que había salpicado en el hocico. Recuperado el aliento, había vuelto al combate, desafiando el arsenal químico, dispuesto a dar la vida por Edgler Veiss.

Bueno, tal vez los perros no eran más de dos.

Aún tenía el frasco rociador en la zurda. Lanzó varios chorros sobre su hombro, pero el acolchado de las mangas le impedía doblar el brazo en el ángulo necesario para echar amoníaco en los ojos del perro.

Se arrojó de espaldas contra el costado de la casa rodante, así como más temprano se había arrojado contra el hogar. Atrapado entre ella y el vehículo, tal como la silla había quedado entre ella y la pared de piedra, el animal absorbió toda la fuerza del impacto.

El perro chilló al soltarla, y era un sonido lastimero que le revolvió las tripas, pero hermoso, claro que sí, bello como la música más dulce.

Entre el tintineo de las hebillas y el frotar de las chaparreras, Chyna se deslizó hacia un costado para alejarse del animal, preocupada por sus tobillos, su punto más vulnerable.

Pero el doberman parecía haber perdido su espíritu belicoso. Se alejó con el rabo entre las patas, mirándola de reojo, temblando y jadeando como si le hubiera lastimado un pulmón, tratando de no pisar con la pata trasera derecha.

Chyna apretó la palanca del frasco. La criatura estaba fuera de su alcance, y el chorro de amoníaco cayó sobre el césped.

Dos perros menos.

*Rápido, rápido.*

Chyna se volvió nuevamente hacia la casa rodante... y chilló cuando un tercer perro, que pesaba más que ella, le saltó a la garganta, mordió la chaqueta y la envió hacia atrás.

Caía. *Mierda*. Y el perro caía sobre ella, mordiendo frenético el cuello de la chaqueta.

Cayó con tanta violencia que, a pesar de tanto acolchado, el golpe le expulsó el aliento, y el frasco rociador saltó por el aire. Trató de atajarlo, pero se le escapó.

El perro arrancó un jirón de acolchado del cuello y al sacudir la cabeza para echarlo a un costado desparramó espumarajos de saliva sobre la máscara. Atacó otra vez, hundió el hocico en el mismo lugar que antes, mordiendo en busca de la carne, la sangre, la victoria.

Le martilló la cabeza con los dos puños, trató de golpearle las orejas, esperaba que fueran sensibles, vulnerables.

—¡Fuera! ¡Fuera, hijo de puta, fuera!

Los dientes del doberman chasquearon al errar una dentellada a su mano, pero la alcanzó en el segundo intento. Aunque los incisivos no penetraron el cuero, el perro sacudió la mano con fuerza como si se tratara de quebrarle el espinazo a una rata. Chyna no estaba herida, pero la presión de las mandíbulas sobre la mano era tan dolorosa, que le arrancó un alarido.

El perro le soltó la mano y buscó de nuevo la garganta. El hocico atravesó la chaqueta desgarrada. Los dientes atacaron el chaleco de kevlar.

Aullando de dolor, Chyna extendió la mano palpitante hacia el frasco rociador. Le faltaron unos treinta centímetros para alcanzar el arma.

No advirtió que al girar la cabeza hacia el frasco alzaba la máscara, lo que exponía la garganta a los ataques del perro. Éste introdujo el hocico bajo la curva de plexiglás, sobre el chaleco, y mordió el grueso acolchado exterior del collar de plástico segmentado, su última defensa. Empeñado en arrancar esa pieza de la armadura, el perro dio un tirón tan fuerte, que alzó la cabeza de Chyna y le provocó un dolor agudo en la nuca.

Trató de quitarse el perro de encima. Era abrumadoramente pesado, obstinado, y con sus patas escarbaba con frenesí el cuerpo de Chyna.

A medida que el perro desplazaba el collar protector, Chyna sentía su aliento cálido bajo el mentón. Si hallara el ángulo preciso para introducir el hocico bajo la máscara, tal vez podría morderle el mentón, mejor dicho, seguramente podría hacerlo y faltaba poco para que se diera cuenta de ello.

Alzó el cuerpo con todas sus fuerzas y aunque no se sacó al perro de encima, pudo acercarse unos centímetros al frasco rociador. Repitió el movimiento y el frasco quedó a escasos diez centímetros de las puntas de sus dedos.

El otro doberman se acercaba cojeando, listo para volver al combate. O sea que no le había perforado los pulmones al aplastarlo contra la casa rodante con su propio cuerpo.

Eran dos. No podría con dos perros al mismo tiempo, y para colmo, tendida de espaldas.

Se alzó y se arrastró lateralmente, de espaldas, llevando consigo al doberman.

La lengua ardiente de la bestia lamió su mentón, saboreó el sudor. De lo profundo de su garganta, salía ese silbido obsceno, horrible.

*Arriba.*

El perro cojo advirtió el punto vulnerable y corrió a su pie derecho. Ella lo alejó de una patada, pero el perro volvió a atacar. Volvió a patear y el perro hundió los dientes en el talón de la zapatilla.

Sus propios jadeos frenéticos empañaban el interior de la máscara. También lo empañaba el aliento del doberman aferrado a ella porque había introducido el hocico bajo el plexiglás. Chyna estaba totalmente ciega.

Pataleaba con los dos pies para alejar el perro cojo. Y a la vez que pataleaba, se arrastraba hacia un costado.

La lengua caliente del otro le lamía el mentón. Su aliento agrio. Los dientes a escasos centímetros de la piel. Otra vez la lengua.

Chyna palpó el frasco rociador. Sus dedos lo aferraron.

Aunque la dentellada del perro no había atravesado el guante, la mano palpitaba de dolor insoportable y Chyna temía que no podría agarrarlo, no podría accionar la palanca, pero lanzó un chorro de amoníaco a ciegas. Lo hizo con el índice hinchado, y la punzada de dolor la obnubiló por un instante. Con el dedo mayor lanzó otro chorro.

A pesar de sus pataleos, el perro lisiado le mordió la zapatilla y los dientes alcanzaron la piel del pie derecho.

Lanzó un chorro de amoníaco hacia el pie, luego otro y bruscamente el doberman la soltó. Chyna y el perro chillaban, ciegos y temblorosos, unidos en el dolor.

Dentelladas. El otro perro. El hocico bajo la máscara, buscando el mentón. *Chac-chac-chac.* El silbido ávido, hambriento.

Le metió el frasco en la cara, accionó la palanca una, dos veces, y el perro chilló y la soltó por fin.

Algunas gotas de amoníaco penetraron por los orificios de ventilación de la máscara. No podía ver a través del plexiglás empañado y era difícil respirar debido a los gases agrios.

318

Jadeando, con los ojos llenos de lágrimas, soltó el frasco rociador y gateó hacia donde pensaba que encontraría la casa rodante. Chocó con el vehículo y se paró penosamente. Sentía calor en el pie mordido, tal vez porque la zapatilla estaba llena de sangre, pero pudo apoyarse sobre él.

Tres perros fuera de combate.

Si eran tres, seguramente había cuatro.

El cuarto no tardaría en llegar.

A medida que el amoníaco se evaporaba de la máscara y también, aunque no tan rápidamente, de la chaqueta desgarrada, el gas se disipaba pero no del todo. Ansiaba quitarse el casco para respirar con libertad. Con todo, no lo haría hasta encontrarse a salvo dentro de la casa rodante.

Ahogada por los gases de amoníaco, tratando de exhalar hacia abajo, enceguecida por las lágrimas, Chyna palpó el costado de la casa rodante hasta hallar otra vez la puerta. Para su propia sorpresa, el dolor del pie mordido era intermitente y soportable.

La llave seguía cosida al guante derecho. La tomó entre el pulgar y el índice.

A lo lejos aullaba un perro, probablemente el primero que había recibido un chorro en los ojos. Cerca de ella, otro perro lloriqueaba de dolor mientras el tercero jadeaba, estornudaba y se ahogaba con los gases.

¿Y el cuarto?

Sus dedos torpes tantearon hasta encontrar la cerradura. Abrió la puerta. Se acomodó a duras penas en el asiento del acompañante.

Cuando cerraba la puerta, un cuerpo pesado chocó con el panel exterior. El cuarto perro.

Se quitó el casco y los guantes. La chaqueta acolchada.

El cuarto doberman se lanzó a la ventanilla, mostrando los dientes. Sus uñas arañaron el vidrio cuando caía a tierra, mirándola con furia.

A la luz del pasillo estrecho, el cuerpo de Laura Templeton aún yacía sobre la cama, engrillado y envuelto en una sábana.

Chyna sintió que la angustia le oprimía el pecho, y se le formó un nudo en la garganta, que le impidió tragar. Se dijo que el cadáver sobre la cama no era la verdadera Laura. La esencia de Laura había partido; éste era apenas el cascarón, una masa de músculos y huesos que poco a poco se volvería polvo. Durante la noche, el espíritu de Laura había volado a un hogar luminoso y tibio. No tenía sentido llorarla porque había trascendido.

La puerta del armario estaba cerrada. Chyna estaba segura de que el muerto aún pendía en su interior.

Durante las casi quince horas pasadas desde que había salido del dormitorio de la casa rodante, el aire enrarecido se había impregnado con el olor leve pero repugnante de la podredumbre. Ella había previsto algo peor. No obstante, respiraba por la boca para evitar el hedor.

Encendió la lámpara y abrió el primer cajón de la mesita. Los objetos que había visto la noche anterior seguían ahí y se entrechocaban con las vibraciones del motor transmitidas por el piso.

Temía que el ruido del motor le impidiera oír el de otro vehículo en caso de que Veiss volviera antes de lo esperado; pero necesitaba la luz y no quería correr el riesgo de agotar la batería.

Del cajón tomó el paquete de vendas, la cinta adhesiva y la tijera.

Fue a la salita detrás de la cabina y se sentó en un sillón. Ya se había despojado de la vestimenta protectora. Ahora se quitó la zapatilla derecha y la media empapada de sangre.

La sangre, negra y espesa, manaba de dos heridas del pie. Pero era una hemorragia lenta, no a chorros, que no la desangraría en poco tiempo.

Puso una doble venda de gasa sobre las heridas y la sujetó con cinta adhesiva. Al apretarla con fuerza esperaba detener o al menos reducir la hemorragia.

Hubiera querido empapar las vendas con iodo u otro desinfectante, pero no había nada de eso a mano. En todo caso, las heridas tardarían un par de horas en infectarse, y para entonces ya habría escapado y obtenido asistencia médica. O estaría muerta por otras causas.

320

El peligro de contraer rabia era escaso o nulo. Seguramente Edgler Veiss atendía solícitamente la salud de sus perros y les aplicaba las vacunas necesarias.

No trató de ponerse la media, que estaba fría y viscosa a causa de la sangre. Se calzó la zapatilla en el pie herido y ajustó el cordón un poco menos que de costumbre.

En el hueco estrecho entre las alacenas de la cocina y la heladera, encontró una escalera metálica plegable. La llevó al pasillo corto en el extremo del vehículo, y la colocó bajo el tragaluz, que era un panel de plástico mate de un metro de largo por unos sesenta centímetros de ancho.

Se paró en el primer escalón para inspeccionar el tragaluz; esperaba poder abrirlo para que entrara aire fresco, o que al menos estuviera sujeto desde el interior. Lamentablemente era un panel fijo, sin mecanismo de apertura ni tornillos o remaches a la vista, sujeto por un marco al techo del vehículo.

Antes de ponerse la vestimenta acolchada se había abrochado un cinturón de carpintero hallado en un cajón del banco de trabajo de Veiss. Se lo había quitado con el resto del equipo y lo había apoyado sobre la mesa del comedor del vehículo.

Sin saber qué clase de herramientas necesitaría, había traído un juego de pinzas, tenazas, limas planas y convexas, destornilladores de varias medidas, de cabezas tanto planas como en estrella. También había traído un martillo, lo único que le servía en ese momento.

Parada en el primero de los dos escalones, su cabeza llegaba a escasos veinticinco centímetros del tragaluz. Apartó la cara, blandió el martillo con la mano izquierda y la cabeza plana de acero golpeó el plástico con un estrépito horrendo.

El tragaluz estaba intacto.

Chyna siguió golpeando, una y otra vez. Cada golpe reverberaba en el plástico, pero también en sus músculos tensos y exhaustos, en sus huesos doloridos.

La casa rodante tenía por lo menos quince años, y el tragaluz parecía una pieza original de fábrica. No era de plexiglás sino de un material menos resistente; en años de sol y lluvia, el plástico se había vuelto quebradizo. Por fin apareció una grieta en un borde del panel rectangular. Chyna golpeó el extremo de la grieta para extenderla hasta un ángulo y todo lo largo de uno de los bordes menores. Luego siguió por uno de los bordes largos.

Varias veces tuvo que detenerse para tomar aliento y pasar el martillo de una mano a la otra. Por fin, el panel quedó suelto, retenido sólo por astillas de material en las grietas y por el cuarto borde, que estaba intacto.

Chyna soltó el martillo, flexionó las manos repetidamente para quitarles rigidez y apoyó los palmas contra el plástico. Con un esfuerzo que le arrancó varios gruñidos, alzó los brazos al tiempo que subía al segundo escalón.

El plástico se astilló y el panel se alzó un par de centímetros entre el chillido de los bordes al frotarse. Se dobló por el cuarto borde, crujiendo, resistiendo... resistiendo... hasta arrancarle a ella un grito mudo de impotencia; sacó nuevas fuerzas de alguna parte y dio un nuevo envión. El cuarto borde se rompió con un estampido fuerte como un disparo de revólver.

Alzó el panel, que resbaló sobre el techo hasta caer a tierra.

A través del hueco sobre su cabeza, Chyna vio las nubes, que se alejaban rápidamente de la Luna. Una luz fría bañó su rostro y en el cielo insondable brillaba el fuego blanco y puro de las estrellas.


Chyna puso la marcha atrás y llevó la casa rodante hasta el frente de la casa, donde la estacionó paralela a la galería y casi rozándola. Lo hizo lentamente para evitar que las ruedas del gran vehículo arrancaran el césped. Aunque la lluvia había cesado casi medio día antes, temía quedar atascada en el barro.

Cuando el vehículo quedó en la posición deseada, colocó la palanca de cambios en punto muerto y puso el freno de mano. Dejó el motor en marcha.

La escalera plegable se había caído en la salita de la

casa rodante. La enderezó, subió los dos escalones y asomó la cabeza al aire nocturno, sobre el marco del tragaluz que había arrancado.

Lamentó que la escalera tuviera sólo dos escalones. Tenía que hacer fuerza para salir al techo, y el ángulo no era el mejor.

Apoyó las manos abiertas sobre el techo a ambos lados de la abertura y, haciendo fuerza con los brazos, trató de alzar su cuerpo. La tensión le desgarraba los tendones del cuello y los hombros, el pulso retumbaba como un tambor fatídico en las sienes y las carótidas, temblaban los músculos de la espalda y los brazos.

A punto de dejarse vencer por el dolor y el agotamiento, recordó a Ariel en el sillón de la sala: hamacándose, con una mirada perdida en los ojos, los labios abiertos en un grito mudo. La visión le dio nuevas fuerzas, activó recursos que ignoraba poseer. Sus brazos temblorosos se enderezaron, el cuerpo se alzó por el tragaluz, sus piernas pataleaban como las de un nadador al subir desde las profundidades. Por fin, sus brazos se enderezaron del todo, echó el cuerpo hacia adelante y salió al techo.

Su suéter se enganchó con las astillas de plástico que asomaban del marco, algunas atravesaron la lana y le rasguñaron el abdomen, pero se liberó de un sacudón.

De espaldas sobre el techo, se alzó el suéter para mirar sus heridas. Algunos rasguños sangraban un poco: nada serio.

Desde la noche llegaban los aullidos de por lo menos dos de los perros heridos. Eran tan lastimeros, tan patéticos en su angustia y soledad, que Chyna no podía soportarlos.

Se deslizó hasta el borde del techo y miró el patio al este de la casa.

El doberman ileso que rondaba la cabina de la casa rodante la vio de inmediato. Alzó el hocico y mostró los dientes. El sufrimiento de sus camaradas no parecía afectarlo.

Chyna se alejó del borde y se paró. La superficie metálica era resbalosa debido al rocío, pero por suerte calzaba zapatillas con suela de goma. Si cayera al patio, sin armas ni vestimenta protectora, el doberman la derribaría y le desgarraría la garganta en pocos segundos.

La casa rodante era apenas más baja que el alero de la galería, y la distancia entre el vehículo y la casa era de unos veinte centímetros.

Cruzó la brecha fácilmente para pasar al techo inclinado de la galería. Las tejas eran rugosas, no traicioneras como el techo de la casa rodante.

La pendiente no era empinada y Chyna pudo llegar sin problemas al frente de la casa. La lluvia había liberado un leve olor alquitranado debido a las sucesivas capas de creosota con que habían pintado los troncos a lo largo de los años.

La ventana de paneles verticales del dormitorio de Veiss estaba abierta unos seis centímetros, tal como la había dejado al salir. Introdujo las manos, y entre gruñidos de dolor alzó el panel inferior. La madera se había hinchado con la humedad, pero aunque se atascó un par de veces, pudo terminar de abrir la ventana.

Entró en el dormitorio de Veiss, donde había dejado una lámpara encendida.

En el vestíbulo de la planta alta miró la puerta abierta enfrente del dormitorio. Allí estaba el escritorio, y aún la perturbaba la sensación de que había pasado por alto algún detalle, una información vital acerca de Edgler Veiss.

Pero no tenía tiempo para investigar. Corrió escalera abajo hacia la sala.

Acurrucada en el sillón, Ariel se hamacaba y su mirada seguía perdida.

El reloj de la repisa marcaba las once y cuatro minutos.

—Quédate ahí —dijo Chyna—. Sólo un minuto más, mi amor.

Atravesó la cocina hacia el lavadero en busca de una escoba. Junto a ésta encontró una especie de lampazo, con un palo más largo, de manera que optó por él.

De vuelta en la sala, la recibió un ruido tan conocido como aterrador: *chiiic-chiiic*.

El doberman ileso arañaba la ventana más cercana.

Sus orejas puntiagudas estaban alzadas, pero las dejó caer apenas Chyna lo miró a los ojos. Emitía esa especie de silbido ávido que a Chyna le erizaba los pelos de la nuca.

*Chiiic-chiiic-chiic.*

Chyna dio la espalda al perro y fue hacia Ariel... pero le llamó la atención un ruido en la otra ventana: también allá había un doberman.

Sólo podía ser el primer animal que la había enfrentado al salir de la casa, al que le había echado un chorro de amoníaco en el hocico. Se había recuperado rápidamente y la había mordido en el pie cuando el otro la tenía en el suelo.

Estaba segura de que el segundo perro, el que había saltado sobre ella como una bala de cañón, estaba ciego, lo mismo que el tercero. Pensó que también éste había recibido el chorro en los ojos, pero se había equivocado.

Claro que en ese momento también ella estaba casi ciega porque la máscara estaba empañada... y además, frenética porque el tercer perro le arrancaba el collar acolchado y le lamía el mentón. Sólo sabía que el animal había chillado y le había soltado el pie al recibir el chorro.

Por consiguiente, le había salpicado el hocico pero no los ojos, como en su primer encuentro con él.

—Tienes suerte, desgraciado —murmuró.

El doberman dos veces agredido no arañaba el vidrio. Sólo la miraba. Fijamente. Las orejas alzadas. Sin perder detalle. Tal vez no era el mismo perro. Tal vez eran cinco. O seis.

En la otra ventana: *chiiic-chiiic. Chiiic-chiiic.*

Se inclinó frente a Ariel:

—Nos vamos, mi amor.

La niña se hamacaba.

Chyna le tomó una mano. Esta vez no estaba rígidamente crispada, y la niña se paró enseguida.

Con el palo en una mano y la de Ariel en la otra, cruzó la sala. Pasó lentamente frente a las ventanas, evitando mirar a los doberman por temor a que un movimiento precipitado o una mirada provocadora los impulsara a saltar a través de los vidrios.

Ella y Ariel pasaron la abertura sin puerta hacia la escalera.

A sus espaldas, uno de los perros empezó a ladrar.

A Chyna no le gustó para nada. Era la primera vez que ladraban. Su sigilo disciplinado había sido espeluznante... pero el ladrido era peor.

Al subir la escalera arrastrando consigo a Ariel, se sentía vieja, débil y exhausta. Quería sentarse, tomar aliento, descansar sus piernas doloridas. Cuando dejaba de tirar de su brazo, Ariel se detenía y reanudaba su murmullo mudo. Cada escalón parecía más empinado que el anterior, como si Chyna fuera la Alicia del cuento infantil persiguiendo al conejo blanco, el estómago lleno de hongos exóticos, corriendo por una escalera encantada en un lúgubre País de Maravillas.

Entonces, al llegar al descanso e iniciar el segundo tramo de la escalera, hubo un estrépito de vidrios rotos en la sala. El ruido le devolvió la juventud y la agilidad para trepar como una gacela por una escalera hecha para gigantes.

—¡Arriba! —exclamó, tirando del brazo de Ariel.

Aunque se apuró un poco, la niña parecía arrastrar los pies.

—*¡Arriba!* —chilló Chyna con desesperación al ganar la planta alta.

Desde abajo llegaban los ladridos del animal furioso.

Aferrando la mano de la niña, Chyna llegó al vestíbulo de la planta alta. El galope de los perros era más atronador que los latidos de su corazón.

La puerta de la izquierda. La habitación de Veiss.

Arrastró consigo a Ariel, cruzó el umbral y cerró la puerta con violencia. No había cerradura sino sólo un picaporte.

*Son perros, por amor de Dios, más malos que el demonio, pero no saben mover un picaporte.*

Un perro se arrojó contra la puerta, que se sacudió en el marco, pero pareció estar bien cerrada.

Chyna llevó a Ariel hasta la ventana y apoyó el lampazo contra la pared.

Los perros ladraban y arañaban la puerta.

326

Chyna tomó la cara de la niña entre sus manos, acercó la suya y miró con optimismo el fondo de esos ojos celestes, bellos pero ausentes.

—Por favor, mi amor, te necesito otra vez. Como allá abajo, cuando me quitaste las esposas con el taladro. Te necesito mucho más que antes, Ariel, porque tenemos poco tiempo, muy poco tiempo, y estamos tan cerca, de veras, tan cerca de escapar.

Aunque la distancia entre sus ojos era menos de diez centímetros, Ariel parecía no verla.

—Escucha, mi amor, dondequiera que estés escondida, en el planeta del Principito o el país de Nunca Jamás... ¿te fuiste hasta allá, bebé...? o en el país del Mago de Oz. Dondequiera que estés, por favor escucha bien porque debes hacerme caso. Tenemos que salir al techo de la galería. No es empinado, puedes hacerlo, pero con cuidado. Quiero que salgas por la ventana y des un par de pasos a la izquierda. A la derecha no, porque hay poco espacio y podrías caerte. Un par de pasos a la izquierda y ahí me esperas. Yo te seguiré y me haré cargo de ti.

Soltó la cara de la niña y la abrazó con fuerza, con el amor que le hubiera dado a una hermana si la tuviera, con el que hubiera querido sentir por su madre. La amaba por lo que había padecido, por haber sobrevivido al sufrimiento.

—Me haré cargo de ti, mi amor. *Me haré cargo de ti.* Veiss, ese degenerado hijo de puta, no volverá a ponerte las manos encima. Nunca volverá a hacerte daño. Voy a sacarte de este lugar de mierda, nunca volverás a verlo, pero tenemos que hacerlo juntas, debes ayudarme y escuchar bien y tener cuidado, muchísimo cuidado.

Soltó a la chica y sus ojos se encontraron.

Ariel estaba en el país de Nunca Jamás. No hubo un destello de lucidez como el que había cruzado sus ojos en el sótano al tomar el taladro.

Los perros habían dejado de ladrar.

Del otro extremo de la habitación venía un ruido distinto e inquietante. No era el estrépito de la puerta en el marco sino un ruido más duro. Metálico.

Se agitaba el picaporte. Uno de los perros debía de estar toqueteándolo con la pata.

La puerta no estaba bien ajustada. Había una brecha de un centímetro entre el borde y el marco. En la brecha brillaba un objeto metálico: era el pestillo. Si éste no penetraba profundamente en el marco, tal vez los toqueteos del perro acabarían por abrir la puerta.

—Un momento —dijo a Ariel.

Cruzó la habitación y trató de correr la cómoda delante de la puerta.

Los perros seguramente advirtieron su proximidad porque echaron a ladrar. El viejo picaporte de hierro negro se sacudió con furia.

La cómoda era muy pesada, pero no había en el cuarto una silla de respaldo recto para trabar el picaporte y la mesa de noche era demasiado liviana para detener a los perros, si hacían saltar el pestillo.

Aunque la cómoda era pesada, logró cruzarla a medias delante de la puerta. Le pareció suficiente.

Los doberman parecían enloquecer, ladraban con más furia que nunca como si comprendieran que Chyna los había burlado.

Cuando se volvió hacia Ariel, la niña había desaparecido.

—No.

Aterrada, corrió a la ventana y echó una mirada afuera.

Radiante bajo la luz de la Luna, la cabellera plateada en lugar de rubia, Ariel estaba sobre el techo, exactamente dos pasitos a la izquierda de la ventana, tal como le habían dicho. Con la espalda apretada contra la pared de troncos, contemplaba el cielo aunque probablemente miraba algo infinitamente más remoto que las estrellas.

Chyna puso el lampazo sobre el techo y salió a su vez, seguida por los ladridos de furia impotente de los doberman en la casa.

Afuera habían cesado los aullidos de angustia de los perros enceguecidos.

Chyna tomó la mano de la niña, que no estaba rígidamente plegada en garra como antes sino fría pero floja.

328

—Bien, mi amor, lo hiciste muy bien. Me hiciste caso. Pero siempre debes esperarme, ¿de acuerdo? No te apartes de mí.

Ariel miraba el cielo. Las cataratas de luz de Luna le daban el aspecto de un cadáver de ojos glaucos. Eran espeluznantes esos ojos muertos, como un mal presagio. Chyna soltó la mano de su acompañante y con suave presión la obligó a inclinar la cabeza para mirar la brecha entre el techo de la galería y el de la casa rodante.

—Juntas. Ven, dame la mano. Cuidado al cruzar. No es muy ancho, no tienes que saltar, es fácil. Pero si das un mal paso podrías caer al suelo, donde están los perros. Y aunque no caigas, podrías lastimarte.

Chyna dio el paso, pero Ariel no la siguió.

Sin soltar la mano floja de la niña, Chyna se volvió y dio un tirón suave.

—Vamos, nena, vámonos de aquí. Lo denunciaremos a la policía para que no vuelva a hacerle mal a nadie, ni a ti ni a mí ni a *nadie.*

Ariel titubeó, cruzó la brecha... y resbaló sobre el techo metálico de la casa rodante que estaba húmedo de rocío. Chyna soltó el lampazo y aferró con fuerza la mano de la niña para impedir la caída.

—Falta poco, nena.

Tomó el lampazo, condujo a Ariel al borde del tragaluz y la obligó a arrodillarse.

—Muy bien. Espera, sólo falta una cosa.

Chyna se tendió boca abajo sobre el techo, introdujo el palo del lampazo por el tragaluz y empujó la escalerilla metálica hasta sacarla del camino. No era cuestión de caer sobre ella y quebrarse una pierna. Ahora que la fuga estaba casi consumada no podía correr riesgos.

Chyna se paró y arrojó el lamapazo al suelo.

Se inclinó, puso una mano sobre el hombro de la niña:

—Ahora deslízate hasta meter las piernas por el tragaluz. Vamos, mi amor. Cuidado con las astillas, muy bien, eso es, deja caer las piernas. Ahora déjate caer al piso y ve hacia adelante. ¿De acuerdo? ¿Entiendes lo que te digo? Adelante, hacia la cabina, mi amor, así no caigo encima de ti.

Bastó un leve empujón. Ariel cayó de pie en el interior de la casa rodante, tropezó con el martillo que Chyna había dejado en el piso y extendió un brazo para asirse de la pared.

—Córrete hacia adelante —la urgió Chyna.

A sus espaldas, una lluvia de vidrios cayó sobre el techo de la galería. Una de las ventanas del escritorio. La puerta estaba abierta, y los perros, burlados por la puerta del dormitorio, habían cruzado el pasillo de la planta alta para salir por ahí.

Giró a tiempo para ver al doberman que cruzaba el techo y saltaba hacia ella con una fuerza tal, que la derribaría de la casa rodante al suelo.

Trató de esquivarlo, pero el perro era más ágil y corrigió su trayectoria en el momento de caer sobre el vehículo. Sin embargo, sus patas resbalaron sobre la superficie húmeda, hubo un chillido de uñas sobre metal, y Chyna, atónita e ilesa, lo vio caer al suelo.

El perro chilló y trató de alzarse sobre sus patas. Tenía un problema en el cuarto trasero. No podía alzarse. Tal vez se había quebrado la pelvis. Pero la furia era más fuerte que el dolor, y miraba a Chyna sin pensar en sí mismo. Ladraba, sentado sobre el cuarto trasero con las patas torcidas en un ángulo antinatural.

El otro doberman no ladraba. Había salido por la ventana rota del escritorio y la miraba desde el techo, cauto y atento. Era el perro que había recibido dos chorros de amoníaco en el hocico, pues seguía agitando la cabeza y bufando como si lo irritara un remanente del gas. Había aprendido a respetarla; no saltaría temerariamente sobre ella, como su camarada.

Desde luego, tarde o temprano advertiría que ella ya no tenía el frasco rociador ni nada que sirviera de arma. Recobraría el coraje.

¿Qué podía hacer?

Lamentablemente había arrojado el trapeador al suelo. Con ese palo hubiera podido golpear al perro, incluso hacerle daño. Pero estaba fuera de su alcance.

*Piensa.*

En lugar de cruzar el techo, el doberman se paseaba

frente a la pared de la casa, con los hombros alzados y la cabeza gacha, pero echando la mirada atrás. Llegaba a la ventana abierta y volvía lentamente, cuidándose de pisar los fragmentos de vidrio que brillaban como astillas de plata a la luz de la Luna, y mirándola con ojos feroces.

Chyna se preguntó si habría algo en la casa rodante que le sirviera como arma. La niña se lo alcanzaría.

—Ariel... —dijo suavemente.

El perro se detuvo al oírla.

—Ariel...

No hubo respuesta.

Era inútil. Tratar de inducirla a hacer algo era perder el tiempo.

Cuando este doberman la atacara, no volvería a tener suerte. El perro no cruzaría el techo a los saltos ni resbalaría de la casa rodante sin hincarle un diente. Cuando saltara sobre ella, tendría que enfrentarlo con las manos vacías.

El perro detuvo su deambular. Alzó su fina cabeza negra y la miró fijo, las orejas paradas, jadeando.

Mil pensamientos cruzaban la cabeza de Chyna. Nunca había tenido la mente tan ágil y lúcida.

Aunque no quería apartar los ojos del doberman, echó una rápida mirada al tragaluz. Ariel no estaba en el pasillo. Se había alejado hacia la cabina. Bien, le había hecho caso.

El perro había dejado de jadear. Rígido y atento, bajó las orejas hasta aplastarlas contra el cráneo.

—La puta que te parió —murmuró Chyna, y saltó por el tragaluz al interior de la casa rodante. Una punzada de dolor le atravesó el pie mordido.

La escalerita que había apartado con el lampazo estaba apoyada contra la puerta del dormitorio. La tomó y se colocó bajo el tragaluz.

Golpes sordos de patas sobre el techo metálico.

Chyna tomó el martillo del piso y deslizó el mango bajo el cinturón de sus jeans. A pesar del suéter, sentía el frío de la cabeza acerada del martillo contra su panza.

El perro apareció en el tragaluz, una silueta carnicera a la luz de la Luna.

Chyna tomó la escalera por el mango tubular metálico que servía de respaldo cuando se la usaba como taburete. Retrocedió hacia la puerta del baño. El pasillo era demasiado estrecho para blandir la escalera como un garrote. La alzó frente a su cuerpo a la manera de un domador de leones con una silla.

—A ver, hijo de puta —dijo al perro acechante, consternada por el temblor de su voz—. A ver, ataca.

El animal vaciló, cauteloso, en el borde de la abertura.

Chyna no se atrevía a darse vuelta. Sabía que en ese momento el perro se arrojaría sobre ella.

Alzó la voz, furiosa y burlona:

—A ver, ¿qué mierda esperas? ¿Tienes miedo, pedazo de cagón?

El perro gruñó.

—Vamos, vamos, carajo, ataca y sabrás lo que es bueno. *¡Ataca, hijo de puta!*

El perro gruñó y saltó. Al caer rebotó sobre el piso y se lanzó derecho hacia Chyna, sin vacilar.

Tratar de defenderse hubiera sido suicida. Había una sola, leve, posibilidad. La agresión. Adelante. Se abalanzó frontalmente hacia el perro, con las patas de la escalera hacia adelante como si fueran cuatro estoques.

La fuerza del golpe la estremeció, casi la derribó, pero el animal cayó hacia atrás aullando de dolor. Tal vez había recibido un golpe en el ojo o en la punta del hocico. Rodó hacia el fondo del pasillo.

El doberman se alzó de un salto, pero sus patas parecían flaquear. Chyna no le dio respiro: con las patas metálicas, lo obligaba a retroceder, le impedía recuperar del todo el equilibrio para que no pudiera atacarle el flanco por el costado de la escalera o los tobillos por abajo o la cara por arriba. A pesar de las heridas, el perro era rápido, fuerte —*Dios querido*— tremendamente fuerte, ágil como un gato. El dolor de los brazos era insoportable, los latidos violentos del corazón le oscurecían la vista, pero no podía aflojar ni por un segundo. Cuando las patas de la escalera empezaron a plegarse y le pellizcaron los dedos, las abrió al instante y siguió lanzando estocadas, una vez y otra y otra hasta que el animal quedó atrapado entre el panel de aglomerado que era la puerta del dormitorio y las patas metálicas. El doberman se retorcía, gruñía, mordía la escalerilla, arañaba el piso y la puerta con frenesí para escapar de la trampa. Con sus sesenta kilos de puro músculo acabaría por vencerla. Chyna apoyó todo su cuerpo contra la escalera y con una mano buscó el martillo. Era más difícil manejar la escalerilla con una mano que con dos, y el perro empezó a escurrirse entre las patas para saltar por encima de su jaula, estirando la cabeza, lanzando dentelladas feroces, salpicándola con espumarajos de saliva, los ojos negros e inyectados de sangre y protuberantes de rabia. Apoyada contra la escalerilla, Chyna golpeó con la maza. Escuchó un *toc* de acero contra el hueso y un chillido. Chyna golpeó otra vez en el cráneo, el chillido cesó abruptamente y el perro cayó.

Retrocedió.

La escalerilla cayó con estrépito.

El perro aún respiraba entre gemidos lastimeros. Trató de alzarse.

Lo golpeó por tercera vez. Fue el fin.

Con aliento tembloroso, bañada en sudor frío, Chyna dejó caer el martillo y se tambaleó hacia el baño. En el inodoro, vomitó hasta el último resto de la torta de chocolate de Veiss.

Su ánimo no era triunfal.

Nunca en su vida había matado nada más grande que una cucaracha de las palmeras... hasta ese momento. La autodefensa era una justificación, no un consuelo.

Aunque era consciente de que les quedaba muy poco tiempo, se tomó unos segundos para lavarse la cara y enjuagarse la boca.

Se asustó al ver su cara en el espejo. Lastimada, cubierta de costras de sangre. Los ojos hundidos entre ojeras enormes. El pelo sucio y enredado. Parecía una loca.

En un sentido, *estaba* loca. Loca de amor por la libertad, ávida por alcanzarla. Por fin, por fin... Libre de Veiss y de su madre. Del pasado. De la compulsión de comprender. Loca de esperanzas de salvar a Ariel y, por fin, hacer algo más que sobrevivir.

Acurrucada en el sofá de la salita, la niña se hamacaba. Por primera vez desde que la vio a través de la mirilla de la puerta acolchada, la mañana anterior, Chyna la escuchó emitir sonidos: una sucesión de gemidos acompasados, angustiados.

—Todo está bien, mi amor. Vamos, no llores. Todo estará bien, ya lo verás.

La niña gemía, inconsolable.

Chyna la condujo al asiento delantero, le ajustó el cinturón de seguridad.

—Bueno, nos vamos, pequeña, Se acabó.

Se sentó detrás del volante. El motor estaba en marcha y no se había recalentado. El panel indicaba que tenían combustible de sobra y una adecuada presión de aceite. No había luces testigo encendidas.

Entre los indicadores del panel había un reloj. Tal vez no marchaba bien. La casa rodante era vieja. Marcaba las doce menos diez.

Chyna encendió los faros, soltó el freno de mano y puso la primera.

Recordó que no debía acelerar debido al riesgo de que los neumáticos arrancaran la hierba y quedaran atascados en el barro. Dejó que el vehículo rodara lentamente hasta salir del césped y luego enfiló hacia el este por el camino de salida.

Aunque no estaba habituada a vehículos grandes como este, pudo conducirlo sin inconvenientes. Después de los sucesos de las últimas veinticuatro horas, no había vehículo en el mundo capaz de arredrarla. Si tuviera a mano un tanque militar, se las ingeniaría para ponerlo en marcha y conducirlo hasta salir de ahí.

Por el espejo retrovisor externo contempló la casa de troncos que se alejaba bajo la luz de la Luna. Con las ventanas iluminadas, parecía un hogar tan acogedor como cualquier otro.

Ariel había dejado de gemir. Echada hacia adelante en la medida que lo permitían las correas, había hundido las manos en la cabellera y se tomaba la cabeza como si estuviera a punto de explotar.

—Ahora sí estamos en marcha —le aseguró Chyna—. Falta poco, muy poco.

El rostro de la niña había perdido la placidez que mantenía desde que Chyna la vio por primera vez a la luz de la lámpara en el cuarto atestado de muñecas. No era hermosa. Sus facciones estaban crispadas en una expresión de angustia inenarrable y parecía llorar aunque sin sollozos ni lágrimas.

Era imposible llegar al fondo de los tormentos que sufría. Tal vez estaba aterrada por la posibilidad de cruzarse con Edgler Veiss cuando faltaban escasos metros para escapar. O tal vez no reaccionaba ante los hechos del aquí y ahora sino ante un momento terrible del pasado o los sucesos imaginarios del Nunca Jamás donde se había perdido para escapar de Veiss.

Pasaron la loma pelada e iniciaron el descenso largo y gradual hacia una arboleda junto a la salida. Chyna creía recordar que la mañana anterior Veiss se había detenido dos veces al entrar en la propiedad. Seguramente faltaba poco.

Veiss no había bajado de la casa rodante; por lo tanto, el portón se abriría mediante un mecanismo eléctrico.

Mientras conducía con una mano, alzó el bastidor de la consola entre los asientos. Hurgó en su interior y halló un aparato de control remoto en el momento en que el portón apareció a la luz de los faros.

Era una barrera infranqueable. Pilares de acero. Marcos y tirantes de acero tubular. Alambre de púas. Rogó a Dios, que no fuera necesario embestirlo porque tal vez ni siquiera un vehículo pesado como la casa rodante sería capaz de derribarlo.

Apuntó el control remoto hacia el parabrisas, apretó el botón y lanzó un grito de júbilo cuando el portón empezó a girar hacia el interior.

Soltó el acelerador y apretó el freno para darle tiempo a la barrera para abrirse del todo antes de alcanzarla. El portón giraba majestuosamente.

El miedo se agitó en su interior como las alas frenéticas de un ave negra, y tuvo la brusca certeza de que Veiss aparecería para cerrarles el paso apenas se abriera el portón.

Pero salió entre los postes a una angosta ruta alquitranada por la cual podría alejarse hacia la derecha o la izquierda. No había autos a la vista.

Hacia la izquierda, el norte, la ruta se perdía entre bosques nocturnos apuntando a las nubes y estrellas bañadas por la luz de la Luna, como una rampa para salir del planeta al espacio exterior.

Hacia el sur la ruta descendía hasta perderse de vista entre los campos y los bosques. A la distancia, a menos de diez kilómetros, un tenue resplandor dorado se extendía sobre la cortina de la noche como un abanico japonés abierto sobre terciopelo negro; tal vez era un pueblo.

Sin molestarse en cerrar el portón, Chyna giró hacia el sur y aceleró. Treinta kilómetros por hora. Cuarenta y cinco. Llegó hasta sesenta, pero tenía la sensación de volar más velozmente que un avión a chorro. Hacia la libertad.

A pesar de los innumerables dolores, de un agotamiento que calaba hasta los huesos, su espíritu se alzó hacia el cielo.

—Chyna Shepherd, intacta y viva —dijo. Esta vez no era un ruego sino un informe a Dios.

Cruzaban un paraje rural, sin casas ni comercios a los lados de la ruta, ni otra luz que el resplandor a la distancia, pero Chyna se sentía *bañada* en luz.

Ariel aún se tomaba la cabeza y su rostro tan dulce estaba crispado de angustia.

—Ariel, intacta y viva —dijo Chyna—. Intacta y viva. Viva, vivita. Todo está bien, mi amor. Todo estará muy bien. —Miró el cuentakilómetros. Ya estamos a cinco kilómetros y nos alejamos más y más, segundo a segundo.

Al llegar a la cresta de una loma, Chyna entrecerró los ojos cuando aparecieron los faros de un auto que venía en sentido contrario.

Sintió miedo: tal vez era Veiss.

Faltaban tres minutos para la medianoche, según el reloj del tablero.

Pero aunque fuera Veiss, y seguramente reconocería su propia casa rodante, el miedo pasó enseguida. La casa rodante era mucho más grande que el auto, de modo que no podría correrla del camino. Al contrario, en caso de necesidad podía hacerlo mierda y no vacilaría en embestirlo si no lograba alejarse de él.

No era Veiss. A medida que el auto se acercaba, vio algo sobre el techo que al principio le pareció un portaesquíes, pero luego se dio cuenta de que era una batería de luces giratorias apagadas y la bocina de una sirena. La noche anterior, al seguir a Veiss hacia el norte por la ruta 101 en dirección a los bosques de secoyas, había deseado con toda el alma que se cruzaran con un patrullero... y por fin sucedía.

Hizo sonar largamente la bocina, guiñó los faros y frenó.

—¡La policía! —dijo a Ariel—. Mi amor, te dije que todo estaría bien. ¡Es la policía!

La niña se echó hacia adelante, sujeta por las correas.

En respuesta a la bocina y el guiño de los faros, el agente encendió sus luces giratorias pero no hizo sonar la sirena.

Ella detuvo la casa rodante sobre la banquina.

—Veiss no sabe que escapamos. Podrán atraparlo sin darle tiempo a huir.

El patrullero siguió de largo. Ella alcanzó a leer en la puerta las palabras DEPARTAMENTO DE POLICÍA, las más bellas del mundo.

Mirando por el espejo retrovisor, vio que el auto giraba en redondo sobre la ruta. Volvió a pasar y se detuvo unos diez metros más adelante, sobre la banquina de ripio.

Alegre, eufórica, Chyna abrió la puerta y bajó de un salto. Fue hacia el patrullero.

Lo ocupaba un solo agente. Llevaba el sombrero de ala ancha de los comisarios rurales. No parecía tener prisa por bajar.

Las luces giratorias derramaban baldazos de luces rojas y azules sobre el pavimento como en un sueño agitado, mientras los árboles altos junto al camino parecían ir y volver, ir y volver a los saltos. Una brisa proveniente de ninguna parte alzó torbellinos de hojas y grumos de tierra como si las luces hubieran perturbado la quietud.

A mitad de camino hacia el auto, donde el policía aguardaba inmóvil detrás del volante, Chyna recordó los archivos en el escritorio de Veiss, que bruscamente adquirieron una significación muy distinta, lo mismo que las esposas.

Se detuvo.

—Dios querido.

*Lo supo.*

Chyna dio la espalda al auto blanco y negro para correr hacia la casa rodante. Bajo las luces azules y rojas, agobiada por la Luna gorda, tenía la sensación de correr en cámara lenta, como en un sueño, a través del aire espeso como un flan.

Al llegar a la puerta abierta, echó una mirada atrás. El policía salía del auto.

Entre jadeos, Chyna se sentó y cerró la puerta.

El policía había salido del patrullero. Edgler Veiss.

Chyna soltó el freno de mano.

Veiss abrió fuego.

# 11

El comisario Edgler Foreman Veiss, el más joven de la historia del condado, mira por el espejo retrovisor mientras Chyna Shepherd corre por la banquina hacia su patrullero, y se pregunta si la joven no es, después de todo, su "neumático reventado", la destructora de su futuro feliz. Al verla detenerse, girar y correr entre las luces de vuelta a la casa rodante, el miedo de Edgler Veiss aumenta bruscamente.

Al mismo tiempo, siente una gran admiración por ella y no lamenta del todo haberla conocido.

—Tú sí que eres una perra astuta —dice en voz alta.

Al salir del patrullero blanco y negro, desenfunda el revólver con la intención de herirla en una pierna. Tal vez aún pueda salvar la situación.

Si consigue dejarla fuera de combate e introducirla en la casa rodante antes de que pase otro auto, todo estará bien. Será un placer volver a encadenarla. Ariel no levantará una mano para ayudarla, y si lo intenta, la someterá a culatazos. Ése no era su plan, pero hace un año que mira esa carita hermosa con ganas de destrozarla, y lo hará con inmenso placer, a pesar de las circunstancias.

Aunque Veiss sale rápidamente del auto, Chyna es más ágil. Cuando él termina de apuntar, ella ya está detrás del volante y ha cerrado la puerta.

Veiss ya no puede correr riesgos; adiós a la idea de herirla ahora para divertirse con ella más tarde. Tiene que matarla. Dispara seis veces, derecho al parabrisas.

Al ver que Veiss alzaba el revólver, Chyna gritó: "¡Abajo!", obligó a Ariel a agachar la cabeza y se arrojó de costado sobre la consola abierta. Cubrió a la niña con su propio cuerpo lo mejor que pudo, cerró los ojos y le gritó que hiciera lo mismo.

Sonaron los estampidos en rápida sucesión y el parabrisas estalló hacia adentro. Una lluvia de añicos de vidrio cayó sobre las butacas, sobre Chyna y la niña, y otros objetos en el fondo de la casa rodante cayeron hechos pedazos bajo el impacto de las balas.

Trató de contar los disparos. Creyó oír seis. O tal vez cinco. No estaba segura. *Carajo*. Pero entonces comprendió que eso no tenía importancia porque no había visto el arma, no sabía con seguridad si era un revólver o qué. Una pistola no cargaba seis proyectiles sino diez o más; *muchos más*, si tenía un cargador con extensión.

A pesar del riesgo de recibir un balazo en la cara, Chyna se sentó, se sacudió los fragmentos pegajosos de vidrio de seguridad y miró a través del marco del parabrisas. Edgler Veiss estaba junto al patrullero, a diez metros de ella. Vaciaba las cápsulas servidas del arma; por consiguiente, era un revólver.

Ella ya había soltado el freno de seguridad. Puso la primera.

Erguido, aparentemente sereno y sin prisa, pero con dedos ágiles, Veiss sacó un tambor cargado de la riñonera sujeta a su cinturón.

Gracias a los delincuentes amigos de su madre, Chyna lo reconoció al instante. Sin darle tiempo a cargar el arma, levantó el pie del freno y apretó el acelerador a fondo.

*Ya, ya, ya.*

En el momento de desprender el tambor vacío del arma y colocar el otro, Veiss alzó la vista casi despreocupadamente al oír el rugido del motor.

Chyna subió al pavimento como si pensara seguir de largo, alejarse a toda velocidad, pero iba a atropellar al degenerado.

Veiss colocó el tambor y lo cerró.

Temerosa de que Ariel levantara la cabeza, gritó: "¡Abajo, abajo!". También ella agachó la cabeza cuando una bala hizo impacto en el marco del parabrisas y rebotó hacia el fondo del vehículo.

La alzó al instante porque estaba en movimiento y no podía conducir a ciegas. Giró el volante a la derecha para enfilar hacia Veiss, parado junto a la puerta abierta del patrullero.

Él disparó otra vez y ella creyó ver el interior mismo del caño cuando salió el fogonazo. Oyó un zumbido-siseo-latido extraño, algo así como el de un abejorro bajo el sol del verano, y sintió un olor cálido de pelo chamuscado.

Veiss se arrojó al interior del auto para esquivarla. La casa rodante embistió la puerta abierta y la arrancó, tal vez le arrancó también una pierna al degenerado hijo de puta, o las dos.


El perfume de la pólvora siempre evoca en el comisario Veiss el hedor del sexo, acaso porque es un olor cálido, acaso porque tiene rastros de amoníaco que es más fuerte en el semen, pero por la razón que fuere, los disparos lo excitan y le provocan una erección inmediata, y al saltar al interior del auto, lanza un grito de júbilo. El rugido del motor lo rodea, la casa rodante se abalanza sobre él con los faros encendidos con un alboroto propio de un encuentro cercano del tercer tipo. Al arrojarse, encoge las piernas, consciente de que si escapa será por poco, por un pelito qué joder, y por eso es *tan excitante*. Siente un golpe fuerte en el pie derecho, sopla un viento frío, la puerta se desprende y se va dando vueltas estrepitosamente sobre el pavimento... y la casa rodante pasa de largo con un alarido.

Ha perdido la sensibilidad del pie derecho y aunque no siente dolor, piensa que el golpe tal vez lo aplastó o incluso lo arrancó. Después de sentarse y enfundar el revólver, palpa con una mano en busca del muñón y la sangre que brota a torrentes para descubrir que está ileso. Lo único que le han arrancado es el tacón de la bota. Sólo eso. Nada más. El tacón de goma.

El pie está insensible, la pantorrilla está dormida hasta la altura de la rodilla, pero el comisario ríe.

—Pagarás por el remiendo, putita.

La casa rodante está a setenta metros y se aleja hacia el sur.

El motor del patrullero sigue en marcha tal como él lo ha dejado, y le basta soltar el freno de mano y poner la primera. Los neumáticos alzan una nube de ripio que repiquetea sobre el chasis. El auto blanco y negro se pone en marcha. El caucho recalentado chilla como un bebé herido, muerde el alquitrán, y Veiss se lanza a la persecución de la casa rodante.

Demasiado tarde, absorto en su pie dormido y loco de ganas de poner las manos sobre la mujer, advierte que el vehículo no se dirige hacia el sur. Vuela hacia él en retroceso, a cuarenta kilómetros por hora o más.

Aprieta el freno hasta el piso, pero no tiene tiempo para esquivar la casa rodante, que lo embiste con un ruido horroroso, y es como chocar contra un muro de piedra. Su cabeza se dobla violentamente hacia atrás, luego su cuerpo se estrella contra el volante con tanta fuerza, que lo deja sin aliento y un torbellino negro envuelve su visión.

La tapa del motor se arruga y se abre, y no se ve una mierda a través del parabrisas. Pero oye el zumbido de los neumáticos al girar en falso y huele el caucho quemado. El patrullero es empujado hacia atrás, y aunque el choque la ha frenado, la casa rodante empieza a tomar velocidad otra vez.

Veiss trata de poner la marcha atrás para alejarse de la casa rodante que lo empuja, pero la palanca se traba, cae en punto muerto y se traba definitivamente. Ha saltado la caja de cambios.

Es más: sospecha que la trompa destrozada del auto está colgada del paragolpes trasero de la casa rodante.

Ella quiere sacarlo de la ruta. En algunos tramos, la caída es de dos a tres metros y tan empinada, que casi con seguridad el patrullero volcará de punta. Peor aún, si está colgado y la mujer pierde el control de la casa rodante, ésta caerá sobre el patrullero y lo aplastará con él adentro.

*Carajo, tal vez es lo que quiere.*

Sí que es un caso único; a su manera, se parece bastante a él. Por eso la admira.

Hay olor a nafta. Conviene salir de ahí.

A la derecha de la consola central y el transmisor policial (que él apagó en el momento en que vio y reconoció la casa rodante), hay una escopeta .20 montada sobre un par de grampas sujetas al tablero. Tiene un cargador de cinco cartuchos que el comisario Veiss mantiene siempre lleno.

Arranca la escopeta de las grampas, la toma con las dos manos y se desliza a la izquierda sobre el asiento para salir de detrás del volante. Se arroja por el hueco de la puerta arrancada.

Retroceden a unos treinta o treinta y cinco kilómetros por hora y la velocidad aumenta rápidamente porque el auto está en punto muerto y ya no resiste el arrastre. El pavimento viene a su encuentro como si se hubiera arrojado de un avión con un paracaídas lleno de agujeros. Choca y rueda, los brazos apretados contra el cuerpo, con la esperanza de evitar la rotura de los huesos, aferrando la escopeta, cruzando la ruta alquitranada en diagonal hacia la banquina del carril que va hacia el norte. Trata de mantener la cabeza en alto pero recibe un golpe fuerte y luego otro. El dolor es grato, y la increíble *intensidad* de la aventura le arranca un grito de placer.


Chyna miraba por el espejo retrovisor cuando Edgler Veiss saltó del patrullero, cayó sobre el pavimento y rodó hasta la banquina de la ruta.

—Mierda.

Cuando terminó de frenar, entre los gritos de dolor por el pie mordido, Veiss estaba tendido boca abajo sobre la banquina contraria, cien metros hacia el sur. Estaba inmóvil. *Probablemente la caída no lo mató, pero al menos lo habrá desmayado o atontado.*

Chyna no era capaz de atropellar a un hombre desmayado. Pero tampoco era cuestión de darle una buena probabilidad de reaccionar.

Abrochó las correas de seguridad, una en torno de la cintura y la otra sobre el hombro. Tenía la sospecha de que le haría falta.

Al poner la primera y reanudar la marcha, sintió un ardor fuerte en el costado derecho de la cabeza, y al palparlo descubrió que sangraba. El zumbido fugaz no había sido el de un abejorro sino el de una bala que había abierto un surco de unos siete centímetros de longitud y escasos milímetros de profundidad. Por poco no le había arrancado la tapa lateral del cráneo. Comprendió también la causa del leve olor a quemado: plomo caliente, pelos chamuscados.

Ariel estaba envuelta en una mantilla deslumbrante de fragmentos pegajosos de vidrio. Sus ojos, aunque clavados en Veiss, estaban en blanco.

Sangraban sus manos. Chyna se sobresaltó al ver la sangre, pero enseguida advirtió que las heridas eran tajos diminutos; ninguno era grave. El vidrio de seguridad no podía atravesar la piel para causar una herida mortal, pero sí causaba pequeños tajos y rasguños.

Al volver la vista a Veiss, vio que se alzaba sobre las manos y las rodillas a setenta metros de ella. A su lado había una escopeta.

Apretó el acelerador.

Un campanazo detrás de la casa rodante. El vehículo se sacudió. Otro campanazo. Siguió un chirrido y un estrépito metálico infernal, pero el vehículo empezaba a acelerar.

En el espejo lateral vio la lluvia de chispas alzada por el roce del metal sobre el pavimento.

El patrullero destruido la seguía a los tumbos. Ella lo arrastraba.

344

La oreja derecha del comisario Veiss está herida, desgarrada, y el olor de su sangre es como el viento del invierno al barrer la nieve en una ladera alta. Un estruendo de campanas de bronce en los dos oídos evoca el sabor metálico amargo de la araña en la casa de los Templeton. Lo saborea con placer.

Al erguirse y comprobar que sus huesos están intactos, contiene el interesante sabor agrio del vómito y toma la escopeta. Observa con satisfacción que no parece haber sufrido daños.

La casa rodante cruza la ruta hacia él, está a cincuenta metros y se acerca rápidamente. Un monstruo ciego, inexorable.

Pero Veiss no corre hacia el bosque para alejarse del monstruo que viene a atropellarlo; al contrario, corre hacia la derecha en un arco que lo colocará al costado del vehículo en el momento en que lo pase. Renguea, no a causa de una herida en la pierna sino porque le han arrancado el tacón del borceguí derecho.

Aunque le falta el tacón, Veiss es más ágil que el vehículo torpe, y la mujer advierte que no podrá atropellarlo. Sin duda, ella ha visto la escopeta, y vira a la derecha para alejarse, sacrificando la venganza en aras de la fuga.

Veiss no intentará volarle la cabeza mediante un disparo a través del marco del parabrisas o la ventanilla lateral, en parte porque lo asusta su insólita ductilidad y le parece difícil acertarle cuando pase veloz como un plato volador. Además, es más fácil detenerse y disparar desde de la cadera que alzar el arma para apuntar, lo cual quita elevación al disparo.

El retroceso de los tres primeros disparos, efectuados con toda la rapidez de la que es capaz, casi tumba al comisario de espaldas, pero revienta el neumático delantero del lado del conductor.

A escasos dos metros de él, la casa rodante empieza a patinar. Jirones de caucho del neumático reventado flotan en el aire. Cuando el monstruo pasa junto a él, Veiss usa los dos últimos cartuchos para reventar uno de los neumáticos traseros.

Ahora la joven Chyna Shepherd, intacta y viva, tiene graves problemas.

* * *

El volante giraba enloquecido y quemaba las palmas de Chyna en su esfuerzo por controlarlo.

Apretó el freno y al instante le pareció un error fatal porque el vehículo derrapó hacia la izquierda, pero soltarlo también fue un error porque el derrape a la derecha fue aún más pronunciado. El patrullero enganchado chocaba con el paragolpes trasero, la casa rodante se estremecía violentamente con cada derrape, y Chyna comprendió que estaba a punto de volcar.


Ebrio de la deliciosa mezcla del olor de su sangre con el hedor sexual de la pólvora, el comisario Veiss termina de vaciar el cargador y arroja a un lado la escopeta. Con ojos brillantes de júbilo, ve cómo la vieja casa rodante se inclina inexorablemente y corre sobre las llantas del lado del conductor. Nada queda de los neumáticos, salvo los jirones desparramados a lo ancho de la ruta. El rechinar de las llantas de acero sobre el pavimento le recuerda la textura de la crinolina almidonada por los coágulos de sangre, lo cual evoca a su vez el sabor de la boca de cierta jovencita en trance de morir. Entonces, el vehículo cae de costado con tanta violencia que Veiss siente las vibraciones del pavimento bajo los pies. El estruendo reverbera entre los árboles que bordean la ruta como si el diablo mismo disparara su escopeta.

Colgado del paragolpes trasero de la casa rodante, el patrullero también vuelca. Finalmente queda libre, cae sobre su techo, gira en redondo y se detiene sobre el carril del norte.

La casa rodante se ha alejado, está a cien metros del comisario y sigue patinando, pero ya empieza a detenerse.

Todo se le ha ido al diablo: tendrá que hallar una explicación para todo lo que ha quedado desparramado sobre la ruta; olvidarse de sus planes para Ariel, que tanto lo han excitado durante todo un año; deshacerse de los cadáveres delatores en el dormitorio de su casa rodante.

Pero el comisario Veiss jamás ha sentido semejante euforia. Nunca ha estado tan *vivo*, con todos los sentidos agudizados por la ferocidad del momento. Se siente mareado, como un idiota. Quiere bailar bajo la Luna, agitando los brazos y girando como una peonza, igual que un niño al contemplar las estrellas.

Pero antes debe dar muerte a dos personas, desfigurar una cara joven y hermosa, y eso también es parte de la diversión.

Quiere desenfundar el revólver, pero no lo encuentra; evidentemente lo perdió al arrojarse del auto y rodar sobre la ruta. Lo busca alrededor.


Cuando la casa rodante se detuvo, Chyna consideró que no era un buen momento para regocijarse por el hecho de estar viva. Desabrochó sus correas de seguridad y las de Ariel.

El costado derecho ahora era el techo de la casa rodante. Allá arriba, Ariel aferraba el picaporte para no caer sobre Chyna, que estaba acostada sobre el lado izquierdo del vehículo ahora convertido en piso. A través de su ventanilla, sólo veía un primer plano del pavimento.

Salió penosamente de su asiento, giró, se sentó sobre el tablero de espaldas al parabrisas y con los pies sobre la consola. Apoyó su flanco derecho contra el volante.

Era difícil respirar ese aire impregnado por los gases de la nafta.

Se volvió hacia Ariel:

—Tenemos que salir por el parabrisas, pequeña. Vamos, rápido.

Ante la falta de reacción de la niña, que se aferraba a la puerta y contemplaba el cielo nocturno por la ventanilla, Chyna le sacudió el hombro.

—Vamos, mi amor, vamos, vamos, vamos. Seríamos un par de estúpidas si nos dejáramos matar después de haber llegado tan lejos. ¿Te imaginas cómo se burlarían las muñecas? Se morirían de risa.

He aquí al comisario Edgler Veiss, dolorido y lastimado, pero acercándose con paso elástico al techo de su casa rodante, convertido en flanco izquierdo ahora que el vehículo yace de costado sobre el mar de nafta que baña el pavimento. Le llama la atención el tragaluz roto, pero avanza sin detenerse hacia la cabina del vehículo... para descubrir que Chyna y Ariel, las muy traviesas, acaban de salir a través del hueco del parabrisas.

Le dan la espalda y se alejan hacia el borde de la ruta, hacia una arboleda no lejos del pavimento donde seguramente esperan ocultarse antes de que él las encuentre. La mujer renguea y a la vez empuja a la chica, apoyándole una mano en la baja espalda.

Aunque el comisario no encontró su revólver, tiene la escopeta para blandirla como un garrote y la aferra por el caño con ambas manos. Se acerca rápidamente. La mujer oye su extraño chapoteo sobre el pavimento empapado debido a la cojera causada por la falta de un tacón, pero él no le da tiempo para darse vuelta y enfrentarlo. Con todas sus fuerzas, le da un garrotazo entre los hombros con el plano de la culata.

El golpe que la derriba le arranca el aliento y le impide gritar. La joven cae de bruces sobre el pavimento, inconsciente o en todo caso atontada.

Ariel se tambalea en la misma dirección en que iba, acaso sin saber qué le ha sucedido a Chyna. Tal vez está desesperada por alcanzar la libertad, pero lo más probable es que al cruzar la ruta sea tan consciente de sus actos como una muñeca mecánica.

Chyna rueda sobre el pavimento y mira a Veiss; no está atontada sino lívida y enloquecida de rabia.

—Dios es miedo —dice. Son palabras formadas con las letras de *su* nombre.

La mujer no parece asustada. Entre jadeos provocados por los gases o por el golpe en la espalda, murmura:

—Me cago en tu alma.

Después de matarla, deberá comer un trozo de ella tal como hizo con la araña, porque su fuerza increíble le ayudará a afrontar los días difíciles que lo aguardan.

Ariel está a veinticinco o treinta metros, y el comisario se pregunta si no conviene ir en su busca. No: primero eliminará a la mujer, porque en ese estado, la chica no irá muy lejos.

Cuando Veiss baja la vista, la mujer está extrayendo un objeto pequeño del bolsillo de sus jeans.


Chyna tomó el encendedor que había sustraído de la estación de servicio donde Veiss asesinó a los dos empleados. Soltó la traba de la palanquita que liberaba el gas y colocó la yema del pulgar sobre el chispero. La aterraba tener que encenderlo. Estaba tendida en un charco de gasolina, que impregnaba su ropa, su pelo. Los gases sofocantes le dificultaban la respiración. Su mano temblorosa también estaba mojada de gasolina, y estaba segura de que la llama saltaría inmediatamente al pulgar, de ahí a la mano y el brazo, y en pocos segundos, su cuerpo estaría envuelto en una mortaja de fuego.

Pero tenía que creer que había justicia en el universo y algún significado en las brumas de las secoyas, porque sin esa confianza ella no era mejor que Edgler Veiss ni más consciente que una cucaracha frenética.

Estaba tendida a los pies de Veiss. En el peor de los casos, lo arrastraría consigo al otro mundo.

—Sin fin —dijo ella, porque también eran palabras que se formaban con las letras de su nombre, y encendió la llama.

El Bic se encendió al instante, pero la llama no saltó a su pulgar, de modo que lo apoyó en el borceguí de Veiss y lo soltó. La llama se apagó al instante, no sin antes encender el cuero empapado de gasolina.

A la vez que soltaba el encendedor, Chyna empezó a rodar, alejándose de Veiss, los brazos apretados contra el pecho, girando sobre el pavimento, atontada por la súbita llamarada a su espalda y la ráfaga de aire caliente que la siguió. Las etéreas llamas azules seguramente la perseguían sobre el pavimento empapado, y se preparó para recibir el abrazo candente del fuego... pero ya rodaba sobre pavimento seco, lejos del charco de nafta.

Jadeando desesperadamente, se paró y se alejó aún

más del pavimento ardiente, de la bestia sumergida en la conflagración.

Calzado con botas de fuego, Edgler Veiss chillaba y pataleaba en medio de las llamaradas que se alzaban a su alrededor.

Cuando se encendió su pelo, Chyna apartó la mirada.

Ariel estaba a salvo, lejos del charco de nafta, en apariencia inconsciente de lo que sucedía. De espaldas al fuego, contemplaba las estrellas.

Chyna corrió hacia ella y la alejó varios metros más, por las dudas.

Los alaridos espantosos de Veiss se volvían más fuertes y agudos porque, según advirtió Chyna al echar una mirada atrás, el degenerado las perseguía, convertido en un pilar de fuego, rodeado totalmente por las llamas. Pero seguía de pie y se tambaleaba sobre las burbujas de alquitrán hirviente. Sus brazos candentes estaban extendidos hacia adelante y lenguas de fuego azul brotaban de sus dedos. Un torbellino de fuego rojo como la sangre le llenaba la boca, su nariz echaba llamas de dragón, su cara era una máscara anaranjada, pero seguía avanzando, terco como el ocaso, entre alaridos.

Chyna se colocó delante de la niña, pero Veiss viró bruscamente y se alejó, y ella comprendió que no las había visto. Totalmente ciego, no la buscaba a ella ni a Ariel sino a una clemencia inmerecida.

Cayó sobre las líneas amarillas del centro de la ruta, convulsionado por los últimos estertores de agonía, retorciéndose hasta que poco a poco quedó tendido de costado con las rodillas contra el pecho y las manos bajo el mentón. Su cabeza cayó sobre el pecho como si el cuello derretido no pudiera soportar el peso. Después siguió consumiéndose en silencio.


En cierto nivel de conciencia, Veiss sabía que el alarido moribundo salía de su boca, pero el martirio era tan intenso, que su mente se poblaba de imágenes delirantes. En otro nivel, pensó que no era él quien lanzaba esos gritos espeluznantes sino el gemelo nonato del empleado de la estación de servicio, que había dejado su impronta en la frente del hermano. Al final, Veiss tenía mucho miedo en medio del fuego que lo consumía, y luego ya no fue un hombre sino una noche perpetua.

Chyna tomó la mano de Ariel para alejarse del fuego, pero al final ya no podía tenerse en pie. Se sentó sobre el pavimento, sacudida por temblores incontrolables, agobiada por mil dolores, enferma de alivio. Estalló en llanto y, sollozando como una niña de ocho años, soltó las lágrimas que jamás había vertido cuando estaba bajo una cama o en un granero infestado de ratones o en una playa quemada por los relámpagos.

Poco después aparecieron faros a la distancia. Chyna los miraba mientras la niña a su lado contemplaba la Luna, sumida en su silencio.

# 12

Desde su cama en el hospital, Chyna dio informes detallados a la policía, pero ninguno a los periodistas que la buscaban afanosamente. Movidos por el espíritu de reciprocidad, los policías le contaron muchas cosas sobre Edgler Veiss y sus crímenes, aunque el hombre seguía siendo tan incomprensible como antes.

Dos de los relatos le interesaron por motivos personales.

Primero, Paul Templeton, el padre de Laura, estaba en viaje de negocios en Oregon cuando lo detuvieron por exceso de velocidad en la ruta. El agente que confeccionó la boleta de multa fue el joven comisario. Las fotografías cayeron de la billetera de Paul cuando buscaba su registro de conductor, y Veiss puso ver la cara hermosa de Laura.

Segundo, el nombre completo de Ariel era Ariel Beth Delane. Un año antes, vivía con sus padres y su hermano de nueve años en un suburbio residencial de Sacramento, California. La madre y el padre habían muerto en la cama, acribillados a balazos. El niño había sido torturado con las herramientas que empleaba la señora Delane para fabricar muñecas —tal era su pasatiempo—, y había motivos para creer que Veiss había obligado a Ariel a presenciar la sesión de tortura antes de secuestrarla.

Además de los agentes de policía, la atendieron muchos médicos. Junto con los que trataban sus múltiples heridas venían otros, los psiquiatras, que la instaban a hablar sobre sus vivencias. El más insistente era el cordial doctor Kevin Lofglun, un cincuentón de aspecto juvenil, risa alegre y un tic nervioso que consistía en pellizcarse el lóbulo de la oreja hasta dejarlo rojo como un tomate.

—No necesito terapia —le dijo ella—, porque la *vida* es la mejor terapia.

Desconcertado, el médico le pidió que hablara sobre su relación de mutua dependencia con su madre a pesar de que había terminado diez años antes, el día que la abandonó. Quería ayudarla a aprender a asumir el dolor, pero ella dijo:

—No quiero aprender a asumirlo, doctor. Quiero *sentirlo*.

Él hablaba del síndrome de estrés postraumático, ella, de esperanza; él hablaba de autorrealización, ella, de responsabilidad; él de aumentar la autoestima; ella, de la fe y la confianza; por último, el médico llegó a la conclusión de que no podía ayudar a alguien que hablaba un idioma totalmente distinto del suyo.

Los médicos y las enfermeras temían que sufriera de insomnio, pero Chyna dormía profundamente. Estaban seguros de que tenía pesadillas, pero ella sólo soñaba con un bosque majestuoso donde se encontraba acompañada y a salvo.

El 11 de abril, doce días después de ingresar en el hospital, le dieron el alta. Al salir por la puerta principal, vio que la aguardaba un centenar de periodistas de televisión, radio y diarios, incluso de los tabloides sensacionalistas que le habían ofrecido fuertes sumas de dinero a cambio de una entrevista exclusiva. Se abrió paso entre ellos sin responder a las preguntas que le hacían, pero sin mostrarse descortés. Cuando llegó al taxi que la esperaba, uno le metió el micrófono en la cara y preguntó:

—Señorita Shepherd, ¿qué se siente al ser una heroína tan famosa? Al escuchar la pregunta idiota se detuvo y respondió:

—No soy una heroína. Soy una persona que pasa por

la vida como todos ustedes, se pregunta por qué es tan dura y espera no tener que hacerle daño a nadie en el futuro.

Los más próximos callaron al oír la respuesta, los demás siguieron preguntando a los gritos.

Chyna subió al taxi y se alejó.


La familia Delane, adicta al crédito fácil de Visa y MasterCard, estaba hundida en deudas cuando Edgler Veiss vino a liberarlos de todo mal, de manera que Ariel no heredó un centavo. Sus abuelos paternos vivían, pero no tenían buena salud y estaban escasos de recursos.

Aunque hubiera tenido parientes con medios suficientes para asumir el peso de criar a una adolescente con los problemas especiales de Ariel, ninguno se hubiera sentido capaz de hacerlo. Por consiguiente, quedó a disposición de un tribunal de menores, que la internó en un hospital psiquiátrico del estado de California.

Ningún familiar se opuso.

Durante todo el verano y el otoño, Chyna viajó una vez por semana de San Francisco a Sacramento para peticionar a la Corte que la declarara custodia legal de Ariel Beth Delane. Visitaba a la niña y con mucha paciencia —con terquedad, decían algunos— se abría paso en los laberintos de la justicia y la seguridad social. De no haberlo hecho, hubieran condenado a la niña a cadena perpetua en esos asilos llamados "instituciones de salud".

Aunque Chyna no se consideraba una heroína, otros sí lo creían. La admiración de ciertas personas influyentes fue la clave para ablandar el corazón de la burocracia, que acabó por otorgarle la custodia permanente tal como ella lo deseaba. Una mañana de fines de enero, diez meses después de liberar a la niña del sótano custodiado por muñecas, se fue de Sacramento llevando consigo a Ariel.

Juntas fueron a vivir en un departamento en San Francisco.

A pesar de que le faltaban pocas materias para la licenciatura en psicología, Chyna cambió esa carrera por la de literatura en la Universidad de California. Siempre le había gustado leer, y aunque no creía tener talento como escritora, pensaba que le gustaría trabajar en una editorial. Había más verdad en la ficción que en la ciencia. También le gustaba la idea de enseñar. Y si pasaba el resto de su vida atendiendo mesas en un restorán, eso estaría igualmente bien porque sabía hacerlo y era un trabajo digno.

El verano siguiente, cuando asignaron a Chyna el turno de la cena en el restorán, ella y Ariel solían pasar el día en la playa desde la mañana hasta la media tarde. La niña se ponía anteojos oscuros para contemplar la bahía, y a veces incluso se dejaba llevar al borde del mar para mojarse los pies.

Un día de junio, sin saber por qué, Chyna escribió una palabra en la arena: SERENIDAD. Después de mirarla unos instantes, le dijo a Ariel:

—Esa palabra casi se forma con las letras de mi nombre.

El 1º de julio, mientras Ariel, sentada sobre la manta, contemplaba el juego del sol sobre el agua, Chyna trataba de leer un diario, pero las noticias la angustiaban. Guerra, estupro, homicidio, robo, políticos de todos los colores que escupían su odio. Leyó la crítica de una película, en realidad una colección de insultos al director y el guionista a quienes el crítico negaba el mero derecho a la creación artística, y de ahí pasó al ataque igualmente destructivo de una columnista a un novelista, nada de crítica verdadera, ponzoña pura. Acabó por arrojar el diario al canasto de residuos. Esos odios mezquinos, esos ataques por la espalda le parecieron expresiones desagradablemente claras de los impulsos homicidas que contaminaban el espíritu humano; agresiones simbólicas que sólo diferían en grado, no en calidad, del homicidio real, y los corazones de los victimarios estaban infectados por el mismo mal.

El mal que hay en los seres humanos no admite explicaciones; sólo pretextos.

En esos días de principios de julio, observó que un hombre de unos treinta años bajaba a la playa mañana por medio con su hijo de ocho años y una computadora portátil con la que trabajaba bajo una sombrilla. Finalmente empezaron a conversar. El hombre se llamaba Ned Barnes, y su hijo, Jamie. Ned era viudo y, oh casualidad, era un novelista independiente con varios modestos éxitos de librería en su haber. Jamie le tomó cariño a Ariel; le traía pequeños obsequios —un ramito de flores silvestres, un lindo caracol, la foto de un perrito de aspecto gracioso arrancada de una revista— y los colocaba a su lado sobre la manta sin pedirle que los mirara.

El 12 de agosto, Chyna preparó fideos con salsa para los cuatro en el departamento. Después de cenar, ella y Ned jugaron al ludo con Jamie mientras Ariel, sentada en su sillón, se contemplaba las manos con aire plácido. Después de la noche de horror en la casa rodante, la expresión de angustia atroz y el grito mudo no habían vuelto a alterar sus facciones. Ya no se abrazaba ni se hamacaba en el sillón.

Días después, los cuatro fueron al cine y luego siguieron encontrándose en la playa, donde alquilaron carpas contiguas. Era una relación sosegada, sin tensiones ni expectativas. Lo único que buscaban en ella era un remedio para la soledad.

Un día de septiembre, cuando se acercaba el otoño y empezaba a refrescar, Ned alzó la vista de su computadora:

—Chyna...

Absorta en una novela, ella dijo "mmmm", sin alzar la vista.

—Mira. Mira a Ariel.

La niña vestía jeans y una blusa de mangas largas porque el día era demasiado fresco para tomar sol. Estaba descalza y el agua le lamía los tobillos, pero no miraba hacia la bahía con aire de *zombie,* como hacía siempre. Con los brazos extendidos hacia lo alto, agitaba suavemente las manos y bailaba sin moverse del lugar.

—Le gusta tanto la bahía... —dijo Ned.

Chyna no pudo responder.

—Ama la vida —agregó él.

Sofocada por la emoción, Chyna rogó que fuera verdad.

La danza no se prolongó, y cuando la niña volvió a sentarse sobre la manta, su mirada estaba tan perdida como siempre.

Al llegar diciembre, casi dos años después de haber escapado de la casa de Edgler Veiss, Ariel cumplió dieciocho años. Ya no era una niña sino una hermosa joven. Sin embargo, cuando hablaba en sueños —era la única vez que dejaba oír su voz—, llamaba a su madre y su padre, a su hermano, y parecía una niña, frágil y perdida.

La mañana de Navidad, entre los regalos que aguardaban a Ariel, Ned y Jamie bajo el arbolito en la sala del departamento, Chyna se sorprendió al encontrar un paquete para ella. Era pequeño, envuelto con gran cuidado como si lo hubiera hecho un niño con gran entusiasmo pero cierta torpeza. Su nombre estaba escrito con letras de imprenta desparejas sobre una tarjeta con forma de muñeco de nieve. Al abrirlo, encontró un trozo de papel azul. En él estaban escritas dos palabras, aparentemente dibujadas con gran esfuerzo y después de muchos titubeos: *Quiero vivir.*

Con el corazón que amenazaba con saltarle del pecho y la lengua reseca, Chyna tomó las manos de la niña. No sabía qué decir, y en todo caso no hubiera podido hacerlo. Por fin balbuceó:

—Es... es lo mejor... es el mejor regalo que recibí en mi vida, mi amor. De veras, el mejor. Es lo único que quiero... que lo intentes.

Leyó las dos palabras nuevamente, entre lágrimas. *Quiero vivir.*

—Pero no sabes cómo volver, ¿no es cierto?

La niña la miraba, inmóvil. Entonces parpadeó. Sus manos estrecharon las de Chyna.

—Hay un camino —dijo Chyna con convicción.

Las manos de la niña apretaron las suyas con más fuerza.

—La esperanza, pequeña. Siempre hay esperanza.

Hay un camino, sólo que nadie puede encontrarlo por su cuenta, pero lo haremos juntas. Lo encontraremos juntas. Es cuestión de creerlo, nada más.

La niña apartó la mirada, pero sus manos seguían estrechando las de Chyna.

—Quiero contarte una historia sobre un bosque de secoyas y lo que vi ahí cierta noche, y también algo que vi después, cuando me hacía mucha falta. Tal vez no le des mucha importancia, y sé que para otros no significaría nada, pero es lo más importante que me ha pasado en la vida, aunque no termino de entenderlo.

*Quiero vivir.*


Pasaron algunos años y el regreso desde el planeta del Principito a las bellezas y maravillas de este mundo no fue fácil para Ariel. Hubo momentos de desesperación en los cuales no hacía el menor progreso, incluso sufría regresiones.

Sin embargo, el día llegó en que fueron con Ned y Jamie al bosque de secoyas.

Caminaron entre los rododendros y los helechos a la sombra de los árboles majestuosos.

—Muéstrame dónde sucedió —dijo Ariel.

Chyna la llevó de la mano al lugar preciso:

—Aquí.

Cuánto miedo había sentido esa noche al arriesgarse tanto por una niña desconocida. No era tanto el miedo de Veiss como el de ese sentimiento nuevo que había descubierto en su interior: el amor, sin pensar en las consecuencias.

Ahora sabe que no había motivos para temerlo. Es el fin de nuestra existencia. El amor, sin pensar en las consecuencias.